KB065836

BRITT-MARIE WAS HERE

브릿마리
여기 있다

BRITT-MARIE WAS HERE

브릿마리 여기 있다

FREDRIK
BACKMAN

프레드릭 배크만
장편소설 ····

이은선 옮김

다산
책방

『브릿마리 여기 있다』의 인물들

브릿마리
과탄산소다를 애용하며 청소와 정리 면에서는 따라갈 자가 없다. 커트러리는 무조건 포크, 나이프, 스푼 순서로 정리해야 한다고 믿는다. 40년 동안 살던 동네를 벗어난 적이 없다.

켄트
브릿마리의 남편. BMW를 몰고 다니며 자기만 웃긴 농담을 하는 게 특기다.

스벤
보르그 지역 경찰관. 신사적이다. 소도시에서 이런저런 수업을 듣는다.

미지의 인물
보르그에 있는 피자 가게(겸 우체국 겸 구멍가게 겸 자동차 정비소 겸 기타 등등)의 주인. 브릿마리가 귀찮게 할 때마다 그녀를 '메리 포핀스'라고 부른다.

베가
덜 떨어진 보르그 축구팀 선수 중에 그나마 실력이 가장 좋은 아이. 1월에 태어났다. 피자 가게에서 일한다.

오마르
베가의 남동생. 베가와 같은 해 12월에 태어났다. 사업가 기질이 충만하다.

파이어릿
본명은 벤. 옅은 적갈색 머리의 아이. 헤어스타일과 '데이트'에 관심이 많다.

다이노
소말리아에서 온 아이. 거의 아무 말도 하지 않지만 잘 웃는다.

토드

축구팀에서 가장 어린 아이. '과체중'이라고 부를 마음은 없으나 다른 애들 몫의 탄산음료를 많이 가로채 마신 것처럼 생겼다.

뱅크

선글라스를 쓰고 지팡이를 짚고 하얀 개를 데리고 다니는 여자. 사람들이 귀찮게 할까봐 자신을 장님이라고 하지만, 실은 시력이 아주 나쁠 뿐이다.

칼

피자 가게에 들러 항상 소포를 받아 간다. 무뚝뚝하고 매사 궁둥이에 가시 돋은 사람처럼 군다.

새미

베가의 오빠이자 오마르의 형. 까만 차를 몰고 담배를 꽃만큼 좋아한다.

사이코

새미의 단짝. 핸드백을 쥔 손에 힘을 주게 만드는 그런 부류의 청년.

프레드릭

BMW를 몰고 다니며 아주 비싼 재킷을 입은 소도시의 남자. 하키를 좋아한다.

맥스

프레드릭의 아들. 소도시 소속 하키팀 선수지만 하키 못지않게 축구도 잘한다.

차 례

보르그는 가상의 공간일 뿐,
확연하게 닮은꼴이 있더라도 우연의 일치다.

내 배 속은 음식으로, 내 책장은 책들로 항상 채워주신 어머니에게 바친다.

"우리가 축구를 사랑하는 이유는 본능적이기 때문이다.
공이 길거리를 굴러오면 발로 찰 수밖에 없지 않은가.
우리가 축구를 사랑하는 이유는 사랑에 빠지는 이유와 같다.
피할 방법이 없기 때문이다."

1

포크. 나이프. 스푼.

그 순서로.

브릿마리는 남을 평가하는 그런 사람이 아니다. 절대 아니다.

하지만 교양인이라면 커트러리 서랍을 커트러리 서랍에 맞지 않는 이상한 순서로 정리하는 건 상상조차 하지 않을 것이다.

우리는 동물이 아니지 않은가.

오늘은 1월의 어느 월요일이다. 그녀는 고용 센터의 어느 책상 앞에 앉아 있다. 사실 커트러리가 눈앞에 있는 것도 아닌데 그녀가 이런 생각을 한 이유는 그것이 최근 들어 틀어진 모든 일을 상징하기 때문이다. 커트러리를 늘 똑같이 정리해야 하는 이유는 인생이 변함없이 유지되어야 하기 때문이다. 정상적인 생활을 해야 흥이 잡히지 않는다. 주방을 청소하고 발코니를 깔끔하게 정리하고 아이들을 건사하는 게 정상적인 생활이다. 그건 힘든 일이다. 생각보다 훨씬 힘든 일이다. 그리고 정상적인 생활을 하면 고용 센터에 앉아 있을 일이 없다.

여기서 일하는 아가씨는 소스라치게 놀랄 만큼, 브릿마리 눈엔 남자 같아 보일 만큼 머리가 짧다. 물론 그게 잘못됐다는 건 아니다. 분명 신식 스타일이겠지. 아가씨는 종이를 가리키며 미소를 짓는다. 바쁜 기색이 역력하다.

"여기에다 이름, 신분증 번호, 주소를 써주세요."

브릿마리는 등록을 해야 한다. 무슨 범죄자처럼. 일자리를 구하러 온 게 아니라 뭘 훔치러 온 사람인 것처럼.

"우유랑 설탕 드릴까요?" 아가씨는 플라스틱 컵에 커피를 따르며 묻는다.

브릿마리는 남을 평가하지 않는다. 절대 그러지 않는다. 하지만 세상에 어느 누가 이런 작태를 보일까? 플라스틱 컵이라니! 전쟁이 난 것도 아닌데! 그녀는 아가씨에게 그렇게 지적하고 싶지만 켄트가 항상 "남들 생각도 좀 하라"고 다그치기 때문에 최대한 싹싹하게 미소를 지으며 받침 접시를 기다린다.

켄트는 브릿마리의 남편이다. 사업가다. 엄청나게, 엄청나게 잘나가는 사업가다. 독일과 거래를 하며 아주, 아주 사회성이 좋다.

아가씨는 냉장고에 넣지 않아도 되는, 조그만 일회용 용기에 담긴 우유를 그녀에게 두 개 건넨다. 그러고는 플라스틱 티스푼이 삐죽 꽂혀 있는 플라스틱 컵을 내민다. 로드킬을 당한 동물을 건네받았다 한들 브릿마리는 이보다 더 화들짝 놀란 표정을 짓지는 못했을 것이다.

그녀는 고개를 저으며 눈에 보이지 않는 부스러기들이라도 있는 것처럼 손으로 책상을 쓴다. 온 사방이 종이로 뒤죽박죽 덮여 있다. 이 아가씨는 책상을 정리할 시간이 없는 것이다. 일을 하느라 너무 바쁜 모양이다.

"자." 아가씨는 명랑한 목소리로 다시 서류에 집중한다. "여기에 주소만 적으시면 되겠네요."

브릿마리는 무릎을 빤히 쳐다본다. 커트러리 서랍이 있는 그녀의 집이 그립다. 켄트도 그립다. 서류 작성은 모두 켄트의 몫인데.

아가씨가 다시 말문을 열려는 기미를 보이는 순간 브릿마리가 말허리를 자른다.

"받침 접시를 깜빡하고 안 주셨네요." 브릿마리는 최대한 사근사근하게 미소를 지으며 말한다. "책상에 자국을 남기고 싶지는 않은데. 뭐라도 좋으니까…… 커피 잔을 올려놓을 만한 것 좀 주겠어요?"

그녀는 착한 마음씨를 있는 대로 끌어모아야 할 때 쓰는 특유의 말투를 동원하고, 플라스틱 컵인데도 불구하고 '커피 잔'이라고 칭한다.

"아, 걱정 말고 그냥 아무 데나 내려놓으셔도 돼요."

인생이 그렇게 단순하다는 듯이. 받침 접시를 쓰거나 커트러리 서랍을 올바른 순서로 정리하는 건 중요한 문제가 아니라는 듯이. 받침 접시도 그렇고 제대로 된 잔도 그렇고, 헤어스타일을 보면 심지어 거울의 중요성도 모르는 게 분명한 아가씨는 '주소' 칸을 볼펜으로 톡톡 두드린다.

"하지만 잔을 그냥 테이블 위에 놓으면 되겠어요? 그러면 테이블에 자국이 남을 텐데. 저거 보이죠?"

아가씨는 어린애가 감자를 올려놓고 쇠스랑으로, 그것도 어두컴컴할 때 먹으려고 했던 것처럼 잔뜩 긁힌 책상 표면을 흘끗 쳐다본다.

"상관없어요. 워낙 오래돼서 이미 긁힌 자국투성인걸요!" 그녀는 웃으며 말한다.

브릿마리는 속으로 비명을 지른다.

"받침 접시를 쓰지 않아서 그렇게 된 거라고 생각되지는 않는 모양이네요." 그녀는 전혀 '수동 공격적'인 사람처럼 들리지 않도록 중얼거린다. 예전에 켄트의 아이들이 그녀가 듣고 있는 줄 모르고 그녀에 대해 그렇게 말한 적이 있었다. 브릿마리는 사실 수동 공격적인 사람이 아니다. 남을 배려할 줄 아는 사람이다. 그녀는 켄트의 아이들에게 수동 공격적이라는 소리를 듣고 나서는 몇 주 동안 전보다 훨씬 더 남을 배려하며 지냈다.

고용 센터 아가씨는 살짝 긴장한 표정을 짓는다. "그렇군요…… 성함이 뭐라고 하셨죠? 브릿, 맞죠?"

"브릿마리예요. 언니만 나를 브릿이라고 불러요."

"좋아요. 브릿마리 씨, 이제 서류를 작성해주세요."

브릿마리는 그녀의 주소지와 정체를 확실히 밝히라고 요구하는 종이를 빤히 쳐다본다. 요즘은 지나치게 많은 서류를 작성해야 인간으로 살 수 있다. 어처구니없이 많은 행정절차를 밟아야 사회의 일원이 될 수 있다. 결국 그녀는 머뭇머뭇 이름과 신분증 번호와 휴대전화번호를 적는다. 주소 칸은 여전히 빈칸이다.

"최종 학력이 어떻게 되시죠, 브릿마리 씨?"

브릿마리는 핸드백을 움켜쥔다.

"보면 알겠지만 나는 훌륭한 교육을 받았어요."

"하지만 정규교육을 받지는 않으셨고요?"

"참고로 얘기하자면 나는 십자말 퀴즈를 아주 많이 풀어요. 그건 제대로 된 교육을 받은 사람만 풀 수 있는 거잖아요."

그녀는 커피를 아주 살짝 한 모금 마신다. 켄트가 끓인 커피 맛과는 전혀 다르다. 켄트는 커피를 정말 잘 끓인다고, 모두들 그렇게 얘기한다. 브릿마리는 받침 접시 담당이고 켄트는 커피

담당이다.

"좋아요…… 지금까지 어떤 일들을 하셨나요?"

"마지막 직업이 웨이트리스였어요. 업무에 대한 평가가 아주 좋았어요."

아가씨는 기대에 찬 표정이다. "언제 그 일을 하셨는데요?"

"1978년요."

"아…… 그리고 그 뒤로는 일을 하지 않으셨고요?"

"그 뒤로 날마다 했죠. 남편 회사 일을 도왔거든요."

아가씨는 다시 기대에 찬 표정을 짓는다. "그 회사에서 어떤 일을 하셨는데요?"

"아이들을 챙기고 집을 번듯하게 관리했죠."

아가씨는 실망감을 감추려고 미소를 짓는다. '사는 곳'과 '집'의 차이를 구분할 줄 모르는 사람들이 그런 반응을 보인다. 그 둘의 차이를 결정짓는 게 바로 생각의 유무다. 생각이 있어야 받침 접시와 제대로 된 커피 잔을 준비하고 침대를 빳빳하게 정리할 수 있다. 켄트는 그렇게 정리된 침대를 두고 주위 사람들에게 침실로 들어오다 문지방에 걸렸을 때 "침대보다 바닥으로 넘어지는 쪽이 다리가 부러질 확률이 적다"고 농을 던진다. 브릿마리는 그가 그런 식으로 말하는 게 싫다. 교양인이라면 침실 문지방을 넘을 때 발을 들어야 하는 게 아닐까?

브릿마리는 켄트와 여행을 갈 때마다 과탄산소다를 매트리스 위에 뿌리고 20분 동안 두었다가 침대를 정리한다. 그러면 과탄산소다가 먼지와 습기를 흡수해 매트리스가 더 보송보송해진다. 브릿마리의 경험에 따르면 과탄산소다는 거의 모든 것에 도움이 된다. 켄트는 대개 그러다 늦겠다고 투덜거린다. 그러면 브릿마리는 손을 맞잡아 배에 얹고 말한다. "침대를 정리하고 나가야지, 켄트. 우리가 이 길로 죽을지도 모르잖아!"

사실 브릿마리가 여행을 싫어하는 이유는 이 때문이다. 죽음. 과탄산소다도 죽음에는 아무 효과가 없다. 켄트는 과장이 너무 지나친 거 아니냐고 하지만 여행지에서 급사하는 사람들이 얼마나 많으며, 문을 따고 들어갔는데 지저분한 침대가 보이면 집주인이 뭐라고 생각하겠는가. 켄트와 브릿마리가 먼지 구덩이 속에서 살았나보다고 생각하지 않겠는가.

아가씨는 손목시계를 확인한다.

"좋아……요……."

그녀의 말투에서 비난의 기미가 느껴진다.

"아이들은 쌍둥이고 우리 집에는 발코니가 있어요. 발코니가 있으면 생각보다 할 일이 더 많아요."

아가씨는 조심스럽게 고개를 끄덕인다.

"자녀분들 나이가 어떻게 되는데요?"

"남편의 아이들이에요. 서른 살이고요."

"그럼 따로 살겠네요?"

"그럼요."

"그리고 브릿마리 씨는 예순세 살이시고요?"

"네." 브릿마리는 무슨 그런 천하에 상관없는 질문을 하느냐는 듯이 거만하게 대답한다.

아가씨는 사실 아주 밀접한 관계가 있는 질문이라는 듯이 헛기침을 한다.

"음, 브릿마리 씨, 솔직히 말씀드리자면 경제 위기와 기타 등등 때문에, 그래서, 브릿마리 씨와 같은…… 상황에 놓인 분들은 일자리가 거의 없어요."

아가씨는 '상황'이라는 단어를 쓰고 싶지 않았다는 투다. 브릿마리는 짜증을 내지 않고 미소를 짓는다.

"남편이 그러는데 경제 위기는 끝났다던데요. 그이는 사업가예요. 그러니까 그런 부분에 대해서 잘 알아요. 아가씨한테는 조금 능력 밖의 분야일지 몰라도."

아가씨는 필요 이상으로 오랫동안 눈을 깜빡거린다. 손목시계를 확인한다. 껄끄러워하는 기색이라 브릿마리는 짜증이 난다. 그녀는 호의를 과시하는 차원에서 아가씨에게 칭찬을 하기로 얼른 마음을 먹는다. 그녀는 사무실을 둘러보며 칭찬할 거리를 찾다가 마침내 최대한 푸근한 미소를 지으며 말한다.

"헤어스타일이 아주 신식이네요."

"네? 아. 고맙습니다." 그녀는 부끄러운 듯이 손끝을 두피 쪽으로 옮기며 대답한다.

"이마가 그렇게 넓은데 머리를 그렇게 짧게 깎다니 정말 용감하네요."

왜 이 아가씨가 기분 나쁜 표정을 짓는 걸까? 브릿마리는 의아해진다. 요즘은 젊은 사람들에게 잘해주려고 하면 이런 사태가 벌어진다. 아가씨가 자리에서 일어난다.

"찾아와주셔서 감사합니다, 브릿마리 씨. 우리 데이터베이스에 등록이 되셨어요. 연락드릴게요!"

아가씨는 작별 인사를 하려고 손을 내민다. 브릿마리는 일어나서 아가씨의 손에 플라스틱 커피 컵을 쥐여준다.

"언제요?"

"글쎄요, 그건 잘 모르겠는데요."

"그럼 가만히 앉아서 기다려야 하는 건가보네요?" 브릿마리는 싹싹하게 미소를 지으며 반박한다. "다른 할 일이 없는 사람처럼."

아가씨는 침을 삼킨다.

"음, 다른 직원이 연락해서 구직자 연수 과정에 대해 알려드릴 테고—"

"내가 원하는 건 연수 과정이 아니에요. 일자리지."

"그렇죠. 하지만 언제 일자리가 생길지 말씀드리기가……."

브릿마리는 주머니에서 수첩을 꺼낸다.

"그럼 내일이면 될까요?"

"네?"

"내일이면 뭐가 생기겠느냐고요."

아가씨는 헛기침을 한다.

"음, 그럴 수도 있지만, 그보다는……."

브릿마리는 핸드백에서 연필을 꺼내 못마땅한 눈빛으로 쳐다보다 아가씨를 바라본다.

"연필깎이 좀 빌릴 수 있을까요?"

"연필깎이요?" 아가씨는 천년 된 마법 도구를 빌려달라는 소리를 들은 것처럼 되묻는다.

"약속 시간을 리스트에 적으려고요."

리스트의 중요성을 모르는 사람들도 있지만 브릿마리는 아니다. 그녀에게는 리스트가 워낙 많아서 리스트를 정리하는 별도의 리스트가 필요할 정도다. 그렇게 하지 않으면 무슨 일이 벌어질지 모른다. 죽을 수도 있고, 아니면 과탄산소다 사는 걸 깜빡할 수도 있다.

아가씨는 볼펜을 건네며 '사실 제가 내일은 시간이 안 돼서요'와 비슷한 맥락의 말을 하지만 브릿마리는 볼펜을 너무 뚫어져라 보느라 아가씨의 말을 듣지 못한다.

"볼펜으로 리스트를 적을 순 없지 않겠어요?" 그녀는 불쑥 묻는다.

"그것밖에 없는데요." 아가씨는 언뜻 딱 잘라 말한다. "오늘 제가 또 도와드릴 일이 있을까요, 브릿마리 씨?"

"하." 브릿마리는 잠시 후에 이렇게 대답한다.

브릿마리는 그 단어를 자주 쓴다. "하." '하하'의 '하'가 아니라 아주 실망한 투로 '아하'라고 할 때의 '하'다. 욕실 바닥에 내동댕이쳐져 있는 젖은 수건이 보일 때 내뱉는 '아하' 말이다.

"하." 브릿마리는 이 말을 할 때마다 곧장 입을 굳게 다문다. 그 문제에 대해서 더 이상 할 말이 없음을 강조하기 위해서다. 하지만 이렇게 끝나는 경우는 거의 없다.

아가씨는 머뭇거린다. 브릿마리는 끈적끈적한 물건이라도 되는 것처럼 볼펜을 쥔다. 수첩에 '화요일'이라고 적힌 항목에, '청소'와 '장보기'보다도 위쪽 맨 꼭대기에 '고용 센터에서 연락하기로 함'이라고 적는다.

그녀는 볼펜을 돌려준다.

"만나서 정말 반가웠습니다." 아가씨가 기계적으로 말한다. "연락드릴게요!"

"하." 브릿마리는 고개를 끄덕이며 말한다.

브릿마리는 고용 센터를 나선다. 아가씨는 이것으로 두 사람은 더 이상 만날 일이 없을 거라고 생각하는 눈치다. 브릿마리가 얼마나 철두철미하게 리스트를 챙기는지 몰라서 그런다. 그 아가씨는 브릿마리의 발코니를 본 적이 없는 것이다.

얼마나 놀랍고도 놀라우리만치 번듯한 발코니인지 말이다.

밖은 1월이라 겨울의 찬 기운이 느껴지지만 눈이 땅을 덮지는 않았다. 영하지만 영하라는 증거가 전혀 없다. 발코니 화분들에게는 이때가 1년 중에서 최악이다.

고용 센터를 나선 브릿마리는 평소에 가는 슈퍼마켓이 아닌 다른 곳에서 리스트에 적힌 물건을 모두 구입한다. 그녀는 쇼핑 카트 미는 걸 싫어해서 혼자 장을 보는 걸 좋아하지 않는다. 항상 켄트가 쇼핑 카트를 밀고, 브릿마리는 카트 한쪽 모서리를 잡고 그 옆에서 걷는다. 가는 방향을 조종하려고 그러는 게 아니라 그가 잡고 있는 걸 같이 잡고 있는 게 좋기 때문이다. 그러면 둘이 동시에 어딘가로 향하는 기분이 들기 때문이다.

그녀는 정각 6시에 식은 저녁을 먹는다. 밤새도록 앉아서 켄트를 기다리는 데 인이 박여서 그의 몫을 냉장고에 넣으려고 한다. 하지만 여기 있는 냉장고에는 작은 술병들이 가득 들어 있다. 그녀는 그녀의 것이 아닌 침대에 앉으며 넷째 손가락을 문지른다. 불안할 때 나타나는 습관이다.

며칠 전에는 과탄산소다로 매트리스를 유난히 꼼꼼하게 청소한 다음 침대에 앉아 결혼반지를 돌렸다. 그런데 지금은 반지를 꼈던 자리에 남은 하얀 자국을 문지르고 있다.

이 건물에는 주소가 있지만 여기는 그녀가 사는 곳도 아니고 집도 아니다. 바닥에 발코니 화분을 담은 직사각형 모양의 플라스틱 상자가 두 개 놓여 있지만 호텔 객실에는 발코니가 없다. 브릿마리에게는 밤새도록 앉아서 기다릴 사람이 없다.

그래도 그녀는 앉아 있다.

2

고용 센터는 9시에 문을 연다. 브릿마리는 9시 2분까지 기다렸다가 들어간다. 융통성 없는 사람처럼 보이고 싶진 않기 때문이다.

"아가씨가 오늘 나한테 연락하기로 했는데요." 그녀는 사무실 문을 열고 나오는 아가씨를 향해 전혀 융통성 없는 사람 같지 않게 선포한다.

"네?" 아가씨는 긍정적인 감정이라고는 전혀 없는 표정으로 외친다. 비슷한 옷을 입고 플라스틱 컵을 손에 쥔 사람들이 주변에 가득하다. "어, 저기, 저희가 지금 회의를 시작하려던 참이라서……."

"아, 그렇군요. 중요한 일인가보죠?" 브릿마리는 그녀의 눈에만 보이는 치마 주름을 바로잡으며 묻는다.

"음, 네……."

"그리고 물론 나는 중요한 사람이 아니고요."

아가씨는 갑자기 옷 사이즈가 바뀌기라도 한 것처럼 몸을 배배 꼰다.

"저기요, 어제 일자리가 생기면 연락을 드리겠다고 했지 그게 오늘이라고는—"

"하지만 내 리스트엔 그렇게 적혀 있는데요." 브릿마리는 수첩을 꺼내서 단호하게 손가락으로 가리킨다. "아가씨가 그런 말을 한 적이 없는데 내가 그렇게 적었을 리가 없잖아요. 게다가 아가씨 때문에 볼펜으로 적었는데!"

아가씨는 심호흡을 한다. "저기, 오해가 있었다면 정말 죄송하지만 전 지금 회의실로 다시 들어가봐야 해요."

"회의하는 시간을 줄이면 일자리를 찾는 데 더 많은 시간을 할애할 수 있지 않겠어요?" 브릿마리는 문을 닫는 아가씨를 향해 이렇게 말한다.

브릿마리는 혼자 복도에 남겨진다. 이제 보니 아가씨의 사무실 문 손잡이 바로 밑에 스티커가 두 개 붙어 있다. 어린아이가 붙였음직한 높이다. 둘 다 축구공이 그려져 있다. 그걸 보니 켄트가 생각난다. 켄트가 축구를 아주 좋아하기 때문이다. 그는 그 무엇과도 비교가 안 될 만큼 축구를 사랑한다. 심지어 뭔가를 산 다음에 그게 얼마짜리인지 모든 사람에게 떠벌리는 것보다도 더 축구를 사랑한다.

중요한 선수권 대회가 열리는 동안에는 십자말 퀴즈 코너가 축구 특집으로 대체되고, 그러고 나면 켄트와 한마디라도 제대로 된 대화를 나누기가 불가능해진다. 브릿마리가 저녁으로 뭘 먹고 싶으냐고 물어도 그는 신문에 코를 박고 아무거나 상관없다고 중얼거린다.

그래서 브릿마리는 한 번도 축구를 용서해본 적이 없다. 그녀에게서 켄트를 앗아갔고 십자말 퀴즈 코너도 앗아갔으니 말이다.

그녀는 넷째 손가락에 남은 하얀 자국을 문지른다. 그녀는 마지막으로 십자말 퀴즈 코너가 축구 특집으로 대체되었을 때가 언제인지 기억한다. 어딘가에 작게라도 숨어 있길 바라며 신문을 네 번이나 읽었기 때문이다. 십자말 퀴즈는 없었지만 그녀와 나이가 같은 여자가 죽었다는 기사는 있었다. 브릿마리는 그 기사를 머릿속에서 지울 수가 없다. 기사에 따르면 그 여자는 죽은 지 몇 주 만에, 아파트에서 악취가 난다는 이웃 주민들의 항의 끝에 발견됐다고 했다. 그 기사가 자꾸만 생각난다. 이웃 주민들이 악취가 난다고 불평하기 시작하면 얼마나 짜증이 날지 자꾸만 생각이 난다. 기사에서는 사인이 '자연사'였다고 했다. 한 이웃 주민이 말하길 "집주인이 아파트 안으로 들어 갔을 때 식탁에 그 여자의 저녁이 차려져 있었다"고 했다.

브릿마리는 켄트에게 그 여자가 뭘 먹었을 것 같으냐고 물었다. 너무 맛이 없어서 그러기라도 한 것처럼 저녁을 먹는 도중에 죽으면 얼마나 끔찍할까 싶었다. 켄트는 뭘 먹었든 무슨 상관이냐고 중얼거리며 텔레비전 볼륨을 높였다.

브릿마리는 침실 바닥에 벗어놓은 그의 셔츠를 집어서 평소처럼 세탁기에 넣었다. 셔츠를 빠는 동안 욕실에서 그의 전기면도기를 다시 정리했다. 켄트는 아침마다 욕실에서 "브리이잇 마리이이"를 외치며 면도기를 찾을 수가 없다고, 그녀가 '숨기'는 게 분명하다고 주장했지만 절대 아니었다. 다시 정리했을 따름이다. 그 둘은 서로 다르다. 그녀는 필요에 따라 다시 정리할 때도, 아침마다 그가 그녀의 이름을 부르는 게 듣기 좋아서 다시 정리할 때도 있었다.

30분 뒤에 아가씨의 사무실 문이 열린다. 사람들이 쏟아져 나온다. 아가씨는 열심히 미소를 지으며 작별 인사를 하다가 브릿마리를 발견한다.

"아, 아직 안 가셨네요. 그런데 브릿마리 씨, 제가 말씀드렸던 것처럼 정말 죄송하지만 시간이……."

브릿마리는 일어나서 치마에 묻은 보이지 않는 먼지를 털어낸다.

"축구 좋아하나봐요." 브릿마리는 문에 붙어 있는 스티커를 턱으로 가리키며 말한다. "좋겠어요."

아가씨의 얼굴이 환해진다. "네. 브릿마리 씨도 좋아하세요?"

"그럴 리가요."

"그렇군요……." 아가씨는 손목시계와 벽에 걸린 시계를 연달아 확인한다. 브릿마리를 내보내려고 작심한 눈치라 그녀는 짜증을 참고 미소를 지으며 뭔가 듣기 좋은 말을 하기로 한다.

"오늘은 헤어스타일이 다르네요?"

"네?"

"어제하고 다르다고요. 그게 신식인 거죠?"

"뭐가요, 헤어스타일요?"

"고민할 필요 없이 지내는 거요."

그러고 나서 얼른 덧붙인다. "물론 그게 잘못됐다는 건 아니에요. 사실 아주 실용적으로 보여요."

솔직히 얘기하자면 누가 섀기카펫 위에 오렌지주스를 쏟은 것처럼 짧고 뾰족뾰족하게 보일 뿐이다. 켄트가 축구 경기를 보면서 보드카와 오렌지주스를 마실 때마다 흘리는 통에 참다 못한 브릿마리가 러그를 손님방으로 옮긴 적이 있었다. 13년 전의 일인데 아직도 종종 그때가 생각난다. 그런 점에서 브릿마리의 러그와 브릿마리의 기억은 공통점이 많다. 둘 다 세탁하기 아주 힘들기 그지없다.

아가씨는 헛기침을 한다. "저기, 좀 더 얘기 나누고 싶지만 계속 말씀드린 것처럼 지금 당장은 시간이 안 돼서요."

"그럼 언제 시간이 되는데요?" 브릿마리는 물으며 수첩을 꺼내 꼼꼼하게 리스트를 살핀다. "3시?"

"오늘은 예약이 꽉 차서—"

"4시 아니면 5시도 가능해요." 브릿마리는 혼자 따져보고 의견을 내놓는다.

"저희 오늘 5시에 문을 닫는데요." 아가씨가 말한다.

"그럼 5시로 정하면 되겠네요."

"네? 아뇨, 5시에 문을—"

"5시 이후에 상담을 할 순 없잖아요." 브릿마리가 항의한다.

"네?" 아가씨가 되묻는다.

브릿마리는 짜증을 꾹, 꾹 참으며 미소를 짓는다.

"여기서 소란을 피울 생각은 없어요. 전혀요. 하지만 아가씨, 교양인이라면 6시에 저녁을 먹어야 하는데 5시 이후에 상담을 하면 조금 늦지 않겠어요? 아니면 식사를 하면서 상담을 하자는 건가요?"

"아뇨…… 제 말씀은…… 네?"

"하. 뭐, 그럼 늦지 않도록 해요. 감자가 식으면 안 되니까."

그녀는 리스트에 '18:00. 저녁'이라고 적는다.

아가씨가 뒤에서 뭐라고 외치지만, 브릿마리는 하루 종일 거기서 그러고 있을 시간이 없으므로 자취를 감춘다.

3

16:55. 너무 이른 시각에 들어가면 실례이기에 브릿마리는
고용 센터 앞 길가에서 혼자 기다리고 있다. 바람이 그녀의 머
리칼을 살짝 헝클어뜨린다. 발코니가 너무 그리워서 생각하는
것만으로도 가슴이 아프다. 그래서 관자놀이가 지끈거릴 정도
로 눈을 꼭 감아야 한다. 그녀는 밤이 오면 발코니를 분주하게
오가며 켄트를 기다린다. 그는 늘 기다리지 말라고 한다. 그녀
는 늘 기다린다. 보통 발코니에서 그의 차를 알아볼 수 있기에
그가 집에 들어올 무렵이면 상이 이미 차려져 있다. 그가 침대
에서 곯아떨어지면 그녀는 침실 바닥에 벗어놓은 그의 셔츠를
집어서 세탁기에 넣는다. 옷깃이 지저분하면 식초와 과탄산소
다로 먼저 뺀다. 그런 다음 아침 일찍 일어나서 머리를 매만지

고 주방을 정리하고 발코니 화단에 과탄산소다를 뿌리고 모든 유리창을 팩신으로 닦는다.

팩신은 브릿마리가 쓰는 유리 세정제다. 심지어 과탄산소다보다 효과가 좋다. 거의 한 통 가득 남은 팩신이 있어야 그녀는 온전한 인간이 된 듯한 기분을 느낄 수 있다. 팩신이 없다면? 그런 상황이 닥쳤을 땐 무슨 일이든 벌어질 수 있다. 그래서 그녀는 오늘 오후 장 볼 리스트에 '팩신 사기'라고 적었다(얼마나 중요한 일인지 강조하기 위해 끝에 느낌표를 추가할까 하다 간신히 참았다). 그런 다음 평소 가던 데와 다른 곳이라 모든 게 평소와 다르게 진열되어 있는 슈퍼마켓에 갔다. 그녀는 젊은 직원에게 팩신 어디 있느냐고 물었다. 그는 그게 뭔지도 몰랐다. 브릿마리가 유리 세정제라고 설명하자 그는 어깨를 으쓱하며 다른 제품을 권했다. 브릿마리는 머리끝까지 화가 나서 리스트를 꺼내 느낌표를 추가했다.

쇼핑 카트마저 말썽이라 바퀴에 발까지 찧었다. 그녀는 눈을 감고 뺨을 쏙 집어넣으며 켄트를 그리워했다. 세일하는 연어가 있기에 챙기고 감자와 채소를 몇 개 샀다. '문구류'라고 적힌 조그만 진열대에서 연필 한 자루와 연필깎이 두 개를 집어서 카트에 넣었다.

"회원이신가요?" 계산대로 가자 젊은 남자가 물었다.

"어디요?" 브릿마리는 의심스러워하는 목소리로 물었다.

"연어는 회원들만 세일가로 살 수 있는데요." 그가 말했다.

브릿마리는 짜증을 참으며 미소를 지었다.

"여기는 내가 원래 다니던 슈퍼마켓이 아니라서요. 원래 다니던 데는 남편이 회원이에요."

젊은 남자는 브로슈어를 내밀었다.

"그럼 잠깐이면 되니까 지금 가입하세요. 여기다 이름이랑 주소만 적으시면—"

"그건 절대 안 되죠." 브릿마리는 그 말이 떨어지기 무섭게 얘기한다. 일종의 선이라는 게 있지 않겠는가. 연어 좀 사겠다고 의심받는 테러리스트처럼 이름과 주소를 등록하고 남겨야 하다니.

"그럼 제값을 주고 사셔야 하는데요."

"하."

젊은 남자는 당황한 눈치다.

"저기, 돈이 부족해서 그러시는 거면 제가—"

브릿마리는 눈을 동그랗게 뜨고 그를 쳐다보았다. 언성을 높이고 싶은 마음이 굴뚝같았는데 성대가 협조해주지 않았다.

"이봐요, 젊은 양반. 나 돈 많아요. 아주 많아요." 그녀는 소리를 지르며 지갑을 탁 소리 나게 내려놓고 싶었지만 소곤거리며 지갑을 살짝 내미는 데 그치고 말았다.

젊은 남자는 어깨를 으쓱하고 계산을 시작했다. 브릿마리는

그에게 남편이 사업가라고, 연어 몇 덩이 정도는 제값을 주고
살 만한 여력이 충분하다고 얘기하고 싶었다. 하지만 젊은 남
자는 이미 다음 손님을 맞이하고 있었다. 그녀는 별로 신경 쓸
필요가 없는 사람인 것처럼.

17시 정각에 브릿마리는 아가씨의 사무실 문을 두드린다.
아가씨가 문을 여는데 외투를 입고 있다.

"어디 가요?" 브릿마리가 묻는다. 아가씨는 그녀의 나무라는
말투를 알아차린 눈치다.

"아…… 저기, 이제 문을 닫을 거라서요…… 말씀드렸다시
피 제가 시간이—"

"그럼 다시 오는 거예요? 몇 시까지 기다리면 될까요?"

"네?"

"감자를 언제쯤 올려놓으면 될지 알아야 하잖아요."

아가씨는 손마디로 눈썹을 문지른다.

"네, 네, 알았어요. 죄송해요, 브릿마리 씨. 하지만 몇 번이고
말씀드리려고 했다시피 시간이—"

"이거 받아요." 브릿마리는 연필을 건넨다. 아가씨가 당황스
러워하며 연필을 받자 연필깎이 한 쌍도 마저 건넨다. 하나는
파란색이고 하나는 분홍색이다. 그녀는 연필깎이를 턱으로 가
리킨 다음 전혀 편견이 없는 태도로 아가씨의 사내 같은 헤어

스타일을 턱으로 가리킨다.

"요즘 젊은 사람들은 어떤 걸 좋아하는지 알 수가 있어야 말이죠. 그래서 두 색 다 샀어요."

아가씨는 브릿마리가 누굴 가리켜 '젊은 사람들'이라고 하는지 모르는 눈치다.

"고맙⋯⋯다고 해야겠죠?"

"자, 이제 괜찮으면 주방이 어디 있는지 알려줘요. 이러다 감자 만드는 거 늦겠어요."

아가씨는 "주방요?" 하고 외치려는 기미를 살짝 보이다, 욕조 옆에서 반항해봐야 시간만 더 길어지고 더 괴로워지기만 할 따름이라는 깨달음을 얻은 어린애처럼 막판에 꾹 참는다. 그냥 포기하고 직원용 주방을 손으로 가리키며 브릿마리가 들고 있던 식료품 봉투를 받아 든다. 브릿마리는 아가씨를 따라가며, 칭찬 비슷한 말로 예의 바른 태도를 알은체하기로 한다.

"외투 예쁘네요." 그녀는 한참 만에 이렇게 말한다.

아가씨는 놀라워하며 외투 겉감을 쓰다듬는다.

"고맙습니다!" 아가씨는 진심이 담긴 미소를 지으며 주방 문을 연다.

"지금 같은 철에 빨간색을 입다니 용감하네요. 조리 기구는 어디 있죠?"

아가씨는 인내심이 점점 다해가는 표정으로 서랍을 연다. 이쪽에 각종 조리 기구가 뒤죽박죽 섞여 있다. 저쪽에는 커트러리를 담는 플라스틱 통이 놓여 있다.

통이 한 개뿐이다.

포크, 나이프, 스푼.

한데 뒤엉켰다.

짜증을 내던 아가씨가 이제는 진심으로 걱정하기 시작한다.

"괜찮…… 괜찮으세요?" 브릿마리에게 묻는다.

브릿마리가 의자로 가서 앉는데 기절하기 직전처럼 보이기 때문이다.

"야만인들." 그녀는 뺨을 쏙 집어넣으며 속삭인다.

아가씨는 맞은편 의자에 털썩 앉는다. 어쩔 줄 몰라 하는 눈치다. 아가씨의 시선이 브릿마리의 왼손에 머문다. 브릿마리는 절단한 팔에 남은 흉터라도 되는 것처럼 손끝으로 왼손의 하얀 자국을 거북하게 문지르고 있다. 그녀는 아가씨의 시선을 알아차리자 샤워하는 자신을 훔쳐보는 사람과 눈이 마주친 것 같은 표정을 지으며 손을 핸드백 밑으로 감춘다.

아가씨는 가만히 눈썹을 추켜세운다.

"저기…… 죄송하지만요…… 그러니까, 여길 찾아오시는 진짜 이유가 뭔가요, 브릿마리 씨?"

"일을 하고 싶어서요." 브릿마리는 테이블을 깨끗하게 닦으려고 핸드백 안에 든 손수건을 찾으며 대답한다.

아가씨는 좀 더 편한 자세를 찾느라 주춤주춤 움직인다.

"외람된 말씀이지만 브릿마리 씨, 40년 동안 일을 하지 않으셨잖아요. 그런데 이제 와서 거기에 그렇게 목숨을 거는 이유가 뭐예요?"

"나도 40년 동안 일을 했어요. 살림을 했다고요. 그래서 이제 와서 거기에 목숨을 거는 거예요." 브릿마리는 테이블에 묻은 상상 속 부스러기를 털며 말한다.

아가씨가 아무 대꾸도 하지 않자 그녀는 덧붙인다.

"어떤 여자가 아파트에서 죽은 지 몇 주 만에 발견됐다는 신문 기사를 읽은 적이 있어요. 사인이 '자연사'였대요. 식탁 위에 저녁이 차려져 있었고요. 사실 그게 그렇게 자연스러운 일은 아니잖아요. 이웃 주민들이 냄새를 감지하기 전까지 그녀가 죽은 걸 아무도 몰랐다는데."

아가씨는 어리둥절해하는 표정으로 머리칼을 만지작거린다.

"그래서…… 일을 하시려는 이유가…… 그러니까…….' 그녀는 더듬더듬 말을 잇는다.

브릿마리는 엄청난 인내심을 발휘하며 한숨을 쉰다.

"그 여자는 아이도 없고 남편도 없고 직업도 없었어요. 그런 여자가 있다는 걸 아무도 몰랐어요. 일을 하면 출근하지 않았을 때 사람들이 알아차릴 거 아니에요."

퇴근 시간이 한참 지났는데도 퇴근하지 못한 아가씨는 가만히 앉아서, 자신을 붙잡아놓고 있는 여자를 아주 한참 동안 바라본다. 브릿마리는 발코니 의자에 앉아 켄트를 기다릴 때처럼 허리를 꼿꼿하게 세우고 있다. 그녀는 켄트가 퇴근하기 전에는 절대 침대에 눕고 싶지 않았다. 누군가가 그녀의 존재를 알아주기 전에는 잠을 청하고 싶지 않았다.

그녀는 뺨을 쏙 집어넣는다. 하얀 자국을 문지른다.

"하. 아가씨가 생각하기에는 당연히 어처구니없겠죠. 나도 내가 말주변이 없는 건 알아요. 남편도 나더러 사회성이 떨어진다고 해요."

그녀는 맨 마지막 문장을 나머지 문장보다 나지막이 내뱉는다. 아가씨는 침을 삼키고 이제 브릿마리의 손가락에서 사라진 반지를 턱으로 가리킨다.

"남편은 어떻게 되셨는데요?"

"심장마비를 일으켰어요."

"죄송해요. 돌아가신 줄 몰랐어요."

"죽지 않았어요." 브릿마리는 속삭인다.

"아, 저는—"

브릿마리는 말허리를 끊으며 벌떡 일어나 포크와 나이프와 스푼들이 무슨 범행이라도 저지른 것처럼 그것들을 정리하기 시작한다.

"난 향수를 쓰지 않아서 그이한테 퇴근하면 항상 셔츠를 곧

바로 세탁기에 넣어달라고 했어요. 그이는 한 번도 내 부탁을 들어주지 않았어요. 밤에 세탁기 돌아가는 소리가 너무 시끄럽다며 고함만 지르고."

그녀는 갑자기 말을 멈추고 손잡이가 거꾸로 돌아가 있다며 전기레인지에 대고 잔소리를 한다. 전기레인지가 부끄러워하는 듯한 분위기를 풍긴다. 브릿마리는 다시 고개를 끄덕이고 말을 잇는다.

"심장마비를 일으켰을 때 내연의 여자가 나한테 전화를 했지 뭐예요."

아가씨는 도우려고 일어나다가 브릿마리가 서랍에서 고기 써는 칼을 꺼내는 걸 보고 조심스럽게 다시 앉는다.

"남편의 아이들이 어려서 격주로 우리 집에 왔을 때 꼬박꼬박 책을 읽어줬거든요. 내가 가장 좋아했던 책은 『일류 재단사』였어요. 알다시피 동화예요. 아이들은 나더러 이야기를 지어서 들려달라고 했지만 전문가가 쓴 나무랄 데 없이 훌륭한 작품이 있는데 그래야 하는 이유를 모르겠더라고요. 남편 말로는 내가 상상력이 없어서 그랬던 거라는데 사실 내 상상력은 훌륭하거든요."

아가씨는 아무 대꾸도 하지 않는다. 브릿마리는 오븐 온도를 맞춘다. 연어를 오븐용 접시에 담는다. 그런 다음 가만히 서서 기다린다.

"향수를 쓰지 않는 사람이 그이의 셔츠를 빨아가며 1년 내내 아무것도 모르는 척하려면 엄청난 상상력이 필요하지 않겠어요?"

아가씨가 다시 일어난다. 브릿마리의 어깨에 어설프게 손을 얹는다.

"어…… 죄송해요, 제가……."

아가씨는 말문을 열었다가 말허리를 끊은 사람이 없는데도 도중에 멈춘다. 브릿마리는 손을 맞잡아 배에 얹고 오븐을 들여다본다.

"내가 일을 하려는 이유는 악취로 이웃 주민들을 괴롭히는 건 본받을 만한 일이 못 된다고 생각하기 때문이에요. 나라는 존재가 있다는 걸 아무라도 알아주었으면 하거든요."

무슨 말을 할 수 있을까.

연어가 익자 그들은 테이블에 앉아서 서로의 시선을 외면한 채 식사를 한다.

"그 여자는 아주 예뻐요. 젊고. 난 그이를 원망하지 않아요. 정말이에요." 한참 만에 브릿마리가 입을 연다.

"아마 갈보일 거예요." 아가씨가 말한다.

"그게 무슨 뜻이죠?" 브릿마리가 불편해하는 기미를 보이며 묻는다.

"음…… 무슨 뜻인가 하면…… 나쁜 여자라는 뜻이에요."

브릿마리는 다시 자기 접시를 내려다본다.

"하. 고맙네요."

그녀는 자기도 뭔가 그럴듯한 말을 해주어야 할 것 같은 생각이 들자 열심히 고민한 끝에 드디어 한 가지를 찾아낸다. "저기…… 오늘은…… 머리가 예쁘네요."

아가씨는 미소를 짓는다.

"고맙습니다!"

브릿마리는 고개를 끄덕인다.

"오늘은 어제하고 다르게 이마가 많이 드러나지 않았어요."

아가씨는 앞머리 바로 아래 이마를 긁는다. 브릿마리는 자기 접시를 내려다보며 켄트 몫을 남겨놓고 싶은 충동을 달랜다. 아가씨가 뭐라고 얘기한다. 브릿마리가 고개를 들고 중얼거린다. "뭐라고요?"

"맛있게 잘 먹었다고요." 아가씨가 말한다.

브릿마리가 묻지도 않았는데 말이다.

4

이렇게 해서 브릿마리는 일자리를 찾았다. 보르그라는 곳의 일자리였다. 고용 센터 아가씨를 초대해서 같이 연어를 먹고 이틀이 지났을 때 브릿마리는 차를 몰고 그곳으로 떠났다. 그러니까 이제 보르그가 어떤 곳인지 간단하게 소개를 해야겠다.

보르그는 도로를 따라 건설된 지역이다. 그것이 보르그에 대해서 할 수 있는 최고의 칭찬이다. 어디에서도 흔히 볼 수 없다기보다 어디에서나 흔히 볼 수 있는 지역이다. 문을 닫은 축구장과 문을 닫은 학교와 문을 닫은 약국과 문을 닫은 주류 판매점과 문을 닫은 보건소와 문을 닫은 슈퍼마켓과 문을 닫은 쇼핑센터와 두 방향으로 난 도로가 있다.

레크리에이션 센터는 문을 닫지 않았다지만 제대로 닫을 시간이 없어서 남겨졌을 뿐이다. 한 지역을 통째로 폐쇄하려면 시간이 걸리므로 레크리에이션 센터는 차례를 기다려야 한다. 보르그에서 그것 말고 딱 두 가지 주목할 만한 부분이 있다면 축구와 피자 가게인데 도의상 마지막까지 남겨둬야 하는 게 그 두 가지이기 때문이다.

브릿마리는 1월의 그날, 피자 가게와 레크리에이션 센터 사이에 하얀색 차를 세우는 것으로 그 두 건물과 처음으로 맞닥뜨린다. 축구와 처음으로 맞닥뜨린 건 머리를, 그것도 아주 세게 얻어맞는 사건을 통해서다.

그것도 차가 폭발한 직후에 말이다.

따라서 한마디로 요약하자면 보르그와 브릿마리의 서로에 대한 첫인상은 별로 좋지 못했다고 볼 수 있겠다.

좀 더 꼬치꼬치 따지고 들자면 사실상 차가 폭발한 시점은 브릿마리가 주차장으로 들어서고 있었을 때다. 위치는 조수석이다. 브릿마리는 확실하다고 딱 잘라서 말할 수 있고, 폭발음을 말로 표현하자면 "쿠쿵"에 가깝다. 당연히 그녀는 겁에 질리고, 이 바람에 브레이크와 클러치 페달, 양쪽 모두에서 발을 떼버리자 차가 애처롭게 캑캑거린다. 차는 군데군데 얼어붙은 1월의 빙판을 가로지르다 지나치게 극적인 탈선을 하고, 한쪽이 떨어져나간 간판에 네온사인으로 '피즈레이pizzray'라고 적힌 건물 앞에서 불쑥 멈춰 선다. 브릿마리는 당장이라도 차가 불길에 휩싸일지 모른다고 생각하며 (상황을 감안했을 때 충분히 일리가 있는 판단이다) 허둥지둥 뛰어내린다. 하지만 불은 나지 않는다. 대신 작고 외진 동네에만 존재하는 정적에 휩싸인 주차장에 브릿마리 혼자 남겨진다.

살짝 짜증이 나는 상황이다. 그녀는 치마 매무새를 바로잡고 핸드백을 단단히 쥔다.

축구공 하나가 브릿마리의 차와 반대 방향으로, 그녀가 보기엔 레크리에이션 센터인 게 분명한 건물 쪽으로 한가롭게 자갈 길을 데굴데굴 굴러간다. 잠시 후에 쿵 하는 불안한 소리가 들린다. 그녀는 딴 데 정신 팔지 않겠다고 의지를 불태우며 핸드백에서 리스트를 꺼낸다. 맨 꼭대기에 이렇게 적혀 있다. '차를 몰고 보르그에 갈 것.' 그녀는 체크 표시를 한다. 다음 항목은 '우체국에서 열쇠를 받을 것'이다.

그녀는 켄트에게 5년 전에 받았지만 오늘 처음 쓰는 휴대전화를 꺼낸다. "여보세요?" 고용 센터 아가씨가 받는다.

"요즘은 전화를 그렇게 받는 모양이죠?" 브릿마리가 묻는다. 비난하는 말투가 아니라 서글서글한 말투로 묻는다.

"네?" 아가씨는 브릿마리가 고용 센터에서 사라졌으니 자신의 인생에서까지 사라졌을 거라는 행복한 착각에 빠져 있다.

"나 지금 여기 보르그라는 데 왔거든요. 그런데 뭔가가 요란한 소리를 내고 있고, 내 차가 폭발했어요. 우체국까지 거리가 얼마나 돼요?"

"브릿마리 씨예요?"

"뭐라고 하는지 안 들려요!"

"폭발했다고요? 괜찮으세요?"

"나야 당연히 괜찮죠! 하지만 차는 어떻게 해요?"

"저는 차에 대해서 아는 게 아무것도 없는데요." 아가씨는 조심스럽게 대답한다.

브릿마리는 짜증을 꾹 참으며 한숨을 내뱉는다.

"궁금한 게 있으면 전화하라면서요." 브릿마리는 짚고 넘어간다. 자기가 차에 대해 하나에서부터 열까지 알아야 하나 싶어 억울하다는 생각이 든다. 그녀는 켄트와 결혼한 뒤로 운전을 한 적이 거의 없었다. 켄트가 없으면 차 근처에는 가지도 않았고, 켄트는 운전을 아주 잘한다.

"일자리에 대해서 궁금한 게 있으면 전화하시라는 거였죠."

"하. 중요한 건 그거 하나겠죠, 아무렴요. 일. 폭발 사고로 내가 죽더라도 그건 전혀 중요한 문제가 아니겠죠, 아무렴요." 브릿마리는 말한다. "어쩌면 내가 죽는 편이 나을 수도 있겠어요. 그러면 빈자리가 하나 생기니까."

"브릿마리 씨, 왜 그러—"

"뭐라고 하는지 안 들려요!!" 브릿마리는 속이 아주 후련하게 고함을 지르고 전화를 끊는다. 그런 다음 거기 혼자 서서 뺨을 쑥 집어넣는다.

뭔가가 레크리에이션 센터 저편에서 계속 쿵쿵거린다. 레크리에이션 센터가 아직 문을 닫지 않은 이유는 12월에 마지막으로 시의회 회의가 열렸을 때 이미 폐쇄 일정이 잡힌 시설이 워낙 많았기 때문이다. 시의원들은 이러다 연례행사로 치러지는 크리스마스 만찬에 차질이 빚어지는 것 아니냐며 걱정했다. 크리스마스 만찬의 중요성을 감안해 레크리에이션 센터는 시의회의 휴가가 끝나는 1월 말에 폐쇄하는 것으로 일정이 미뤄졌다. 시의회의 대외 연락 담당자가 이 사실을 인사과에 전했어야 하는데 안타깝게도 휴가를 가면서 잊어버렸다. 그 결과 관리하는 사람 없이 방치된 건물이 있음을 파악한 인사과에서 1월 초에 고용 센터에 레크리에이션 관리직이 공석이라고 통보했다. 요점을 간추리자면 그랬다.

아무튼 이 일자리는 보수도 아주 형편없을 뿐 아니라 임시직인 데다 3주 뒤에 열리는 시의원 회의에서 레크리에이션 센터 폐쇄 여부가 어떤 식으로 결론이 내려지는가에 따라 없어질 수도 있다. 게다가 레크리에이션 센터가 있는 곳은 보르그다. 이런 이유들로 인해 지원자의 수에 상당한 한계가 있었다.

하지만 그제 본인의 뜻과 상관없이 브릿마리와 연어를 먹은 고용 센터 아가씨가 정말 열심히 일자리를 찾아보겠다고 브릿마리에게 약속을 하고 말았다. 다음 날 오전 9시 2분에 브릿마리가 어떻게 돼가고 있는지 알아보러 사무실로 찾아가자 그 아가씨는 컴퓨터를 한참 동안 열심히 두드리더니 마침내 말했다. "한 자리 있네요. 그런데 외딴 곳이고 보수가 워낙 형편없어서 실업수당을 받고 있으면 오히려 손해겠어요."

"난 아무 수당도 받지 않아요." 브릿마리는 그게 무슨 병이라도 되는 것처럼 말했다.

아가씨는 다시 한숨을 쉬며 브릿마리가 받을 수 있는 '재취업 연수 과정'과 '조치'에 대해서 이야기하려 했지만 브릿마리는 아무 조치도 원치 않는다고 딱 잘라 말했다.

"제발요, 브릿마리 씨, 겨우 3주짜리인 데다 그…… 연세에는 맞지 않는 일이고…… 게다가 거기로 거처까지 옮겨야 할 텐데……."

이제 브릿마리는 보르그에 도착했고 그녀의 차는 폭발했다. 새로운 일을 시작하는 첫날을 아주 바람직하게 열었다고 볼 순 없을 것이다. 그녀는 다시 아가씨에게 전화한다.

"청소 도구는 어디 가면 있어요?" 브릿마리가 묻는다.

"네?" 아가씨가 되묻는다.

"일과 관련해서 궁금한 게 있으면 전화하라면서요."

아가씨가 알아듣지 못할 말을 중얼거리는데 깡통 안에서 들리는 목소리 같다.

"내 말 잘 들어요, 아가씨. 나는 아가씨가 얘기한 우체국에 가서 레크리에이션 센터 열쇠를 받을 거예요. 하지만 청소 도구가 어디 있는지 듣기 전에는 레크리에이션 센터에 한 발짝도 들일 수 없—!" 주차장을 굴러온 공이 또다시 그녀의 심기를 어지럽힌다. 브릿마리는 못마땅하다. 개인적인 감정은 없다. 그녀는 이 공을 콕 집어서 비난할 생각은 없다. 그저 축구라면 전부 못마땅할 따름이다. 전적으로 편견은 없다.

두 아이가 축구공을 따라 달려오고 있다. 공을 포함해서 셋 다 꾀죄죄하기가 이루 말할 데 없다. 청바지의 허벅지 부분이 죄다 너덜너덜하다. 아이들은 공을 집어서 반대편으로 찬 뒤 레크리에이션 센터 뒤편으로 사라진다. 그러다 한 명이 기우뚱하는 바람에 창문을 짚고 몸을 가누자 까만 손자국이 남는다.

"무슨 일이에요?" 아가씨가 묻는다.

"저 아이들 지금 학교에 있어야 하는 거 아니에요?" 브릿마리는 큰 소리로 물으며, 리스트에 적은 '팩신 사기' 뒤에 느낌표를 하나 더 추가해야겠다고 다짐한다. 이곳에 슈퍼마켓이 있기나 할지 모르겠지만.

"네?" 아가씨가 묻는다.

"아가씨, 계속 그렇게 '네?' 하고 묻는 것 좀 그만해요. 아무것도 할 줄 모르는 사람 같잖아요."

"네?"

"여기 아이들이 있다고요!"

"그렇군요. 하지만 브릿마리 씨, 저는 보르그에 대해서 아무 것도 몰라요! 가본 적도 없다고요! 그리고 목소리가 잘 안 들리는데 혹시…… 전화기를 거꾸로 들고 있는 거 아니에요?"

브릿마리는 전화기를 꼼꼼히 살펴본다. 거꾸로 돌린다.

"하." 그녀는 잘못을 저지른 쪽이 상대방인 듯 마이크에 대고 외친다.

"좋아요. 이제 드디어 잘 들리네요." 아가씨가 격려하는 투로 얘기한다.

"이 전화기를 써본 적이 없어서요. 알다시피 하루 종일 전화기에 대고 수다를 떠는 것 말고도 할 일이 많거든요."

"아, 신경 쓰지 마세요. 저도 새 전화기로 바꾸면 그래요."

"내가 무슨 신경을 쓴다고 그래요! 그리고 이건 새 전화기도 아니에요. 5년 된 거예요." 브릿마리는 따지고 넘어간다. "전에는 휴대전화를 쓸 일이 없었어요. 다른 할 일이 많았으니까요. 남편 말고는 통화할 상대도 없었고, 그이한테 전화할 때는 교양인답게 집 전화를 썼죠."

"하지만 외출할 때는요?" 아가씨가 묻는다. 아무하고 아무 때나 연락하지 못하던 시절에는 세상이 어떤 식으로 돌아갔는지 본능적으로 이해할 수가 없는 것이다.

"이봐요, 아가씨." 그녀는 차근차근 설명한다. "외출할 일이 있으면 항상 남편이랑 하면 되죠."

브릿마리는 다른 말을 덧붙이려고 했을지 모르지만 바로 그때, 일반적인 화분만 한 크기의 쥐 한 마리가 주차장의 빙판을 쌩하니 가로지르는 광경이 그녀의 눈에 들어온다. 브릿마리는 그때 분명 고래고래 비명을 지르고 싶었을 것이다. 하지만 안타깝게도 그럴 시간이 없었다. 온 사방이 시커메지면서 의식을 잃고 땅바닥으로 쓰러져버렸으니까.

브릿마리는 머리를 세게 얻어맞는 것으로 보르그에서 축구와 첫 대면식을 치른다.

5

브릿마리가 눈을 떠보니 건물 바닥이다. 누군가가 그녀의 위로 허리를 숙이고 뭐라고 중얼거리지만 브릿마리가 맨 처음 생각한 건 바닥이다. 바닥이 더럽지 않을까 걱정스럽고, 사람들이 그녀가 죽은 줄 알까봐 걱정스럽다. 갑자기 쓰러져서 죽는 사람들이 어디 한두 명인가. 얼마나 끔찍할까. 브릿마리는 생각한다. 더러운 바닥에서 죽다니. 사람들이 뭐라고 생각하겠어.

"여보세요. 그 뭣이냐, 사망하셨나요?" 미지의 인물이 묻지만 브릿마리는 계속 바닥 생각만 한다.

"여보세요, 아주머니. 저기, 죽었어요?" 미지의 인물은 했던 말을 반복하며 조그맣게 휘파람 소리를 낸다.

브릿마리는 휘파람 소리를 싫어하는 데다 지금은 머리가 지끈거린다.

바닥에서는 피자 냄새가 난다. 피자 냄새를 맡으며 두통으로 죽는다면 이 얼마나 끔찍한 노릇일까.

그녀는 피자 냄새를 전혀 좋아하지 않는다. 켄트가 독일 사람들과 회의를 마치고 밤늦게 퇴근할 때마다 피자 냄새를 지독하게 풍겼기 때문이다. 브릿마리는 그의 냄새를 기억한다. 그 중에서도 병실에서의 냄새를 가장 또렷하게 기억한다. 병실 가득 꽃다발이 넘쳐났지만(심장마비로 쓰러지면 꽃다발을 받는 게 일반적인 관행이다), 그의 침대 옆에 둔 셔츠에서 풍기던 향수와 피자 냄새가 아직까지 생생하다.

그는 코를 살짝 골며 자고 있었다. 그녀는 그를 깨우지 않고 마지막으로 손을 잡았다. 그런 다음 셔츠를 개서 핸드백에 넣었다. 집에 가서 옷깃을 과탄산소다와 식초로 빨고 두 번 세탁해서 널었다. 그런 다음 팩신으로 유리창을 닦고 매트리스를 정리하고 발코니 화분 상자를 들이고 가방을 싸고 난생처음으로, 둘이서 함께 지낸 이래 처음으로 휴대전화를 켰다. 아이들이 전화해서 켄트의 상태를 물을지 모른다고 생각했기 때문이었다. 하지만 아니었다. 둘 다 메시지만 한 통씩 보내고 끝이었다.

사춘기가 끝난 직후, 그 시절만 해도 아이들은 크리스마스 때 놀러오겠다고 약속하곤 했다. 그러다 이런저런 핑계를 대며 약속을 취소하기 시작했다. 1, 2년 뒤부터는 핑계도 대지 않았

다. 막판에는 아예 오겠다는 얘기조차 꺼내지 않았다. 인생이
란 그런 거였다.

브릿마리는 연기가 끝났을 때 배우들이 받는 박수갈채가 좋
아서 예전부터 극장을 좋아했다. 그런데 켄트의 심장마비 때문
에 젊고 예쁜 것과 통화를 하면서 자신을 위해 준비된 박수갈
채는 없다는 사실을 깨달았다. 통화까지 한 사람을 계속 없는
사람이라 여기며 살 수는 없는 일이다. 그래서 브릿마리는 향
수 냄새를 풍기는 셔츠와 무너진 가슴을 안고 병실을 나섰다.

그런 일로는 꽃다발도 받을 수 없는 법이다.

"저기요, 이런 망할, 혹시…… 죽었……어요?" 미지의 인물
이 짜증난 목소리로 묻는다.

죽어가는 사람을 방해하다니 브릿마리가 보기엔 극도로 예
의에 어긋나는 행동이다. 게다가 그렇게 끔찍한 단어를 쓰다
니. 그런 감정을 표현할 때 '이런 망할' 말고도 훌륭한 대안이
얼마든지 많지 않은가. 그녀는 위에 서서 자신을 내려다보고
있는 미지의 인물을 쳐다본다.

"여기가 어딘가요?" 브릿마리는 혼란스러워하면서 묻는다.

"안녕하세요! 여기는 보건소예요." 미지의 인물은 명랑한 목
소리로 대답한다.

"피자 냄새가 나는데요." 브릿마리는 용케 얘기한다.

"네, 맞아요. 보건소가 피자 가게이기도 하거든요." 미지의

인물은 고개를 끄덕이며 말한다.

"그게 과연 위생적일까요?" 브릿마리는 용케 중얼거린다.

미지의 인물은 어깨를 으쓱한다. "원래는 피자 가게였어요. 그런데 보건소가 문을 닫았거든요. 경제 위기로. 뭔 개소리인지. 그래서 보다시피 능력껏 때우고 있어요. 하지만 걱정할 것 없어요. 구급상자는 있으니까!"

여자인 듯한 그 미지의 인물은 열려 있는 뚜껑에 빨간 십자가와 함께 '구급상자'라고 적힌 플라스틱 상자를 명랑하게 가리킨다. 그러더니 고약한 냄새를 풍기는 병을 흔든다.

"그리고 여기 구급약도 있는데! 좀 마실래요?"

"뭐라고요?" 브릿마리는 지끈거리는 이마에 난 혹에 손을 얹고 비명을 지른다.

이제 보니 그 미지의 인물은 브릿마리의 위에 서 있는 게 아니라 앉아서 그녀에게 잔을 내밀고 있다.

"이 동네 주류 판매점은 문을 닫아서 능력껏 때우고 있어요. 자요! 에스토니아인가 뭐 그런 데서 만든 보드카예요. 글자가 우라지게 희한해요. 보드카가 아닐지도 모르지만 그 비슷한 잡것이에요. 혀가 화끈거리지만 익숙해질 거예요. 그 뭣이냐, 수포? 그런 거 생겼을 때 마시면 좋아요."

브릿마리는 괴로워하며 고개를 젓다 재킷에 묻은 빨간 자국을 발견한다.

"내가 지금 피를 흘리고 있나요?" 그녀는 놀라서 일어나 앉으며 버럭 외친다.

청소가 된 곳이건 아니건 다른 사람의 건물 바닥에 핏자국을 남긴다면 얼마나 짜증나는 일이 되겠는가.

"아니에요! 아니에요! 그런 우라질 것이 아니에요. 맞아서 머리에 혹이 났을진 몰라도 그건 그냥 토마토소스예요!" 미지의 인물은 소리를 지르며 브릿마리의 재킷을 휴지로 닦으려고 한다.

브릿마리는 미지의 인물이 휠체어에 앉아 있다는 사실을 알아차린다. 알아차리지 못하고 그냥 지나치긴 힘든 부분이기 때문이다. 그런가 하면 그 미지의 인물은 술에 취한 눈치다. 보드카 냄새를 풍기는 데다 휴지로 자꾸 엉뚱한 델 닦는 걸 보면 알 수 있다. 하지만 그렇다 한들 브릿마리에겐 아무 편견이 없다.

"여기서 그쪽이 깨어나길 기다리고 있었어요. 그러다 배가 고파서 점심을 좀 먹었죠." 미지의 인물은 키득거리며 걸상 위에 놓인 먹다 만 피자를 가리킨다.

"점심요? 지금 이 시각에요?" 브릿마리는 중얼거린다. 아직 11시도 안 됐기 때문이다.

"배가 고프다? 그러면 피자를 먹어야죠!" 미지의 인물은 말한다.

그제야 브릿마리는 좀 전에 들은 말을 이해한다.

"'맞아서' 혹이 생겼다니 그게 무슨 소리예요? 내가 총에 맞았어요?" 그녀는 외치며 구멍이라도 찾으려는 것처럼 손끝으로 머리를 더듬는다.

"네, 네, 네. 머리에 축구공을 맞았죠." 미지의 인물은 고개를 끄덕이며 피자에 보드카를 흘린다.

브릿마리는 피자보다 차라리 권총이 나을지 모르겠다고 생각하는 듯한 표정을 짓는다. 권총이 오히려 덜 지저분하겠다.

40대로 보이는 미지의 인물과 그들을 도우러 나타난 10대 초반의 여자아이가 그녀를 부축해서 일으켜 세운다. 미지의 인물의 헤어스타일은 브릿마리가 지금까지 본 중에서 최악이다. 겁에 질린 동물을 잡아다 빗질을 맡긴 것 같다. 여자아이는 헤어스타일이 그나마 점잖지만 청바지의 허벅지 부분이 너덜너덜하다. 최신식인 걸까.

미지의 인물은 천하태평으로 킬킬거린다.

"우라질 잡것들 같으니라고. 우라질 축구 같으니라고. 그래도 화내지 마요. 그쪽을 겨냥하고 찬 게 아니었으니까!"

브릿마리는 이마에 난 혹을 건드린다.

"내 얼굴 지금 지저분해요?" 그녀는 원망스러워하는 한편 걱정하는 투로 묻는다.

미지의 인물은 고개를 젓고 피자 쪽으로 휠체어를 돌린다.

브릿마리는 겸연쩍어하며 커피 잔과 조간신문을 앞에 두고 구석진 테이블에 앉아 있는, 모자를 쓰고 수염을 기른 두 남자 쪽을 쳐다본다. 커피를 마시려는 사람들 앞에 정신을 잃고 쓰러져 있었다니 기함할 일이다. 그런데 두 남자 모두 그녀를 쳐다보지도 않는다.

"아주 잠깐 정신을 잃었어요." 미지의 인물은 경쾌한 목소리로 말하며 피자를 입안으로 욱여넣는다.

브릿마리는 핸드백에서 손거울을 꺼내 이마를 문지르기 시작한다. 기절한 것 자체가 짜증나는 일이지만 지저분한 얼굴로 기절을 한 것에 비하면 아무것도 아니다.

"나를 겨냥하고 찬 건지 아닌지 어떻게 알아요?" 그녀는 살짝 비난하는 투로 묻는다.

"그쪽을 맞혔잖아요!" 미지의 인물은 팔을 벌리며 웃음을 터뜨린다. "그쪽을 겨냥했다면 못 맞혔을 거예요. 이 애들은 축구에 우라지게 소질이 없거든요."

"하." 브릿마리는 말한다.

"우리가 그 정도로 소질이 없진 않아요……." 그들 옆에 서 있던 여자아이가 기분 나빠하는 얼굴로 중얼거린다.

이제 보니 그 여자아이는 축구공을 들고 있다. 계속 차고 싶은 걸 꾹 참는 듯한 자세다.

미지의 인물이 그녀에게 격려하는 듯한 손짓을 보낸다.

"제 이름은 베가예요. 여기서 일을 하고요!" 여자아이가 말한다.

"지금 학교에 있어야 할 시간 아니니?" 브릿마리는 축구공에 시선을 고정한 채 묻는다.

"아줌마는 지금 일하고 있어야 할 시간 아닌가요?" 베가는 사랑하는 사람이라도 되는 것처럼 축구공을 꼭 끌어안고서 대꾸한다.

브릿마리는 핸드백을 쥔 손에 힘을 준다.

"얘, 나는 일을 하러 가던 도중에 머리를 맞은 거야. 이 자리에서 밝히는데 내가 레크리에이션 센터 관리인이거든. 오늘이 출근 첫날이고."

베가는 놀라서 입을 떡 벌린다. 그로써 모든 게 달라졌다는 듯이. 하지만 아무 말도 하지 않는다.

"관리인이라고요?" 미지의 인물이 묻는다. "왜 진작 얘기하지 않았어요! 나한테 그 뭣이냐, 등기 우편물이 있는데! 열쇠도 있고!"

"우체국에서 열쇠를 받으라고 들었는데요."

"여기가 우체국이에요! 우체국도 문을 닫았거든요!" 미지의 인물은 보드카를 손에 쥔 채 휠체어를 밀어서 카운터 뒤편으로 건너간다.

짧은 정적이 흐른다. 문에서 종소리가 들리고 지저분한 부츠 두 짝이 청소를 하지 않은 바닥을 가로질러서 걸어온다. 미지의 인물이 고함을 지른다.

"오, 칼! 그쪽한테 온 소포 있어요, 잠깐만요!"

브릿마리는 몸을 돌렸다가 누군가와 어깨를 부딪치는 바람에 하마터면 넘어질 뻔한다. 고개를 들어보니 어처구니없이 지저분한 모자 바로 밑으로 무성한 수염이 보이는데, 그 얼굴에 딸린 모든 부속물이 그녀를 쳐다보고 있다.

수염과 모자 사이 어디에선가 으르렁거리는 소리가 들린다. "잘 좀 보고 다닙시다."

꼼짝 않고 서 있던 브릿마리는 상당히 곤혹스러워진다. 그녀는 핸드백을 쥔 손에 더욱 힘을 주며 한마디 내뱉는다.

"하."

"아저씨가 부딪친 거잖아요!" 그녀의 뒤에서 베가가 나지막이 쏘아붙인다.

브릿마리는 못마땅해진다. 누군가가 그녀를 변호하고 나서면 당황스럽다. 그런 일이 워낙 없기 때문이다.

미지의 인물이 칼의 '소포'를 들고 온다. 칼은 짜증이 난 표정으로 베가를, 잡아먹을 듯한 표정으로 브릿마리를 쳐다본다. 그러더니 구석 자리에 앉아 있는 두 남자를 향해 퉁명스럽게 고개를 끄덕인다. 그들은 한층 퉁명스럽게 고개를 끄덕인다. 칼이 어슬렁어슬렁 사라지자 문에서 명랑한 종소리가 난다.

미지의 인물이 격려하듯 브릿마리의 어깨를 토닥인다.

"저 사람은 신경 쓸 것 없어요. 칼은…… 매사 음…… 그 뭣이냐, 궁둥이에 가시 돋은 사람처럼 굴거든요. 인생이며 세상이며 온갖 것들에 짜증이 나 있어요. 이 동네 사람들이 도시에서 온 사람들을 좋아하지 않기도 하고요." 그녀는 '이 동네 사람들'이라고 하면서 테이블에 앉아 있는 사람들을 턱으로 가리킨다. 그들은 두 여자가 있거나 말거나 아랑곳 않고 신문을 보고 커피를 마신다.

"내가 도시에서 왔다는 걸 어떻게 알아요?"

미지의 인물이 눈을 부라린다. "나 원 참! 레크리에이션 센터로 안내할게요, 갑시다!" 그녀는 외치며 문 쪽으로 휠체어를 움직인다.

브릿마리는 피자 가게, 보건소, 우체국, 기타 등등과 분리된 한쪽 코너를 쳐다본다. 미니 슈퍼라도 되는 것처럼 진열대에 식료품이 놓여 있다.

"있잖아요, 여기가 식료품 가게인가요?"

"슈퍼마켓도 문을 닫아서 능력껏 때우고 있죠!"

브릿마리는 레크리에이션 센터의 지저분한 유리창을 떠올린다.

"여기 혹시 팩신 있어요?" 그녀가 묻는다.

브릿마리는 팩신 말고 다른 브랜드는 써본 적이 없다. 그녀는 어렸을 때 아버지의 조간신문에 실린 팩신 광고를 보았다.

깨끗한 유리창 앞에 한 여자가 서 있고 그 아래에 이렇게 적혀 있었다. '팩신이 있으면 세상이 깨끗하게 보입니다.' 브릿마리는 그 광고가 좋았다. 그래서 어른이 돼서 독립하자마자 평생 하루도 빠짐없이 팩신으로 유리창을 닦았고, 그래서 아무 문제 없이 세상을 깨끗하게 볼 수 있었다.

세상이 그녀를 보지 못했을 따름이다.

"나도 알고 그쪽도 알다시피 팩신은 더 이상 나오지 않아요." 미지의 인물이 말한다.

"그게 무슨 소리예요?" 브릿마리는 살짝 나무라는 투로 묻는다.

"팩신은 이제…… 그 뭣이냐, 생산이 중단됐다고요. 수익성이 떨어져서."

브릿마리는 눈을 휘둥그레 뜨며 조그맣게 헉 소리를 낸다.

"어떻게…… 그럴 수가…… 그래도 법적으로 아무 문제 없는 거예요?"

"수익성이 떨어지니까요." 미지의 인물은 어깨를 으쓱한다.

그게 무슨 해답이라도 되는 것처럼.

"그러면 안 되는 거 아니에요?" 브릿마리는 버럭 외친다.

미지의 인물은 다시 어깨를 으쓱한다. "그래도 상관없잖아요? 다른 브랜드가 있는데! 저기 저 러시아에서 만든 잡것만 해도—" 그녀는 중간에 말을 끊고 베가에게 가서 가져오라는 신호를 보낸다.

"됐어요!" 브릿마리는 말허리를 자르고 문을 향해 걸어가며 나지막이 쏘아붙인다. "과탄산소다를 쓰겠어요!"

브릿마리가 세상을 보는 방식은 아무도 바꿀 수 없다. 브릿마리가 일단 입장을 정했다 하면 어느 누구도 바꿀 방법이 없다.

6

브릿마리는 문턱에 걸려서 비틀거린다. 보르그 사람들뿐 아니라 건물들까지 그녀를 옆으로 밀치려는 것처럼 느껴진다. 그녀는 피자 가게 출입문으로 이어지는 장애인용 경사로에 선다. 주먹 쥐듯 발가락을 살짝 구부려 통증을 잠재운다. 도로 이쪽에서는 트랙터가, 저쪽에서는 트럭이 지나간다. 그 이후로는 적막이다. 브릿마리는 이렇게 작은 동네에 와본 적이 없다. 켄트 옆자리에 앉아서 차를 타고 지나가기만 했을 뿐이다. 켄트는 이런 동네를 늘 비웃었다.

브릿마리는 정신을 차리고 핸드백을 쥔 손에 힘을 주고는 장애인용 경사로에서 내려와 자갈이 깔린 널찍한 주차장을 가로지른다. 누가 쫓아오기라도 하듯 빠르게 걷는다. 미지의 인물이 뒤에서 요란한 소리를 낸다. 베가가 축구공을 들고 다른 아이들이 모여 있는 쪽으로 달려가는데 다들 청바지의 허벅지 부분이 너덜너덜하다. 베가는 두세 걸음 가다가 멈추고 브릿마리를 빤히 쳐다보며 중얼거린다.

"공으로 머리 맞혀서 죄송해요. 일부러 그런 거 아니었어요."

그러더니 미지의 인물에게 퉁명스럽게 쏘아붙인다.

"하지만 우리도 마음먹은 대로 맞힐 수 있다고요!"

그녀는 몸을 돌려서 남자아이들을 지나 레크리에이션 센터와 피자 가게 사이의 나무 울타리를 향해 공을 찬다. 한 남자아이가 받아서 울타리를 다시 한 번 맞춘다. 그제야 브릿마리는 쿵쿵거리던 소리의 출처를 알아차린다. 남자아이 하나가 울타리를 겨냥하지만 다시 브릿마리에게로 공을 날려버린다. 각도를 감안하면 상당히 어마어마한 헛발질이다.

공이 천천히 브릿마리에게로 굴러간다. 아이들은 그녀가 공을 차서 보내주길 기다리는 눈치다. 브릿마리는 공이 자기에게 침을 뱉기라도 한 것처럼 자리를 피한다. 공이 그녀를 지나친다. 베가가 달려온다.

"왜 차지 않으셨어요?" 아이가 당황한 표정으로 묻는다.

"내가 왜 그걸 차야 하니?"

두 사람은 상대가 제정신이 아닌 게 분명하다는 확신에 가득 찬 눈빛으로 서로를 노려본다. 베가는 남자아이들에게로 공을 차서 보내고 달려간다. 브릿마리는 치맛자락에 묻은 먼지를 턴다. 미지의 인물은 보드카를 꿀꺽 마신다.

"버릇없는 애새끼들이죠. 축구는 개떡같이 못하고. 그 뭣이냐, 배에서 물도 못 맞힐걸요? 그런데 놀 수 있는 데가 없잖아요. 우라질. 시의회에서 축구장을 폐쇄했거든요. 부지를 팔아 넘겨서 거기다 아파트를 짓고 있어요. 그러다 경제 위기가 닥치면서 다 나가리가 난 거죠. 아파트도 못 짓게 되고 축구장도 없어지고."

"켄트 말로는 경제 위기가 끝났다고 하던데요." 브릿마리가 사근사근하게 알려준다.

미지의 인물은 코웃음을 친다.

"그 켄트라는 인물은, 그 뭣이냐, 똥오줌을 분간 못 하는 사람인가보네요."

브릿마리는 그 말이 무슨 뜻인지 모르는 게 더 기분 나쁜 일인지, 무슨 뜻인지 알 것 같은 게 더 기분 나쁜 일인지 알 수가 없다.

"켄트가 그쪽보다 더 잘 알 거예요. 사업가거든요. 아주 잘나가는 사업가. 독일이랑 거래를 해요." 그녀는 미지의 인물의 착각을 바로잡아주려고 한다.

미지의 인물은 관심이 없는 눈치다. 보드카 술병으로 아이들을 가리키며 이렇게 말한다.

"축구장을 없애면서 축구팀도 없애버렸어요. 그래서 잘하는 애들은 소도시의 쓰레기 같은 팀으로 옮겨갔죠."

그녀는 '소도시'인가 싶은 쪽을 턱으로 가리킨 다음 다시 아이들을 턱으로 가리킨다.

"소도시. 저쪽으로 20킬로미터 가면 나와요. 이 애들은 떨거지들이에요. 아까 그 뭣이냐, 팩신! 그것처럼 수익성이 떨어져서 생산이 중단된 떨거지들. 그래서 그 켄트라는 사람이 똥오줌을 분간 못 한다는 거예요. 도시는 경제 위기에서 벗어났을지 몰라도 그 경제 위기란 녀석은 보르그를 좋아하거든요. 그 나쁜 놈은 여기에 아주 눌러앉았단 말이죠!"

브릿마리는 그녀가 20킬로미터 가면 나온다는 소도시를 운운할 때와 브릿마리가 살았던 도시를 운운할 때 확연한 차이가 있다는 걸 느낀다. 경멸의 급이 다르다. 미지의 인물은 술기운이 확 돌자 눈물이 고인 채로 하던 얘기를 계속한다.

"보르그에서는 다들 트럭을 몰아요. 그 뭣이냐, 트럭 회사가 있었거든! 그런데 그 빌어먹을 경제 위기가 찾아온 거예요. 이제는 보르그에 트럭보다 사람이 더 많고, 일자리보다 트럭이 더 많아요."

브릿마리는 계속 핸드백을 단단히 쥐고 있다. 이유는 정확히 모르겠지만 자기 방어를 해야 할 것 같아서다.

"여기 쥐가 있던데." 그래서 그녀는 미지의 인물에게 전혀 기분 나쁘지 않은 말투로 이렇게 알려준다.

"쥐들도 살 데가 있어야 하지 않겠어요?"

"더럽잖아요. 자기들끼리 먼지 구덩이에서 살아야죠."

미지의 인물은 귀를 판다. 그러곤 유심히 손가락을 쳐다본다. 보드카를 좀 더 마신다. 브릿마리는 고개를 끄덕이고 어느 모로 보나 기꺼이 돕겠다는 투로 이렇게 덧붙인다.

"여기 이 보르그를 조금만 더 깨끗하게 유지하면 경제 위기를 조금이나마 떨칠 수 있을지 몰라요."

미지의 인물은 그녀의 말을 별로 귀담아 듣지 않는 눈치다.

"그건 그 뭐냐, 낭설이에요. 쥐가 더럽다는 거. 그거 낭설이라고요. 쥐들은 그 뭐냐, 깨끗해요! 고양이처럼 혀로 몸을 깨끗이 핥거든요. 생쥐들은 아무 데나 똥을 싸고 다니지만 집 쥐들은 변소가 있어요. 늘 같은 데다 똥을 싸요." 그녀는 술병으로 브릿마리의 차를 가리킨다.

"차 다른 데로 옮겨요. 애들이 거기로 공을 날릴 거예요."

브릿마리는 짜증을 참으며 고개를 젓는다.

"옮길 수가 없어요. 주차하다가 폭발했거든요."

미지의 인물이 웃음을 터뜨린다. 휠체어를 밀고 반대편으로 가서 축구공 모양으로 움푹 꺼진 조수석 문을 쳐다본다.

"아. 날아온 돌에 맞았군." 그녀는 킬킬거린다.

"뭐라고요?" 브릿마리가 머뭇머뭇 따라가 축구공 모양으로 움푹 꺼진 곳을 노려보며 묻는다.

"날아온 돌요. 자동차 정비소에서 보험회사에 연락할 거 아네요. 그때 '날아온 돌'에 맞았다고 하겠다고요." 미지의 인물은 킬킬거린다.

브릿마리는 핸드백을 뒤져서 리스트를 찾는다.

"하. 여기서 제일 가까운 정비소가 어디 있는지 알 수 있을까요?"

"여기 있잖아요." 미지의 인물이 말한다.

브릿마리는 미심쩍어하는 눈빛으로 빤히 쳐다본다. 당연히 휠체어가 아니라 미지의 인물을 빤히 쳐다본다. 브릿마리는 남을 평가하는 그런 사람이 아니다.

"당신이 차를 고친다고요?"

미지의 인물이 어깨를 으쓱한다.

"자동차 정비소도 문을 닫았거든요. 그러니까 능력껏 때워야죠. 하지만 지금 당장은 신경 꺼요! 레크리에이션 센터로 안내할게요."

그녀는 열쇠가 든 봉투를 들어 보인다. 브릿마리는 봉투를 받고 미지의 인물의 보드카 술병을 쳐다보고는 핸드백을 꽉 쥔다.

그러고는 고개를 젓는다.

"이제 됐어요, 고마워요. 성가신 일은 이제 그만할게요."

"성가시지 않아요." 미지의 인물은 이렇게 말하고 태연하게 휠체어를 앞뒤로 움직인다.

브릿마리는 근사하게 미소를 짓는다.

"그쪽 생각해서 한 말이 아니었는데요."

그녀는 미지의 인물이 따라올 생각을 하지 못하게 거침없이 몸을 돌려서 자갈이 깔린 주차장을 뚜벅뚜벅 가로지른다. 차에서 가방과 화분 상자를 꺼내 레크리에이션 센터로 끌고 간다. 문을 열고 안으로 들어가서 문을 잠근다. 미지의 인물이 싫은 건 아니다. 그건 전혀 아니다.

보드카 냄새 때문에 켄트가 생각나서 그런 거다.

그녀는 주위를 둘러본다. 벽은 밖에서 두드려 맞고 있고, 바닥의 먼지 위에는 쥐 발자국이 찍혀 있다. 그래서 브릿마리는 살면서 위기 상황과 맞닥뜨릴 때마다 늘 하던 일을 한다. 청소를 한다. 과탄산소다를 적신 걸레로 유리창을 닦고 식초를 묻힌 신문으로 다시 한 번 닦는다. 팩신 못지않게 효과가 좋지만 기분은 그에 못 미친다. 과탄산소다와 물로 주방 싱크대를 훔치고 바닥을 걸레질한 다음 과탄산소다에 레몬주스를 섞어서 화장실 타일과 수도꼭지를 씻고 과탄산소다에 치약을 섞어서 세면대를 닦는다. 그런 다음 달팽이가 생기지 않게 발코니 화분 상자 위에 과탄산소다를 뿌린다.

화분에는 흙만 담겨 있는 것처럼 보일지 몰라도 그 밑에서 꽃들이 봄을 기다리고 있다. 겨울에는 아무것도 없어 보이는 것에도 가능성이 있다고 믿으며 물을 주어야 한다. 브릿마리는 자신의 마음속에도 그런 믿음이 있는지 아니면 그저 그러길 바라는 마음뿐인지 더 이상 알 수가 없다. 어쩌면 둘 다 없는지도 모른다.

레크리에이션 센터 벽지가 무심하게 그녀를 바라본다. 벽지는 사람들과 축구 사진들로 뒤덮여 있다.

온 사방이 축구다. 브릿마리는 축구 사진이 또 한 장 언뜻 시야에 들어올 때마다 스펀지로 더 열심히 북북 문지른다. 벽을 때리는 소리가 멈추고 아이들과 축구공이 집으로 사라질 때까지 계속 청소를 한다. 그녀는 해가 진 다음에서야 전등이 주방에만 들어온다는 걸 알아차린다. 그래서 조만간 폐쇄될 레크리에이션 센터의 형광등 불빛이 비추는 조그만 인공 섬에 발이 묶인다.

주방은 식기 건조대와 냉장고와 등받이가 없는 나무 의자 두 개로 거의 꽉 차다시피 했다. 냉장고를 열어보니 커피 한 봉지 말고는 아무것도 없다. 그녀는 바닐라 에센스를 챙기지 않은 걸 자책한다. 과탄산소다에 바닐라 에센스를 섞으면 냉장고에서 상큼한 향이 나는데.

그녀는 머뭇거리며 커피 퍼컬레이터 앞으로 가서 선다. 최신식인 것처럼 보인다. 그녀는 한참 동안 커피를 끓인 적이 없다. 켄트가 커피를 워낙 맛있게 끓여서 그가 끓여줄 때까지 기다리는 게 상책이었다. 그런데 반짝이는 단추가 달려 있고, 이렇게 기가 막히게 훌륭한 기능을 갖춘 기기는 오랜만에 본다는 생각이 들자 브릿마리는 뚜껑을 열어보고 싶어진다. 커피를 거기다 넣으면 될 것 같은데 뚜껑이 열리지 않는다. 버튼이 화가 난 사람처럼 깜빡거리기 시작한다.

브릿마리는 이 사태에 엄청난 굴욕감을 느낀다. 그녀는 좌절감에 뚜껑을 잡아당긴다. 깜빡거림은 더 격렬해지고 이에 브릿마리가 온 힘을 다해서 당기자 기계가 통째로 넘어져버린다. 뚜껑이 딱 소리와 함께 열리면서 커피 찌꺼기와 물이 브릿마리의 재킷 위로 뿜어져 나온다.

흔히들 말하길 떠나면 달라진다고 하는데 브릿마리가 여행을 싫어하는 이유가 바로 그거다. 변화를 원치 않기 때문이다.

그래서 브릿마리는 여행 탓에 그녀가 전에 없이 이성을 잃은 거라고 나중에 결론을 내린다. 결혼한 직후 켄트가 골프화를 신고 쪽매널 마루를 지나갔을 때 이후로 처음 있는 일이다.

그녀는 막대 걸레를 집어서 손잡이로 커피 머신을 있는 힘껏 때린다. 버튼이 깜빡거린다. 뭔가가 부서진다. 깜빡거림이 멈춘다. 브릿마리는 팔이 떨리고 식기 건조대가 흐릿하게 보일 때까지 계속 때린다. 그러다 결국 숨을 헐떡이며 핸드백에서 수건을 꺼낸다. 주방 천장에 달린 등을 끈다. 어둠 속 나무 의자에 앉아서 수건에 대고 흐느껴 운다.

눈물이 바닥으로 떨어지는 건 용납할 수 없기 때문이다. 그러면 자국이 남으니까.

7

브릿마리는 밤을 새운다. 평생 다른 누군가를 위해 살아온 사람들은 밤을 새우는 데 이골이 나 있다.

물론 그녀는 불을 꺼놓고 앉아 있다. 불을 켜놓으면 지나가는 사람들이 그걸 보고 무슨 일이라도 벌어지는 줄 알 것 아닌가.

하지만 잠은 자지 않는다. 청소를 시작하기 전에 레크리에이션 센터 바닥을 두툼하게 덮은 먼지를 본 기억이 나서인데, 자다가 죽기라도 하면 발견될 때까지 먼지를 뒤집어쓴 채 냄새를 풍기며 거기 누워 있어야 할 테고, 그런 위험부담을 감수할 순 없기 때문이다. 레크리에이션 센터 한쪽 구석에 놓인 소파에서 눈을 붙이는 것도 고민할 가치조차 없는 문제다. 라텍스 장갑을 두 겹 끼고 과탄산소다로 아예 뒤덮어야 했을 만큼 더러웠던 것이다. 차에서 자면 되지 않느냐고? 그래도 될진 모르겠지만 그녀는 동물이 아니다.

고용 센터 아가씨는 20킬로미터 가면 나오는 소도시에 호텔이 있다고 계속 강조했지만, 브릿마리는 침대 정리를 남의 손에 맡겨야 하는 곳에 더는 하룻밤도 있고 싶지 않았다. 멀리 떠나서 색다른 경험을 할 날만을 꿈꾸는 사람들도 있다는 건 알지만, 브릿마리는 모든 게 늘 똑같은 집에 머물 날을 꿈꾼다. 그녀는 자기 손으로 침대를 정리하고 싶다.

브릿마리는 켄트와 함께 호텔에 머물 때마다 항상 '방해하지 마시오' 팻말을 걸고 스스로 침대를 정리하고 객실을 청소한다. 남을 평가하는 성격이라서 그런 건 아니다. 절대 아니다. 청소하는 직원들이 남을 평가하는 사람들일 수 있기에, 그들이 저녁 직원회의에서 423호의 끔찍한 상태를 놓고 왈가왈부하는 걸 바라지 않기 때문이다.

한번은 켄트가 집으로 돌아가는 비행기 탑승 수속 시각을 착각하는 바람에 (그는 지금도 '빌어먹을 티켓에 시간 하나 제대로 적지 못하는 그 머저리들 때문'이라고 주장하지만) 한밤중에 샤워도 못 하고 뛰쳐나와야 했던 적이 있었다. 그래서 브릿마리는 뛰쳐나오기 직전에 욕실로 달려 들어가 바닥에 물기가 남도록 샤워기를 몇 초 동안 틀어놓았다. 청소하는 직원이 들어왔을 때 423호 손님들은 먼지를 그대로 이고 진 채 나간 모양이라고 결론짓는 사태를 방지하기 위해서였다.

켄트는 그걸 보고 코웃음을 치며 그녀는 항상 다른 사람들의 평가를 너무 의식한다고 했다. 브릿마리는 공항으로 가는 내내 속으로 비명을 질렀다. 그녀가 의식하는 건 사실 켄트에 대한 사람들의 평가였다.

그가 언제부터 그녀에 대한 사람들의 평가를 신경 쓰지 않았는지, 그건 잘 모르겠다.

한때는 신경 썼다는 건 안다. 그가 그녀라는 존재가 있다는 걸 아는 눈빛으로 그녀를 바라봤던 시절의 이야기다. 사랑이 언제 꽃을 피우는지는 잘 알 수 없다. 어느 날 눈을 떠보면 꽃이 만개해 있으니까. 시들 때도 마찬가지다. 어느 날 보면 이미 엎질러진 물이 되어 있다. 그런 점에서 사랑은 발코니 식물과 상당히 비슷하다. 가끔은 과탄산소다로도 아무 효과를 거두지 못한다.

브릿마리는 그들의 결혼 생활이 언제부터 손쓸 도리가 없게 되었는지, 언제부터 그녀가 아무리 많은 받침 접시를 동원해도 닳고 흠집이 생기는 걸 막을 수 없었는지 알지 못한다. 한때는 자는 동안 그가 그녀의 손을 잡아주었고, 그녀는 그의 꿈을 꾸었다. 브릿마리에게 꿈이 전혀 없었던 건 아니다. 그의 꿈이 더 컸고, 꿈이 가장 큰 사람이 승자가 되는 게 이 세상의 법칙이었을 뿐이다. 그녀는 일찌감치 그 사실을 터득했다. 그래서 자기 아이를 낳을 생각조차 하지 않고 집을 지키며 아이들을 건사했다. 아이들을 다 키운 뒤에도 몇 년 동안 그녀의 인생은 생각조차 하지 않고 집을 번듯하게 가꾸고 그를 내조했다. 그러다 공동 현관이 지저분하거나 계단에서 피자 냄새가 나면 독일 사람들이 뭐라고 생각할지 걱정하는 그녀를 가리켜 '잔소리꾼'이라고 하는 이웃 사람들이 있다는 걸 알게 됐다. 그녀는 친구를 사귀지 않았다. 켄트와 사업을 같이하는 사람들의 부인처럼 얼굴만 알고 지내는 사람들만 어쩌다 한 명씩 있을 따름이었다.

한번은 그중 한 명이 디너파티가 끝나고 설거지를 돕겠다더니 브릿마리의 커트러리 서랍을 정리한답시고 왼쪽에서부터 나이프, 그다음에 스푼과 포크 순서로 놓은 적이 있었다. 충격을 받은 브릿마리가 지금 뭐하는 거냐고 묻자 그녀는 장난이라는 듯이 웃으며 "어떻게 정리하든 아무 상관 없지 않아요?"라고 했다. 그들의 인연은 거기까지였다. 켄트는 사회성이 떨어진다며 브릿마리에게 자기가 두 사람 몫의 사회생활을 할 수 있게 몇 년 더 집을 지키라고 했다. 몇 년이 십수 년이 되었고 십수 년이 평생이 되었다. 세월은 그런 습성이 있다. 브릿마리에게 처음부터 아무 기대도 없었던 게 아니다. 어느 날 아침에 눈을 떠보니 기대의 유통기한이 지났을 뿐이다.

켄트의 아이들은 그녀를 좋아했던 것 같지만 아이들은 성인으로 자라고, 성인들은 브릿마리 같은 여자들을 가리켜 '잔소리꾼'이라고 한다. 가끔 같은 블록에 아이들이 있는 집이 이사 올 때가 있었다. 그 아이들이 혼자 집을 지키고 있으면 브릿마리가 어쩌다 한 번씩 저녁을 차려주었다. 하지만 어느 정도 시간이 지나면 엄마나 할머니가 등장하기 마련이었고, 그 아이들이 자라면 브릿마리는 '잔소리꾼'이 되었다. 켄트에게 계속 사회성이 떨어진다는 소리를 들어오니 그게 기정사실로 굳어졌다. 결국 그녀에게 남은 꿈이라고는 발코니, 그리고 골프화를 신고 쪽매널 마루를 걷지 않고, 얘기하지 않아도 가끔 셔츠를 빨래 바구니에 넣고, 가끔 묻지 않아도 요리가 맛있다고 해주는 남편뿐이었다. 그리고 집. 그녀가 친엄마는 아니지만 무슨 일이 있어도 크리스마스에 찾아와주는, 최소한 오지 못하는 이유라도 있는 척해주는 아이들. 올바르게 정리된 커트러리 서랍. 어쩌다 한번씩 극장에서 보내는 저녁 시간. 세상을 내다볼 수 있는 유리창. 브릿마리가 헤어스타일에 유난히 신경 썼다는 걸 알아봐주는 사람. 아니면 최소한 알아본 척이라도 하는 사람. 아니면 최소한 브릿마리의 연극을 모르는 척해주는 사람.

퇴근해서 깨끗한 바닥과 식탁에 차려진 따뜻한 저녁을 보고 어쩌다 한번씩이라도 그녀의 수고를 알아주는 사람.

심장은 셔츠에서 피자와 향수 냄새가 나는 병실을 나선 다음에서야 무너지는 것인지 몰라도 그 전에 몇 번 찢어진 적이 있다면 훨씬 금세 무너질 것이다.

브릿마리는 다음 날 아침 6시에 불을 켠다. 불빛이 그리워서가 아니라 사람들이 어젯밤에 불이 켜진 걸 봤을 텐데, 그러면 브릿마리가 간밤에 레크리에이션 센터에 있었던 걸 알 테고, 지금 이 시각까지 자고 있나보다고 착각할 수 있어서다.

소파 옆에 낡은 텔레비전이 있어서 켜놓으면 외로움을 덜 수 있을지 모르지만 축구 중계가 나올 가능성이 크기에 피한다. 요즘은 뭘 틀어도 축구 중계뿐이라 그걸 보느니 차라리 외로운 게 낫다. 레크리에이션 센터가 조심스러운 정적 속에 그녀를 가둔다. 커피 퍼컬레이터는 옆으로 누워 있고, 더 이상 그녀를 향해 깜빡거리지 않는다. 그녀는 그 앞의 의자에 앉아서 켄트의 아이들이 그녀에게 '수동 공격적'이라고 했던 때를 떠올린다. 켄트는 축구 경기를 보며 보드카와 오렌지주스를 마시고 났을 때처럼 배를 위아래로 들썩이고 콧구멍으로 살짝 방귀 소리를 내며 껄껄 웃고 나서 이렇게 대꾸했다.

"브릿마리는 수동 공격적이지 않아. 공격 수동적이지!" 그러고는 새기카펫 위에 보드카를 쏟을 때까지 껄껄대며 웃었다.

그날 밤에 브릿마리는 참을 만큼 참았다는 결론을 내리고 아무 말 없이 러그를 손님방으로 옮겼다. 물론 그녀가 수동 공격적이라서 그런 건 아니다. 참는 데도 한계가 있기 때문에 그런 거다.

켄트가 한 말에 화가 나지는 않았다. 잘 알지도 못하면서 한 말일 가능성이 컸다. 하지만 그녀가 그 말을 들을 수 있을 만큼 가까이에 있는지 확인할 생각조차 하지 않은 데에는 기분이 상했다.

그녀는 커피 퍼컬레이터를 바라본다. 고쳐볼까 하는 태평한 생각이 잠깐 머릿속을 스치고 지나가지만 정신을 차리고 자리를 옮긴다. 그녀는 결혼한 뒤로 뭘 고쳐본 적이 없다. 켄트가 퇴근할 때까지 기다리는 게 상책일 것 같았다. 켄트는 여자들이 텔레비전에 나와서 집을 짓거나 개조하는 이야기를 하면 항상 "여자들은 이케아 가구도 조립할 줄 모르잖아"라고 했다. "할당된 머릿수 채우기"라고 했다. 브릿마리는 그와 나란히 소파에 앉아서 십자말 퀴즈를 푸는 게 좋았다. 그가 축구 경기를 보려고 채널을 돌릴 때 손끝이 그녀의 무릎에 닿을 수 있도록 늘 리모컨 옆에 바짝 붙어 앉았다.

그녀는 과탄산소다를 좀 더 들고 와서 레크리에이션 센터를 전체적으로 한 번 더 청소한다. 소파 위로 과탄산소다를 다시 뿌렸을 때 누군가가 문을 두드리는 소리가 들린다. 브릿마리는 상당히 뜸을 들인 다음에서야 문을 연다. 불도 안 켜지는 화장실로 달려 들어가 거울 앞에서 머리를 매만지려면 복잡한 과정을 거쳐야 하기 때문이다.

미지의 인물이 와인 상자를 들고 문 앞에 앉아 있다.

"하." 브릿마리는 상자에 대고 말한다.

"좋은 와인이에요. 싸고. 하늘에서 뚝 떨어진 걸 쌔볐죠, 하하!" 미지의 인물은 상당히 거들먹거리며 말한다.

브릿마리는 무슨 소린지 알아듣지 못한다.

"하지만 세무서에서 출처를 물을 수 있으니까 라벨이 달린 병에 붓고 기타 등등 개수작을 부려야 해요." 미지의 인물이 말한다. "세무서에서 물으면 내 피자 가게에서 '하우스 레드'로 파는 거라고 해요, 알았죠?" 미지의 인물은 브릿마리에게 상자를 던지다시피 건네고 휠체어로 문턱을 쾅 소리 나게 넘어서 밀고 들어온다.

브릿마리는 바퀴에서 떨어져 나온 녹은 눈덩이와 자갈을 보고 인분을 대한 것과 다를 바 없을 정도로 경악한다.

"내 차를 고치는 건 어떻게 되고 있는지 물어봐도 될까요?" 브릿마리가 말한다.

미지의 인물은 의기양양하게 고개를 끄덕인다.

"우라지게 잘되고 있어요! 우라지게! 저기 근데 뭐 하나만 물읍시다, 브릿마리. 색깔 상관있어요?"

"색깔이라고요?"

"저기, 내가 입수한 문이 있거든요. 우라지게 멀끔한 문이에요. 그런데 차랑 색깔이 다를 수도 있어서요. 어쩌면…… 좀 더 노란색에 가까울 수 있어요."

"내 문은 어떻게 됐는데요?" 브릿마리는 경악한 얼굴로 묻는다.

"멀쩡해요! 멀쩡해! 그냥 물어본 거예요! 노란 문. 싫어요? 그 뭐냐, 산화됐는데! 그래서 이제는 거의 노랗지 않은데. 거의 하얀색에 가까운데."

"내 하얀 차에 노란 문이 달리는 건 절대 용납할 수 없어요!"

미지의 인물은 손바닥을 흔들어 동그라미를 그린다.

"알았어요, 알았어요, 알았어요. 진정해요, 진정해요, 진정해요. 하얀 문 고칠게요. 문제없어요. 성질부리지 마요. 하지만 하얀 문으로 하면 그 뭐냐, 인도하는 데 시간이 걸리거든요!"

그녀는 태평하게 와인을 턱으로 가리킨다.

"와인 좋아해요, 브릿?"

"아뇨." 브릿마리는 대답한다. 와인을 싫어해서가 아니라 와인을 좋아한다고 하면 사람들이 알코올중독자라는 결론을 내릴 수도 있어서다.

"다들 와인은 좋아하는데, 브릿!"

"내 이름은 브릿마리예요. 언니만 나를 브릿이라고 불러요."

"언니? 그러니까 그 뭐냐, 닮은꼴이 하나 더 있는 거예요? 이 세상을 위해 잘된 일이네!"

미지의 인물은 농담이라는 듯이 씩 웃는다. 브릿마리를 비웃는 농담일 것이다.

"언니는 어렸을 때 죽었어요." 그녀는 와인 상자에 시선을 고정한 채 미지의 인물에게 알려준다.

"아…… 이런 염병할…… 저기 그 뭣이냐…… 조의를 표할 게요." 미지의 인물이 슬픈 목소리로 말한다.

브릿마리는 신발 속에서 발가락을 단단히 구부린다.

"하. 고마워요." 그녀는 조용히 말한다.

"좋은 와인이긴 한데 그 뭣이냐, 좀 탁해요! 커피 필터로 몇 번 거르면 아무 문제 없을 거예요!" 그녀는 전문가처럼 설명하더니 바닥에 놓인 브릿마리의 가방과 발코니 화분 상자를 보고 점점 더 커다랗게 미소를 짓는다.

"취직을 축하하는 뜻에서 준비한 선물이었는데. 이제 보니 그 뭣이냐, 집들이 선물에 더 가깝겠네요!"

기분이 상한 브릿마리는 시한폭탄이라도 되는 것처럼 와인 상자를 앞으로 멀찌감치 내밀어서 든다.

"분명하게 짚고 넘어가지만 나는 여기서 살지 않아요."

"그럼 어젯밤에는 어디서 잤어요?"

"안 잤어요." 브릿마리는 와인 상자를 문 밖으로 던지고 귀를 막고 싶은 사람 같은 표정을 지으며 대답한다.

"호텔이란 것도 있잖아요." 미지의 인물이 말한다.

"하, 거기 호텔도 있는 모양이네요? 어련하시겠어요. 피자 가게 겸 자동차 정비소 겸 우체국 겸 슈퍼 겸 호텔이에요? 좋겠어요, 고민할 필요가 없어서."

미지의 인물은 우거지상을 하며 대놓고 놀라워한다.

"호텔? 내가 뭐하러 호텔까지 하겠어요? 아니죠, 아니죠, 아니죠, 브릿마리. 나는 그 뭣이냐, 주력 사업에 집중한다고요!"

브릿마리는 체중을 실은 발을 왼쪽에서 오른쪽으로 옮기고 결국 냉장고로 가서 와인 상자를 안에 넣는다.

"나는 호텔 싫어해요." 그녀는 선언하고 결연히 문을 닫는다.

"안 돼요, 망할! 와인을 냉장고에 넣으면 찌꺼기 생겨요!" 미지의 인물이 고함을 지른다.

브릿마리가 그녀를 노려본다.

"우리가 야만인도 아니고, 그렇게 입만 열면 욕을 해야겠어요?"

미지의 인물은 휠체어를 밀고 가서 주방 서랍을 열고 커피 필터를 꺼낸다.

"젠장, 브릿마리! 내가 가르쳐줄게요. 걸러야 한다니까. 맛 괜찮아요. 환타랑 섞어서 마셔도 좋고. 우리 가게에 저렴한 환타가 있으니까 필요하면 말해요. 중국산이에요!"

그녀는 커피 퍼컬레이터를 보고 아니, 커피 퍼컬레이터의 잔재를 보고 하던 이야기를 멈춘다. 마음이 불편해진 브릿마리는 맞잡은 손을 배에 얹고, 블랙홀 입구에 묻은 보이지 않는 먼지를 턴 다음 그 안으로 빨려 들어가고 싶어 하는 사람 같은 표정을 짓는다.

"어쩌다 이렇게…… 된 거예요?" 미지의 인물은 이렇게 물으며 막대 걸레와 막대 걸레 모양으로 움푹 들어간 커피 퍼컬레이터를 차례로 쳐다본다. 브릿마리는 화끈거리는 뺨을 달래며 아무 말 없이 서 있다. 그러다 헛기침을 하고 허리를 펴고 미지의 인물의 눈을 똑바로 쳐다보며 대답한다.

"날아온 돌에 맞았어요."

미지의 인물은 그녀를 쳐다본다. 커피 머신을 쳐다본다. 막대 걸레를 쳐다본다.

그러더니 웃는다. 깔깔대고 웃는다. 그러곤 기침을 한다. 그러더니 더 큰 소리로 웃는다. 브릿마리는 몹시 언짢아진다. 웃기려고 한 말이 아니었다. 적어도 그녀 입장에서는 그랬다. 그녀가 기억하기로 그녀는 몇 년 동안 웃기려고 해본 적이 없었다. 그래서 웃음소리에 언짢아진다. 그녀가 한 말이 재미있어서 웃는 게 아니라 그녀를 비웃는 것처럼 느껴져서다. 끊임없이 웃기려고 하는 남편과 충분한 세월 동안 함께 살다보면 자꾸 그런 의심을 하게 된다. 그들의 관계에서는 그보다 더 웃길 수 있는 여지가 없었다. 켄트가 웃기기 시작하면 브릿마리는 주방에 들어가서 설거지를 했다. 그들은 그런 식으로 할 일을 나눴다.

그런데 지금 미지의 인물은 휠체어가 거의 뒤집어질 정도로 웃고 있다. 그래서 브릿마리는 불안해지고 불안할 때마다 나타나는 자연스러운 반응으로 짜증이 난다. 그녀는 과탄산소다로 뒤덮인 소파를 공격하려고 보란 듯이 진공청소기 쪽으로 걸어간다.

미지의 인물의 웃음소리는 서서히 키득거림으로, 결국에는 날아온 돌 어쩌고 하는 중얼거림으로 잦아든다. "우라지게 웃겼어요. 아, 당신 차에 우라지게 큰 짐이 있던데 알아요?"

그게 브릿마리에게 깜짝 놀랄 만한 소식이라도 된다는 걸까. 그녀의 목소리에서 아직까지 키득거림의 흔적이 느껴진다.

"알다마다요." 브릿마리는 퉁명스럽게 대답한다. 미지의 인물이 문 쪽으로 휠체어를 돌리는 소리가 들린다.

"옮기는 거 도와줄까요?"

브릿마리가 대답 대신 진공청소기를 틀자 미지의 인물이 고함을 지른다.

"어려운 일도 아니거든요, 브릿마리!"

브릿마리는 소파 쿠션에 노즐을 대고 있는 힘껏 문지른다.

소음만 거듭 이어지자 미지의 인물은 포기하고 고함을 지른다. "뭐, 아까 내가 말한 것처럼 와인에 섞어 마실 환타 필요하면 와요! 아니면 피자 먹으러 오든지!" 이윽고 문이 닫힌다. 브릿마리는 청소기를 끈다. 쌀쌀맞게 굴고 싶은 생각은 없었지만 그 짐만큼은 어느 누구의 도움도 받고 싶지 않다. 지금 세상에

서 가장 중요한 게 있다면 브릿마리가 그 짐만큼은 어느 누구의 도움도 받고 싶지 않아 한다는 것이다.

왜냐하면 그 안에 조립식 이케아 가구가 들어 있기 때문이다.

그리고 브릿마리는 그걸 직접 조립할 작정이다.

8

가끔 트럭이 보르그를 관통할 때마다 레크리에이션 센터가 심하게 흔들린다. 그럴 때면 브릿마리는 이 건물이 두 대륙붕 사이의 단층선 위에 지어진 것 같다는 생각을 한다. 대륙붕은 십자말 퀴즈에 자주 등장하기 때문에 브릿마리도 아는 단어다. 보르그가, 그녀의 어머니가 '오지 구석'이라고 했던 곳에 해당한다는 것도 안다. 그녀의 어머니는 시골을 그렇게 불렀다.

트럭이 또 한 대 요란하게 지나간다. 초록색이다. 벽이 흔들린다.

보르그는 과거에 트럭의 고향이었는데 이제는 트럭들이 지나가기만 한다. 그 트럭을 보고 났더니 잉그리드가 생각난다. 어렸을 때 뒷좌석 유리창 너머로 언뜻 트럭을 보았던 날, 마지막으로 그랬던 기억이 나는 날이 떠오른다. 그때 본 트럭도 초록색이었다.

브릿마리는 수십 년째 셀 수 없을 정도로 여러 번 똑같은 질문을 반복하고 있다. 그때 비명을 지를 겨를이 있었을까. 비명을 질렀다면 뭐가 달라졌을까. 어머니는 잉그리드에게 안전벨트를 매라고 했지만 잉그리드는 절대 맨 적이 없었고, 역시나 그날도 안전벨트를 매지 않았다. 그들은 말다툼을 벌이고 있었다. 그래서 그 차를 보지 못했다. 브릿마리가 그 차를 볼 수 있었던 건 어머니가 알아주길 바라며 항상 안전벨트를 맸기 때문이다. 하지만 브릿마리는 뭐든 시키지 않아도 알아서 하는 아이였기에, 그래서 주목할 필요가 없는 아이였기에 어머니는 절대 알아주지 않았다.

그 차는 오른쪽에서 달려왔다. 초록색이었다. 브릿마리가 기억하는 몇 안 되는 것 중에 하나가 색깔이다. 그 차가 오른쪽에서 달려오자 부모님의 자동차 뒷좌석은 유리 조각과 핏자국으로 범벅이 됐다. 브릿마리는 기절하기 직전에 그걸 청소하고 싶다는 생각을 했다. 깨끗하게 치우고 싶다는 생각을 했다. 그래서 병원에서 눈을 떴을 때 그녀는 그렇게 했다. 청소를 했다. 이런저런 것들을 깨끗하게 치웠다. 언니를 묻고 검은 옷을 입은 모르는 사람들이 부모님의 집에서 커피를 마시는 동안, 브릿마리는 모든 잔에 접시를 받치고 모든 그릇을 씻고 모든 유리창을 닦았다. 아버지의 퇴근 시간이 점점 늦어지고 어머니가 아예 입을 다물어버렸을 때도 그녀는 청소를 했다. 청소를 하고, 하고, 또 했다.

그녀는 침대에 누워 있기만 했던 어머니가 조만간 일어나서 "이 많은 걸 다 하다니 착하다" 하고 얘기해주길 바랐지만 그런 일은 절대 없었다. 그들은 절대 사고 이야기를 꺼내지 않았고 그랬기에 다른 어떤 이야기도 할 수가 없었다. 어떤 사람들이 브릿마리를 차에서 끄집어냈다. 그녀는 어떤 사람들이 그랬는지는 몰라도 그녀의 어머니가 엉뚱한 딸을 살린 그들에게 속으로 분노했고, 그들을 절대 용서하지 않았다는 건 안다. 어쩌면 브릿마리도 그들을 용서하지 않았는지 모른다. 그날 이후로 죽어서 냄새를 풍기며 쓰러져 있는 신세를 모면하는 데에만 급급한 사람을 살려놓았으니 말이다. 어느 날 그녀는 아버지의 조간신문에 실린 한 유리 세정제 광고를 보았다. 그리고 그렇게 하루하루가 흘러갔다.

이제 예순세 살인 그녀는 오지 구석에 서서 레크리에이션 센터 주방 창문 너머로 보르그를 내다보며 팩신과 익숙한 풍경을 그리워하고 있다.

물론 창밖을 내다보는 그녀를 밖에서 아무도 볼 수 없게 창문에서 멀찍감치 떨어져 서 있다. 누구라도 본다면 뭐라고 생각하겠는가! 무슨 범죄자처럼 하루 종일 거기 서서 창밖만 내다보고 있는 것처럼 보이지 않겠는가. 하지만 그녀의 차가 자갈이 깔린 마당에 계속 세워져 있다. 실수로 열쇠를 두고 내리는 바람에 뒷좌석에서 이케아 상자를 꺼내지 못했다. 워낙 무거워서 어떻게 하면 그 상자를 레크리에이션 센터로 옮길 수 있을지 모르겠다. 안에 뭐가 들어 있는지 몰라서 왜 그렇게 무거운지도 설명할 수 없다. 원래는 레크리에이션 센터 주방에 있는 것과 크게 다르지 않은 의자를 살 생각이었는데 이케아의 셀프서비스 창고까지 가서 해당 진열대를 찾아가보니 전부 팔리고 없었다.

의자를 사서 조립하겠다고 오전 내내 고민한 끝에 내린 결론이었기에 이처럼 김새는 사태가 벌어졌을 때 그녀는 그 자리에 선 채로 얼어붙었고, 한참 시간이 지나자 지나가는 직원이 그녀를 보고 수상하게 여기지 않을까 걱정이 되기 시작했다. 사람들이 뭐라고 생각하겠는가. 뭘 훔치려는가보다 하고 생각하지 않겠는가. 이런 걱정이 굳게 뿌리를 내리자 겁에 질린 브릿마리는 초인적인 힘을 발휘해 바로 옆에 있던 상품을 끌어다 카트에 실었고, 어느 모로 보나 애초에 그 상품을 사러 온 듯한 인상을 풍기는 데 거의 성공했다. 그걸 무슨 수로 차에 실었는지는 기억이 가물가물하다. 아이가 깔려 있으면 엄마들이 큼지막한 바위도 번쩍 들어 올린다고 텔레비전에서 종종 얘기하던데 그녀도 그런 심리 상태였나보다. 사람들이 자신을 보며 도둑 아니냐고 의심할지 모른다는 생각이 들자 그렇게 엄청난 기운이 샘솟은 것이다.

그녀는 만전을 기하기 위해 창문에서 좀 더 멀찌감치 떨어진다. 12시 정각에 소파 옆 테이블에 점심을 차린다. 테이블이라고 해봐야 별것 아니고 점심도 땅콩 통조림과 물 한 잔이지만 교양인은 12시에 점심을 먹는 법이고 다른 건 몰라도 브릿마리는 분명 교양인이라 할 수 있다. 그녀는 소파에 앉기 전에 수건을 깔고 깡통에 든 땅콩을 접시에 붓는다. 나이프와 포크로 먹고 싶지만 애써 참는다. 그런 다음 설거지를 하고 레크리에이션 센터를 다시 한 번 청소하는데, 워낙 꼼꼼하게 하느라 가지고 온 과탄산소다를 거의 다 써버린다.

세탁기와 건조기가 갖춰진 조그만 세탁실이 있다. 브릿마리는 낚싯바늘에 마지막 미끼를 끼우는 굶주린 사람의 심정으로 마지막 남은 과탄산소다를 부어 세탁기와 건조기를 청소한다.

빨래를 하려는 건 아니지만 지저분한 기계들을 생각만 해도 견딜 수가 없다. 건조기 뒤편 구석에 숫자가 적힌 흰색 셔츠가 한 무더기 있다. 축구복인 모양이다. 레크리에이션 센터 전체에 그 셔츠를 입고 있는 다양한 사람들의 사진이 걸려 있다. 두 말하면 잔소리지만 풀물로 뒤덮였을 가능성이 크다. 흰옷을 입고 야외 운동을 하는 이유가 뭔지 브릿마리로서는 아무리 애를 써도 도무지 이해할 수가 없다. 야만적인 처사다. 구멍가게 겸 피자 가게 겸 자동차 정비소 겸 우체국에서 과탄산소다를 팔지 궁금해진다.

그녀는 외투를 챙긴다. 앞문 바로 안쪽, 축구와 축구공을 차는 것 말고는 아는 게 없는 사람들의 사진이 몇 장 붙어 있는 옆에, '10'이라는 숫자 위에 '뱅크'라는 단어가 적힌 노란색 운동복이 걸려 있다. 그 바로 밑에 그 운동복을 들고 의기양양한 미소를 짓고 있는 노인의 사진이 붙어 있다.

브릿마리는 외투를 입는다. 앞문 바로 앞에 누군가가 서 있는데 문을 두드리려는 찰나였던 것으로 보인다. 그 사람에겐 얼굴이 달려 있고 얼굴 가득 코담배를 피운다고 쓰여 있다. 어느 모로 보나 브릿마리와 그 얼굴이 오래가지 못할 친분을 쌓는 데 끔찍한 걸림돌인 게, 브릿마리는 코담배를 질색한다. 그들의 만남은 20초 만에 끝이 나고 얼굴 가득 코담배를 피운다고 쓰여 있는 사람이 멀어지며 뭐라고 중얼거리는데 분명 '잔소리꾼' 비슷하게 들린다.

그러자 브릿마리는 휴대전화를 꺼내서 그 전화기로 유일하게 통화한 사람에게 전화를 건다. 고용 센터 아가씨는 받지 않는다. 브릿마리는 다시 전화한다. 전화는 받을지 말지 결정하는 게 아니기 때문이다.

"네?" 그 아가씨가 한참 만에 전화를 받는데 입안에 먹을 게 가득하다. "죄송해요. 점심 먹는 중이라."

"지금요?" 브릿마리는 농담하느냐는 듯이 큰 소리로 묻는다. "아가씨, 지금 전쟁이 난 것도 아니고. 1시 반에 점심을 먹을 필요는 없잖아요?"

아가씨는 상당히 열심히 뭔가를 씹는다. 용감하게 화제를 바꾸려고 한다.

"방역업자 갔어요? 한참 동안 전화 돌리느라 힘들었지만 긴급 출동해주시겠다는 분을 찾아서—"

"여자였어요. 코담배를 피우는." 브릿마리는 그거면 설명 끝난 거 아니냐는 듯이 말을 잇는다.

"맞아요." 그 아가씨가 다시 말한다. "그래서 그분이 쥐를 처리해줬어요?"

"아뇨, 전혀요." 브릿마리는 딱 잘라서 말한다. "지저분한 신발을 신고 왔던데 내가 바닥을 닦은 직후였거든요. 게다가 코담배를 피웠고. 쥐약을 놓겠다고 그러던데 그러면 안 되는 거 아니에요? 그런 식으로 쥐약을 놔도 된다고 생각해요?"

"안 될······까요?" 아가씨가 되묻는다.

"안 되죠, 그러면 안 되죠. 사람이 죽을 수도 있잖아요! 그래서 내가 그렇게 얘기했어요. 그러니까 지저분한 신발에 코담배를 들고 서서 눈을 부라리더니 그럼 쥐덫을 설치하고 스니커즈를 미끼로 쓰겠다는 거예요! 초콜릿을! 깨끗하게 닦은 내 바닥에다가!" 브릿마리는 그녀의 안에서 비명을 지르는 누군지 모를 사람의 목소리를 빌려 이야기한다.

"좋아요." 그 아가씨는 이렇게 말해놓고 당장 후회한다. 좋다고 할 만한 상황이 전혀 아닌 것이다.

"그래서 내가 쥐약을 써야겠다고 했더니 그 여자가 뭐라 그랬는지 알아요? 아가씨도 잘 들어봐요! 쥐가 쥐약을 먹고 어디가서 죽을지 정확하게 알 수가 없다는 거예요. 벽에 뚫린 구멍 속으로 들어가서 죽으면 거기서 썩은 내를 풍기는 거죠! 그런 황당한 소리 들어봤어요? 아가씨가 코담배를 피우고 벽 속에서 죽은 동물 때문에 냄새가 진동해도 전혀 아무 문제 없다고 생각하는 사람을 보낸 거 알아요?"

"도와드리려고 그런 거잖아요." 아가씨가 말한다.

"하. 덕분에 도움 많이 됐어요. 하루 종일 방역업자 상대하는 것 말고도 할 일이 많은 사람도 있다고요." 브릿마리는 선의의 충고를 한다.

"이하동문이에요." 아가씨가 말한다.

구멍가게에 사람들이 줄을 서서 기다리고 있다. 구멍가게가 아니라 피자 가게라고 해야 하나? 아니면 우체국? 아니면 자동차 정비소? 아무튼 뭔지 모를 그곳에 사람들이 줄을 서 있다. 대낮에. 지금 이 시각에 그거 아니면 할 일이 없는 사람들처럼.

수염을 기르고 모자를 쓴 남자들은 한 테이블에서 커피를 마시며 신문을 읽고 있다. 칼이 그 줄 맨 앞에 서 있다. 소포를 받고 있다. 저렇게 한가하다니 얼마나 좋을까. 브릿마리는 생각한다. 브릿마리의 바로 앞에는 선글라스를 쓴 정육면체같이 생긴 30대 여자가 서 있다. 실내에서 선글라스라니. 최신식이로군. 브릿마리는 속으로 중얼거린다.

그녀는 하얀 개를 데리고 있다. 브릿마리가 보기에 아주 위생적이라고는 할 수 없는 처사다. 여자는 버터 한 통과 미지의 인물이 카운터 뒤에서 꺼낸, 캔에 외국 글씨가 적힌 여섯 개들이 맥주를 산다. 그리고 베이컨 네 상자와, 교양인의 필요 수량을 훌쩍 넘겼다고 볼 수 있을 만큼 많은 초콜릿 비스킷도 산다. 미지의 인물이 카드로 계산하겠느냐고 묻는다. 여자는 무뚝뚝하게 고개를 끄덕이고 산 물건들을 가방에 죄다 집어넣는다. 브릿마리는 그런 부류의 사람들을 차별하는 인간이 아니기에 그 여자를 보며 '뚱뚱하다'고 생각하는 일은 절대 없겠지만, 콜레스테롤 수치에 전혀 신경 쓰지 않고 그렇게 살면 얼마나 좋을까 하는 생각이 들기는 한다.

"당신 장님이에요, 뭐예요?" 여자는 몸을 돌려서 브릿마리를 향해 정면으로 돌진하며 으르렁거린다.

브릿마리는 놀라서 눈을 동그랗게 뜬다. 머리를 만진다.

"그럴 리가요. 나 시력 완벽해요. 안과 의사도 그랬어요. '시력이 상당히 좋으신데요.' 그랬어요!"

"그럼 길 좀 비켜주지 그래요?" 여자는 툴툴거리며 그녀를 향해 지팡이를 흔든다.

브릿마리는 지팡이를 쳐다본다. 개와 선글라스를 쳐다본다.

그녀는 "하…… 하…… 하……"라고 중얼거리며 사과하는 뜻에서 고개를 숙이다 고개를 숙여봐야 아무 소용 없다는 걸 깨닫는다. 앞 못 보는 여자와 개는 그냥 지나가는 게 아니라 그녀를 뚫고 지나간다. 그들의 등 뒤에서 명랑한 종소리와 함께 문이 닫힌다. 눈치도 없는 것 같으니라고.

미지의 인물이 브릿마리 옆을 지나가며 기운 내라는 듯이 그녀를 향해 손을 흔든다.

"신경 쓰지 마요. 칼이랑 비슷해요. 궁둥이에 가시가 돋은 거죠."

그녀는 팔을 휘휘 젓고(얼마나 긴 가시가 돋았는지 그런 식으로 표현하려는 모양이다) 계산대에 빈 피자 상자를 쌓기 시작한다.

브릿마리는 머리를 챙기고, 치마를 챙기고, 맨 위에 삐딱하게 놓인 피자 상자를 본능적으로 챙기고, 체면까지 챙긴 다음 누가 들어도 배려가 철철 넘치는 말투로 얘기를 꺼낸다.

"자동차 수리가 어떻게 돼가고 있는지 알 수 있을까요?"

미지의 인물이 머리를 긁적인다.

"그럼요, 그럼요, 그럼요, 그 차. 저기, 내가 뭐 하나 물어볼 게 있는데요, 브릿마리. 브릿마리에게 문은 중요한 물건인가요?"

"문요? 아니 왜…… 도대체 그게 무슨 소리예요?"

"그냥 궁금해서 물어보는 거예요. 색깔. 이게 브릿마리에게 중요하다는 건 알아요. 노란 문. 안 되죠. 그래서 묻는 거예요, 브릿마리. 브릿마리에게 문은 중요한 물건인가요? 만약 중요하지 않다면 브릿마리의 차는 그 뭣이냐, 수리 완료예요! 문이 중요하다면…… 음. 아마도 그 뭣이냐, 인도하는 데 걸리는 시간이 길어질 테고요!"

미지의 인물은 만족스러운 얼굴이다. 브릿마리는 그렇지가 않다.

"아니, 차에 문이 달려 있어야 할 거 아녜요!" 그녀는 씩씩거린다.

"그럼요, 그럼요, 그럼요, 화낼 것 없어요. 그냥 물어보는 거예요. 문. 좀 더 기다려야 해요!" 미지의 인물은 엄지손가락과 집게손가락을 들어서 몇 센티미터 벌리고 '좀 더'가 어느 정도 기간을 말하는지 보여준다.

브릿마리는 이 협상에 관한 한 여자가 유리한 고지를 점유하고 있다는 사실을 깨닫는다.

켄트가 있었어야 하는 건데. 그는 협상이라면 죽고 못 산다. 그는 협상하는 상대를 칭찬해야 한다고 입버릇처럼 말한다. 그래서 브릿마리는 진정하고 이렇게 말한다.

"오후에 장을 보다니 여기 이 보르그 사람들은 시간이 펑펑 남아도나봐요. 여유가 많아서 좋겠어요."

미지의 인물이 눈썹을 추켜세운다.

"그러는 당신은요? 당신은 많이 바빠요?"

브릿마리는 엄청난 인내심을 발휘하며 한쪽 손을 다른 손 위에 올려놓는다.

"나야 눈코 뜰 새 없이 바쁘죠. 아주, 아주 바쁘죠. 그런데 마침 과탄산소다가 떨어져서요. 이…… 가게에 과탄산소다도 있나요?"

그녀는 천사처럼 너그러운 마음으로 '가게'라는 단어를 쓴다.

"베가!" 미지의 인물이 느닷없이 고함을 지르자 브릿마리는 펄쩍 뛰고, 그 바람에 하마터면 피자 상자들을 쓰러뜨릴 뻔한다.

어제 봤던 아이가 카운터 뒤에서 등장하는데 여전히 축구공을 들고 있다. 옆에 서 있는 남자아이는 거의 똑같이 생겼고 머리만 더 길다.

"이 숙녀분께 과탄산소다 드려라!" 미지의 인물이 연극배우처럼 호들갑스럽게 브릿마리를 향해 고개를 숙이지만 전혀 고맙지가 않다.

"그 아줌마야." 베가가 남자아이에게 속삭인다.

남자아이는 당장 브릿마리가 마치 잃어버린 열쇠라도 되는 듯한 표정을 짓는다. 그러더니 창고로 달려가서 병 두 개를 안고 휘청거리며 나온다. 팩신이다. 브릿마리는 숨이 턱 막힌다.

십자말 퀴즈에도 가끔 등장하는 '유체 이탈'이 이런 기분 아닐까. 잠깐 동안 식료품점과 피자 가게와 커피를 마시며 신문을 읽는 수염 기른 남자들이 모두 잊힌다. 감옥에서 방금 전에 풀려난 사람처럼 심장이 두근거린다.

남자아이는 다람쥐를 잡은 고양이처럼 카운터에 병들을 내려놓는다. 브릿마리는 손끝으로 병들을 훑다가 정신을 차리고 손을 뗀다. 집에 온 기분이다.

"생…… 생산이 중단된 줄 알았더니." 그녀가 속삭인다.

남자아이가 열띤 표정으로 자신을 가리킨다. "걱정 마세요! 오마르는 뭐든 구해요!"

그러더니 이번엔 훨씬 더 열띤 표정으로 병들을 가리킨다.

"소도시 주유소에 온갖 외국 트럭들이 모이거든요. 제가 그 트럭들을 전부 알아요! 원하시면 뭐든 구해드릴 수 있어요!"

미지의 인물은 아는 척 고개를 끄덕인다.

"보르그에선 주유소도 문을 닫았어요. 수익성이 떨어져서."

"하지만 원하시면 깡통에 든 기름을 집까지 무료로 배달해드릴 수 있어요! 원하시면 팩신도 좀 더 구해다드릴 수 있고요!" 남자아이가 큰 소리로 외친다.

베가가 눈을 부라린다.

"저분한테 팩신이 필요하다고 내가 알려준 거잖아." 여자아

99

이는 나지막이 쏘아붙이고 과탄산소다가 담긴 병을 카운터에 내려놓는다.

"내가 구했잖아!" 남자아이는 브릿마리에게 시선을 고정하고서 주장한다.

"이 아이는 제 동생 오마르예요." 베가는 한숨을 쉬며 브릿마리에게 말한다.

"한 해에 태어났는데, 뭘!" 오마르가 딴죽을 걸고 나선다.

"그래, 1월하고 12월에." 베가는 코웃음을 친다. 브릿마리 눈에는 남자아이가 오히려 여자아이보다 살짝 더 나이 들어 보인다. 아직 어린애지만 코를 찌르는 냄새를 풍길 시기가 머지않아 보인다.

"제가 보르그에서 물건 구하는 실력이 제일 좋거든요. 대장이라고나 할까요? 뭐든 필요한 게 있으면 저한테 얘기하세요!" 오마르는 제 누나는 아랑곳하지 않고 자신만만하게 윙크하며 브릿마리에게 얘기하다 누나에게 정강이를 걷어차인다.

"밥팅." 베가가 한숨을 쉬며 말한다.

"왕재수." 오마르가 대꾸한다.

브릿마리는 이게 나쁜 말임을 알아차린 걸 걱정해야 할지 자랑스러워해야 할지 모르겠지만, 오마르가 입술을 잡고 쓰러지는 바람에 고민할 겨를이 없다. 베가가 한 손에 축구공을 들고 다른 손은 여전히 주먹을 쥔 채 밖으로 나간다.

미지의 인물은 오마르를 보며 킥킥거린다.

"너는 머리에 그 뭣이냐, 똥만 들었냐? 어째 배울 줄을 몰라?"

오마르는 입술을 훔치더니 훌훌 털어버리는 듯한 표정을 짓는다. 아이스크림을 떨어뜨렸다고 울다가 반짝이는 파워볼이 보이자 뚝 그치는 어린애 같다.

"차에 휠 캡 필요하면 제가 구해드릴 수 있어요. 그거 말고 뭐든지요. 샴푸, 핸드백, 뭐든지요. 제가 구해드릴게요!"

"일회용 반창고 어때?" 미지의 인물이 장난스럽게 외치며 아이의 입술을 가리킨다.

브릿마리는 아이가 그녀의 핸드백과 머리를 모욕하기라도 한 것처럼 핸드백을 꼭 쥐고 머리를 만진다.

"핸드백도 필요 없고 샴푸도 필요 없어."

오마르는 팩신을 가리킨다.

"한 병당 30크로나인데 카드로 계산하셔도 돼요."

"카드?"

"보르그에서는 다들 카드로 계산하거든요."

"나는 카드로 계산하지 않아! 보르그 사람들은 그런 걸 잘 모를지 몰라도 빚을 지지 않고 살 수 있는 사람도 있거든!" 브릿마리는 나지막이 쏘아붙인다.

마지막 말은 자기도 모르게 튀어나왔다. 그런 식으로 말하려던 게 아니었는데 그렇게 말해버렸다.

미지의 인물의 얼굴에서 웃음기가 가신다. 남자아이와 브릿마리, 양쪽 다 얼굴이 벌겋지만 느끼는 수치심의 종류는 다르다. 브릿마리가 탁 하고 카운터에 돈을 내놓자 남자아이는 돈을 집어서 밖으로 뛰쳐나간다. 이내 쿵쿵거리는 소리가 또 들릴 것이다. 브릿마리는 그 자리에 가만히 서서 미지의 인물의 시선을 피한다.

"영수증을 못 받았는데요." 브릿마리는 전혀 나무라는 기색 없이 나지막이 중얼거린다.

미지의 인물은 고개를 저으며 혀를 찬다.

"저 애가 뭐로 보여요? 이케아나 뭐 그런 걸로 보여요? 저 애가 그 뭣이냐, 주식회사 사장님도 아니고. 그냥 자전거나 타고 다니는 아이잖아요."

"하." 브릿마리가 말한다.

"또 뭐가 필요한데요?" 과탄산소다와 팩신을 봉지에 넣으며 미지의 인물이 묻는데 말투가 전보다 확연히 쌀쌀맞다.

브릿마리는 최대한 서글서글하게 미소를 짓는다.

"아시겠지만 뭘 사면 영수증을 받아야죠. 그래야 훔친 게 아니라는 걸 증명할 수 있잖아요." 그녀는 설명한다.

미지의 인물은 눈을 부라린다. 브릿마리가 보기엔 불필요한 행동이다.

미지의 인물은 금전출납기에 달린 버튼을 몇 개 누른다. 돈이 별로 들어 있지 않은 서랍이 열리고 금전출납기가 옅은 노란색 영수증을 뱉는다.

"373크로나 50외레예요." 미지의 인물이 말한다.

브릿마리는 목에 뭐가 걸린 사람처럼 그녀를 빤히 쳐다본다.

"과탄산소다가요?"

미지의 인물은 문 밖을 가리킨다.

"찌그러진 차 수리비요. 내가 그 뭣이냐, 차체 점검을 했거든요. 브릿마리, 당신을 그 뭣이냐, 모욕하지 않을게요. 그러니까 카드로 계산 못 해요. 373크로나 50외레요."

브릿마리는 하마터면 핸드백을 떨어뜨릴 뻔한다. 상황이 그 정도로 심각하다.

"나는…… 누가…… 왜 그러세요. 핸드백에 그렇게 많은 돈을 들고 다니는 교양인이 어디 있겠어요."

그녀는 엄청나게 큰 목소리로 얘기한다. 주변에 도둑이라도 있으면 어쩌려고 누구라도 들을 수 있게 큰 목소리로 얘기한다. 커피를 마시는 수염 기른 남자들밖에 없긴 하고 둘 다 심지어 고개조차 들지 않긴 하지만. 범죄자들은 가끔 수염을 기른다. 브릿마리는 거기에 대해서 전혀 아무 편견도 없지만 말이다.

"카드도 받나요?" 그녀는 광대뼈가 점점 빨개지는 걸 느끼며 묻는다.

미지의 인물은 힘껏 고개를 젓는다.

"포커 치는 사람들이나 카드를 받죠, 브릿마리. 여기서는 현금만 받아요."

"하. 그럼 가까운 현금 인출 코너가 어디 있느냐고 물어야겠네요."

"소도시에 있어요." 미지의 인물은 팔짱을 끼며 싸늘한 목소리로 말한다.

"하." 브릿마리가 말한다.

"보르그에선 현금 인출 코너도 문을 닫았거든요. 수익성이 떨어져서." 그녀는 눈썹을 추켜세우고 말하며 영수증을 턱으로 가리킨다.

브릿마리는 시뻘건 뺨이 아닌 다른 데로 관심을 돌리려고 필사적으로 벽을 타고 시선을 옮긴다. 레크리에이션 센터에서 본 것과 똑같이 생긴 노란색 운동복이 벽에 걸려 있다. 등판에 쓰인 '10'이라는 숫자 위에 '뱅크'라는 단어가 적혀 있다.

그녀의 시선이 향한 곳을 알아차린 미지의 인물은 금전출납기를 닫고 과탄산소다와 팩신이 담긴 봉지를 묶어서 카운터 이쪽으로 민다.

"여기선 카드로 계산해도 부끄러워할 이유가 전혀 없어요, 브릿마리. 당신이 살던 곳에서는 그럴지 모르지만 보르그에선 안 그래요."

브릿마리는 봉지를 받아 들지만 눈을 어디다 둬야 할지 몰라 한다.

미지의 인물은 보드카를 한 모금 마시고 벽에 걸린 노란색 운동복을 턱으로 가리킨다.

"보르그에서 가장 훌륭한 선수였어요. 별명이 '뱅크'였죠. 왜냐하면 뱅크가 보르그 팀에서 뛰면 꼭 그 뭣이냐, 은행에 맡긴 돈처럼 든든했거든요! 오래전 얘기예요. 경제 위기가 닥치기 전. 그러다 뱅크가 병에 걸렸죠. 또 다른 위기가 닥친 거예요. 뱅크는 멀리 이사 갔어요. 떠났다고 할까."

그녀는 문 밖을 쳐다보며 고개를 끄덕인다. 공이 쿵 소리와 함께 울타리에 부딪친다.

"저 녀석들을 훈련시킨 사람이 뱅크의 아버지예요. 저 녀석들을 이끌어갔죠. 보르그 전체를 이끌어갔어요. 모든 사람의 친구였고! 그런데 하느님이 셈이라면 젬병인 거 알아요? 유익한 사람과 유익할 것 없는 사람, 양쪽 모두에게 심장마비를 선물하거든요. 그래서 뱅크의 아버지가 한 달 전에 죽었어요."

나이 먹은 집들이 그렇듯, 나이 먹은 사람들이 그렇듯 그들 주변에서 나무 벽이 삐걱거리며 신음 소리를 낸다. 커피를 마시며 신문을 읽던 남자 하나가 카운터에서 커피를 좀 더 받아 간다. 이제 보니 여기서는 리필이 공짜다.

"그 뭣이냐, 주방 바닥에 쓰러진 채로 발견됐대요."

"뭐라고요?"

미지의 인물은 노란색 운동복을 가리킨다. 어깨를 으쓱한다.

"뱅크의 아버지요. 주방에 쓰러져 있었대요. 어느 날 아침에. 죽은 채로."

그녀는 손가락을 퉁긴다. 브릿마리는 펄쩍 뛴다. 그녀는 켄트의 심장마비를 떠올린다. 그는 예전부터 아주 유익한 사람이었다. 그녀는 팩신과 과탄산소다가 담긴 봉지를 더욱 세게 움켜쥔다. 아무 말도 없이 한참 동안 서 있는 그녀를 보고 미지의 인물이 걱정하는 표정을 짓기 시작한다.

"이봐요, 뭐 더 필요한 거 있어요? 여기 그 뭣이냐, 베일리스 있는데! 초콜릿 맛 나는 술! 짝퉁이지만 오보이랑 보드카를 섞으면 맛이 제법 괜찮아요. 그러니까…… 꿀꺽 마시면!"

브릿마리는 딱딱하게 고개를 젓는다. 그녀는 문 쪽으로 걸어가지만 주방 바닥이라는 단어가 왠지 모르게 그녀의 발목을 잡는다. 그래서 조심스럽게 몸을 돌렸다가 생각을 바꾸고 다시 원래대로 몸을 돌린다.

브릿마리는 즉흥적인 사람이 아니다. 그건 분명히 짚고 넘어가야 한다. '즉흥적'이라는 건 '이성적이지 않다'는 것과 같은 말이다. 그게 브릿마리의 확고한 생각인데, 브릿마리에게 전혀 해당하지 않는 단어가 있다면 바로 이성적이지 않다는 것이다. 그러니까 다르게 표현하자면 이것이 그녀로서는 쉽게 내린 결정이 아니라는 말이다. 하지만 급기야 그녀는 몸을 돌렸다가 생각을 바꾸고 다시 원래대로 몸을 돌려서 결국 문을 마주 보고 그녀 안에 든 충동적인 성향을 총동원해 나지막이 묻는다.

"혹시 스니커즈 초코바 갖다 놔줄 수 있어요?"

1월에는 보르그에 일찍 어둠이 내려앉는다. 브릿마리는 레크리에이션 센터로 돌아가서 앞문을 열어놓고 주방 의자에 혼자 앉는다. 추위는 그녀에게 걱정거리가 못 된다. 기다림도 마찬가지다. 기다림은 익숙하다. 자꾸 하다보면 익숙해진다. 지금 그녀가 겪고 있는 게 인생의 위기인지 고민할 시간은 차고 넘친다. 그녀는 그에 대해 책에서 읽은 적이 있다. 사람들은 항상 인생의 위기를 겪는다.

6시 20분에 열린 문으로 쥐가 들어온다. 녀석은 문지방에 서서 조그만 수건 위에 놓인 접시에 담긴 스니커즈 초코바를 아주 유심히 쳐다본다. 브릿마리는 엄한 눈빛으로 쥐를 바라보며 한 손으로 다른 손을 단단히 감싼다.

"우리는 이제부터 6시에 저녁을 먹을 거야. 교양인답게."

그녀는 어느 정도 뜸을 들여서 생각한 뒤에 이렇게 덧붙인다.

"아니면 교양 있는 쥐답게."

쥐는 스니커즈를 쳐다본다. 브릿마리가 봉지를 벗겨서 접시 한가운데 담고 그 옆에 깔끔하게 접은 냅킨을 두었다. 그녀는 쥐를 쳐다본다. 헛기침을 한다.

"하. 나는 이런 대화를 주도하는 데 소질이 없어. 사회성이 떨어지거든. 우리 남편 말로는 그래. 그이는 사회성이 아주 탁월하다고 다들 그러지. 사업가거든."

쥐가 아무 대꾸도 하지 않자 그녀는 이렇게 덧붙인다.

"그이는 아주 잘나가는 사업가야. 아주, 아주 잘나가는 사업가."

그녀는 쥐에게 그녀가 겪고 있는 인생의 위기에 대해 이야기할까 잠깐 고민한다. 항상 다른 누군가를 위해 존재하다가 혼자가 되면 내가 어떤 사람인지 파악하기가 어렵다고 설명하고 싶다는 생각이 든다. 하지만 그런 이야기로 쥐를 괴롭히고 싶지는 않다. 그래서 치마에 잡힌 주름을 펴고 아주 딱딱하게 말한다.

"너한테 잠정 합의안을 제시하고 싶어. 나는 합의안에 따라서 매일 저녁 6시에 네 저녁을 차려줄 거야."

그녀는 설명하는 뜻에서 초코바를 가리킨다.

"합의안이 서로에게 유익하다고 결론이 내려지면 그에 따라 난 네가 죽더라도 벽 속에서 썩은 내를 풍기도록 방치하지 않을 거야. 그리고 너도 날 위해서 똑같이 해주어야 해. 우리가 여기 있다는 걸 사람들이 모를 경우에 대비해서."

쥐는 초코바를 향해 조심스럽게 한 발짝 다가간다. 목을 길게 빼고 킁킁 냄새를 맡는다. 브릿마리는 무릎에 묻은 보이지 않는 부스러기를 털어낸다.

"사람이 죽으면 몸속에서 탄산나트륨이라는 게 없어져. 그래서 냄새가 나는 거야. 잉그리드가 죽었을 때 책에서 읽었어."

쥐는 회의적인 태도를 보이며 수염을 떤다. 브릿마리는 미안해하며 헛기침을 한다.

"잉그리드는 우리 언니였어. 죽은 언니. 언니한테서 나쁜 냄새가 날까봐 걱정이 됐거든. 그래서 내가 탄산나트륨에 대해서 알아낸 거야. 우리 몸은 탄산나트륨을 만들어서 산성인 위액을 중화하거든. 그런데 죽으면 몸에서 탄산나트륨이 더 이상 만들어지지 않기 때문에 산성 물질들이 피부를 뚫고 바닥으로 나와. 그래서 나쁜 냄새가 나기 시작하는 거야."

그녀는 예전부터 인간의 영혼은 탄산나트륨에 깃들어 있다고 생각해왔는데 말이 되는 소리 같지 않냐고 덧붙일까 고민한다. 영혼이 몸을 떠나면 아무것도 남지 않는다. 투덜대는 이웃사람들만 남을 뿐이다. 하지만 그녀는 아무 말도 하지 않는다. 쓸데없이 성가시게 굴 필요는 없다.

쥐는 차려놓은 저녁을 먹지만 맛이 있는지 어떤지 의견을 밝히지 않는다.

브릿마리도 묻지 않는다.

9

이날 저녁부터 모든 게 본격적으로 시작된다. 날씨가 포근해서 눈이 하늘에서 땅으로 내리는 동안 비로 바뀐다. 아이들은 어두운 데서 축구를 하는데 어둠에도 비에도 전혀 아랑곳하지 않는 눈치다. 주차장에 불빛이라고는 피자 가게의 네온사인이나 브릿마리가 커튼 뒤로 몸을 숨기고 그들을 구경하고 있는 주방의 불빛이 전부지만, 솔직히 대부분 실력이 형편없어서 불빛이 더해진다 한들 아이들이 공을 차는 실력에 미치는 영향은 미미할 것이다.

쥐는 집에 갔다. 브릿마리는 문을 잠그고 설거지를 하고 레크리에이션 센터를 전체적으로 한 번 더 청소한다. 창가에 서서 세상을 내다본다. 가끔 공이 웅덩이를 지나 길가까지 굴러

가면 아이들은 가위바위보로 가서 집어 올 사람을 정한다.

켄트는 다비드와 페르닐라가 어렸을 때 브릿마리는 "할 줄 몰라서" 그들과 놀아줄 수 없다고 얘기했는데 그건 아니다. 브릿마리는 가위바위보를 어떻게 하면 되는지 완벽하게 안다. 그저 보자기에 바위를 계속 넣어두는 건 별로 위생적이지 않다고 생각할 따름이다. 가위는 고민할 가치도 없다. 어디에 있던 가위인지 누가 알겠는가.

물론 켄트는 브릿마리에게 "우라지게 부정적"이라고 한다. 그래서 사회성이 떨어진다고 한다. "망할! 그냥 재밌어하면 안 되나?" 켄트는 시가를 들고 오고 손님들을 챙기고, 브릿마리는 설거지를 하고 집안을 챙기는 식으로 그들은 역할을 분담해서 지냈다. 켄트는 그냥 재미있어하는 역할을, 브릿마리는 우라지게 부정적인 역할을 하며. 어쩌면 인생은 이런 식일지 모른다. 나중에 난장판을 치울 필요가 없으면 계속 낙관주의자로 지내기가 쉽다.

베가와 오마르, 남매가 서로 반대편으로 뛰고 있다. 베가는 차분하고 계산적이며, 자는 동안 발가락으로 사랑하는 사람을 만지작거리는 것처럼 발 안쪽으로 조심스럽게 볼을 다룬다. 반면 베가의 남동생은 화를 내고 씩씩거리며 공이 빚쟁이라도 되는 양 쫓아다닌다. 브릿마리는 축구의 'ㅊ' 자도 모르지만 누가 봐도 알 수 있다시피 이 주차장에선 베가의 실력이 가장 뛰어나다. 최소한 가장 형편없지 않다.

오마르는 계속 누나의 그늘에 가려진다. 아이들 모두가 베가의 그늘에 가려진다. 베가를 보자 브릿마리는 잉그리드가 생각난다.

잉그리드는 절대 부정적이지 않았다. 그런 부류의 사람들이 늘 그렇듯, 잉그리드가 워낙 긍정적이라 모든 이의 사랑을 받았는지, 아니면 모든 이의 사랑을 받았기에 워낙 긍정적이 되었는지 그건 잘 모르겠다. 그녀는 브릿마리보다 한 살 많았고 키는 5센티미터 더 컸다. 그러니까 꼭 엄청난 차이가 있어야 누군가를 그늘로 가릴 수 있는 게 아니다. 브릿마리는 배경으로 물러나 있어도 전혀 상관없었다. 그녀는 절대 많은 것을 원하지 않았다.

감당하기 힘들 정도로 무언가를 간절히 원한 적이 가끔 있기는 했다. 간절하게 원하는 마음에 죽을 것 같았다. 하지만 그런 감정은 대개 지나갔다.

두말하면 잔소리지만 잉그리드는 원하는 게 너무 많아서 늘 좌절했다. 가수라는 직업, 그녀를 기다리고 있을 유명인의 지위, 그들과 같은 동네에 사는 평범한 남자아이들보다 훨씬 훌륭한 바깥세상의 남자들. 브릿마리가 느끼기에 그 평범한 남자아이들은 그녀에게 눈길조차 주지 않을 정도로 어마어마하게 대단했지만, 그래도 모든 면에서 그녀의 언니를 감당하기엔 너무 평범했다.

그들과 같은 층에 형제가 살았다. 알프와 켄트였다. 그들은 모든 것을 두고 싸웠다. 브릿마리로서는 이해가 안 되는 일이었다. 그녀는 어디든 언니를 따라다녔다. 잉그리드는 그걸 전혀 귀찮아하지 않았다. 오히려 정반대였다. "너랑 나랑만이야, 브릿마리." 잉그리드는 밤이 되면 파리의 궁전에서 하인들을 거느리고 살자는 이야기를 하면서 이렇게 속삭이곤 했다. 그녀가 여동생을 '브릿'이라고 부른 이유도 그 때문이었다. 미국 이름처럼 들려서.

파리에서 왜 미국 이름을 써야 하는지 솔직히 좀 이해가 되지 않았지만, 브릿마리는 쓸데없이 딴죽을 거는 그런 사람이 아니었다.

베가는 표정이 어둡지만, 어두컴컴한 주차장에서 자기 팀이 탄산음료 캔 두 개로 만든 골대에 골을 넣으면 꼭 잉그리드처럼 웃는다. 잉그리드도 운동을 좋아했다. 그런 부류의 사람들이 늘 그렇듯, 잉그리드가 운동을 워낙 좋아해서 잘했는지 아니면 운동을 워낙 잘해서 좋아했는지 그건 잘 모르겠다.

옅은 적갈색 머리의 남자아이가 얼굴에 공을 세게 맞는다. 그 바람에 진흙탕으로 고꾸라진다. 브릿마리는 몸서리를 친다. 바로 그 공으로 브릿마리도 머리를 맞았는데 거기 묻은 진흙이 보이자 파상풍 주사를 맞고 싶어진다. 그런데도 그녀가 경기에

서 시선을 떼지 못하는 이유는 잉그리드가 봤더라면 좋아했을 것이기 때문이다.

물론 켄트가 옆에 있었다면 아이들이 꼭 계집애처럼 공을 찬다고 했을 것이다. 켄트는 마음에 안 드는 게 있으면 꼭 앞이나 뒤에 '계집애 같다'는 단어를 보태서 말하는데, 브릿마리는 사실 아이러니를 별로 좋아하지 않지만 계집애처럼 뛰지 않는 유일한 선수가 계집애라는 데서 일말의 아이러니를 느낀다.

브릿마리는 마침내 정신을 차리고 아무라도 허튼 생각을 하기 전에 창가를 떠난다. 8시가 넘었기에 레크리에이션 센터는 어둠에 잠겨 있다. 브릿마리는 컴컴한 데서 발코니 화분에 물을 준다. 흙에 과탄산소다를 뿌린다. 그 어떤 것보다 발코니가 그립다. 발코니에 서 있으면 절대 외롭지 않다. 길거리의 그 모든 차와 집과 사람들이 있다. 내가 그들 안에 있기도 하지만 아니기도 하다. 그게 발코니의 가장 좋은 점이다. 두 번째로 좋은 점은 켄트가 일어나기 전에 아침 일찍 거기 서서 눈을 감고 머리칼을 스치는 바람을 느낄 수 있다는 것이다. 브릿마리는 그러고 있으면 파리에 온 느낌이 들었다. 물론 켄트가 파리에서는 아무 사업도 하지 않으니 가본 적이 없지만 그녀는 파리에 얽힌 십자말 퀴즈를 얼마나 많이 풀었는지 모른다. 돈 많은 유명 인사들이 청소부를 따로 두고 살며 전 세계를 통틀어 십자말 퀴즈에 가장 많이 등장하는 도시가 그곳이다. 잉그리드는 그들이 어떤 식으로 하인을 따로 두고 사는지 아느냐며 조잘거리곤 했는데, 언니가 늘어놓는 꿈 이야기에서 브릿마리가 유일하게 불안을 느꼈던 부분이 그 부분이었다. 남들이 언니가 청소를 하도 못해서 남의 손을 빌려야 하는가보다고 생각하면 어쩌나 싶었던 것이다. 브릿마리는 엄마가 다른 집의 그런 엄마들을 경멸하는 투로 얘기하는 걸 들은 적이 있었기 때문에 잉그리드가 그런 평가를 받는 게 싫었다.

그래서 잉그리드가 바깥세상의 모든 분야에서 엄청난 활약을 보이는 동안 브릿마리는 모든 집안일에 뛰어난 솜씨를 갖춘 자신의 모습을 그렸다. 청소. 정리. 언니는 그걸 알아주었다. 언니는 그녀를 알아주었다. 브릿마리가 아침마다 머리를 빗겨주면 언니는 LP 음반에서 나오는 노래에 맞춰 거울 앞에서 고개를 돌리며 잊지 않고 얘기했다. "고마워. 정말 예쁘게 잘했다, 브릿!" 브릿마리에게는 음반이 없었다. 자기를 보아주는 언니가 있으면 그런 건 없어도 그만이었다.

문에서 나는 쾅 소리에 브릿마리는 누가 거기다 도끼라도 꽂은 것처럼 펄쩍 뛴다. 문 앞에 베가가 서 있는데 도끼는 없다. 하지만 바닥에 진흙과 빗물을 뚝뚝 떨어뜨리고 있다. 브릿마리는 속으로 비명을 지른다.

"왜 불을 안 켜세요?" 베가가 실눈을 뜨고 어둠 속을 들여다보며 묻는다.

"켜지지 않으니까 그렇지, 애."

"전구 바꿔보셨어요?" 베가는 자기도 말끝에 '애'라는 단어를 넣고 싶은데 죽을 둥 살 둥 참는 사람처럼 얼굴을 찡그리며 묻는다.

오마르가 누나의 옆에서 고개를 내민다. 콧구멍에 진흙이 묻었다. 콧구멍 안쪽에 말이다. 어떻게 그럴 수가 있는지 브릿마리의 머리로는 도저히 이해가 되지 않는다. 중력이란 게 있지 않은가.

"전구를 사셔야겠네요. 저한테 완전 후진 절전형 전구 있어요! 특별히 싸게 드릴게요!" 오마르는 열띤 목소리로 외치며 어디에선가 배낭을 꺼낸다.

베가가 동생의 정강이를 걷어차고 10대 아이답게 뻣뻣하게 예의를 갖추며 브릿마리를 쳐다본다.

"우리 여기서 경기 봐도 돼요?" 베가가 묻는다.

"경기……라니?" 브릿마리가 묻는다.

"그 경기요!" 베가는 "무슨 교황?" 하고 묻는 사람에게 "그 교황 말이야!"라고 대답할 때와 그다지 다르지 않은 말투로 대답한다.

브릿마리는 배 위에 얹었던 손의 위아래를 바꿔서 다시 꼭 맞잡는다.

"무슨 경기 말이야?"

"축구요!" 베가와 오마르가 버럭 소리를 지른다.

"하." 브릿마리는 중얼거리고 진흙이 묻은 아이들의 옷을 혐오감 어린 눈빛으로 쳐다본다. 절대 아이들을 쳐다본 게 아니다. 옷을 쳐다본 거다. 브릿마리는 절대 아이들에게 혐오감을 느낀 게 아니다.

"저분은 늘 여기서 경기를 볼 수 있게 해주셨어요." 베가는 문 안쪽 벽에 걸린 사진을 가리킨다. '뱅크'라고 적힌 운동복을 들고 있는 나이 많은 남자의 사진이다.

바로 옆 사진에서는 그 남자가 트럭 앞에 서 있는데 이쪽 가슴 주머니엔 '보르그 FC'라고, 저쪽 주머니엔 '코치'라고 적힌 하얀색 재킷을 입고 있다. 브릿마리는 재킷을 보면서 빨면 좋겠다는 생각을 한다.

"나는 그 부분에 대해서 들은 게 없는데. 그렇다면 네가 저분한테 연락을 해봐야겠네."

아이들 사이에 숨 막히는 정적이 흐른다.

"돌아가셨어요." 한참 만에 베가가 자기 신발을 내려다보며 말한다.

브릿마리는 사진 속의 남자를 쳐다본다. 그런 다음 자기 손을 쳐다본다.

"어머나…… 하. 정말 슬픈 소식이구나. 하지만 그게 내 탓은 아니잖니."

베가는 증오하는 눈빛으로 그녀를 빤히 쳐다본다. 그러더니 오마르의 옆구리를 찌르며 나지막이 쏘아붙인다.

"가자, 오마르. 저 아줌마는 더 이상 신경 쓰지 말자."

베가가 이미 등을 돌리고 걸어가기 시작했을 때 몇 미터 멀리서 기다리고 있는 다른 세 명의 아이가 브릿마리의 눈에 들어온다. 모두 10대 초반이다. 한 명은 머리가 옅은 적갈색이고, 한 명은 까만색이고, 한 명은 콜레스테롤 문제가 심각하다. 아이들의 눈빛에서 비난의 기미가 느껴진다.

"그렇게 중요한 경기면 피자 가게인지 자동차 정비소인지 뭔지 모를 거기서 보면 되지 않니?" 브릿마리는 깍듯하게, 전혀 따지는 기색 없이 묻는다.

오마르가 공을 차서 주차장 저편으로 날리며 나지막이 대답한다.

"다들 거기서 술을 마시거든요. 지면."

"하. 그럼 이기면?"

"그러면 더 많이 마셔요. 그래서 그분이 여기서 보게 한 거예요."

"각자 자기 집에서 보면 될 텐데 이 동네에는 텔레비전이 있는 집이 없는 거니? 그런 거야?"

"팀 전체가 들어갈 수 있을 만큼 넓은 집이 없어서 그래요." 갑자기 베가가 쏘아붙인다. "게다가 우리는 경기를 다 같이 봐요. 한 팀답게."

브릿마리는 치맛자락에서 먼지를 털어낸다.

"이제는 팀이 없어진 줄 알았는데."

"없어지지 않았어요!" 베가는 고함을 지르고는 발소리도 요
란하게 다시 브릿마리 쪽으로 걸어온다.

"우리가 여기 있잖아요, 안 그래요? 우리가 여기 있잖아요!
그러니까 우리는 한 팀이에요! 위에서 썩을 축구장을 없애고,
썩을 축구팀을 없애고, 코치가 썩을 심장마비를 일으켜서 죽었
더라도 우리는 한 팀이라고요!"

분노한 아이의 시선이 꽂히자 브릿마리는 몸을 부들부들 떤
다. 인간이 그런 식으로 자기 생각을 표현하다니 적절하지 못
한 처사다. 하지만 눈물이 아이의 뺨을 타고 흘러내리자, 브릿
마리는 아이가 그녀를 끌어안으려 할지 아니면 한 대 때리려
할지 판단을 내리지 못한다.

브릿마리로서는 어느 쪽이건 똑같이 무섭게 느껴진다.

"여기서 잠깐 기다려." 그녀는 겁에 질린 목소리로 말하고
문을 닫는다.

어쩌다 모든 게 본격적으로 시작됐는가 하면 이렇게 된 거다.

브릿마리는 문 안쪽에 서서 화분의 축축한 흙과 과탄산소다
냄새를 들이마신다. 술 냄새와 켄트가 축구 경기를 봤을 때 내
던 소리가 생각난다. 그는 절대 발코니로 나가는 일이 없었다.

그래서 발코니가 온전히 브릿마리의 것이 되는 상당히 특이한 일이 벌어졌다. 그녀는 화분을 사 왔다고 늘 거짓말을 했다. 쓰레기장이나 길거리에서 주워 왔다고 하면 켄트가 심한 말을 할 게 뻔해서였다. 이사 간 이웃 사람들이 두고 간 화분도 있었다. 화분을 보면 늘 잉그리드가 생각났다. 잉그리드는 살아 있는 것들을 좋아했다. 그래서 브릿마리는 집 없는 화분을 계속 살리고 그러면서 단 한 번도 살리지 못한 언니를 추억할 기운을 얻었다. 이런 것들을 켄트에게 설명할 순 없는 노릇이었다.

켄트는 죽음이 아니라 진화를 믿는다. "저런 게 바로 진화지." 한번은 사자가 다친 얼룩말을 죽이는 자연 다큐멘터리를 보면서 켄트가 만족스러운 듯이 고개를 끄덕이며 이렇게 말한 적이 있었다. "약한 놈을 골라내는 거. 종들은 저런 식으로 생존하는 거야, 알아? 내가 애초에 가장 잘난 놈이 못 된다 싶으면 결과를 인정하고 좀 더 센 친구를 위해 자리를 비켜줘야 하는 거지."

그런 사람을 상대로 발코니 화분에 대해서 운운할 순 없다.

누군가를 그리워하는 마음에 대해서도.

브릿마리는 손끝을 살짝 떨며 휴대전화를 집는다.

고용 센터 아가씨는 신호음이 세 번 울리고서야 전화를 받는다.

"여보세요?" 아가씨가 숨을 헐떡이며 말한다.

"원래 그런 식으로 전화 받아요? 숨을 헐떡이면서?"

"브릿마리 씨? 저 지금 헬스클럽이에요!"

"아주 잘하고 있네요."

"무슨 일 있어요?"

"아이들 몇 명이 찾아왔어요. 여기서 무슨 경기를 보고 싶대요."

"아, 그 경기요! 저도 볼 생각이에요!"

"아이들을 건사하는 것까지 내가 할 일에 포함된다는 얘긴 못 들었는데……."

전화를 받은 아가씨는 솔직히 평가하자면 상당히 부적절하달 수 있는 신음 소리를 낸다.

"브릿마리 씨, 죄송하지만 운동 중에 통화하면 안 돼요."

그러더니 아무 생각 없이 이런 소리를 내뱉는다.

"하지만…… 생각해보면…… 잘된 일이잖아요, 안 그래요? 아이들이 경기를 보는 도중이면 브릿마리 씨가 덜컥 죽더라도 아이들이 훤히 알 테니까요."

브릿마리는 퉁명스럽게 웃음을 터뜨린다. 아주, 아주 한참 동안 정적이 흐른다.

아가씨가 심각하게 숨을 들이마시고 러닝머신을 멈추는 소리가 들린다.

"좋아요. 미안해요, 브릿마리 씨. 농담이었어요. 내가 한심한 소리를 했네요. 그런 뜻에서 한 얘기가 아니라…… 여보세요?"

브릿마리는 이미 전화를 끊은 뒤다. 그녀는 깨끗하게 빨아서 깔끔하게 갠 운동복 더미를 안고 30초 뒤에 문을 연다.

"하지만 너희들 그 진흙투성이 옷을 입고 들어오면 안 돼. 방금 전에 내가 바닥을 닦았어!" 그녀는 아이들에게 말을 하다 말고 멈춘다.

아이들 사이에 경찰관이 한 명 서 있다. 키가 작고 뚱뚱하며 헤어스타일은 즉석 바비큐 파티를 벌이고 난 다음 날의 잔디밭을 닮았다.

"이번에는 무슨 짓을 한 거니?" 브릿마리는 베가에게 나지막이 쏘아붙인다.

경찰관은 애매한 표정을 짓고 있다. 그의 앞에 서 있는 여자는 아이들에게 들은 설명과 전혀 다르다. 신경질적이고 확실히 거만하지만 뭔가 다른 게 있다. 단호하고 티끌 하나 없이 깔끔하며 어딘지 모르게…… 독특하다. 그는 무슨 말을 하면 좋을지 생각하며 잠깐 동안 멍하니 그녀를 쳐다보다 결국엔 들고 있던 큼지막한 유리병을 브릿마리에게 건네는 게 가장 정중한 방법이겠다는 결론을 내린다.

"제 이름은 스벤입니다. 보르그에 오신 걸 환영한다는 말씀을 드리고 싶어서요. 이거, 잼이에요."

브릿마리는 잼 병을 쳐다본다. 베가는 스벤을 쳐다본다. 스벤은 어쩔 줄 몰라 하며 경찰 제복을 여기저기 긁는다.

"블루베리 잼이에요. 직접 만든 거예요. 수업을 들었거든요. 소도시에서."

브릿마리는 그를 위에서 아래로, 다시 아래에서 위로 조심스럽게 훑어본다. 두 번 다 배에 꽉 끼는 제복 셔츠 위에 닿았을 때 시선이 멎는다.

"그쪽 사이즈에 맞는 운동복은 없는데요."

스벤이 얼굴을 붉힌다.

"아뇨, 아뇨, 아뇨, 물론이죠. 제 말은 그 뜻이 아니라 그게…… 그냥 환영 인사를 하려고 온 거예요. 그뿐이에요."

그는 잼 병을 베가의 손에 쥐여주고 문지방에서 주차장으로, 거기서 다시 피자 가게 쪽으로 비척비척 걸어간다. 베가가 잼 병을 쳐다본다. 오마르는 아무것도 없는 브릿마리의 넷째 손가락을 보고 씩 웃는다.

"결혼하셨어요?" 오마르가 묻는다.

브릿마리는 이 말이 그녀의 입에서 튀어나온 속도에 스스로 충격을 받는다.

"이혼했어."

이 말을 입 밖으로 낸 건 이번이 처음이다. 오마르는 더욱 커다랗게 함박웃음을 지으며 스벤을 턱으로 가리킨다.

"참고삼아 얘기하자면 스벤도 혼자예요!"

브릿마리는 다른 아이들이 키득거리는 소리를 듣는다. 그녀는 운동복 더미를 오마르의 팔에 안기고 베가에게서 잼 병을 낚아채 어둑어둑한 레크리에이션 센터 안으로 사라진다. 대여섯 명쯤 되는 아이들은 문지방에 남아서 눈을 부라린다.

모든 게 이런 식으로 시작된 거다.

10

축구는 희한한 운동이다. 축구는 좋아해달라고 부탁하지 않는다. 요구한다.

브릿마리는 누군가가 디스코텍을 열겠답시고 무덤을 파헤치는 바람에 어안이 벙벙해진 혼령처럼 레크리에이션 센터 안을 서성인다.

아이들은 하얀 운동복을 입고 소파에 앉아서 탄산음료를 마신다. 브릿마리는 과탄산소다가 넉넉지 않아서 아이들을 모두 씻길 수 없기에 소파에 수건을 깔고 앉도록 단단히 주의를 준다. 두말할 나위도 없겠지만 탄산음료는 접시에 받치고 마셔야 한다. 솔직히 제대로 된 받침 접시가 없어서 화장지를 두 칸씩 뜯어서 접었다. 급하면 어쩔 수 없다지만 아무리 급해도 탄산음료를 그냥 테이블에 둘 순 없다.

그녀는 아이들 앞에 잔도 놓아준다. 브릿마리가 절대 '과체중'이라고 말할 일은 없겠지만 친구들 몫의 탄산음료를 제법 많이 가로채서 마신 것처럼 생긴 아이가 명랑한 목소리로 자기는 그냥 캔째 마시겠다고 한다.

"절대 안 돼. 여기서는 잔으로 마시는 거야." 브릿마리는 타협의 여지가 없는 명확한 단어를 선택해가며 말허리를 자른다.

"왜요?"

"우리는 동물이 아니니까."

아이는 자기 레모네이드 캔을 보며 고민하다 다시 묻는다.

"인간 말고 어떤 동물이 캔째 마실 수 있어요?"

브릿마리는 대꾸하지 않는다. 대꾸 대신 바닥에서 리모컨을 집어 테이블에 올려놓는다. 그러자마자 지금까지 소심하게 소파에 앉아만 있던 남자아이들이 그녀가 리모컨을 얼굴에 집어던지기라도 한 것처럼 "안돼요오!" 하고 일제히 으르렁거리는 바람에 겁에 질려서 뒤로 펄쩍 물러난다.

"테이블에 리모컨 올려놓으면 안 돼요!" 레모네이드의 주인공이 나지막이 쏘아붙인다.

"최악의 징크스예요! 그러면 우리가 져요!" 오마르는 고함을 지르며 달려가서 리모컨을 다시 바닥으로 내던진다.

"우리가 진다니 그게 무슨 뜻이니?" 브릿마리는 정신 나간

거 아니냐는 듯이 묻는다.

오마르는 자신의 존재를 알지도 못할 게 분명한, 텔레비전 속의 사내들을 가리킨다.

"우리가 진다고요!" 오마르는 그 말 한마디면 모든 설명이 끝난다는 듯 확신에 찬 목소리로 같은 말을 반복한다.

브릿마리는 오마르가 축구복을 거꾸로 입은 걸 알아차린다.

"나는 집 안에서 소리 지르는 거 좋아하지 않아. 깡패처럼 옷을 거꾸로 입는 것도 좋아하지 않고." 그녀는 바닥에 떨어진 리모컨을 집으며 짚고 넘어간다.

"옷을 똑바로 입으면 우리가 진단 말이에요!"

브릿마리는 그런 말도 안 되는 억지에 뭐라고 대꾸하면 좋을지 알 수 없기에 리모컨과 아이들의 진흙투성이 옷을 들고 세탁실로 간다. 세탁기를 돌리고 뒤를 돌아보니 옅은 적갈색 머리의 아이가 그녀의 앞에 서 있다. 아이는 어쩔 줄 몰라 하는 표정을 짓고 있다. 브릿마리는 한 손으로 다른 손을 감싸고 더 이상 대화에 응할 기분이 아님을 표정으로 드러낸다.

"다 미신이에요. 지난번에 이겼을 때랑 똑같이 해야 하거든요." 아이는 설명하는 동시에 변명하는 투로 얘기한다. 그러더니 갑자기 살짝 긴장한 표정을 짓는다.

"어제 제가 아주머니 머리를 공으로 맞혔어요. 일부러 그런 건 아니에요. 제가 조준에 젬병이거든요. 저 때문에 헤어스타일이 망가지지 않았으면 해요." 아이가 말한다. "아주머니 헤어스타일…… 예쁘거든요." 아이는 웃으며 덧붙이고 다시 소파로 돌아간다.

아이가 그녀의 속마음을 알아차리지 못한 건지 아니면 모르는 척하기로 한 건지 알 수가 없다. 브릿마리는 아이를 계속 관찰하는데 전체적으로 볼 때 꽤 싫지는 않다. 저만치 벽 근처에 앉아 있어서 까만 머리 아이와 탄산음료를 가장 많이 마시는 아이에 가려 잘 보이지는 않지만.

"쟤 이름은 파이어럿이에요."

어느새 브릿마리 옆으로 불쑥 등장한 베가가 한 말이다. 시도 때도 없이 불쑥 등장하는 게 이 아이의 주특기인 모양이다. 운동복이 너무 큰 감이 있다. 아니면 체구가 너무 작거나.

"파이어럿." 브릿마리는 앵무새처럼 따라 한다. 그녀는 실제 해적이 아닌 이상 '파이어럿'은 그다지 좋은 별명이 못 된다고 설명하고 싶지만 모든 선의를 동원해서 참으며 그런 식으로 앵무새처럼 따라 한다.

베가는 소파에 앉아 있는 다른 두 아이를 가리킨다.

"그리고 저 애는 토드예요. 저 애는 다이노고요."

여기서 브릿마리의 선의가 한계에 달한다.

"맙소사, 전부 제대로 된 이름이 아니잖니!"

베가는 그녀가 무슨 뜻에서 그런 말을 하는지 이해하지 못

하는 눈치다.

"소말리아에서 온 애라서요." 베가는 그 말 한마디면 모든 설명이 끝난다는 듯이 한 아이를 가리키며 말한다.

브릿마리가 그걸로 모든 설명이 끝나진 않는다는 표정을 짓자 베가는 지겹다는 듯이 한숨을 쉬고 설명한다.

"다이노가 보르그로 이사 왔을 때 '소말리아'에서 왔다는 소리를 듣고 오마르가 '소믈리에'하고 발음이 비슷하다고 생각한 거예요. 그 왜, 텔레비전에 나와서 와인 마시는 사람 있잖아요. 그래서 '와이노'라고 불렀어요. 그런데 그게 '다이노'랑 라임이 맞잖아요. 그래서 그냥 '다이노'라고 부르게 된 거예요."

브릿마리는 베가가 그녀의 침대에서 잠이 들어버리기라도 한 것 같은 표정으로 베가를 쳐다본다.

"본명들이 썩 그럴듯하지 않았던 모양이지?"

베가는 그 둘의 차이를 이해하지 못하는 눈치다.

"우리랑 같은 이름을 쓸 순 없잖아요. 그럼 경기할 때 누구한테 패스할지 알 수 없게 되니까."

브릿마리는 세게 코웃음을 친다. 머릿속에서 감당할 수 없을 만큼 짜증이 증폭되면 코로 뿜어져 나오기 때문이다.

"그 아이한테도 제대로 된 이름이 있을 거 아니니?" 그녀는 씩씩댄다.

베가는 어깨를 으쓱한다.

"맨 처음 이사 왔을 때 말을 거의 하지 않아서 이름이 뭔지 알 수가 없었어요. 그런데 우리가 다이노라고 부르니까 웃더라고요. 웃으니까 보기 좋아서 그 별명으로 계속 부르는 거예요. 토드가 토드인 이유는 구역질 날 정도로 크게 트림을 할 수 있기 때문이에요. 그리고 파이어릿이 파이어릿인 이유는…… 잘 모르겠어요. 그냥 그렇게 됐어요."

베가는 여전히 친구들에게 가려서 보이지 않는 옅은 적갈색 머리의 남자아이를 턱으로 가리킨다. 브릿마리는 우아하게 미소를 지으며 묻는다.

"그리고 넌 같이 뛸 수 있는 여자축구단이 없는 거지? 그래, 당연히 없겠지."

베가가 고개를 끄덕인다.

"여자애들은 전부 소도시 팀에서 뛰어요."

브릿마리는 절대적으로 이해한다는 듯이 고개를 끄덕인다.

"그 팀은 네가 보기에 실력이 별로였지, 그렇지?"

베가는 짜증난 표정을 짓는다.

"이 팀이 제 팀이에요!"

텔레비전 속에서 한 선수가 누워서 축구장을 데굴데굴 구른다. 오마르는 경기가 멈춘 틈을 타 부엌 의자 위로 올라가서 외상으로 전구를 갈기 시작한다. 브릿마리는 신경질적으로 맴을 돈다.

누가 안 보이기라도 하는지 베가가 주위를 두리번거리기 시작한다.

"공 어디 있어?" 베가가 방 안에 대고 큰 소리로 묻는다.

"젠장! 밖에 있어!" 오마르가 외치며 창문 너머로 내리는 비를 쳐다본다.

"그 공을 이 안으로 들일 생각은 하지도 마!" 브릿마리는 공포에 질린 목소리로 내뱉는다.

"비가 오는데 밖에 그냥 둘 순 없잖아요!" 사람 목숨이 달린 문제라도 되는 양, 베가도 그녀 못지않게 공포에 질린 목소리로 외친다.

브릿마리가 사태를 파악할 겨를도 없이 바위와 가위를 연속으로 보자기에 넣는 게임이 시작되고, 머리가 옅은 적갈색인 파이어릿이 졌는지 소파에서 일어나 미끄러지듯 문 쪽으로 걸어간다.

"하느님 아버지! 새로 빤 운동복을 입고 나가면 어떡하니! 안 돼!" 그녀가 아이의 옷깃을 잡지만 아이는 이미 신발을 신고 문지방을 넘었다. 브릿마리는 씩씩대며 신발을 신고 아이를 쫓아 달려 나간다.

아이는 진흙투성이 축구공을 품에 안고 2미터 멀리 서 있다.

"죄송해요." 아이가 공을 내려다보며 중얼거린다.

그녀에게 사과를 하는 건지 공에게 사과를 하는 건지, 브릿마리로서는 알 길이 없다. 그녀는 헤어스타일이 망가지지 않게 손으로 비를 가린다. 아이는 그녀를 빤히 쳐다보며 진심 어린 미소를 짓다가 쑥스러워하며 땅바닥을 쳐다본다.

"뭐 하나만 부탁해도 돼요?" 아이가 묻는다.

"뭐라고?" 그녀가 쏟아지는 비를 얼굴로 맞으며 되묻는다.

"제 머리 만져주실 수 있어요?" 아이는 시선을 피한 채 중얼 거린다.

"미안하지만 뭐라 그랬니?" 브릿마리는 새로 빤 운동복에 축구공이 남긴 흙 자국에 시선을 고정하고서 묻는다.

"내일 데이트가 있거든요. 그래서 아주머니한테 머리 좀 만 져주실 수 있냐고 물어보려고 전부터 생각하고 있었어요."

브릿마리는 고개를 끄덕인다.

"그래, 보르그에 미용실이 있을 리 없겠지. 그러니까 그것도 내가 맡아야 되는 일이라 이거니? 그런 거야?"

아이는 공에 대고 고개를 젓는다.

"아주머니 헤어스타일이 정말 예뻐서요. 그렇게 예쁜 걸 보 니까 손질을 잘하시는가보다고 생각했어요. 보르그엔 미용실 이 없어요. 문을 닫았어요."

빗줄기가 조금 잦아든다. 손바닥으로 경사진 지붕 모양을 만 들어 계속 정수리를 가리고 있는 브릿마리의 소매 사이로 빗방 울이 흘러내린다.

"요즘은 그걸 그렇게 부르니? '데이트'라고?" 그녀는 살짝 생각에 잠긴 투로 묻는다.

"예전에는 뭐라고 했는데요?" 아이가 고개를 들고 묻는다.

"우리 땐 '교제한다'고 했어." 브릿마리는 딱 잘라 말한다.

스스로 언제든 시인할 용의가 있다시피 그녀는 그런 데 전문가가 아닐지 모른다. 그녀가 교제한 남자는 딱 두 명이었다. 그리고 그중 한 명과 결혼했다. 그녀와 옅은 적갈색 머리의 아이와 흙투성이 축구공이 거기 그렇게 서 있는 동안 비가 완전히 멎는다.

"우리는 데이트라고 해요. 적어도 전 그래요." 아이가 중얼거린다.

브릿마리는 숨을 들이마시고 눈을 마주치지 않으려는 아이에게서 시선을 돌린다.

"지금 당장은 확답을 줄 수 없는 거 이해해줘. 해야 할 일 리스트가 핸드백에 들어 있거든." 그녀는 나지막이 말한다.

아이는 걱정스러울 정도로 열심히 고개를 끄덕거린다.

"상관없어요! 제가 내일 아무 때나 시간을 낼 수 있거든요!"

"하. 보르그에서는 학교에 별로 신경을 안 쓰는 모양이네?"

"아직 크리스마스 방학이에요."

그때 안에서 아이들이 터뜨린 희열에 찬 환호성이 느닷없이 정적을 깨뜨리는 바람에 브릿마리가 놀라서 아이의 운동복을 움켜쥐자 아이도 덩달아 놀라서 공을 그녀의 품속으로 던진다. 그녀의 재킷에 진흙이 묻는다. 30초 뒤에 피자 가게의 남자들이 요란한 함성을 터뜨리자 문 위에 달린 네온사인이 덜거덕거린다.

"이게 무슨 일이니?" 브릿마리는 겁에 질린 눈빛으로 공을 바닥으로 던지며 묻는다.

"우리가 골을 넣은 거예요!" 파이어릿은 좋아서 어쩔 줄 몰라 한다.

"그게 무슨 소리야, '우리'라니?" 브릿마리가 묻는다.

"우리 팀요!"

"너희 팀은 없어진 거 아니었어?"

"그게 아니라 우리가 응원하는 팀요! 텔레비전에 나온 그 팀!" 아이는 열심히 설명한다.

"하지만 너희들이 거기서 뛰는 것도 아닌데 어떻게 너희 팀이 될 수 있어?"

아이는 잠깐 고민한다. 그러더니 공을 잡아 더 힘껏 끌어안는다.

"우린 대부분의 선수들이 그 팀에 합류하기 훨씬 전부터 그 팀을 응원했어요. 그러니까 그 선수들 팀이라기보다 우리 팀에 더 가까워요."

"어이가 없네." 브릿마리는 코웃음을 친다.

다음 순간, 앞문이 쾅 하고 닫히는 소리가 1월의 밤하늘을 가른다. 브릿마리는 당황한 나머지 몸을 빙그르르 돌려서 그쪽으로 달려가기 시작한다. 아이도 뒤쫓아 달린다. 문이 안에서 잠겨 있다.

"우리가 들어오지 못하게 잠근 거예요! 우리가 여기 나와 있는 동안 골이 터졌으니까요!" 파이어릿은 환희에 겨운 데다 달려오느라 숨이 차서 헐떡거린다.

"그게 도대체 무슨 소리니?" 브릿마리는 문손잡이를 미친 듯이 잡아당기며 따져 묻는다.

"우리가 여기 나와 있어야 한다는 거예요. 우리가 여기 있는 동안 골이 터졌으니까요! 우리가 여기서 행운을 가져다준 거예요!" 아이는 가당치도 않은 논리를 큰 소리로 외친다. 브릿마리는 그게 말이 되는 소리냐는 듯이 아이를 빤히 쳐다본다. 하지만 다시 비가 내리는데도 두 사람은 주차장에 서 있고, 브릿마리는 더 이상 아무 말도 하지 않는다.

어딘가에 있어주어야 한다는 이야기를 들은 게 수십 년 만에 처음이기 때문이다.

그런 점에서 축구는 희한한 운동이다. 좋아해달라고 부탁하지 않는다는 점에서.

11

아이들은 하프타임 때 문을 열고 브릿마리와 파이어릿을 다시 안으로 들인다. 브릿마리는 후반전 내내 화장실 거울 앞을 지킨다. 처음엔 밖으로 나가면 아이들과 말을 섞게 될까봐 싫어서 그런 거였는데 그 팀이 다시 골을 넣자 아이들이 경기가 끝날 때까지 나오지 못하게 한다. 그래서 브릿마리는 그 안에서 머리를 말리고 아이들에게 행운을 가져다주며 인생의 위기를 경험한다. 이 세 가지는 얼마든지 동시 진행이 가능하다. 거울 속에 딴 여자가 서 있다. 수많은 겨울이 얼굴을 건드리고 간 여자다. 겨울은 발코니 화분과 브릿마리, 양쪽 모두에게 최악의 계절이다. 침묵 속에 잠겨 있으면 내 존재를 다른 사람들이 알고 있는지 확인할 방법이 없기에 브릿마리가 무엇보다 감당하기 버거워하는 게 침묵인데, 추워지면 사람들이 서로 단절되고 세상이 무음의 공간으로 바뀌니 겨울은 고요한 계절이기도 하다.

잉그리드가 죽었을 때 브릿마리를 마비시켰던 게 바로 침묵이었다.

아버지는 퇴근 시간이 점점 늦어지더니 언젠가부터는 브릿마리가 잠자리에 든 다음에서야 집에 들어오기 시작했다. 그러다 어느 날부터 아침에 일어났을 때 이제 막 퇴근한 아버지와 맞닥뜨렸고, 다시 어느 날부터는 아침에 일어나도 아버지가 아직 퇴근 전이었다. 어머니는 그 부분에 대해 점점 더 아무 말도 하지 않았다. 아침마다 침대에 누워 있는 시간만 점점 길어졌다. 브릿마리는 침묵의 세상 속에서 살아야 하는 아이들이 그러듯 아파트 안을 서성였다. 한번은 어머니가 방에서 고함을 질러주길 바라며 꽃병을 쳐서 쓰러뜨린 적도 있었다. 어머니는 고함을 지르지 않았다. 브릿마리는 깨진 꽃병을 스스로 치웠다. 그리고 두 번 다시 꽃병을 쳐서 쓰러뜨리지 않았다. 다음 날에는 브릿마리가 저녁을 차릴 때까지 어머니가 침대에 누워 있었다. 그다음 날에는 그보다 더 늦게 일어났다. 그러다 결국엔 아예 일어나지 않았다. 물론 어머니의 친구들 몇 명이 예쁜 조화를 들고 찾아와 애도의 뜻을 전했지만 다들 워낙 사는 게 바빠서 이미 세상을 떠난 사람을 챙길 여유는 없었다. 그녀는 아파트를 청소하고 창문을 모두 닦은 다음 날, 쓰레기를 버리러 나간 길에 계단에서 켄트를 만났다. 두 사람은 어른으로 자란 아이들이 대개 그러듯 서로를 빤히 쳐다봤다. 그는 결혼해서 아이를 둘 낳았지만 얼마 전에 이혼하고 어머니를 만나러 온 길이었다. 그는 브릿마리를 보고 미소를 지었다. 그 당시엔 그의 눈에 브릿마리가 보였기 때문이었다.

브릿마리는 거울 앞에서 넷째 손가락을 문지른다. 하얀 자국이 문신처럼 남아 있다. 누군가가 화장실 문을 두드린다.

파이어릿이 밖에 서 있다.

"하…… 너희 팀이 이겼니?"

"2 대 0으로요!" 파이어릿은 더없이 행복한 얼굴로 고개를 끄덕인다.

"나는 너희들이 그러라고 해서 여기 계속 있었던 거야. 대장에 무슨 문제가 있어서 그런 게 아니라." 브릿마리는 아주 진지한 목소리로 얘기한다.

파이어릿은 살짝 당혹스러워하며 고개를 끄덕이더니 "알았……어요"라고 중얼거리고는 열려 있는 앞문을 가리킨다.

"스벤이 또 찾아왔어요."

경찰관이 문지방에 서 있다가 허둥지둥 손을 들어서 흔든다. 브릿마리는 왠지는 모르겠지만 몹시 기분이 상해서 뒷걸음질을 치고 등 뒤로 화장실 문을 닫는다. 머리를 제대로 매만진 다음에서야 심호흡을 하고 다시 밖으로 나온다.

"네?" 그녀가 경찰관에게 묻는다.

경찰관은 웃으며 종이를 내미는데 브릿마리에게 건네려던 와중에 떨어뜨린다.

"이런, 이런, 미안해요, 미안해요. 이걸 주고 싶어서요. 저기, 내가, 아니 우리가 생각해보니……."

그는 피자 가게 쪽을 손짓한다. 브릿마리는 미지의 인물과 둘이서 무슨 얘기를 나눴다는 뜻인가보다고 미루어 짐작한다. 그는 다시 미소를 짓는다. 맞잡은 손을 배에 얹었다가 생각을 바꾸고 턱 바로 아래에서 팔짱을 낀다.

"당신 거처가 필요하지 않을까 싶은데 듣자하니 소도시에 있는 호텔은 싫다고 했고…… 물론 아무 데서나 살라는 건 아니에요. 당연하죠! 그냥 이게 좋은 대안이 될 수도 있겠다 싶어서요. 만의 하나."

브릿마리는 종이를 쳐다본다. 철자까지 틀려가며 손으로 쓴 셋방 광고다. 맨 밑에 모자를 쓴 남자가 조그맣게 그려져 있는데 춤을 추고 있는 듯하다. 남자와 광고와의 관계는 전혀 확실치 않다.

"나하고 같이 만든 광고예요." 경찰관은 열띤 목소리로 얘기한다. "내가 소도시에서 수업을 들었거든요. 아주 괜찮은 사람이에요. 그러니까 방을 내놓은 여자분 말인데 얼마 전에 보르그로 다시 이사를 왔어요. 물론 집을 팔 생각이라고 하니 임시방편이긴 하지만, 여기 이 보르그에 있어서 멀지 않고…… 걸어갈 수 있을 만한 거리지만 원하면 차로 태워다드릴게요."

브릿마리의 눈썹이 서로 바짝 붙는다. 밖에 경찰차가 서 있다.

"저걸로요?"

"네, 당신 차는 수리 중이라면서요. 하지만 내가 태워다드릴게요. 아무 문제 없어요!"

"그쪽한테는 아무 문제 없겠죠. 하지만 경찰차를 타고 이 동네를 돌아다니면 다들 내가 범죄자인 줄 알지 않겠어요? 지금 그러자는 건가요?"

경찰관은 몸 둘 바를 몰라 한다.

"아뇨, 아뇨, 아뇨. 당연히 그건 싫으시겠죠."

"그럼요." 브릿마리는 말한다. "다른 용무 있으신가요?"

그는 의기소침하게 고개를 젓고 몸을 돌려서 나간다. 브릿마리는 문을 닫는다.

아이들은 레크리에이션 센터에 남아서 그녀가 옷을 건조기로 말릴 때까지 기다린다.

건조기로 말릴 수 없는 옷들은 널어놓고 다음 날 가져가라고 한다. 아이들은 대부분 축구복 차림으로 집에 간다. 어떻게 보면 브릿마리는 이렇게 그들의 코치로 변신하고 있었다. 아직 아무도 얘기를 하지 않았을 뿐이다.

어느 아이도 옷을 빨아줘서 고맙다고 인사하지 않는다. 그들 뒤에서 문이 닫히자 레크리에이션 센터는 아이들과 축구만 채울 수 있는 정적 속으로 빠져든다. 브릿마리는 테이블에 놓인 접시와 탄산음료 캔을 치운다. 오마르와 베가는 자기들 접시를 식기 건조대에 두었다. 씻지도 않고 식기 세척기에 넣지도 않고 심지어 물로 헹구지도 않았다. 그냥 건조대에 놓고 끝이다.

켄트도 가끔 그래놓고 고맙다는 인사를 바랄 때가 있었다. 씻어서 말린 접시가 내일 찬장에 다시 들어가기까지 자기에게 주어진 몫을 다했다고 브릿마리가 알아주길 바라는 것처럼.

누군가가 레크리에이션 센터 앞문을 두드린다. 교양인이 찾아올 만한 시각이 아니었기에 브릿마리는 뭔가를 두고 간 아이가 있나보다고 생각한다. 그녀는 문을 연다.

"하?"

그 경찰관이 또 문 앞에 서 있다. 그가 어색하게 미소를 짓는다. 브릿마리는 당장 말투를 바꾼다.

"하!"

좀 전과 상당히 다른 분위기다. 적어도 브릿마리의 말투상으로는 그렇다. 경찰관은 침을 꿀꺽 삼키고 용기를 그러모으는 듯한 표정을 짓는다. 조금 갑작스럽게 대나무 가리개를 꺼내다 하마터면 그걸로 브릿마리의 이마를 칠 뻔한다.

"미안해요. 저기, 나는 그냥…… 이거 대나무 가리개예요!"
그는 가리개를 하마터면 진흙 바닥에 떨어뜨릴 뻔한다.

"하……" 브릿마리가 이번엔 좀 더 조심스럽게 대꾸한다.

그는 열심히 고개를 끄덕인다.

"내가 만든 거예요! 소도시에서 수업을 들었거든요. '극동의 홈 디자인'."

그는 다시 고개를 끄덕인다. 브릿마리가 뭐라고 말할 차례라는 듯이 그런다. 그녀는 아무 말도 하지 않는다. 그는 자기 얼굴 앞으로 대나무 가리개를 내민다.

"이걸 창문에 대고 있으면 돼요. 아무도 당신의 정체를 알지 못하게."

그는 명랑하게 경찰차를 가리킨다. 그러고는 대나무 가리개를 가리킨다.

그러고는 다시 내리기 시작한 비를 가리킨다. 보르그에서는 그렇게 비가 내리다 말다 한다. 딱히 할 일이 없어서 그러는 게 재미있는 모양이다.

"차가 있는 데까지 걸어갈 때 이걸 우산처럼 쓰면 망가지지 않게 헤어스타일을 보호할 수 있어요."

그는 다시 침을 삼키고 대나무를 만지작거린다.

"싫으면 안 그래도 돼요. 물론이죠, 물론이죠. 그냥 보르그에서 지내는 동안 거처가 필요하지 않을까 싶어서요. 말하자면 레크리에이션 센터는 숙녀가 지낼 만한 곳이 못 된다는 거죠."

그들은 그 뒤로 한참 동안 말없이 서 있는다. 브릿마리는 맞잡았던 손의 위아래를 바꾸고 한참 만에 어마어마한 인내심을 발휘해서 깊은 숨을 내뱉는다. 한숨은 절대 아니다. 그러고 나서 말한다.

"소지품을 챙겨야겠네요."

그는 열띤 표정으로 고개를 끄덕인다. 그녀는 문을 닫고 빗속에 그를 내버려둔다.

이렇게 된 거다. 그게 이런 식으로 시작된 거다.

12

브릿마리는 문을 연다. 그가 대나무 가리개를 건네자 그녀는 발코니 화분 상자를 건넨다.

"당신 차 뒷좌석에 큼지막한 이케아 상자가 있다던데 그것도 내 차로 옮겨 실을까요?" 그가 기대에 찬 목소리로 묻는다.

"그건 절대 안 되죠!" 브릿마리는 그가 차에 불을 지르겠다고 말하기라도 한 것처럼 대꾸한다.

"그럼요, 그럼요." 그는 미안해한다.

수염을 기르고 모자를 쓴 남자들이 피자 가게를 나서는 게 브릿마리의 눈에 들어온다. 그들이 경찰관을 향해 고개를 끄덕이자 그가 손을 흔든다. 그들 눈에는 브릿마리가 전혀 안 보이는 모양이다.

경찰관은 경찰차로 얼른 달려가 발코니 화분 상자를 싣고 다시 얼른 달려와서 브릿마리와 나란히 걷는다. 그녀의 팔을 잡거나 건드리지 않고, 그녀의 팔에서 몇 센티미터 아래를 팔로 받친다. 만의 하나 발을 헛디디면 잡아주려는 것처럼.

그녀가 대나무 가리개를 우산처럼 머리에 쓰고 (우산 대용으로 효과 만점이다) 가는 내내 꼭 붙잡고 있었기에 경찰관은 그녀의 헤어스타일이 이미 망가진 걸 알아차리지 못한다.

"현금 인출 코너에 들렀다 갔으면 좋겠어요. 방값 낼 수 있게요." 그녀가 말한다. "물론 당신만 괜찮다면요. 이 이상으로 폐를 끼치는 건 싫거든요." 그녀는 신경 쓰인다는 듯이 덧붙인다.

"폐라뇨, 전혀 아니에요!" 경찰관은 무슨 일이든 전혀 귀찮아하지 않는 사람처럼 이야기한다. 가장 가까운 현금 인출 코너에 들르려면 사실 20킬로미터를 돌아가야 한다는 이야기는 하지 않는다.

그는 가는 내내 종알거린다. 켄트도 예전에 차를 타고 갈 때마다 그랬는데 둘의 차이점이 있다면 켄트는 항상 이런저런 얘기를 했던 반면 경찰관은 그녀에게 질문을 한다는 것이다. 그래서 브릿마리는 짜증이 난다. 누군가가 자기에게 관심을 보이는 데 익숙하지 않은 사람은 그러면 짜증이 나게 되어 있다.

"경기 보니까 어땠어요?" 그가 묻는다.

"나는 화장실에 있었어요." 브릿마리가 말한다.

그 말을 내뱉은 순간 브릿마리는 속에서 짜증이 솟구친다. 속단하는 사람이라면 그 말을 듣고 그녀의 배변 기능에 심각한 문제가 있는 줄 알지 않겠는가. 경찰관이 아무 대꾸도 하지 않자 그녀는 그가 속단하고 있는 게 분명하다는 결론을 내리는데 전혀 환영할 만한 일이 못 된다. 그래서 쏘아붙이는 투로 덧붙인다.

"내 배변 기능에 심각한 문제가 있는 건 아니고 거기 있어야 된다고 해서 그런 거예요. 안 그러면 경기가 잘못된다던가 그래서."

그는 웃음을 터뜨린다. 그녀는 그게 비웃음인지 뭔지 알 수가 없다. 그는 마뜩잖아하는 그녀의 표정을 알아차리고 웃음을 거둔다.

"어쩌다 보르그에 오게 됐어요?"

"여기 취직을 해서요."

그녀는 빈 피자 상자와 햄버거 종이 봉지 사이에 발을 반쯤 묻고 있다. 뒷좌석에는 화가용 이젤과 뒤죽박죽으로 섞인 붓과 캔버스가 놓여 있다.

"그림 좋아해요?" 그가 그것들을 쳐다보는 그녀에게 명랑한 목소리로 묻는다.

"아뇨."

그는 당황스러워하며 운전대를 만지작거린다.

"물론 내가 그린 그림을 두고 물은 건 아니에요. 나는 혼자 즐기는 아마추어에 불과하니까요. 소도시에서 수채화 수업을 듣고 있어요. 아니, 그림을 전체적으로 다루는 수업이에요. 실제 작품, 근사한 작품들을."

브릿마리는 '당신 작품도 근사한데요'라고 얘기해주고 싶은 마음이 들었지만 현실적인 성격이 고개를 드는 바람에 그 대신 이렇게 얘기해버린다.

"우리 집에는 그림이 한 점도 없어요. 남편이 싫어해서."

경찰관은 말없이 고개를 끄덕인다. 그들은 소도시로 향하는데, 거긴 제대로 된 도시라기보다 넓은 시골 같다. 뭐가 좀 더 많을 뿐, 보르그하고 비슷하다. 보르그와 같은 방향으로 가고 있는데 속도가 더딜 뿐이다. 태닝숍 바로 옆에 있는 현금 인출 코너 앞에서 차가 멈춘다. 브릿마리 생각에 태닝숍은 위생적인 곳이 못 된다. 일광욕이 암을 유발할 수 있다고 어디서 읽은 적이 있는데 암을 위생적이라고 할 순 없지 않겠는가.

암호를 안 보이게 하려고 기를 쓰느라 잘못 입력하는 바람에 돈을 찾는 데 시간이 걸린다. 대나무 가리개를 계속 쓰고 있어서 그런 것도 있다.

하지만 경찰관은 재촉하지 않는다. 그래서 놀랍게도 기분이 좋다. 켄트는 그녀가 아무리 서둘러도 늘 재촉하는 게 일이었다. 그녀는 경찰차에 다시 올라타고 살가운 말을 몇 마디 해야 할 것 같은 기분을 느낀다. 그래서 숨을 크게 들이쉬고 바닥의 빈 상자와 종이 봉지들을 가리키며 이렇게 말한다.

"소도시에 요리 수업은 없는 모양이네요."

경찰관의 표정이 환해진다.

"음, 사실 스시 만들기 수업을 들었어요. 스시 만들어본 적 있어요?"

"절대 없죠. 남편이 외국 음식을 싫어하거든요."

"아, 네, 네, 사실 스시는 요리랄 것도 없어요. 그냥…… 썰기만 하면 돼요. 그런데 솔직히 자주 해 먹지는 않았어요. 수업을 들은 이후에 말이에요. 자기 먹을 음식을 만드는 건 별로 재미가 없거든요. 무슨 뜻인지 아실지 모르겠습니다만."

그는 당황스러워하며 미소를 짓는다. 그녀는 전혀 미소를 짓지 않는다.

"모르겠는데요."

그들은 다시 보르그로 돌아간다. 마침내 경찰관이 용기가 생겼는지 다른 얘기를 꺼낸다.

"아무튼 애들을 그렇게 챙겨줘서 고마워요. 요즘 보르그는 자라나는 아이들에게 좋은 환경이 못 되거든요. 아이들을 돌볼 사람이 있어야 하는데 말이죠."

"나는 아무도 챙기지 않았어요. 그건 내 할 일이 아니라고요!" 브릿마리는 이의를 제기한다.

"물론이죠, 그런 뜻에서 한 얘기가 아니에요. 그냥 아이들이 당신을 좋아한다는 뜻에서 한 얘기예요. 지난번 코치가 죽은 뒤로 아이들이 누굴 좋아하는 걸 본 적이 없거든요."

"그게 무슨 소리예요, '지난번 코치'라뇨?"

"아, 네, 뭐, 당신이 여기로 와서 아이들이 아주 기뻐하고 있다는 뜻이에요." 경찰관은 '우리'라는 단어를 쓰고 싶지만 그 대신 '아이들'이라고 말하며 다시 이렇게 묻는다.

"이전에는 무슨 일을 했어요?"

브릿마리는 대답하지 않는다. 창밖으로 지나가는 집들만 노려본다. 거의 모든 집마다 잔디밭에 '매물'이라고 적힌 팻말이 꽂혀 있는 걸 보고 그녀는 아무 감정 없는 말투로 얘기한다.

"보르그에 사는 사람들은 대부분 여기 살기가 싫은가봐요."

경찰관의 입꼬리가 처진다. 아쉬워할 때 나타나는 반응이다.

"트럭회사에서 기사들을 전부 자르는 바람에 경제 위기의 충격이 아주 컸거든요. 팻말을 꽂은 사람들은 집을 팔 수 있다는 희망을 접지 않은 거예요. 나머지는 포기한 거고요. 젊은 사람들은 도시로 탈출하고 나 같은 늙다리들만 남았어요. 아직 잘리지 않은 사람들이 나 같은 늙다리들뿐이라."

"경제 위기는 끝났어요. 우리 남편이 그랬어요, 사업가인데." 브릿마리는 머리와 넷째 손가락에 남은 하얀 자국을 대나무 가리개로 잘 가리며 그에게 알려준다. 그는 어색하게 시선을 돌리고, 그녀는 떠나고 싶어 하는 사람들이 살고 있는 동네를 창밖으로 내다본다.

"당신도 축구를 좋아하는 모양이네요." 한참 뒤에 그녀가 말한다.

"예전에 이런 말을 들은 적이 있어요. '우리가 축구를 사랑하는 이유는 본능적이기 때문이다. 공이 길거리를 굴러오면 발로 찰 수밖에 없지 않은가. 우리가 축구를 사랑하는 이유는 사랑에 빠지는 이유와 같다. 피할 방법이 없기 때문이다.'" 경찰관은 살짝 쑥스러워하며 미소를 짓는다.

"누가 그런 소릴 했어요?"

"애들 가르치던 코치가요. 멋지죠?"

"어처구니가 없네." 브릿마리는 '시적이네요'라고 말하고 싶은 생각이 있음에도 이렇게 얘기한다.

그는 운전대를 한층 세게 움켜쥔다.

"그럴 수도 있어요, 그럴 수도 있어. 내 말은…… 내 말은 누구나 축구를 좋아하지 않느냐는 거죠. 말하자면."

그녀는 아무 말도 하지 않는다.

그들은 구멍가게를 지나서 몇 분 더 가다 회색빛을 띤 작고 납작한 이층집 앞에서 선다. 도로 저편 앞마당에 여자 둘이 서 있는데 어찌나 나이가 많은지 이 동네가 생기기 전부터 여기 살았던 것처럼 보일 정도다. 그들은 보행 보조기를 짚고 미심쩍어하는 눈빛으로 경찰차를 흘끗거린다. 스벤은 브릿마리와 함께 차에서 내리면서 그들에게 손을 흔든다. 그들은 손을 흔들지 않는다. 비가 멈췄지만 브릿마리는 대나무 가리개를 계속 쓰고 있다. 스벤이 초인종을 누른다. 그 집 못지않게 정육면체를 닮은, 그래도 브릿마리가 그녀를 가리켜 '뚱뚱하다'고 할 일은 꿈에도 없을 앞 못 보는 여자가 문을 연다.

"안녕, 뱅크." 스벤이 명랑한 목소리로 인사를 건넨다.

"안녕하세요, 스벤. 그 여자 데려온 거예요?" 뱅크는 무심하게 물으며 브릿마리를 향해 지팡이를 흔든다. "방세는 1주일에 250크로나, 현금만 받아요. 이 집이 팔리기 전까지만 여기서 살 수 있고요." 뱅크는 툴툴거리며 말을 잇더니 들어오라는 말도 없이 발소리도 요란하게 혼자 집으로 들어간다.

브릿마리는 살짝 까치발을 하고서 그녀를 따라 들어간다. 바닥이 너무 더러워서 신발을 신고서라도 그 위를 걷고 싶은 생각이 들지 않는다. 하얀 개가 엉망진창으로 놓인 이삿짐 상자에 둘러싸인 채 현관에 누워 있다. 브릿마리는 이 '뱅크'라는 사람이 앞이 안 보여서 그런 게 아니라 덜렁대서 이 지경일 거라고 결론을 내린다. 브릿마리는 아무 편견이 없지만 앞을 못 보는 사람들도 덜렁댈 수 있다고 굳게 믿는다.

온 집 안이 노란색 축구복을 입은 여자아이의 사진투성이인데, 레크리에이션 센터에 걸려 있는 사진 속의 나이 많은 남자와 같이 찍은 것도 몇 장 있다. 이 사진들에서는 남자가 젊어 보인다. 브릿마리는 그가 그 집 주방 바닥에서 발견됐을 때 그녀와 비슷한 나이였겠다는 사실을 깨닫는다. 그렇다면 그녀도 나이를 먹을 만큼 먹은 게 되는지 그건 잘 모르겠다.

요즘 들어서 여러 사람과 비교해본 적이 없다.

스벤은 발코니 화분 상자와 브릿마리의 가방을 안고 문 옆에 서 있다.

"우리는 너희 아빠를 많이 그리워한다, 뱅크. 보르그 사람들 모두가 그리워해."

뱅크는 아무 대답도 하지 않는다. 브릿마리는 뭘 어쩌면 좋을지 알 수 없기에 스벤이 들고 있던 발코니 화분 상자를 낚아챈다. 그는 경찰모를 벗지만 문지방을 넘어오지는 않는다. 그런 부류의 남자들은 들어오라는 말도 없는데 숙녀의 집에 들어가는 걸 적절치 못한 행동으로 여기기 때문이다.

브릿마리는 제복을 입고 문지방에 서 있는 그를 보고 있자니 짜증이 나지만 그래도 들어오라는 말은 하지 않는다. 도로 저편의 할머니들이 아직도 앞마당에 서서 그들을 노려보고 있다.

이웃 사람들이 뭐라고 생각할까?

"또 다른 거 있어요?" 그녀는 사실 고맙다고 인사하고 싶지만 이렇게 묻고 만다.

"아뇨, 아뇨, 없어요……."

"고마웠어요." 브릿마리는 고맙다는 인사보다 작별 인사에 가깝게 들리도록 말한다.

그는 어색하게 고개를 끄덕이고 몸을 돌린다. 그가 절반쯤 갔을 때 브릿마리가 숨을 깊이 들이쉬고 헛기침을 한 다음 좀 전보다 목소리를 살짝 높인다.

"태워다준 거요. 그러니까…… 무슨 말을 하고 싶은가 하면, 태워다줘서 고마웠다고요."

그가 몸을 돌리는데 온 얼굴을 환히 빛내고 있다. 그녀는 그가 다른 생각을 하기 전에 얼른 문을 닫는다.

뱅크는 계단을 올라간다. 지팡이를 위치 파악이 아니라 걷기 보조용으로 쓰고 있다. 브릿마리는 발코니 화분 상자와 가방을 안고 비틀비틀 따라간다.

"여기가 화장실. 여기가 세면대. 식사는 다른 데서 해결해야 해요. 나는 집 안에서 기름 냄새 나는 게 싫거든요. 낮에는 집을 비워줘요. 주로 그때 부동산에서 손님을 데리고 오니까." 그녀는 코웃음을 치고 계단 쪽으로 걸음을 옮기기 시작한다.

브릿마리는 그녀를 따라가며 살갑게 말을 건넨다.

"하. 지난번에 내가 그랬던 건 사과할게요. 당신이 맹인인 줄 몰랐어요."

뱅크가 뭐라고 구시렁거리며 계단을 내려가려고 하지만 브릿마리의 이야기는 아직 끝나지 않았다.

"하지만 이거 하나는 짚고 넘어가고 싶은데, 뒤에서 보면 당신이 맹인인지 아닌지 사실 알 수가 없다고요."

"망할. 이봐요, 나 맹인 아니에요!" 뱅크가 고함을 지른다.

"하?"

"그냥 시력이 아주 나쁜 거예요. 가까이서 보면 아무 문제없다고요."

"얼마나 가까이서 보면요?"

"개가 어디 있는지는 보여요. 그 나머지는 개가 나 대신 봐주고요." 뱅크는 계단에서 1미터 정도 떨어져 있는 개를 가리킨다.

"뭐, 그럼 맹인이나 다름없는 거잖아요."

"내 말이 그 말이에요. 잘 자요."

"나는 의미론에 집착하는 사람이 아니지만, 정말 아니지만, 당신이 '장님'이라고 하는 걸 분명 들었고……."

뱅크는 이마로 들이받으면 벽에 구멍이 날 가능성이 얼마나 되는지 고민하는 사람 같은 표정을 짓는다.

"내가 장님이라고 하면 사람들이 몸 둘 바를 몰라 하면서 더이상 아무것도 묻지 않고 귀찮게 괴롭히지 않거든요. 시력이아주 나쁘다고 하면 그거랑 진짜로 앞을 못 보는 거랑 뭐가 다르냐며 끊임없이 씨부렁거리고. 이제 잘 자요!" 그녀는 결론을맺고 계단을 내려가기 시작한다.

"맹인도 아니면서 왜 지팡이랑 개랑 선글라스를 쓰는지 물어봐도 될까요?"

"내 눈이 햇빛에 예민해서 그렇고, 개는 눈이 이상해지기 전부터 데리고 다녔어요. 그냥 평범한 개예요. 잘 자요!"

개는 그 말에 마음이 상한 기색이다.

"그럼 지팡이는요?" 브릿마리가 묻는다.

"맹인용 지팡이가 아니라 그냥 지팡이예요. 무릎이 안 좋거든요. 그리고 사람들이 앞을 막고 있을 때 아주 유용하고."

"하." 브릿마리는 말한다. 뱅크가 지팡이로 개를 밀친다.

"선불이에요. 현금만 받아요. 낮에는 얼굴 보이지 않았으면 좋겠어요. 잘 자요!"

"언제 이 집을 팔 생각인지 물어봐도 될까요?"

"보르그에 살고 싶어 하는 또라이를 발견하는 즉시요."

브릿마리는 뱅크와 개가 사라지자마자 황량하고 아주 가파르게 느껴지는 계단 맨 꼭대기에 선다. 1분 뒤에 쾅 소리와 함께 현관문이 닫히고 집은 그 뒤로 이어진 정적에 잠긴다.

브릿마리는 주변을 두리번거린다. 다시 비가 내리고 있다. 경찰차는 떠났다. 트럭이 한 대 지나간다. 그 뒤로 또다시 정적이 이어진다. 브릿마리는 속에서 한기를 느낀다.

그녀는 침대 시트를 벗기고 매트리스를 과탄산소다로 뒤덮는다.

핸드백에서 리스트를 꺼낸다. 적혀 있는 게 아무것도 없다. 체크된 항목도 없다. 창문을 뚫고 스며든 어둠이 브릿마리를 감싼다. 그녀는 불을 켜지 않는다. 핸드백에 수건이 있기에 거기 대고 울면서 일어선다. 제대로 청소가 되기 전에는 매트리스 위에 앉아 있을 생각이 없어서다.

그녀는 자정이 지난 다음에서야 그 문의 존재를 알아차린다. 밖으로 아무것도 보이지 않는 여러 창문 중에서 한 창문 옆에 달려 있다. 처음에 브릿마리는 자신의 눈에 보인 그 광경을 믿지 못한다. 팩신 한 병을 들고 와서 문에 달린 창유리를 구석구석 닦은 다음에서야 손잡이를 만질 수 있다. 문은 꼼짝 않는다. 그녀는 얼마 되지도 않는 체중이지만 그래도 전부 동원하고 문틀을 버팀목 삼아서 손잡이를 있는 힘껏 잡아당긴다. 순간, 창유리 너머의 세상이 보이고 아무것도 할 줄 모른다며 켄트에게 들은 구박이 떠오르자 불타오르는 반항심으로 한데 모인 힘이 문을 압도한다. 문이 활짝 열리면서 그녀는 방 저쪽으로 퉁겨져 나간다. 빗방울이 바닥으로 들이친다.

브릿마리는 침대에 기대고 앉아서 숨을 헐떡이며 밖을 내다본다.

발코니다.

13

발코니 하나로 모든 게 달라질 수 있다.

지금은 오전 6시고 브릿마리는 열의가 넘친다. 그녀로서는 처음 있는 일이다. 미지의 인물의 심리 상태는 가시가 돋친 숙취 상태라고 표현해야 할 것이다. 브릿마리가 6시에 피자 가게 문을 두드리며 그녀를 깨워서 흥분한 목소리로 드릴 있느냐고 물었기 때문이다.

미지의 인물은 억지로 문을 열고 브릿마리에게 피자 가게와 기타 경제활동은 지금 이 시각엔 아직 개시 전이라고 알린다. 그러자 브릿마리는 그러면 미지의 인물이 그곳을 지키는 이유가 뭐냐고 묻는다. 브릿마리 생각엔 피자 가게에서 숙식을 해결하는 게 위생적일 수 없기 때문이다. 미지의 인물은 간밤에 축구 경기가 끝난 뒤 "너무 취해서" 집에 갈 수 없었기 때문이라고, 눈은 반쯤 감겼고 옷에는 이런저런 이유로 입속에 도달하지 못하고 떨어져 나온 다양한 부스러기들이 묻어 있는 채로 그 상황이 허락하는 한 최선을 다해 설명한다. 브릿마리는 그 말에 알겠다는 듯 고개를 끄덕이고 음주 운전은 하면 안 되는데 잘 생각했다고 말한다. 휠체어는 절대 쳐다보지 않고 그렇게 말한다.

미지의 인물은 뭐라고 중얼거리며 문을 닫으려고 한다. 하지만 앞에서도 얘기했다시피 브릿마리는 열의가 넘치기 때문에 쉽게 물러나지 않는다. 이제 브릿마리에게 발코니 화분 상자를 놓아둘 곳이 생긴 것이다.

발코니 화분 상자를 놓아둘 곳이 생기면 모든 게 달라진다. 브릿마리는 모든 것에 도전할 준비가 된 듯한 기분이다. 최소한 보르그 안에서는 그렇다.

미지의 인물은 오전 6시의 열의에 썩 호응을 하지 않는 눈치라 브릿마리는 전동 드릴이 있느냐고 묻는다. 사실 미지의 인물에겐 전동 드릴이 있다. 그녀가 전동 드릴을 가져다준다.

브릿마리가 두 손으로 받으며 실수로 스위치를 켜는 바람에 미지의 인물의 손에 살짝 구멍이 날 뻔한다. 그러자 미지의 인물은 드릴을 빼앗으며 어디에 쓸 거냐고 따져 묻는다. 브릿마리는 그림을 걸 생각이라고 알린다.

이제 미지의 인물은 숙취 때문에 살짝 가시가 돋친 상태로 드릴을 들고 레크리에이션 센터로 자리를 옮긴다. 브릿마리는 센터 한가운데 서서 열띤 표정으로 그림을 쳐다본다. 그녀는 오늘 새벽에 레크리에이션 센터 창고에서 그 그림을 찾았다. 뱅크가 낮 동안엔 집을 비워달라고 요구한 데다, 발코니를 발견한 데서 비롯된 온갖 북받치는 감정들로 인해 제대로 잠을 이룰 수가 없었다. 그 그림은 입에 담을 수도 없는 쓰레기 더미 뒤편 벽에 기대서 있었는데 먼지가 하도 두껍게 내려앉아서 화산재를 뒤집어쓴 것 같았다. 브릿마리가 그림을 레크리에이션 센터 안으로 들고 와서 물에 적신 걸레와 과탄산소다로 닦았다. 그래서 이젠 아주 근사해 보인다.

"내가 그림을 걸어본 적이 한 번도 없어서요." 브릿마리는 피곤해하는 미지의 인물의 표정을 보고 아주 친절하게 설명한다.

미지의 인물이 드릴로 벽에 구멍을 뚫고 그림을 건다. 사실 그림이라기보다 아주, 아주 오래된 보르그의 흑백 지도다. 맨 위에 '보르그에 오신 것을 환영합니다'라고 적혀 있다. 브릿마리는 여행을 질색하는 사람치고 예전부터 지도라면 사족을 못 썼다. 어렸을 때 잉그리드에게 밤마다 파리 이야기를 들은 뒤로 지도를 보면 항상 왠지 모르게 안심이 됐다. 지도를 보면 파리를 손으로 가리킬 수 있다. 손으로 가리킬 수 있으면 이해도 할 수 있는 거다. 그녀는 미지의 인물을 향해 침착하게 고개를 끄덕인다.

"우리 집에는 그림이 하나도 없거든요. 남편이 미술을 좋아하지 않아서."

브릿마리가 '미술'을 운운하자 미지의 인물이 지도를 향해 눈썹을 추켜세운다.

"좀 더 높은 데 걸 수 있을까요?"

"높은 데요?"

"너무 낮아서요." 브릿마리는 전혀 꼬투리 잡는 기색 없이 이렇게 말한다.

미지의 인물이 브릿마리를 쳐다본다. 자기 휠체어를 쳐다본다. 브릿마리도 휠체어를 쳐다본다. "하지만 지금 그 자리도 괜찮네요. 맞아요."

미지의 인물은 아무도 듣지 않으면 좋을 말을 중얼거리고 주차장을 가로질러 피자 가게로 돌아간다. 브릿마리는 스니커즈와 과탄산소다가 필요해서 그녀를 따라간다.

안으로 들어가자 담배 연기와 맥주 냄새가 코를 찌른다. 테이블마다 지저분한 잔과 그릇들로 뒤덮여 있다. 미지의 인물은 "두통약, 베가가 그걸 어디다 두더라?" 대충 이런 요지로 끙끙거리며 요리조리 헤치고 카운터 뒤편으로 들어간다. 그러더니 주방으로 사라진다.

브릿마리가 머뭇거리며 접시 두 개에 손을 내미는 순간, 그녀의 속셈을 감지했는지 미지의 인물이 고함을 지른다.

"설거지 거리 건드리지 마요!"

브릿마리는 커트러리 서랍을 열어서 알맞은 순서로 정리하기 시작한다. 미지의 인물이 와서 서랍을 닫는다. 브릿마리는 짜증을 누르며 숨을 들이마신다.

"좀 깔끔해 보이게 정리해주려는 거잖아요."

"바꾸지 마요! 그러면 아무것도 찾을 수가 없잖아요!" 브릿마리가 쳐다보고 싶지 않아도 쳐다볼 수밖에 없는 사람의 눈빛을 지으며 술잔을 놓는 선반으로 시선을 돌리자 미지의 인물이 소리를 지른다.

"여기서 뭔가를 찾을 수 있다니 그게 더 대단한데요." 브릿마리가 말한다.

"엉뚱한 데 놓으니까 그렇죠!" 미지의 인물이 투덜거린다.

"하하, 내가 하는 건 뭐든 틀렸죠. 늘 그렇지 않아요?"

미지의 인물은 앞뒤가 안 맞는 말을 중얼거리며 천장의 잘못이라는 듯 위쪽으로 팔을 휘둘렀다가 주방을 빠져나간다. 브릿마리는 그 자리에 서서 커트러리 서랍을 다시 열고 싶은 욕구를 참는다. 약 15초 동안은 제법 잘 참을 수 있다. 그녀가 주방 밖으로 나가보니 미지의 인물이 가게에 앉아 콘플레이크를 한 움큼씩 집어서 봉지째 먹고 있다.

"접시라도 쓰지 그래요." 브릿마리는 접시를 가져다준다.

미지의 인물은 극도로 못마땅한 표정을 지으며 콘플레이크를 한 움큼씩 집어서 접시째 먹는다.

"천연 요거트하고 같이 안 먹는 모양이네요?"

"나는 그 뭣이야, 유당불내증이 있어서요."

"하." 브릿마리는 너그럽게 대꾸하고 진열대에 놓인 캔 몇 개를 다시 정리한다.

"제발 부탁이에요, 브릿마리. 아무것도 옮기지 마요." 미지의 인물은 끔찍한 두통을 앓는 사람이 그러듯 나지막이 속삭인다.

"청소도 틀렸다는 거예요? 그런 거예요?" 브릿마리는 이렇게 물으며 금전출납기 쪽으로 건너가 담배를 색깔별로 정리하기 시작한다.

"그만!" 미지의 인물이 고함을 지르며 브릿마리의 손에서 담뱃갑을 낚아채려고 한다.

"좀 깔끔해 보이게 정리해주려는 거잖아요!"

"섞으면 안 돼요!" 미지의 인물은 겉면에 외국어가 적힌 담배와 외국어가 없는 담배를 차례대로 가리키며 징징거린다. "세금 문제 때문에 그러면 안 된다고요!" 미지의 인물은 아주 진지한 표정으로 말하며 외국어가 적힌 담뱃갑을 가리킨다. "날아온 돌이란 말이에요!"

브릿마리는 휘청거리지 않게 잡을 수 있는 뭔가가 필요하다.

"밀수품이라는 거예요?"

"그럴 리가요, 브릿마리. 음, 하늘에서 뚝 떨어진 거예요." 미지의 인물은 변명조로 말한다.

"그거 불법이잖아요!"

미지의 인물이 다시 주방으로 들어간다. 커트러리 서랍을 열고 아주 큰 소리로 욕을 하더니 한참 동안 열변을 토하는데 브릿마리가 알아들은 말은 "여기까지 찾아와서 드릴 빌려달라, 그럼 달아달라 하더니 졸린 사람을 붙잡고 어머, 범죄자 아니에요 이러질 않나, 저기 저 메리 포핀스가 레크리에이션 센터를 맡으면서 잡쓰레기들을 죄다 옮겨놓고 있네" 이게 전부다.

브릿마리는 식료품 가게와 피자 가게 사이의 분계 지점에 남아서 캔과 담배를 다시 정리한다. 사실 그녀는 과탄산소다와 스니커즈만 사고 갈 생각이었는데 누가 봐도 술에 취한 게 분명한 사람에게 과탄산소다를 사는 건 무책임한 행동처럼 느껴지기에 미지의 인물이 정신을 차릴 때까지 기다리기로 한다.

그런데 미지의 인물이 주방으로 도망쳤으니 그동안 브릿마리는 이런 상황에서 늘 하던 대로 청소를 한다. 청소를 마치자 가게가 제법 괜찮아 보인다. 정말이다. 애석하게도 꽃은 없지만 금전출납기 옆에 누군가가 하얀 테이프를 붙이고 '팁'이라고 적어놓은 꽃병이 있다. 안에는 아무것도 없다. 브릿마리는 꽃병을 씻어서 금전출납기 옆에 다시 가져다 놓는다. 그런 다음 핸드백에 있는 동전을 모두 꺼내서 안에 넣는다. 화분용

흙이라도 되는 것처럼 애써 두둑해 보이게 만든다. 작업을 마치자 꽃병에서 한결 장식적인 효과가 난다.

"여길 좀 더 위생적으로 관리하면 알레르기가 그렇게 많이 생길 일도 없을지 몰라요." 미지의 인물이 주방에서 나오자 그녀가 친절하게 설명한다.

미지의 인물은 관자놀이를 주무르며 휠체어 방향을 돌려서 다시 주방으로 사라진다. 브릿마리는 좀 더 장식적인 효과를 낼 수 있도록 꽃병에 넣은 동전들을 이리 옮기고 저리 옮긴다.

종소리와 함께 문이 열리고, 수염을 기르고 모자를 쓴 두 남자가 들어온다. 그들도 숙취에 시달리는 얼굴이다.

"밖에서 신발 닦고 들어오실래요?" 브릿마리는 당장 그들에게 통보한다. "보시다시피 제가 방금 전에 바닥을 닦았거든요." 그들은 곤혹스러워하지만 고분고분 시키는 대로 따른다.

"하. 뭘 드릴까요?" 그들이 들어오자 브릿마리가 묻는다.

"커……피?" 남자들은 더듬더듬 대답하고, 그들이 평소에 커피를 마시던 피자 가게가 맞긴 한데 전과 다르게 깨끗한 평행세계에 들어오기라도 한 것처럼 주위를 두리번거린다.

브릿마리는 고개를 끄덕이고 주방으로 들어간다. 미지의 인물은 맥주 캔을 든 채 커트러리 서랍 안에 머리를 넣고 잠이 들었다. 브릿마리는 행주를 찾을 수가 없기에 쿠션 대신 키친타월을 두 장 집어서 미지의 인물의 머리를 조심스럽게 들고 커트러리 서랍 안에 넣은 다음 미지의 인물의 머리를 살그머니 내려놓는다. 그녀는 날아온 돌에 맞지 않은 지극히 평범한 퍼컬레이터로 커피를 끓여, 모자를 쓰고 수염을 기른 남자들에게 가져다준다. 둘 중 한 사람이라도 커피 맛이 좋다고 할지 모른다는 어렴풋한 기대를 품고 잠시 테이블 옆에 서 있지만, 둘 다 아무 말도 하지 않는다.

"하. 십자말 퀴즈 푸실 건가요?"

남자들은 그녀가 자음으로만 이루어진 말을 내뱉기라도 한 것처럼 그녀를 쳐다보다 다시 신문 쪽으로 시선을 돌린다. 브릿마리는 나긋나긋하게 신문을 턱으로 가리킨다.

"푸실 생각 없으면 제가 풀어도 될까요?"

남자들은 그녀가 조만간 신장을 쓸 일이 없으면 제가 써도 되겠느냐고 묻기라도 한 것 같은 표정을 짓는다.

"그나저나 댁은 누구요?" 그중 한 명이 묻는다.

"저는 브릿마리예요."

"도시에서 왔소?"

"네." 그녀가 미소를 짓는다.

남자들은 그 말 한마디면 모든 설명이 끝난다는 듯이 고개를 끄덕인다.

"그럼 신문일랑 제 돈 주고 사시지그래." 그중 한 명이 말한다. 나머지 한 명도 툴툴거리며 맞장구를 친다.

"하." 브릿마리는 그들에게 리필을 원하느냐고 묻지 않기로 한다.

미지의 인물은 주방에서 계속 잔다. 잠자리를 너무 편안하게 만들어준 브릿마리의 잘못인지는 몰라도, 그녀는 베가가 올 때까지 손님들을 챙겨야 할 의무감을 느낀다. 게다가 손님들이 유난히 많지도 않다. 꼬치꼬치 따지고 들자면 아예 없다고 볼 수 있다. 찾아온 손님이라고는 이름이라고 볼 수 없는 파이어 릿이라는 이름으로 불리는, 옅은 적갈색 머리의 남자아이뿐이다. 아이는 브릿마리에게 머리를 만져줄 시간이 있느냐고 쭈뼛쭈뼛 묻는다. 그녀는 지금은 정신없이 바쁘다고 얘기한다. 그러자 아이는 신난 얼굴로 고개를 끄덕이고 구석에서 기다린다.

"거기 그렇게 서 있을 거면 차라리 일을 돕든지." 결국 브릿마리는 이렇게 말한다.

아이가 어찌나 열심히 고개를 끄덕이는지 혀를 깨물지 않은 게 신기할 정도다.

베가가 등장한다. 문 앞에서 걸음을 멈추고 잘못 찾아온 사람 같은 표정을 짓는다.

"이게…… 웬일이에요?" 베가는 간밤에 현학자 일당이 피자 가게를 습격해서 정치적 선언의 일환으로 가게를 청소해놓기라도 한 것처럼 숨을 헐떡인다.

"무슨 말이 하고 싶은데?" 브릿마리는 살짝 기분이 상한다.

"너무…… 깨끗해요!" 베가가 주방으로 가려고 하자 브릿마리가 붙잡는다.

"저기서 자고 있어."

베가는 어깨를 으쓱한다.

"숙취예요. 축구 경기가 열리면 늘 그래요."

늘 소포를 받을 일이 있어 보이는 칼이 들어온다.

"어떻게 오셨나요?" 브릿마리는 훌륭한 서비스를 제공해야 한다는 일념 아래 일말의 비난의 기미도 없이 묻는다.

"소포를 찾으러 왔는데요." 칼은 훌륭한 서비스건 뭐건 전혀 관심도 없다.

이제 보니 구레나룻을 턱까지 길렀다. 그래서 스노드롭을 닮았는데, 그건 브릿마리가 좋아하는 꽃 중 하나다. 한 가지 차이점이 있다면 그의 스노드롭은 위아래가 바뀌었다는 것이다.

"오늘은 소포가 없는데요." 베가가 얘기한다.

"그럼 기다리지, 뭐." 칼은 이렇게 말하고 모자를 쓴 남자들 쪽으로 걸어간다.

"아무것도 주문 안 하실 거죠? 그냥 거기 앉아만 계실 거죠?" 브릿마리는 아주, 아주 친절한 목소리로 묻는다.

칼이 걸음을 멈춘다. 테이블에 앉아 있던 남자들이 테러리스트하고는 협상을 하면 안 된다고 못을 박기라도 하는 듯한 표정으로 그를 쳐다본다.

"커피요." 칼은 결국 저음의 굵직한 목소리로 주문한다.

파이어릿이 벌써 물 주전자를 들고 가고 있다.

그다음으로 들어온 사람은 스벤이다. 그가 브릿마리를 보고 미소를 짓자 작고 동그란 얼굴이 환해진다.

"안녕하세요, 브릿마리!"

"신발 닦고 들어오세요."

그는 열심히 고개를 끄덕인다. 밖으로 나갔다 다시 들어온다.

"여기서 만나니까 반갑네요." 그가 말한다.

"하. 오늘 근무하세요?" 브릿마리가 묻는다.

"네, 네, 그럼요, 그럼요." 그는 고개를 끄덕인다.

"근무를 하든 안 하든 경찰복을 계속 입고 다니는 것 같으니 알 수가 있어야 말이죠." 브릿마리는 전혀 비난하는 기색 없이 이렇게 말한다.

스벤은 무슨 소린지 모르겠다는 듯한 표정을 짓는다. 하지만 브릿마리가 미지의 인물과 밀수를 운운하며 옥신각신한 뒤 금전출납기 옆에 방치해둔 외제 담뱃갑을 보고는 눈을 반짝인다.

"신기하게 생긴 글자네요, 저거……." 그가 캐묻듯이 운을 뗀다.

브릿마리와 베가의 시선이 만나고 아이가 느끼는 공포가 그녀에게로 전해진다.

"내 거예요!" 브릿마리는 큰 소리로 외치며 담뱃갑을 홱 낚아챘다.

"아." 스벤은 놀란 얼굴이다.

"담배를 피우는 게 죄는 아니잖아요!" 브릿마리는 죄가 되어야 한다고 생각하지만 그래도 이렇게 말한다.

그러고는 아주, 아주 분주하게 식료품 코너의 진열대를 다시 정리한다.

"뱅크의 방 문제는 다 잘 해결됐나요?" 스벤이 뒤에서 묻지만 다행스럽게도 베가의 신음 소리가 그의 말허리를 자른다.

"안 돼, 저 인간은……."

브릿마리가 창밖을 내다본다. 주차장에 BMW가 서 있다. 켄트가 BMW를 타고 다니기 때문에 브릿마리도 안다. 종소리와 함께 문이 열리고 미지의 인물과 나이가 비슷해 보이는 남자와, 베가와 나이가 비슷해 보이는 남자아이가 들어온다.

베가가 만나기 싫어하는 사람이 둘 중 누구인지는 알 수가 없다. 남자는 아주 비싼 재킷을 입고 있다. 켄트에게 똑같은 재킷이 있어서 브릿마리도 안다. 남자아이는 위에 낡아빠진 운동복을 입고 있는데, 거기에 20킬로미터 멀리 있다는 소도시의 이름과 '하키'라는 단어가 연달아 적혀 있다. 아이는 관심이 담긴 눈빛으로 베가를 쳐다보고 베가는 경멸이 담긴 눈빛으로 아이를 쳐다본다. 남자가 구석자리에 앉아 있는 남자들을 보며 비웃음을 흘리자 그들은 눈빛으로 그의 몸에 불이라도 지를 듯이 노려본다. 그는 고개를 돌리고 이번엔 베가를 보며 비웃음을 흘리기 시작한다.

"늘 그렇듯이 정신없이 바쁘겠지?"

"왜요? 또 누구 자르게요?" 베가가 쏘아붙이더니 갑자기 뭔가가 생각난 척 연극배우처럼 이마를 때린다. "아, 아니지! 그래, 아저씨가 여기서 일하지도 않는데 누굴 자를 수 있겠어요? 그리고 아저씨가 일하는 데에는 자를 사람도 없다면서요? 이미 다 잘라버려서!"

남자의 눈빛이 험상궂어진다. 남자아이가 눈에 띄게 불편해한다.

남자는 탄산음료 캔 두 개를 카운터에 쿵 하고 내려놓는다.

"24크로나예요." 베가가 냉랭하게 말한다.

"피자도 먹을 거다." 남자는 다시 갑의 자리에 서려고 이렇게 대답한다.

"피자 가게는 아직 안 열었어요." 베가가 말한다.

"그게 무슨 소리지?"

"피자 만드는 사람이 잠깐 탈이 났거든요."

남자는 경멸조로 콧방귀를 뀌며 500크로나짜리 지폐를 카운터에 턱 하고 내려놓는다.

"피자를 팔지 않는 피자 가게라니 아주 효율적으로 사업체를 운영하고 있군그래."

"관리자만 있고 기사는 없는 트럭 회사랑 비슷하다고 볼 수 있겠죠." 베가가 빈정거린다.

남자는 카운터 위에서 주먹을 쥐지만, 칼이 자리에서 일어서려고 하고 나머지 두 남자는 어떻게든 그를 다시 앉히려고 하는 광경을 곁눈으로 확인한다.

"6크로나가 부족한데." 그는 베가가 던진 거스름돈을 세어보더니 험상궂은 목소리로 말한다.

"남은 동전이 없어서요." 베가가 이를 악문 채로 대답한다.

이제 스벤이 그들 뒤에 서 있다. 어떻게 하면 좋을지 몰라 하는 눈치다.

"이제 그만 나가주는 게 좋겠는데, 프레드릭." 그가 말한다.

베가에서 경찰관에게로 옮겨가던 남자의 시선이 팁을 넣어두는 꽃병에서 멈춘다.

"그러죠." 그는 꽃병 속으로 손을 쑤셔 넣어 6크로나를 챙기며 온 얼굴 가득 경멸의 미소를 짓는다.

그는 스벤과 위에 하키 운동복을 입은 남자아이를 차례대로 쳐다보며 씩 웃는다. 아이가 바닥을 쳐다보며 문 쪽으로 걸어간다. 스벤은 지친 표정으로 가만히 서 있다. 비싼 재킷을 입은 남자가 브릿마리와 눈이 마주친다.

"댁은 누구죠?" 남자가 묻는다.

"레크리에이션 센터에서 일하는 사람인데요." 브릿마리는 깨끗하게 닦은 꽃병에 그가 남긴 손자국을 노려보며 대답한다.

"시의회에서 폐쇄하지 않았나요? 혈세를 우라지게 낭비하는 구먼. 그럴 돈이 있으면 소년원에 투자해야지. 아이들이 결국 가게 될 곳은 거긴데!"

브릿마리는 서글서글한 표정을 짓는다.

"우리 남편한테도 그거랑 똑같은 재킷이 있어요."

"남편께서 안목이 있으시군요." 남자가 씩 웃으며 얘기한다.

"그런데 그이는 맞는 사이즈를 입어요." 긴 침묵이 흐른다. 그러더니 먼저 베가가, 그 뒤를 이어서 스벤이 깔깔대며 웃는다. 브릿마리로서는 무슨 일로 웃는지 모를 일이다. 남자아이가 뛰쳐나가고 남자가 아이를 따라 뚜벅뚜벅 나가면서 문을 어찌나 세게 닫는지 천장에 달린 형광등이 다 깜빡거린다. BMW가 휠 스핀을 하며 주차장을 빠져나간다.

브릿마리는 시선을 어디에 두어야 할지 알 수가 없다. 스벤과 베가가 계속 큰 소리로 웃어대니 마음이 불편해진다. 그녀를 비웃는 게 아닐까 싶다. 그래서 그녀도 얼른 문 쪽으로 종종걸음을 친다.

"이제 네 머리를 만져줄게." 그녀는 파이어릿에게 속삭이고 주차장을 가로질러 도망친다.

명랑한 종소리와 함께 문이 닫힌다.

14

모든 결혼 생활에 단점이 있는 이유는 모든 인간에게 약점이 있기 때문이다. 다른 사람과 살다보면 그 사람의 약점들을 여러 가지 방식으로 다스리는 법을 터득하게 된다. 예를 들어 그 약점들을 무거운 가구와 비슷하다고 생각하기로 마음먹으면 그걸 피해가며 청소하는 법을 터득해야 한다. 환상을 유지하는 법을 터득해야 한다.

물론 보이지 않는 곳에 먼지가 쌓이겠지만 손님들 모르게 지나갈 수 있기만 하면 참고 버틸 수 있다. 그런데 어느 날 누가 허락도 없이 가구를 옮겨버리면 모든 게 만천하에 드러난다. 먼지와 긁힌 자국. 쪽매널 마루에 영원히 남은 흠집. 하지만 그쯤 되면 이미 되돌릴 방법이 없다.

브릿마리는 레크리에이션 센터 화장실에 서서 자신의 온갖 단점을 거울로 들여다본다. 집으로 돌아가고 싶은 마음이 굴뚝 같다. 켄트의 셔츠를 다리고 그녀의 발코니에 앉아 있고 싶다. 모든 게 정상으로 다시 돌아갔으면 좋겠다.

"저 그냥 갈까요?" 파이어릿이 문 앞에서 불안한 목소리로 묻는다.

"날 보고 비웃으면 가만두지 않을 거야." 브릿마리는 최대한 엄하게 엄포를 놓는다.

"제가 왜 아줌마를 보고 비웃겠어요?" 파이어릿이 묻는다.

그녀는 아무 대꾸 없이 뺨을 쏙 집어넣는다. 아이는 머뭇거리며 외국어가 적힌 담배 보루를 내민다.

"스벤이 그러는데 아줌마가 이걸 놓고 갔대요."

브릿마리는 소스라치며 담배를 건네받는다. 밀수품. 그녀는 이제 어떤 식으로 보느냐에 따라 그걸 훔쳤거나 외상으로 산 사람이 되고 말았다. 이게 어떤 죄에 해당하는지조차 알 수가 없으니 몹시 짜증나는 상황이다. 켄트라면 세무 당국과 경찰 몰래 담배를 빼돌려도 아무 죄가 없다는 미지의 인물의 주장에 당연히 맞장구를 쳤을 것이다. "신경 쓰지 마. 잡히지만 않으면 나쁜 짓 하는 거 아니야." 그녀가 소득 신고서에 서명을 하면서 회계사가 봉투에 같이 넣은 나머지 온갖 서류들은 다 뭐냐고 물으면 그는 늘 이렇게 얘기했다. "걱정 마, 완벽하게 합법적인 세금 공제니까! 얼른 서명이나 하셔!" 안심하라는 듯이 그랬다. 퀸트는 세금 공제를 사랑했고 세금 고지서를 질색했다. 브릿마리는 뭐가 맞고 뭐가 틀렸는지 잘 모르겠다고 용기 내서 고백한 적이 한 번도 없었다.

파이어릿이 그녀의 어깨를 살짝 건드린다.

"아줌마 비웃은 거 아니었어요. 피자 가게에서 말이에요. 프레드릭을 비웃은 거였죠. 그 사람이 윗선이었을 때 다들 잘려서 사람들이 안 좋아하거든요."

브릿마리는 고개를 끄덕이고 애초부터 별로 신경 쓰지 않았던 척하려고 애를 써본다. 파이어릿은 그녀의 반응에 용기를 얻었는지 말을 잇는다.

"프레드릭이 소도시 하키팀을 훈련시키는데 실력이 완전 끝내줘요! 피자 가게에 같이 온 키 큰 남자애가 그 사람 아들이거든요. 나랑 동갑인데 벌써 수염이 나려고 하지 뭐예요! 보셨어요? 토 나올 것 같지 않아요? 축구도 끝내주게 잘하는데 프레드릭이 하키를 시키려고 해요. 하키가 더 좋다고 생각하니까!"

"도대체 왜 그렇게 생각하는데?" 브릿마리가 묻는다. 얼마 되지 않는 하키 관련 지식을 근거로 판단하건대 온 우주를 통틀어 축구보다 더 어처구니없는 몇 안 되는 운동 가운데 하나가 하키이기 때문이다.

"돈이 많이 드니까 그럴 거예요. 프레드릭은 대부분의 사람들이 감당하지 못하는 것들을 좋아하거든요." 파이어릿이 말한다.

"그럼 너는 왜 그렇게 축구라면 사족을 못 쓰니?" 브릿마리는 묻는다.

파이어릿은 그녀의 질문에 어리둥절해하는 눈치다.

"그게 무슨 말씀이세요? 사람들이 축구를 좋아하는 건 그냥 좋기 때문이죠."

어처구니가 없네. 브릿마리는 이런 생각이 들지만 입을 다물고 아이가 들고 있는 가방을 가리킨다.

"그건 뭐니?"

"가위랑 빗이랑 제품이랑 기타 등등요!" 아이는 더없이 행복한 표정으로 대답한다.

브릿마리는 '제품'이 뭘 말하는 거냐고 묻지 않지만 아이가 들고 온 병들이 엄청나게 많다는 걸 한눈에 알아차린다. 그녀는 주방에서 의자를 들고 와 바닥에 수건을 깔고 아이에게 앉으라고 손짓한다. 그런 다음 머리를 감기고 삐죽삐죽한 부분을 자른다. 잉그리드를 위해서 해주었던 일이다.

그녀의 입에서 갑자기 이런저런 말들이 쏟아져 나온다. 도대체 입을 연 이유가 뭔지 도무지 알 수가 없지만 아무튼 그렇다.

"나는 가끔 사람들이 날 보고 웃는 건지 다른 것 때문에 웃는 건지 잘 모를 때가 있거든. 남편은 나더러 유머 감각이 없대."

그녀는 얼른 정신을 차리고 말을 멈춘다. 당황스러워서 입을 꼭 다문다.

아이는 경악한 표정으로 거울 속의 그녀를 빤히 쳐다본다.

"그런 소릴 하다니 너무 심한 거 아니에요?"

브릿마리는 아무 대꾸도 하지 않는다. 하지만 맞는 말이다. 그런 소릴 하다니 너무 심한 거였다.

"사랑하세요? 아줌마 남편을요." 아이가 불쑥 묻는 바람에 브릿마리는 하마터면 아이의 귀를 자를 뻔한다.

그녀는 손등으로 아이의 어깨를 쓸어내린다. 아이의 두피에 시선을 묻는다.

"응."

"그런데 왜 따로 살아요?"

"가끔 사랑만으로는 부족할 때도 있거든."

이발이 끝나고 청소용 솔처럼 뻣뻣하던 파이어릿의 머리가 유전적인 여건이 허락하는 한도 내에서 최대한 깔끔하게 정리될 때까지 두 사람은 아무 말도 하지 않는다. 아이는 그 자리에서 꼼짝 않고 거울 속에 비친 자신의 모습을 바라보며 감탄한다. 브릿마리는 청소를 하고 주차장을 내다본다. 스무 살도 안돼 보이는 청년 둘이 큼지막한 까만 차에 기대고 서서 담배를 피우고 있다. 둘 다 축구팀의 아이들처럼 허벅지가 찢어진 청바지를 입고 있다. 하지만 그들은 어린애가 아니다. 옆을 지나갈 때 핸드백을 쥔 손에 힘을 주게 만드는 그런 부류의 젊은 애들이다. 그녀는 사람들을 함부로 평가하는 성격이 절대 아니지만 한 명은 손에 문신까지 새겼다.

"새미하고 사이코예요." 뒤에서 파이어릿이 얘기한다.

겁을 먹은 목소리다.

"그건 이름이라고 할 수가 없지." 브릿마리가 지적한다.

"새미는 아마 본명일 거예요. 사이코를 사이코라고 부르는 이유는 사이코이기 때문이고요." 파이어릿은 그들의 이름을 감히 큰 소리로 말할 수 없는지 조용히 속삭인다.

"둘 다 직업이 없는 모양이네?"

파이어릿이 어깨를 으쓱한다.

"이 동네에선 아무도 직업이 없어요. 정말 나이가 많은 사람들 말고는."

브릿마리는 한 손을 다른 손 위로 포갠다. 그런 다음 다시 위아래를 바꾼다. 그 소리에 기분 나빠하지 않으려고 그런다.

"오른쪽의 저 아이는 손에 문신을 새겼네?" 그녀가 말한다.

"그 형이 사이코예요. 정신병자예요. 새미는 괜찮지만 사이코는…… 위험해요. 건드리지 않는 게 상책이에요. 우리 엄마도 베가랑 오마르네 집에 사이코가 있으면 거기 가지 못하게 해요."

"걔가 도대체 왜 베가랑 오마르네 집에 있는데?"

"새미가 베가네 오빠거든요."

피자 가게 문이 열린다. 베가가 피자 두 개를 들고 나와서 새미에게 건넨다. 새미가 베가의 뺨에 입을 맞춘다. 사이코가 거드름을 피우며 베가를 향해 웃는다. 베가는 방금 전에 산 가방에 그가 토하기라도 한 것 같은 표정으로 그를 쳐다본다. 잠시 후에 그가 문을 쾅 닫는다. 까만 차가 주차장을 빠져나간다.

"스벤이 있으면 가게에서 피자를 못 먹어요. 베가가 들어오지 말라고 했어요." 파이어릿이 설명한다.

"하. 어련하겠니. 저 두 사람이 경찰을 무서워하는 걸 아니까 그런 소릴 한 거 아냐?"

"아니에요. 경찰이 저 둘을 무서워하는 걸 아니까 그런 소릴 한 거예요."

그런 점에서 사회는 인간과 같다. 질문을 자제하고 무거운 가구를 옮기지 않으면 최악의 면모를 접할 일이 없다. 브릿마리는 치맛자락을 쓸어내린다. 그런 다음 파이어릿의 소매를 쓸어내린다. 화제를 바꾸고 싶은데 아이가 재깍 거들어준다.

"베가가 아줌마한테 아직 안 물어봤어요?"

"뭘?" 브릿마리는 묻는다.

"우리 코치가 되어주실 생각 없느냐고요."

"절대 안 되지!"

그녀는 기가 막혀서 한 손으로 다른 손을 포개며 묻는다.

"그런데 그게 무슨 소리니?"

"우리 트레이너가 되어달라고요. 한 분 있어야 하거든요. 소도시에서 챌린지 컵이 열려요. 그런데 코치가 있는 팀만 참가 신청을 할 수 있어요."

"챌린지 컵? 무슨 대회 같은 거니?"

"무슨 컵, 그런 거 있잖아요."

"이 날씨에? 야외에서? 어이가 없네!"

"아뇨, 실내 시합이에요. 소도시에 있는 스포츠 센터에서 해요." 파이어릿이 말한다. 브릿마리가 실내에서 공을 차고 돌아다니는 그런 부류에 대해서 몇 마디 하려는 찰나, 누가 문을 두드린다. 파이어릿과 나이가 비슷해 보이는 남자아이가 문 앞에서 있다. 한마디 덧붙이자면 머리가 길다.

"하?" 브릿마리가 말한다.

"저기, 벤 있어요?" 아이가 묻는다.

이 문장 구조에서 '저기'의 역할이 뭔지 확실치가 않다. 저기 있느냐는 뜻일까?

"누구?" 브릿마리가 묻는다.

"벤요. 아니면 저기, 팀에서는 뭐라고 부르더라? 파이어릿요."

"하. 하. 하. 여기 있다만 지금 바빠." 브릿마리는 딱 잘라서 말하고 문을 닫으려 한다.

"뭐 하느라 바쁜데요?" 아이가 묻는다.

"누구 만난대. 아니, 데이트한대. 데이트라고 하는 게 맞나 모르겠다만."

"알아요. 상대가 저예요!" 아이는 불만스러운 듯 신음 소리를 낸다.

브릿마리는 전혀 아무 편견도 없는 사람답게 한 손을 다른 손 위에 얹고 "하"라고 한다.

아이는 껌을 씹고 있다. 그래서 보기가 싫다. 전혀 아무 편견이 없는 사람이라도 껌 씹는 걸 싫어할 순 있다.

"'데이트'라니 뭐랄까, 서사시에나 어울리는 케케묵은 단어인데요?" 아이가 말한다.

"파이어…… 벤이 한 말이야. 우리 때는 그냥 '교제한다'고 했어." 브릿마리는 자기변호 차원에서 이렇게 얘기한다.

"그것도 저기, 서사시에나 어울릴 만큼 케케묵었네요." 아이가 코웃음을 친다.

"그럼 너는 뭐라고 하는데?" 브릿마리는 아주 살짝 비난하는 투로 묻는다.

"없어요. 그냥 '만난다' 뭐, 그렇게 얘기해요."

"여기서 기다려줘야겠다." 브릿마리는 단호히 문을 닫는다.

파이어릿은 화장실에 서서 머리를 만지고 있다. 그녀가 거울 속으로 들어서자 파이어릿이 그 자리에서 위아래로 깡충깡충 뛰기 시작한다.

"걔 왔어요? 끝내주죠?"

"엄청나게 버릇없네." 브릿마리가 말하지만 점프하는 소리가 화장실에 쩌렁쩌렁 울려서 파이어릿은 아무 말도 듣지 못한 눈치다.

브릿마리는 화장실 휴지를 한 칸 뜯어서 파이어릿의 점퍼에 묻은 머리카락 한 올을 조심스럽게 집고는, 휴지를 접어서 변기에 넣고 물을 내린다.

"여자애들이랑 데이트하는 줄 알았더니."

"가끔 여자애들이랑 데이트할 때도 있어요."

"그런데 이번에는 남자잖아."

"이번엔 남자죠." 파이어릿은 규칙도 모르는 게임을 그녀와 둘이서 하기라도 하는 것처럼 고개를 끄덕이며 맞장구를 친다.

브릿마리는 "하" 하고 내뱉는다.

"꼭 이쪽 아니면 저쪽으로 정해야 하나요?"

"나는 그런 부분에 대해선 전혀 몰라. 아무 편견은 없지만." 브릿마리는 그를 다독인다.

파이어릿은 머리를 만지고 미소를 지으며 묻는다.

"걔가 제 헤어스타일 좋아할까요?"

브릿마리는 파이어릿이 묻는 말을 듣지 못했는지 이렇게 얘기한다.

"축구팀 친구들은 네가 남자애랑 데이트하는 거 절대 모를 거야. 내가 절대 얘기하지 않을 거니까."

파이어릿은 놀란 표정을 짓는다.

"걔들이 알면 왜 안 되는데요?"

"네가 얘기했니?"

"얘기하면 왜 안 되는데요?"

"걔들이 뭐래?"

"알았다고 하던데요." 그러더니 불안한 표정을 짓는다. "그게 아니면 뭐라고 해야 하는 건데요?"

"하, 하, 아니야, 절대 아무것도 아니야." 브릿마리는 전혀 방어적이라고 볼 수 없는 태도로 얘기하고 이렇게 덧붙인다. "나는 아무 편견 없어!"

"알아요." 파이어릿이 말한다.

그러더니 초조한 미소를 짓는다.

"제 머리 괜찮아요?"

브릿마리는 차마 대답을 할 수가 없어서 그냥 고개를 끄덕인다. 파이어릿의 점퍼에 묻어 있는 마지막 머리카락을 떼어내 어색하게 들고 있다. 파이어릿이 그녀를 끌어안는다. 도대체 왜 그런 짓을 저지를 작정을 했는지 그녀로서는 모를 일이다.

"혼자 지내지 마세요. 이렇게 헤어스타일이 근사한데 혼자 지내면 아깝잖아요." 아이가 속삭인다.

파이어릿이 거의 문 앞에 다다랐을 때 브릿마리는 아이의 머리카락을 든 채 마음을 가라앉히고 헛기침을 한 다음 속삭인다.

"네 머리 예뻐 보인다고 하지 않으면 걔는 널 만날 자격이 없는 거야!"

파이어릿은 몸을 돌리더니 달려와서 그녀를 다시 끌어안는다. 선을 넘으면 안 되기에 그녀는 다정하지만 단호하게 아이를 떼어낸다. 아이는 휴대전화 좀 빌려달라고 한다. 그녀는 망설이는 표정을 지으며 너무 많이 쓰면 안 된다고 경고한다. 아이는 휴대전화를 받아서 자기 번호를 누르고 벨이 한 번 울리자 끊는다. 그런 다음 다시 그녀를 끌어안으려고 하다가 그녀가 당혹스러워하자 웃으며 달려 나간다. 문이 닫힌다.

15분 뒤에 브릿마리는 문자를 받는다. "걔가 예쁘대요! :)"

레크리에이션 센터가 그녀를 중심으로 고요해진다. 그녀는 소음이 그리워서 바닥에 떨어진 머리카락을 진공청소기로 빨아들인다. 수건을 빨고 건조기로 말린다.

그런 다음 사진의 먼지를 턴다. 미지의 인물이 다른 액자들보다 1미터 낮게 달아준 지도를 털 때 특별히 신경을 쓴다.

스니커즈 초코바 포장지를 벗겨서 접시에 담고 접시를 수건 위에 얹어서 문지방에 올려둔다. 앞문을 연다. 의자에 한참 동안 앉아서 머리칼을 스치는 바람을 느껴본다. 그러다 마침내 휴대전화를 꺼낸다.

"여보세요?" 고용 센터 아가씨가 받는다.

브릿마리는 숨을 크게 들이쉰다.

"지난번에 아가씨더러 헤어스타일이 남자 같다고 했던 거, 내가 예의가 없었어요."

"브릿마리 씨?"

브릿마리는 집중하며 침을 삼킨다.

"그런 데 참견하면 안 되는 건데. 헤어스타일 같은 거 말이에요. 아니면 남자랑 데이트를 하느냐, 여자랑 데이트를 하느냐 그런 것도. 전혀 상관없는 일인데."

"거기에 대해서는…… 아무 얘기도 안 하셨잖아요."

"하. 하. 하. 아마 내가 상상할 수 있는 범위를 넘어선 문제라 그랬을 거예요. 아무튼 내가 예의가 없었어요." 브릿마리는 신경질적으로 얘기한다.

"그런데…… 그게 무슨 말씀이신지…… 제 헤어스타일이 뭐가 어때서요?"

"아무것도 아니라고요. 그 얘기를 하는 거예요." 브릿마리는 우긴다.

"그게요…… 저기 그러니까…… 저는 그게 왠지…….." 아가씨는 살짝 고압적인 말투를 쓰며 방어적인 태도를 보인다.

"내가 왈가왈부할 문제가 아니라고요."

"그게 아니라…… 제 말은…… 그러면 뭐 어때서요! 안 그러면 또 어떻고요!" 아가씨가 끈질기게 따지고 늘어진다.

"그런 소리를 하면 안 되는 거잖아요!"

"저도 마찬가지예요!"

"뭐, 그럼."

"그러니까요!"

둘 사이에서 한참 동안 정적이 이어지고, 브릿마리가 전화를 끊은 줄 알고 아가씨가 급기야 "여보세요?"라고 한다. 그 소리를 듣고 브릿마리는 전화를 끊는다.

쥐는 한 시간 6분 늦는다. 뒤늦게 달려와서 가장 큼지막한 스니커즈 조각을 덮치고 잠깐 서서 브릿마리를 빤히 쳐다보더니 다시 어둠 속으로 달려 나간다. 브릿마리는 남은 초코바를 랩으로 싸서 냉장고에 넣는다. 접시를 씻는다. 수건을 빨아서 건조기로 말리고 제자리에 넌다. 피자 가게에서 나오는 스벤이 창문 너머로 보인다. 그는 경찰차 앞에 서서 레크리에이션 센터 쪽을 돌아본다. 브릿마리는 커튼 뒤로 숨는다. 그가 차에 오르고 멀리 사라진다. 잠깐 동안 그녀는 그가 다시 돌아와서 문을 두드리면 어쩌나 걱정한다. 그러다 예상이 빗나가자 실망한다.

그녀는 화장실만 두고 불을 전부 끈다. 자르르한 외로운 불빛 하나가 문 틈새로 빠져나와 미지의 인물이 지도를 조금 낮게, 하지만 너무 낮지는 않게 달아준 벽의 빈 공간을 비춘다. "보르그에 오신 것을 환영합니다." 브릿마리는 어둠 속 의자에 앉아서 맨 처음 그 지도와 사랑에 빠진 계기가 된 빨간 점을 쳐다보며 중얼거린다. 그 점이 바로 그녀가 지도를 사랑하는 이유다. 해져서 반만 남았고 빨간색은 빛이 바랬다. 그래도 하단의 좌측과 중앙의 중간쯤에 붙어 있고, 그 옆엔 이렇게 적혀 있다. '현재 위치.'

가끔은 내 현재 위치가 어딘지만 정확히 알고 있으면 내가 어떤 사람인지 모르더라도 훨씬 수월하게 살아갈 수 있다.

15

사람들은 가끔 어둠을 표현하며 내려앉는다고 하지만 보르그 같은 데서는 어둠이 쏟아진다. 길거리를 순식간에 삼켜버린다. 도시에는 밤새도록 집에 있기 싫어하는 사람들이 워낙 많아서 이 시간대에만 영업하는 동네와 유흥업소들이 있다. 하지만 보르그에서는 어둠이 내리면 그 안에 갇혀버린다.

브릿마리는 레크리에이션 센터 문을 잠그고 주차장에 혼자서 있다.

봉투를 찾을 수가 없어서 깔끔하게 접은 화장지를 주머니 가득 챙겼다. 피자 가게 간판은 꺼졌지만 안에서 돌아다니는 미지의 인물의 그림자가 보인다. 브릿마리의 마음속 한편에서는 들어가 그녀에게 말을 걸고 뭐라도 사고 싶은 생각이 든다.

하지만 훨씬 이성적인 쪽에서 그러지 말라고 한다. 밖이 컴컴하다. 밖이 컴컴할 때 가게에 들어가는 건 교양인이 할 짓이 못된다.

그녀는 문 앞에 서서 안에서 들리는 라디오 소리에 귀를 기울이는데, 대중가요가 흘러나오고 있다. 그게 대중가요라는 걸 아는 이유는 브릿마리도 대중가요를 영판 모르지 않기 때문이다. 십자말 퀴즈에 자주 등장하는 데다 그녀는 정보 수집을 좋아한다. 하지만 이 노래는 처음 듣는다. 젊은 남자가 쉰 목소리로 너는 '특별한 사람'이 될 수도 있고 '아무것도 아닌 사람'이 될 수도 있다고 노래한다.

브릿마리는 외국어가 적힌 담배 보루를 계속 들고 있다. 외제 담배가 얼마인지는 몰라도 핸드백에서 상당히 많은 돈을 꺼내 경이적인 수분 흡수 능력을 갖춘 조그만 봉투처럼 보일 때까지 화장지로 돌돌 만다. 그런 다음 문 밑으로 조심스럽게 밀어 넣는다.

라디오에서 젊은 남자가 계속 노래를 부른다. 기를 쓰고 열심히 부른다. 가사에 별 내용은 없다.

그저 "사랑은 잔인하다"고 노래한다. 같은 말을 몇 번이고 반복한다. 사랑은 잔인하다고. 켄트가 가슴속에서 점점 차올라 브릿마리는 숨을 쉴 수가 없다.

이윽고 그녀는 두 방향으로 나뉘어서 그 동네를 빠져나가는 길을 따라 혼자 걷는다. 쏟아지는 어둠을 뚫고. 그녀의 것이 아닌 침대와 발코니를 향해 걷는다.

오른쪽 뒤편에서 트럭이 달려온다. 너무 바짝 붙어서 달려온다. 너무 빠르다.

그래서 그녀는 길 저편으로 몸을 던진다. 인간의 뇌에 내재한, 기억을 생생하게 재현하는 어마어마한 능력 앞에서 신체의 다른 모든 부분은 시간 감각을 잊는다.

트럭이 달려오는 소리가 들리면 귀에서는 어머니의 비명 소리가 들린다고 하고, 손은 유리 조각에 벴다고 하며, 입술은 피 맛을 느낀다. 머릿속 깊은 곳에선 잉그리드의 이름을 천 번도 넘게 부른다.

트럭이 요란한 소리를 내며 바로 옆을 지나가자 노면에서 단단한 진흙 덩이들이 비처럼 그녀의 위로 쏟아져 트럭에 치인 건지 아닌지 판단이 흐려진다. 브릿마리는 비틀대며 몇 걸음 걷는다. 외투는 젖어서 지저분하고 귀에서는 절규가 들린다. 1초가 지났을 수도 있고 100초가 지났을 수도 있다. 전조등을 향해 눈을 한 번 깜빡거릴 때마다 절규가 안에서 들리는 게 아니라는 사실이 점점 확실해진다. 차 한 대가 실제로 경적을 울리고 있다. 누가 고함을 지르는 소리가 들린다. 그녀는 손을 들어서 BMW 전조등 불빛을 가린다. 아침에 카페에 왔던 프레드릭이 그녀의 앞에 서서 노발대발 소리를 지르고 있다.

"이 할망구가 노망이 났나!? 대로 한복판에서 뭔 지랄을 하는 거야? 하마터면 죽을 뻔했잖아!"

듣자하니 그녀가 죽으면 누구보다 자신이 곤란해진다는 투다. 그녀는 뭐라고 하면 좋을지 알 수가 없다. 심장이 미친 듯이 쿵쾅거려서 가슴이 욱신거린다. 프레드릭이 팔을 내젓는다.

"내 말 안 들려? 당신 저능아야?"

그가 두 발짝 다가온다. 왜 그러는지 그녀로서는 이유를 알 수가 없다. 이제 와 생각해보면 한 대 때리려고 그런 거였나 싶은데, 누군가의 목소리가 그의 발목을 잡는 바람에 알아낼 방도가 없다. 그 목소리는 성격이 다르다. 싸늘하다.

"무슨 일이죠?"

프레드릭이 먼저 고개를 돌린 덕분에 브릿마리는 위험을 감지한 그의 눈빛을 일차로 알아차리고, 그가 두려워하는 대상의 실체는 그다음으로 파악한다. 그가 침을 삼킨다.

"아니…… 이 아주머니가……."

새미가 주머니에 손을 넣고 몇 미터 멀리 서 있다. 이제 겨우 스무 살이지만 어둠 속에서의 숨 막히는 존재감으로 볼 때 '난폭한 인간'이라고 표현할 만하다. 브릿마리는 이걸 십자말 퀴즈 문제로 만들면 답이 '폭력의 화신'이 될 수 있지 않을까, 그런 생각을 한다. 세로 다섯 글자. 끔찍한 죽음이 눈앞에 닥치면 온갖 생각들이 주마등처럼 머리를 스치고 지나간다는데 브

191

릿마리의 머리를 맨 처음 스치고 지나간 생각은 그거다. 프레드릭은 뭐라는지 모를 말을 더듬더듬 늘어놓는다. 새미는 아무 말도 하지 않는다. 또 한 명의 청년이 그의 뒤에서 걸어온다. 키가 더 크다. 씩 웃고 있는데 함박웃음이라기보다 이를 드러내고 으르렁거리는 표정에 더 가깝다.

브릿마리는 텔레비전에서 축구 중계를 하지 않을 때 켄트가 즐겨 보던 자연사 프로그램에서 이런 내레이션을 들은 적이 있다. 평화의 표현으로 미소를 짓는 동물은 인간뿐이며, 나머지 동물들이 이를 보이면 협박의 의미다. 그게 무슨 뜻인지 이제 완벽하게 알겠다. 인간 안에 들어 있는 동물적인 본능이 그녀의 눈에 보인다.

사이코의 미소가 점점 커진다. 새미는 주머니에서 손을 꺼내지 않는다. 언성을 높이지도 않는다.

"저분은 건드리지 마요." 그는 프레드릭에게서 시선을 뗄 줄 모르는 브릿마리를 턱으로 가리킨다.

프레드릭은 휘청휘청 BMW로 돌아간다. 그 차가 무슨 초능력이라도 부여하는지 한 걸음 다가갈 때마다 자신감이 생기는 눈치다. 하지만 그는 문 바로 옆에 다다를 때까지 기다렸다가 나지막이 쏘아붙인다.

"덜떨어진 녀석들! 이 빌어먹을 동네 자체가 덜떨어졌지!"

사이코가 반걸음 앞으로 나선다. BMW가 진흙과 자갈 위에

서 휠 스핀을 하더니 빗속으로 달아난다. 이제 보니 벤과 베가와 오마르와 또래지만 키가 더 크고 성숙한 그 남자아이가 조수석에 앉아 있다. '하키'라고 적힌 운동복을 입고 있다. 겁에 질린 표정이다.

사이코가 브릿마리를 쳐다본다. 이를 보인다. 브릿마리는 몸을 돌리고, 뛰지 않는 선에서 부지런히 다리를 움직이는 데 혼신의 힘을 기울인다. 자연사 프로그램에서 항상 강조하길 야생동물과 마주치면 절대 뛰어서 도망치지 말라고 했다. 뒤에서 새미가 분노나 협박의 기미가 느껴지기는커녕 오히려 부드럽다 할 수 있는 말투로 외치는 소리가 들린다.

"또 만나요, 코치님!"

그녀는 150미터쯤 갔을 때 마침내 용기를 내서 걸음을 멈추고 숨을 고른다. 고개를 돌려보니 두 청년은 어떤 아파트 단지와 나무 숲 사이 조그만 아스팔트 공터에 모인 다른 친구들 곁으로 돌아갔다. 까만 차의 시동을 끄지 않고 전조등을 켜놓았다. 청년들이 전조등 불빛 주변에서 움직이고 있다. 새미가 뭐라고 외치고 허공을 향해 오른쪽 다리를 차올리며 앞으로 돌진한다. 그러더니 주먹을 내지르며 하늘을 향해 우렁차게 환호성을 지른다.

브릿마리는 어느 정도 시간이 지난 다음에서야 그들이 뭘 하고 있는지 알아차린다.

그들은 축구를 하고 있다.

공놀이를 하고 있다.

밤이 깊어지자 기온이 영하로 떨어진다. 비가 눈으로 바뀐다. 브릿마리는 발코니에 서서 이 모든 걸 감상한다. 지나칠 정도로 오랫동안 스시와, 스시를 만드는 법에 대해 생각한다.

그녀는 매트리스를 청소한다. 외투를 건다. 뱅크가 들어와서 1층 문을 닫는 소리가 들리자 최대한 크게 발소리를 내가며 방 안을 세 바퀴 돈다. 그녀의 존재를 알리기 위해서다. 그런 다음 잠을 잔다. 누구 꿈을 꿀 건지 고민도 하기 전에 잠이 들 정도로 피곤해서 꿈도 꾸지 않는다.

눈을 떠보니 벌써 해가 떠 있다. 그녀는 그 사실을 알아차리고 하마터면 침대에서 떨어질 뻔한다. 1월엔 해도 늦게 뜨는데 그보다 한참 더 늦게 일어나다니! 사람들이 뭐라고 생각할까? 그녀는 비몽사몽인 상태로 옷을 갈아입으러 가다 잠에서 깬 이유를 깨닫는다. 누가 문을 두드리고 있다. 사람들이 문을 두드려도 되는 시각에 일어나다니 엄청나게 짜증나는 상황이다.

그녀는 잽싸게 머리를 매만진 다음 1층에 다다를 때까지 계단을 휘청휘청 내려가다 하마터면 목이 부러질 뻔한다. 그런 상황은 전 세계적으로 몇 분마다 한 번씩 벌어진다. 계단에서 굴러떨어져 목숨을 잃는 사람들이 얼마나 많은가. 그녀는 현관 앞 복도에 두 발로 무사히 착륙해 정신을 수습한다. 잠깐 망설이다 상상을 초월할 만큼 지저분한 주방으로 달려 들어가 모든 서랍을 뒤져서 앞치마를 찾아낸다.

그녀는 앞치마를 두른다.

"하?" 문을 열고 눈썹을 추켜세우며 말한다.

설거지를 하느라 바쁜데 누가 찾아왔을 때 그러듯이 앞치마를 매만진다. 베가와 오마르가 문 앞에 서 있다.

"뭐하세요?" 베가가 묻는다.

"바쁜데." 브릿마리가 대답한다.

"주무시고 있었어요?" 오마르가 묻는다.

"그럴 리가!" 브릿마리는 머리와 앞치마를 동시에 매만지며 발뺌을 한다.

"계단 내려오는 소리를 들었는데요." 베가가 말한다.

"그게 무슨 범죄는 아니잖니?"

"진정하세요, 네? 그냥 주무시고 있었느냐고 물은 것뿐이잖아요!"

브릿마리는 손을 맞잡는다.

"내가 늦잠을 잤을 수도 있지만 자주 있는 일은 아니야."

"일어나서 해야 할 일 있었어요?" 오마르가 묻는다.

브릿마리는 그럴듯한 대답이 생각나지 않는다. 잠깐 정적이 흐르자 인내심이 한계에 달한 베가가 신음 소리를 내며 본론으로 들어간다.

"오늘 우리랑 저녁 같이 드실 수 있나 해서요."

오마르가 열심히 고개를 끄덕인다.

"그리고 우리 팀의 새로운 코치가 되어주실 수 있는지 그것도 궁금하고요!"

말이 떨어지기가 무섭게 오마르가 "아야!" 하고 비명을 지른다. 베가가 "머저리!"라고 나지막이 쏘아붙이며 다시 정강이를 걷어차려고 하지만 이번엔 오마르가 잽싸게 피한다.

"오늘 저녁 식사에 초대해서 코치가 되어주실 수 있느냐고 여쭤보려고 했어요. 제대로 된 축구팀에서 계약을 제안할 때 그러는 것처럼요." 베가가 뚱한 말투로 설명한다.

"나는 축구를 딱히 좋아하지 않아." 브릿마리는 최대한 예의를 갖춰서 대답하지만 이렇게 대답하는 자체가 상당히 예의에 어긋나는 것일 수 있다.

"아무것도 하실 필요 없어요. 그냥 빌어먹을 서류에 서명하고 우리 연습할 때 나오기만 하면 돼요!" 베가가 주장한다.

"소도시에서 엄청난 토너먼트 대회가 열리거든요. 시의회에서 주최하는 거고 아무 팀이나 출전할 수 있는데 코치가 있어야 해요."

"다른 사람한테 맡기면 되잖아." 브릿마리는 현관 앞 복도로 뒷걸음질을 치기 시작한다.

"시간이 되는 사람이 아무도 없어요." 베가가 말한다.

"그런데 우리가 보니까 아줌마는 딱히 할 일이 없는 것 같았거든요!" 오마르가 명랑하게 고개를 끄덕이며 외친다.

브릿마리는 걸음을 멈추고 몹시 기분이 상한 표정을 짓는다. 앞치마를 매만진다.

"분명히 얘기하지만 나도 할 일 많아."

"예를 들면 어떤 거요?"

"리스트가 있어!"

"하지만 이건 시간을 거의 잡아먹지도 않는 일이에요. 대회 주최 측에서 지나가다 들를 경우에 대비해서 우리가 연습할 때 옆에 있어주기만 하면 돼요!" 베가가 끙끙거린다.

"오늘 저녁 6시에 레크리에이션 센터 옆 주차장에서 연습을 하거든요." 오마르가 고개를 끄덕이며 얘기한다.

"하지만 나는 축구에 대해서 아는 게 하나도 없어!"

"오마르도 마찬가지지만 그래도 우리랑 같이 공을 차잖아요." 베가가 말한다.

"우라질, 뭐라고?"

베가는 더 이상 참지 못하고 고개를 젓는다.

"됐어요, 그럼! 아줌마는 우리 얘기를 들어줄 줄 알았더니. 보르그엔 어른들이 많지 않아서 고르고 말고 할 것도 없어요. 아줌마밖에 없단 말이에요."

브릿마리는 뭐라고 대꾸할 말이 없다. 베가가 계단을 내려가며 오마르에게 따라오라고 짜증 섞인 손짓을 한다. 브릿마리는 손을 맞잡은 채 문 앞에서 입을 열었다 다물기를 반복하다 마침내 큰 소리로 외친다.

"6시는 안 돼!"

베가가 돌아본다. 브릿마리는 앞치마를 쳐다본다.

"교양인이라면 6시에 저녁을 먹어야 하거든. 저녁을 먹다 말고 축구를 할 수는 없잖니."

베가가 어깨를 으쓱한다. 이러나저러나 상관없다는 식이다.

"알았어요. 그럼 우리 집에서 6시에 저녁을 먹은 다음 연습해요."

"타코 먹을 거예요!" 오마르가 아주 만족스러워하는 얼굴로 고개를 끄덕이며 얘기한다.

"타코가 뭔데?"

아이들이 그녀를 빤히 쳐다본다.

"타코요." 오마르는 자기가 한 말을 그녀가 제대로 듣지 못해서 생긴 문제인 줄 아는 모양이다.

"난 외국 음식을 먹지 않아." 브릿마리는 이렇게 말하지만 사실 이 안의 숨은 뜻은 '우리 남편은 외국 음식을 먹지 않아'다.

베가가 다시 어깨를 으쓱한다.

"토르티야만 빼면 샐러드랑 똑같아요."

"우리 집은 2블록에 있는 고층 아파트 2층이에요." 오마르가 길을 가리키며 설명한다.

물론 브릿마리가 그 자리에서 당장 축구팀 코치가 된 건 아니다. 그 시점에는 그녀가 맡게 될 역할에 대해 듣기만 했을 뿐이다.

그녀는 문을 닫는다. 앞치마를 벗는다. 서랍에 다시 넣는다. 그런 다음 주방을 청소한다. 청소하지 않고 지나가는 법을 모르기 때문이다. 그런 다음 2층으로 올라가서 휴대전화를 꺼낸다. 고용 센터 아가씨는 신호음이 한 번 울리자마자 전화를 받는다.

"축구에 대해서 뭐 아는 거 있어요?"

"브릿마리 씨예요?" 지금쯤은 알 때가 됐을 텐데도 그 아가씨는 이렇게 묻는다.

"축구팀 연습을 어떻게 시키는지 알아야 하는데." 브릿마리는 그녀에게 전한다. "그런 거 하려면 관계 당국에서 허가증도 받고 그래야 하는 거예요?"

"아뇨…… 그게 아니라 제 말은…… 지금 무슨 말씀 하시는 거예요?" 아가씨가 묻는다.

브릿마리는 숨을 뱉는다. 하지만 한숨은 아니다.

"아가씨, 예를 들어 발코니에 유리창을 달려면 허가를 받아야 하잖아요. 축구팀에도 똑같은 규칙이 적용되나 궁금한 거예요. 뭘 차면서 이리저리 뛰어다니기만 하면 된다고 해서 법의 적용을 안 받는 건 아닐 거 아녜요."

"그렇죠…… 제가 듣기로는…… 아마 학부모들이 무슨 허가서 같은 거에 서명을 해야 할 거예요." 아가씨는 자신 없는 투로 얘기한다.

브릿마리는 그걸 리스트에 적는다. 혼자 진지하게 고개를 끄덕이고 다시 묻는다.

"하. 그럼 축구 연습할 때 가장 먼저 해야 하는 게 뭐예요?"

"아마도…… 잘 모르긴 해도…… 연습할 때 가장 먼저 하는 건…… 출석 체크 아닐까요?"

"뭐라고요?"

"이름을 적은 리스트가 있을 거 아녜요. 그걸 보면서 참석한 선수를 체크하는 거죠." 아가씨가 얘기한다.

"이름을 적은 리스트요?"

"네…….."

브릿마리는 벌써 전화를 끊었다.

축구에 대해서는 아는 게 별로 없을지 몰라도, 하늘도 알고 땅도 알다시피 리스트에 대해 브릿마리보다 더 전문적인 지식을 갖춘 사람은 이 세상에 없다.

16

다이노가 문을 연다. 엉뚱한 집을 찾아왔나보다고 생각하는 브릿마리를 보고 웃는데 알고 보니 다이노는 늘 베가, 오마르와 함께 저녁을 먹고, 딱히 그녀를 보고 웃은 것도 아니다. 그녀가 느낀 첫인상과 달리 보르그에서는 늘 이런 식이다. 아무렇지 않게 남의 집에서 저녁을 먹은 다음 아무 근심 걱정 없는 사람처럼 웃으며 돌아다닌다. 오마르가 달려와 브릿마리에게 손가락질을 한다.

"신발 벗으세요. 안 그러면 형이 짜증낼 거예요. 좀 전에 바닥을 닦았거든요!"

"나 짜증 안 내거든!" 주방에서 누가 상당히 짜증난 목소리로 외친다.

"청소하는 날마다 성질이 더러워져요." 오마르가 브릿마리에게 설명한다.

"다 같이 빌어먹을 청소를 하면 괜찮을 텐데 나 혼자 빌어먹을 청소를 하니까 성질이 더러워지는 거지. 날이면 날마다 그러니까!" 주방에서 새미가 고함을 지른다.

오마르는 의미심장한 표정으로 브릿마리를 향해 고개를 끄덕인다.

"보세요. 짜증내잖아요."

베가가 허리를 구부정하게 숙이고 등장해 술병을 흔들며 미지의 인물을 흉내낸다.

"있잖아요, 브릿마리. 새미는 그 뭐냐, 똥꼬에 철사가 박힌 녀석이라서요."

다이노와 오마르가 숨을 헐떡거릴 지경이 되도록 깔깔대며 웃는다. 브릿마리는 빠른 속도로 깍듯하게 고개를 끄덕인다. 그게 그녀로서는 큰 소리로 웃는 것과 가장 가까운 행동이다. 그녀는 신발을 벗고 주방으로 들어가 새미를 향해 조심스럽게 고개를 끄덕인다. 그는 의자를 하나 가리킨다.

"저녁은 다 됐어요." 그는 앞치마를 벗고 현관을 향해 목청껏 외친다.

"저녁 먹자!"

브릿마리는 손목시계를 확인한다. 6시 정각이다.

"부모님 기다려야 하는 거 아니니?" 그녀는 자상하게 챙긴다.

"두 분 다 안 계세요." 새미는 식탁에 받침 접시를 놓기 시작한다.

"퇴근을 늦게 하시는 모양이구나?" 브릿마리는 사근사근하게 묻는다.

"엄마는 트럭 운전을 하세요. 외국에서. 그래서 집에 계실 때가 별로 없어요." 새미는 받침 접시에 잔과 그릇을 올려놓으며 무뚝뚝하게 대답한다.

"그럼 아버지는?"

"떠났어요."

"떠났다고?"

"네. 제가 어렸을 때요. 오마르하고 베가가 갓 태어났을 때. 감당이 안 됐나봐요. 그래서 이 집에선 아버지 얘기를 꺼내지 않아요. 엄마가 우릴 키웠거든요. 저녁 먹자니까! 내 손에 뒈지기 전에 얼른들 안 오냐!"

베가, 오마르, 다이노가 어슬렁어슬렁 들어와서 거의 씹지도 않고 게걸스럽게 저녁을 먹어치우기 시작한다. 차라리 갈아서 빨대를 꽂아주는 게 나을 뻔했다.

"그럼 어머니가 안 계실 땐 누가 너희들을 돌보니?" 브릿마리가 묻는다.

"저희 스스로 알아서 하죠." 새미는 자존심이 상한 투다.

그녀는 그런 소리를 들었을 때 남들은 뭐라고 하는지 알 수가 없기에 외국어가 적힌 담배 보루를 꺼낸다.

"보통은 저녁 초대를 받으면 꽃을 들고 가는데 보르그에는 꽃집이 없어서. 보니까 네가 담배를 좋아하는 것 같기에 담배를 좋아하는 사람한테는 담배가 꽃이나 같은 거 아닐까 생각했어." 그녀는 변명조로 말한다.

새미는 담배를 받는다. 감동을 받은 듯한 눈치다. 브릿마리는 하나 남은 자리에 앉아서 헛기침을 한다.

"암은 걱정이 안 되는 모양이지?"

"그것 말고도 걱정할 게 많아서요." 새미가 웃으며 대답한다.

"하." 브릿마리는 접시에 담긴, 타코인가 싶은 음식을 집는다.

오마르와 베가가 동시에 떠들어대기 시작한다. 브릿마리가 알아들은 바로는 대부분 축구 얘기다. 다이노는 거의 아무 말도 하지 않지만 계속 웃는다. 뭐 때문에 웃는지는 알 수가 없다. 아무 말도 하지 않았는데 오마르와 둘이서 서로 쳐다보기만 해도 깔깔대며 웃는다. 아이들은 그런 점에서 이해할 수 없는 존재다.

새미가 포크로 오마르를 가리킨다.

"오마르, 내가 몇 번이나 말했냐? 그 우라질 팔꿈치 식탁에 올려놓지 말라고!"

오마르가 눈을 부라린다. 팔꿈치를 치운다.

"식탁에 팔꿈치를 올려놓으면 안 되는 이유를 모르겠네. 그게 뭐가 중요하다고."

브릿마리가 진지한 눈빛으로 그를 쳐다본다.

"중요하지, 오마르. 우리는 동물이 아니잖아."

새미가 고마워하는 눈빛으로 브릿마리를 쳐다본다. 오마르는 얼떨떨한 표정으로 두 사람을 쳐다본다.

"동물들은 팔꿈치가 없잖아요."

"염병, 밥이나 먹어." 새미가 말한다.

식사가 끝나자 오마르와 다이노는 일어나서 깔깔대며 다른 방으로 달려간다. 베가는 식기 건조대에 접시를 가져다놓으며 학위 수여증이라도 기대하는 듯한 표정을 짓는다. 그러고는 역시 쌩하니 달려 나간다.

"잘 먹었다고 하면 어디가 덧나냐?" 새미가 아이들의 뒤통수에 대고 짜증난 투로 외친다.

"잘 먹었어!" 아이들은 어딘지 모를 곳에서 우렁차게 고함을 지른다.

새미는 자리에서 일어나 요란하게 달가닥거리며 접시를 개수대로 옮긴다. 그런 다음 브릿마리를 쳐다본다.

"그래서. 음식이 별로 마음에 안 드셨나봐요?"

"뭐라고?" 브릿마리는 되묻는다.

새미는 고개를 젓고 '염병'이라는 단어를 몇 번 섞어가며 혼잣말을 중얼거리더니 담배 보루를 낚아채 발코니로 사라진다.

브릿마리 혼자 주방에 남겨진다. 타코인 게 거의 분명한 음식을 먹는다. 생각보다 맛이 희한하진 않다. 그녀는 일어나 남은 음식을 냉장고에 넣고 설거지를 하고 접시와 커트러리를 닦고 커트러리 서랍을 연다. 숨죽이고서 안을 들여다본다. 포크, 나이프, 스푼. 순서가 정확하다.

나가보니 새미는 발코니에서 담배를 피우고 있다.

"정말 잘 먹었어, 새미. 고마워." 그녀는 한 손으로 다른 손을 굳게 맞잡고 얘기한다.

그는 고개를 끄덕인다.

"매번 물어보지 않아도 누가 가끔 맛있다고 해주면 기분이 좋잖아요. 무슨 말인지 아시죠?"

"그럼." 그녀는 대답한다. 무슨 말인지 알기 때문이다.

이제 예의상 뭔가 이야기를 해야 하는 차례인 것 같기에 그녀는 이렇게 말한다.

"커트러리 서랍 정리가 아주 잘됐더라."

그는 그녀를 한참 동안 쳐다보더니 씩 웃는다.

"코치님 괜찮으신 분이네요."

"하. 하. 너도…… 괜찮아."

새미는 그들 전부를 까만 차에 태우고 연습하는 곳까지 데려다준다. 베가는 가는 내내 새미와 옥신각신하는데, 보르그라가는 길이 멀지는 않다. 두 사람이 무슨 일로 옥신각신하는지는 모르겠지만 사이코라는 그 친구 때문인 것 같다. 차가 멈추자 브릿마리는 독거미에 대해서 너무 오래 떠들면 불안해지는 것처럼 이 사이코라는 아이도 마찬가지란 생각에 화제를 바꾸려고 이렇게 묻는다.

"너도 팀이 있는 거니, 새미? 지난번에 같이 놀던 그 친구들이랑?"

"아뇨. 팀은…… 없어요." 새미는 이렇게 대답하고 조금 이상한 질문을 들은 사람 같은 표정을 짓는다.

"그럼 축구를 왜 하는 거야?" 브릿마리는 어리둥절해하며 묻는다.

"그게 무슨 말씀이세요, '왜' 하느냐니?" 새미도 똑같이 어리둥절해하며 묻는다.

두 사람 모두 그럴듯한 대답이 생각나지 않는다.

차가 멈춘다. 베가, 오마르, 다이노가 뛰어내린다. 브릿마리는 깜빡한 게 없는지 핸드백 속의 내용물을 확인한다.

"준비되셨어요, 아줌마?" 베가가 벌써 지겨워진 아이처럼 묻는다.

브릿마리는 잔뜩 집중한 표정으로 고개를 끄덕이며 핸드백을 가리킨다.

"그래, 그래, 당연히 준비됐지. 명단을 만들었거든!"

새미는 전조등이 주차장을 비출 수 있도록 시동을 켜놓는다. 아이들은 골대로 쓸 탄산음료 캔을 네 개 꺼낸다. 탄산음료 캔은 이런 점에서 신비로운 물건이다. 그것만 있으면 주차장이 축구장으로 바뀐다.

브릿마리는 명단을 든다.

"베가?" 저마다 들쭉날쭉한 실력으로 공을 차고 있는 아이들을 향해 브릿마리가 큰 소리로 분명하게 외친다.

"왜요?" 그녀의 바로 옆에 서 있던 베가가 묻는다.

"'네' 대신 그렇게 대답한 거니?"

"무슨 말이에요?"

브릿마리는 엄청난 인내심을 동원해 명단을 볼펜으로 톡톡 친다.

"애, 나 지금 출석 체크하잖니. 출석 체크할 때 이름을 부르면 각자 '네' 하고 대답하는 거야. 그게 일반적인 관행이야."

베가는 못마땅한 얼굴로 실눈을 뜬다.

"저 여기 서 있는 거 빤히 보이잖아요!"

브릿마리는 자상하게 고개를 끄덕인다.

"애, 그냥 아무렇게나 체크할 거면 뭐하러 출석을 부르겠니, 안 그래?"

"우라질 출석부는 신경 쓰지 마세요! 그냥 공이나 차요!" 베가는 이렇게 말하고 공을 찬다.

"베가?"

"네에에? 이런 망할……."

브릿마리는 골똘한 표정으로 고개를 끄덕이고 명단에서 베가의 이름 옆에 체크 표시를 한다. 다른 아이들한테도 똑같이 한 다음 자필로 쓴 간결하고 아주 정중한 편지를 나눠준다. 맨 아래에 깔끔하게 줄이 두 개 그어져 있고 '부모님 서명'이라고 적혀 있다. 브릿마리는 그 편지에 자부심을 느낀다. 볼펜으로 썼기 때문이다. 그녀를 아는 사람이라면 그녀가 볼펜으로 쓰고 싶지 않은 충동을 이긴 게 얼마나 대단한 업적인지 이해할 것이다. 여행을 하면 정말 사람이 달라지는가보다.

"양쪽 부모님 모두 서명해야 하는 거예요?" 파이어릿이 묻는다. 머리를 어찌나 단정하게 빗었는지, 그 질문이 끝나기가 무섭게 머리에 공을 맞는데 브릿마리의 가슴이 찢어질 지경이다.

"미안! 베가 맞추려고 한 거였는데!" 오마르가 외친다.

베가와 오마르는 결국 몸싸움을 벌인다. 다른 아이들도 그 아수라장 속에 몸을 던진다. 브릿마리는 주변을 맴돌며 날아다니는 주먹 사이로 베가와 오마르에게 편지를 건넬 방법을 고민하다 결국 포기하고 결연하게 주차장을 가로질러 가 새미에게 넘긴다. 그는 까만 차 보닛에 앉아서 골대를 하나 마시고 있다.

브릿마리는 몸 여기저기서 먼지를 털어낸다. 축구는 확실히 위생적인 활동이 못 된다.

"도와드릴까요?" 새미가 묻는다.

"선수들이 들개처럼 싸우면 축구팀 코치는 뭘 해야 하는 건지 잘 모르겠다." 브릿마리는 솔직히 시인한다.

"달리기 훈련을 하면 되죠. 바보 말예요." 새미는 씩 웃는다.

"지금 나더러 바보라고 한 거니?" 브릿마리가 나무란다.

"아뇨, 이름이 '바보'인 훈련이에요. 어떻게 하는 건지 보여드릴게요."

그는 보닛에서 내려와 차의 저쪽으로 돌아간다. 브릿마리는 그를 따라간다. 그러면서 한 손으로 다른 손을 꼭 맞잡고 전혀 비난하는 기색 없이 이렇게 묻는다.

"축구라는 운동에 대해서 그렇게 아는 게 많으면서 네가 직접 아이들을 가르치지 않는 이유가 뭔지 물어봐도 될까?"

새미는 트렁크에서 탄산음료 캔을 여섯 개 꺼낸다. 그중 하나를 브릿마리에게 건넨다.

"시간이 없어서요." 그가 말한다.

"탄산음료를 사는 데 지나치게 많은 시간을 할애하지 않으면 시간이 날 것도 같다만."

새미는 다시 웃음을 터뜨린다.

"이것 보세요, 코치님. 저처럼 전과가 화려한 사람이 청소년팀 코치를 맡겠다고 하면 시의회에서 가만히 있을 것 같아요?"

그가 말한다. 말하면 입만 아프다는 투다. 그 말을 듣고 브릿마리는 핸드백을 쥔 손에 그 어느 때보다 힘을 준다. 그녀가 남을 평가하는 성격이라서 그런 게 절대 아니라 오늘 저녁엔 보르그에 유난히 바람이 세게 불어서 그런 거다. 다른 이유는 없다.

보르그에서 하는 '바보'는 2, 3미터 간격으로 탄산음료 캔 여섯 개를 놓고 하는 훈련이다. 레크리에이션 센터와 주차장 사이에 설치된 울타리에서 맨 첫 번째 탄산음료 캔까지 최대한 빠른 속도로 달려갔다 오고, 그다음 조금 더 멀리 있는 두 번째 탄산음료 캔까지 다시 최대한 빠른 속도로 달려갔다 오고, 그런 다음에는 세 번째, 네 번째로 점점 거리를 늘리는 훈련이다.

"얼마 동안 하라고 하면 되니?" 브릿마리가 묻는다.

"아주머니가 시키고 싶은 만큼요." 새미가 말한다.

"어머, 어떻게 그러니!" 브릿마리는 질색한다.

"아주머니가 이제 코치잖아요. 코치가 시키는 대로 하지 않는 선수는 대회에 출전 못 해요."

브릿마리가 보기엔 정신 나간 짓거리지만 때마침 울린 새미의 전화벨 때문에 더 이상 자세한 설명을 듣지 못한다.

"훈련 이름이 뭐라고?" 브릿마리가 묻는다.

"바보요!" 새미는 이렇게 대답한 다음, 느낌표도 물음표도 쓰지 않는 사람들이 그러듯 전화기에 대고 "어"라고 한다.

브릿마리는 한참 동안 곰곰이 생각하다 중얼거린다.

"훈련 자체도 그렇고 그걸 만든 사람들한테도 그렇고 잘 어울리는 이름이네."

새미는 휴대전화를 귀에 대고 차를 세워놓은 곳으로 걸어가는 중이라 그녀가 한 말을 듣지 못한다. 아무도 듣지 못한다. 그래도 브릿마리는 아랑곳하지 않는다. 아이들이 탄산음료 캔 사이를 왔다 갔다 달리는 동안, 브릿마리는 그 옆에 서서 거품처럼 온몸으로 번지는 행복감을 느끼며 "훈련 자체도 그렇고 그걸 만든 사람들한테도 그렇고 잘 어울리는 이름이네"라고 아주, 아주 조용히 중얼거린다. 몇 번이고 중얼거린다.

작정하고 우스갯소리를 하다니 그녀가 기억하기로 난생처음 있는 일이다.

17

아이들을 위해 변명을 하자면 일부러 그런 건 아니었다. 아니, 일부러 그런 건 맞지만 토드가 표적을 맞힐 수 있을 거라고 생각한 사람은 아무도 없었다. 그 애들은 뭐든 겨냥한 대로 맞힌 적이 없었다. 안 그래도 형편없는 팀에서 가장 어리고 가장 실력이 떨어지는 토드야말로 두말할 나위가 없었다.

아이들이 연습을 하는 도중에 때마침 뱅크가 평소보다 더 험악한 분위기를 풍기며 흰 개를 데리고 주차장을 가로지른다.

그녀가 피자 가게인지 구멍가게인지 자동차 정비소인지 뭔지 모를 곳에 들어갔다가 잠시 후에 초콜릿이 든 것처럼 생긴 봉지와 맥주가 든 것처럼 생긴 봉지를 들고 나오는 게 오마르의 시야에 포착된다. 오마르가 토드의 옆구리를 찌른다.

"뱅크한테 초능력이 있을까?"

토드는 입안 가득 골대를 머금은 아이들이 낼 법한 소리로 대답을 대신한다. 오마르는 다소 과도한 낙관주의로 간주될 만한 그의 추론에 브릿마리가 좀 더 긍정적인 반응을 보일지 모른다고 생각하는지, 그녀를 향해 설명조로 손을 흔든다.

"아니, 영화에서도 앞 못 보는 사람들은 초능력이 있잖아요! 데어데블처럼요!"

"나는 데어데블이 누군지 몰라서." 어마무지하게 한심한 대화인데도 브릿마리는 최대한 우호적으로 대답한다.

뱅크는 지팡이를 들고 흰 개를 조금 앞세운 채 주차장을 가로지른다. 오마르가 그녀를 가리키며 기세등등하게 외친다.

"데어데블! 슈퍼히어로 말이에요! 앞을 못 봐요! 그 대신 다른 감각이 엄청 발달했어요. 뱅크도 그럴까요? 자기 머리 쪽으로 공이 날아오면 보지는 못해도 느낄까요?"

"뱅크는 앞을 아예 못 보지 않아. 그냥 시력이 아주 나쁜 거지." 브릿마리는 설명한다. 진작부터 브릿마리가 하는 말은 귓등으로 듣고 있던 오마르가 친구를 돌아보며 얘기한다.

"해봐, 토드!"

토드는 마침 공을 들고 있지만 내키지 않아 하는 눈치다.

하지만 그때 오마르가 전 세계 모든 어린이의 봉인을 해제할 수 있는 마법의 문장을 중얼거린다.

"겁이 나서 못 하겠지?"

솔직히 토드는 그녀를 맞힐 수 있을 거라고 절대 생각지도 못했다. 그래서 토드가 맞히자 다들 놀란다.

가장 놀란 사람은 누가 봐도 뱅크다.

"야이우라질……!" 그녀는 울부짖는다.

처음에 아이들은 입을 떡 벌리고 가만히 서 있다. 다들 상상이 될 것이다. 그러다 오마르가 키득거리기 시작한다. 베가도 따라 한다. 뱅크가 지팡이로 허공을 가르며 서슬 퍼렇게 아이들에게로 돌진한다.

"뭐가 재밌다고 웃어? 이 쥐새끼들아!"

브릿마리는 헛기침을 하고 팔을 내밀다시피 한다.

"뱅크…… 그러지 마요. 일부러 그런 거 아니었어요, 당연하죠. 실수였어요."

"실수! 실수, 그렇겠지!" 뱅크가 법석을 떠는데 무슨 뜻에서 그런 소리를 하는지는 약간 확실치가 않다.

"일부러 그런 게 아니라뇨? 겨냥하고 찼잖아요!" 오마르는 자신만만하게 외치는 한편, 지팡이의 사정거리를 피해 브릿마리의 뒤로 숨는다.

"진짜 그랬니?" 브릿마리가 놀란 목소리로 토드에게 묻는다.

"어떤 자식 짓이야!?" 뱅크가 호통을 친다. 목에 굵직하게 불거져 나온 한 줄기 핏줄처럼 온 얼굴이 펄떡거린다.

토드는 아무 말도 못 하고 고개를 끄덕이며 뒷걸음질을 친다. 브릿마리는 한 손으로 다른 손을 으스러져라 움켜쥐지만 뭘 어쩌면 좋을지 알 수가 없다.

"하지만…… 정말 놀라운데!" 결국 그녀는 불쑥 이렇게 내뱉고 만다.

"지금 뭐라는 거야, 이 할망구야!" 뱅크가 고래고래 고함을 지른다.

이 시점에 이르자 브릿마리의 이성적인 측면이 흥분을 가라앉히려고 각고의 노력을 기울이지만, 몸을 기울여서 명랑하게 속삭이는 브릿마리를 보면 별 소용이 없는 모양이다.

"그게, 저 아이들은 뭐든 겨냥한 대로 맞힌 적이 없거든요. 실력이 늘었다는 훌륭한 증거라고요!"

뱅크가 브릿마리를 빤히 쳐다본다. 선글라스를 쓰고 있어서 확실하게 알 순 없지만 그러는 것처럼 보인다. 브릿마리는 머뭇거리며 침을 꿀꺽 삼킨다.

"물론 저 아이가…… 당신을 맞힌 건 놀랍다고 칭찬할 일이 아니죠. 나는 그런 뜻에서 한 말이 아니에요. 하지만 저 아이가 뭐라도 맞힌 건…… 놀라운 일이에요."

뱅크는 브릿마리가 전혀 들어본 적도 없는 추잡하고 다채로운 단어들을 퍼부으며 떠난다. 브릿마리는 생식기를 가리키는 단어와 인체의 다른 부위를 가리키는 단어를 그런 식으로 조합

할 수 있을 줄은 꿈에도 몰랐다. 십자말 퀴즈에서조차 볼 수 없을 정도로 획기적인 언어 창조다.

골똘한 정적이 주차장을 감싼다. 미지의 인물이 그 정적을 깬다.

"내가 그랬잖아요. 궁둥이에. 가시가. 돋았다고."

그녀는 피자 가게 입구에 앉아서 뱅크가 사라진 쪽을 보며 씩 웃고 있다.

브릿마리는 치맛자락을 쓸어내린다.

"당신 생각이 틀렸다고는 말 못 하겠네요, 확실히. 하지만 이번 경우에는 궁둥이에 돋은 가시가 아니라 머리에 맞은 축구공이 문제였다고 생각해요."

다들 일제히 웃음을 터뜨린다. 브릿마리는 화가 나지 않는다. 그런 기분은 처음이다.

'하키'라고 적힌 운동복을 입은 남자아이가 피자 상자를 들고 피자 가게에서 걸어 나온다. 아이는 축구 연습을 하는 아이들을 발견하고 관심을 보이다가 자신의 실수를 깨닫고 얼른 피하려 하지만 이미 베가의 눈에 걸리고 말았다.

"여긴 어쩐 일이냐?" 베가가 큰 소리로 묻는다.

"피자 사러." 운동복을 입은 아이가 후회하는 듯한 목소리로 대답한다.

"소도시엔 피자 가게가 없는 거야, 뭐야?"

아이는 피자 상자를 내려다본다.

"나는 이 가게 피자가 좋아."

베가는 주먹을 쥐지만 더 이상 아무 말도 하지 않는다. 아이는 문 앞에 서 있는 미지의 인물을 지나서 도로 쪽으로 달려간다. 시동을 켜놓은 BMW가 백 미터쯤 멀리 서 있다.

미지의 인물이 얼굴을 찡그리며 베가를 돌아본다.

"쟤한테 왜 그러냐. 아빠는 못돼 처먹었어도 애들은 괜찮을 수 있어. 다른 사람은 몰라도 너는 알 거 아냐."

베가는 그 말에 상처받은 듯한 표정을 짓는다. 베가가 몸을 돌려서 하도 세게 차는 바람에 공이 울타리 너머 어둠 속으로 날아가버린다.

미지의 인물이 브릿마리 쪽으로 몇 미터 다가와서 피자 가게를 턱으로 가리킨다.

"가요! 줄 게 있어요!"

이 무렵 토드는 골대를 전부 마셔 없앴고, 베가는 '사이코' 어쩌고 '빌린 돈' 어쩌고 하며 새미와 큰 소리로 옥신각신하고 있다. 그걸 보고 브릿마리는 연습 시간이 끝났나보다고 결론을 내린다. 호루라기를 불거나 뭐 그런 걸 해야 하는지는 잘 모르겠지만 하지 않기로 한다. 그러지 않기로 한 가장 결정적인 이유는 호루라기가 없기 때문이다.

피자 가게 안으로 들어가자 미지의 인물이 돈 한 줌과 종잇

조각을 카운터 너머로 내민다.

"자요. 이건 거스름돈이고 이건 영수증."

그녀는 간밤에 브릿마리가 돈을 밀어 넣은 문 밑 틈새를 가리킨다.

"다음번에는 그 뭣이냐, 그냥 들어와요!" 그녀는 씩 웃는다.

브릿마리가 뭐라고 대답하면 좋을지 몰라 하는 눈치를 보이자 그녀가 말을 잇는다.

"담뱃값으로 돈을 너무 많이 주고 갔어요, 브릿마리. 그 뭣이냐, 산수에는 젬병이거나 인심이 좋거나 둘 중 하나겠죠? 내 생각엔 어느 쪽인가 하면 브릿마리는 인심이 좋다, 예를 들어 뭐 하나 살 때마다 고함을 지르는 못된 프레드릭하고는 다르다 이거죠!"

그녀는 명랑하게 고개를 끄덕인다. 브릿마리는 "하"라고 반복해서 중얼거린다. 영수증을 깔끔하게 접어서 핸드백에 넣는다. 잔돈을 챙겨서 팁을 모으는 꽃병에 넣는다. 미지의 인물은 휠체어를 앞으로 반 바퀴 돌렸다가 다시 뒤로 반 바퀴 돌린다.

"보기 좋았어요. 보기 좋았어요…… 청소해준 거 말예요. 고마워요!" 그녀가 말한다.

"뭘 못 찾게 숨기려고 그런 거 아니에요." 브릿마리는 핸드백에 대고 중얼거린다.

미지의 인물이 턱을 긁는다.

"커트러리가. 포크, 나이프, 스푼. 그 순서란 말이죠? 나도 그
뭣이냐, 익숙해질 수 있을 것 같아요!"

브릿마리는 뺨을 쏙 집어넣는다. 문 쪽으로 걸어간다. 문지
방에 다다랐을 때 걸음을 멈추고 용기를 낸다.

"지금 당장은 급하게 내 차를 수리할 필요가 없다고 전하고
싶네요."

미지의 인물은 문 밖으로 아이들과 축구장을 바라본다. 그녀
가 고개를 끄덕인다. 브릿마리도 고개를 끄덕인다. 브릿마리가
기억하기로는 친구가 생긴 게 이번이 처음이다. 아이들은 브릿
마리가 빨아주겠다고 하지도 않았는데 더러워진 운동복을 레
크리에이션 센터에 벗어놓는다. 그녀가 빨래를 마치고 건조기
로 말린 운동복을 내일 입을 수 있도록 깔끔하게 개켜놓았을
무렵엔 주차장에 아무도 없다. 길가의 버스 정류장이 드리운
기다란 그림자 말고는 보르그가 텅 비었다. 브릿마리는 버스
정류장이 있는 줄도 몰랐는데 이제 보니 가로등 옆에서 기다리
는 사람이 있다.

그녀는 몇 미터로 거리가 좁혀진 뒤에야 파이어릿을 알아본
다. 붉은 머리가 진흙투성이로 잔뜩 엉킨 채 그녀를 무시하기로
작정한 것처럼 꼼짝 않고 서 있다. 상식적으로 생각할 때 모르
는 척 걸어가야만 할 것 같다. 그런데 그녀는 말을 건네고 만다.

"보르그에 사는 줄 알았더니."

아이는 연습을 시작하기 전에 브릿마리가 나눠준 편지를 꼭 쥐고 있다.

"여기에 양쪽 부모님의 서명을 받아야 한다고 되어 있어서요. 그래서 아버지한테 가서 서명해달라고 해야 해요."

브릿마리가 고개를 끄덕인다.

"하. 그럼 안녕." 그녀는 이렇게 말하고 어둠 속으로 발걸음을 옮긴다.

"같이 가실래요?" 아이가 뒤에서 큰 소리로 묻는다.

그녀는 제정신이냐고 물으려는 듯이 고개를 돌린다. 아이의 손에 들린 편지가 땀범벅이다.

"저기…… 그게…… 같이 가주시면 좋을 것 같아서요." 아이는 우물쭈물 얘기한다.

누가 봐도 어처구니없는 일이다. 브릿마리는 버스를 타고 가는 내내 몇 번이고 거듭 강조한다.

버스는 한 시간 가까이 달린다. 그러다 거대한 흰색 건물 앞에서 갑작스럽게 멈춘다. 브릿마리는 핸드백을 하도 꼭 쥐고 있어서 손가락에 쥐가 날 지경이다. 이러니저러니 해도 그녀는 평범하게 살아가는 교양인이다.

평범하게 살아가는 교양인이 교도소를 들락거릴 일은 없다.

18

켄트는 길거리에서 폭력을 휘두르거나 엄청난 세금을 때리거나 소매치기를 하거나 공중화장실에 낙서를 하거나 자기가 호텔에 수영을 하러 갔는데 덱 체어를 깡그리 차지하고 앉아 있는 사람들이 있으면 "우라질 깡패 새끼들"이라고 불렀다. 그 모든 게 "깡패 새끼들" 때문에 생기는 일이었다. 무슨 일이 생기면 정체를 일일이 파악할 필요 없이 그들에게 뒤집어씌우면 그만이었으니 효율적인 시스템이었다.

브릿마리는 그가 정말로 원하는 게 뭔지 결코 알 수가 없었다. 무엇이 그를 만족시킬 수 있을까? 돈이 얼마나 있어야 충분하다고 생각할까? 마지막 동전 한 닢까지 긁어모아야 직성이 풀릴까? 한번은 다비드와 페르닐라가 10대였을 때 아빠에

게 '장난감을 가장 많이 모으고 죽는 자가 승자다'라고 적힌 머
그잔을 선물한 적이 있었다. 아이들은 '반어적인 표현'이라고
생각했지만 켄트는 그걸 도전으로 받아들였다. 그는 늘 계획을
세웠고 "우라지게 엄청난 계약"을 눈앞에 두고 있다고 했다.
그의 회사는 독일과 점점 더 큰 계약을 맺기 직전이었고, 그들
이 브릿마리의 부모에게 물려받은 아파트는 결국 자유 부동산
으로 전환돼 더 많은 돈을 받고 팔아넘길 수 있을 것이었다. 몇
달만 더 기다리면. 몇 년만 더 기다리면. 그들이 결혼한 이유는
켄트의 회계사가 "세금 관리 측면"에서 유리하다고 했기 때문
이었다. 브릿마리는 계획을 세워본 적이 없었고, 서로에 대한
믿음과 사랑만으로 충분하길 바랐다. 그런데 그것만으로는 부
족한 날이 오고야 말았다.

　켄트가 오늘 저녁에 브릿마리와 함께 교도소의 조그만 대기
실에 앉아 있었다면 "우라질 깡패 새끼들"이라고 했을 것이다.
"범죄자들 손에 총을 한 자루씩 쥐여주고 무인도로 보내면 자
기들끼리 알아서 한심한 쓰레기를 정리할 텐데." 브릿마리는
그가 그런 식으로 말하는 걸 좋아한 적이 없었지만 아무 소리
도 하지 않았다. 이제 와 생각해보니 어느 날 말도 없이 떠나기
전에 마지막으로 그에게 무슨 말이라도 했을 때가 언제였는지
기억이 잘 나지 않는다. 그래서 모든 게 자신의 잘못인 것처럼
느껴진다.

그가 지금 뭘 하고 있을지 궁금해진다. 몸은 괜찮을까, 깨끗한 셔츠를 입고 다닐까. 약은 먹고 있을까. 주방에서 뭘 찾으며 그녀의 이름을 부르다 그녀가 없다는 사실을 떠올릴까. 그 젊고 예쁜 여자와 있는지, 그 여자가 피자를 좋아하는지도 궁금해진다. 브릿마리가 깡패들로 가득한 교도소 대기실에 앉아 있다는 걸 알면 그가 뭐라고 할지도 궁금해진다.

걱정이라도 할까. 그녀를 우스꽝스럽게 포장한 우스갯소리를 늘어놓을까. 그녀가 어머니를 땅에 묻고 난 다음 그랬던 것처럼 그녀를 쓰다듬으며 모두 다 잘될 거라고 속삭여줄까.

그때 두 사람은 지금과 많이 달랐다. 먼저 바뀐 쪽이 켄트였는지 아니면 자신이었는지 브릿마리는 알 수가 없다. 자신의 잘못이 얼마만큼이었는지도 알 수가 없다. 하지만 예전으로 돌아갈 수만 있다면 얼마든지 '모두 다' 내 잘못이라고 말할 용의가 있다.

파이어릿이 옆에 앉아서 그녀의 손을 잡자 브릿마리는 그에 대한 보답으로 아이의 손을 으스러져라 잡는다.

"우리 엄마한테는 여기 왔다는 얘기 하면 안 돼요." 아이가 속삭인다.

"엄마는 어디 계신데?"

"병원요."

"사고 당하셨니?"

"아니에요, 아니에요. 거기서 일을 하세요." 파이어릿은 이렇게 말하고 자연의 법칙을 설명하는 투로 덧붙인다. "보르그 엄마들은 전부 병원에서 일해요."

브릿마리는 뭐라고 대꾸를 하면 좋을지 알 수가 없다.

"친구들이 너를 파이어릿이라고 부르는 이유가 뭐니?" 그래서 대신 이렇게 묻는다.

"우리 아빠가 보물을 숨기고 있거든요."

그녀는 그 대답을 들은 순간, 앞으로는 두 번 다시 이 아이를 '파이어릿'이라 부르지 않겠다고 다짐한다.

두툼한 철문이 열리고 경찰모를 손에 든 스벤이 땀을 뻘뻘 흘리며 딸기코로 등장한다.

"엄마가 또 노발대발하세요?" 벤은 그를 보자마자 이렇게 묻고 한숨을 쉰다.

스벤은 천천히 고개를 젓는다. 아이의 어깨에 손을 얹는다. 브릿마리의 눈을 쳐다본다.

"벤의 어머니가 야간 근무를 하고 있거든요. 여기서 연락하자마자 어머니가 나한테 연락했더라고요. 그래서 부리나케 달려왔어요."

그를 안아주고 싶지만 브릿마리는 지각이 있는 사람이다. 교도관들은 면회 시간이 아니라서 벤이 아버지를 만날 수 없다고 했지만 스벤이 누차 설득한 끝에 편지를 안으로 들여보내는 데

성공한다. 교도관들이 서명을 받아서 들고 온다. 서명 옆에는 이렇게 적혀 있다. '사랑한다!'

돌아가는 내내 벤이 종이를 어찌나 꼭 끌어안고 있었던지 보르그에 도착했을 무렵엔 뭐라고 적었는지 읽을 수 없을 지경이다. 벤도 브릿마리도 스벤도 아무 말도 하지 않는다. 제복을 입은 낯선 사람들의 허락을 받아야 아버지를 만날 수 있는 아이에게 할 수 있는 말이 뭐가 있겠는가. 하지만 집 앞에서 벤을 내려주고 벤의 어머니가 나오자 브릿마리는 기운을 북돋우는 말을 건네야 할 것 같은 생각에 조심스럽게 말을 꺼낸다.

"정말 깨끗하더라, 벤. 교도소는 지저분할 줄 알았는데 거긴 진짜 위생적인 것 같았어. 적어도 그 부분에 있어서는 만족스럽더라."

벤은 시선을 피하며 아버지의 서명이 적힌 종이를 접어서 그녀에게 건넨다. 그러자 스벤이 얼른 얘기한다.

"그건 네가 가지고 있는 게 좋겠다, 벤."

벤은 고개를 끄덕이고 미소를 지으며 종이를 전보다 더 꼭 끌어안는다.

"내일도 연습해요?" 아이가 중얼중얼 묻는다.

브릿마리가 리스트를 찾으려고 핸드백을 뒤지지만 스벤이 차분하게 아이를 다독인다.

"당연히 내일도 연습하지, 벤. 늘 하던 시간에."

벤은 브릿마리를 빤히 쳐다본다. 그녀는 그렇다는 뜻에서 고개를 끄덕인다. 벤은 집 앞길을 걸어 올라가다 고개를 돌려서 희미하게 미소를 지으며 손을 흔든다. 그들은 벤이 어머니의 품에 얼굴을 묻을 때까지 기다린다. 스벤이 손을 흔들지만 벤의 어머니는 그 모습을 보지 못하고 얼굴을 아이의 머리에 묻으며 뭐라고 속삭일 뿐이다.

스벤은 천천히 차를 몰고 보르그를 관통한다. 양심의 가책을 느낄 때 사람들이 그러듯 어색하게 헛기침을 한다.

"벤하고 벤의 어머니는 쉽지 않은 시간을 보내고 있어요. 어머니가 생활비를 버느라 삼교대로 근무하고 있거든요. 아이는 착하고 아이 아빠도 나쁜 사람은 아니었어요. 물론 나쁜 짓을 저지르기는 했죠. 탈세가 범죄긴 하니까요. 하지만 절박했거든요. 경제 위기가 사람들을 절박하게 만들고 절박해지면 사람들은 바보가 되죠……."

그는 침묵한다. 브릿마리는 경제 위기가 끝났다는 둥 어쩌고 하지 않는다. 지금 이 상황에서는 여러 가지 이유에서 부적절한 발언일 것 같다는 생각이 든다.

스벤이 경찰차를 청소했다. 이제 보니 바닥에 있던 피자 상자를 전부 치웠다. 그들은 새미와 사이코가 오늘 밤에도 친구들과 축구를 하고 있는 아스팔트 공터를 지난다.

"벤의 아버지는 저 애들하고 달라요. 범죄자가 아니라는 걸 알아주었으면 해서요. 저 애들처럼 그런 사람이 아니거든요."
스벤이 설명한다.

"새미도 저 애들하고는 달라요!" 브릿마리는 단박에 그를 변호하고 나선다. "새미도 깡패는 아니에요. 커트러리 서랍을 얼마나 깔끔하게 정리해놨다고요!"

스벤이 손을 녹이려고 지핀 불처럼 갑자기 웃음을 터뜨리자 깊은 데서 울리는 소리가 난다.

"네, 네, 새미도 아무 문제 없죠. 안 좋은 친구들하고 어울려 다녀서 그렇지……."

"베가는 새미가 사람들한테 돈을 빌리고 다닌다고 생각하는 모양이던데요."

"새미가 아니라 사이코가 그래요. 사이코가 늘 돈을 빌리고 다니죠." 그의 웃음소리는 점점 잦아들다 바닥에 부딪쳐 사라져버린다.

경찰차가 속도를 늦춘다. 축구를 하는 아이들은 경찰차를 봤을 텐데도 아무 반응도 보이지 않는다. 경찰을 무시하는 아이들의 태도에서 허세가 느껴진다. 스벤이 실눈을 뜬다.

"새미도 어렸을 때 쉽지 않은 시간을 보냈죠. 그 집 식구들이 불공평하다 싶을 정도로 힘든 일들을 많이 겪었거든요. 새미는 베가와 오마르에게 오빠 겸 형인 동시에 어머니이자 아버지이기도 한데 스무 살도 안 된 아이한테는 너무 버거운 역할이죠."

브릿마리는 "어머니이자 아버지"란 게 무슨 소리인지 묻고 싶지만 꾹 참고, 그는 하던 얘기를 계속한다.

"둘이 저 공을 찰 수 있을 만한 나이가 됐을 때부터 사이코가 새미의 단짝 친구였어요. 새미는 정말 좋은 선수가 될 수 있었을 텐데, 누가 봐도 소질이 있었는데, 사는 게 너무 바빠서."

"그게 무슨 소리예요?" 브릿마리는 설명이 없어도 그녀가 당연히 알아듣겠거니 생각하는 듯한 스벤의 말투에 살짝 상처를 받는다.

"미안해요. 내가…… 혼잣말을 너무 크게 떠들어댔네요. 새미는, 그 집 식구들은, 어떻게 설명하면 좋을까요. 새미, 베가, 오마르의 어머니는 최선을 다했지만 아버지가…… 좋은 사람이 못 됐어요, 브릿마리. 집에 왔는데 화가 났다 하면 온 보르그 사람들이 알 수 있을 정도였죠. 그때 학교에 다닐까 말까 한 나이였던 새미가 어린 동생들 손을 잡고 도망쳤어요. 그때마다 사이코가 집 앞에서 기다리고 있었고요. 사이코는 오마르를 업고 새미는 베가를 업고 숲속으로 도망쳤죠. 아버지가 술에 취해서 인사불성이 될 때까지. 어느 날 아버지가 사라져버렸을 때까지 매일 밤마다 그랬어요. 그러고 나서 어머니에게 그런 일이 벌어지자……."

혼잣말을 너무 크게 떠들어대고 있다는 걸 다시 깨달은 사람들이 그러듯 그는 입을 다문다. 뭔가 감추고 있다는 게 표정에서 여실히 드러나지만 브릿마리는 꼬치꼬치 캐묻지 않는다. 스벤은 손등으로 눈썹을 문지른다.

"사이코는 위험한 또라이가 됐고 새미도 그걸 알지만, 새미는 예전에 자기 동생을 업고 도망쳐줬던 친구를 배신할 수 있는 그런 애가 아니거든요. 어쩌면 보르그는 단짝 친구를 선택하는 호사를 누릴 수 있는 곳이 아닐지도 모르죠."

경찰차가 다시 한 번 천천히 도로를 순찰한다. 아이들은 계속 축구를 하고 있다. 골을 넣은 사이코가 밤하늘에 대고 뭐라고 외치며 비행기처럼 두 팔을 벌리고 축구장을 돈다. 새미는 배를 잡고 웃다가 허리를 숙여서 손을 무릎에 얹는다. 둘 다 행복해 보인다.

브릿마리는 뭐라고 대꾸하면 좋을지, 어떤 걸 믿어야 할지 알 수가 없다.

그녀는 커트러리 서랍을 완벽하게 정리하는 깡패를 만난 적이 없다.

스벤의 시선은 전조등 불빛이 다하고 어둠이 시작되는 어딘가에서 길을 잃는다.

"우리는 보르그 안에서 최선을 다해요. 늘 그래왔어요. 하지만 저 아이들 안에서 끓어오르는 불길이 조만간 주변 사람들이나 아이들 자신을 잡아먹어버릴 거예요."

"표현이 근사하네요." 브릿마리가 말한다.

그는 수줍은 미소를 짓는다.

그녀는 핸드백을 내려다본다. 그러다 경악스럽게도 한 걸음 더 발을 내딛는다.

"아이 있으세요?"

그는 고개를 젓는다. 아이들로 가득한 마을에서 아이 없이 사는 사람답게 창밖을 내다본다.

"결혼은 했었는데…… 아. 아내가 보르그를 싫어했어요. 여기는 살러 오는 곳이 아니라 죽으러 오는 곳이라면서."

그는 애써 미소를 짓는다. 브릿마리는 대나무 가리개를 들고 나오지 않은 게 후회가 된다.

스벤은 입술을 깨문다. 뱅크의 집 앞길로 들어설 시점이 되자 망설이는 눈치를 보이다 용기를 내서 이야기를 꺼낸다.

"혹시 괜찮으시면 뭐 하나 보여드리고 싶은 게 있는데요."

그녀는 왈가왈부하지 않는다. 그가 보일락 말락 하게 미소를 짓는다. 그녀는 절대 아무도 모르게 미소를 짓는다.

그는 경찰차를 몰고 보르그를 관통해 반대편으로 빠져나간다. 자갈길로 방향을 튼다. 자갈길을 끝없이 달리다 마침내 멈추자 이곳이 시가지라는 걸 믿을 수 없게 된다. 주변이 온통 나무숲이고 사람들이 없는 곳에서만 느낄 수 있는 정적이 흐른다.

"여기가…… 그러니까…… 아. 우습게 들릴지 모르겠지만, 당연히 그렇겠지만 내가 이 세상에서…… 가장 좋아하는 곳이에요……." 스벤이 중얼거린다.

그는 얼굴을 붉힌다. 차를 돌려서 쌩하니 달아나 두 번 다시는 이야기를 꺼내고 싶지 않은 듯한 표정이다. 하지만 브릿마리는 문을 열고 차에서 내린다.

온 사방을 나무들이 단단히 감싸고 있는, 호수 위 바위에 그들이 서 있다.

브릿마리는 속이 울렁거릴 때까지 가장자리를 내려다본다. 하늘은 맑고 별빛이 환하다. 스벤도 문을 열고 그녀의 옆으로 걸어와 헛기침을 한다.

"그게…… 아. 한심하게 들릴지 몰라도 보르그도 아름다울 수 있다는 걸 보여주고 싶었어요." 그가 나지막이 속삭인다.

브릿마리는 눈을 감는다. 머리칼에 스치는 바람을 느낀다.

"고마워요." 그녀도 나지막이 속삭인다.

그들은 돌아가는 동안 아무 말도 하지 않는다. 뱅크의 집 앞에 도착하자 그가 내려서 브릿마리가 탄 쪽의 문을 열어준다. 그러고 나서 뒷좌석 문을 열고 뒤적거리더니 너덜너덜한 비닐 폴더를 꺼낸다.

"그리고…… 아, 이건 그냥…… 선물이에요." 그는 우물쭈물 얘기한다.

그림이다. 레크리에이션 센터와 피자 가게와 그 사이에서 축구하는 아이들을 그린 그림이다. 한복판에 브릿마리가 있다.

전부 연필로 그렸다. 브릿마리는 조금 세게 그림을 움켜쥐고 스벤은 조금 갑작스럽게 모자를 벗는다.

"한심하게 보일지 몰라도, 물론 그렇겠죠, 당연하죠, 그래도 저기…… 소도시에 레스토랑이 하나 있는데……."

브릿마리가 아무 대꾸도 하지 않자 그가 얼른 덧붙인다.

"제대로 된 레스토랑이에요! 여기 이 보르그에 있는 피자 가게하고는 달라요. 하얀 식탁보가 깔렸고. 포크, 나이프, 스푼도 있고."

한참 시간이 지나면 그가 불안한 마음에 우스갯소리를 늘어놓았다는 걸 브릿마리가 알아차릴 수 있겠지만 지금 당장은 모르는 눈치다. 그는 손바닥을 들어 보이며 사과한다.

"피자 가게가 잘못됐다는 건 아니에요, 그럼요, 그럼요. 하지만……."

그는 이제 모자를 양손으로 쥐고, 한참 젊은 남자가 한참 젊은 여자에게 특정한 무언가를 바랄 때 짓는 표정을 짓고 있다. 브릿마리는 그게 뭔지 알고 싶은 마음이 굴뚝같다. 하지만 지각 있는 사람답게 득달같이 집으로 들어가서 문을 닫는다.

19

그들은 '내연의 여자'라고 불리지만 브릿마리는 예전부터 켄트의 그녀를 내연의 여자로 치부하는 데 어려움이 있었다. 아마 그런 여자로 지내는 심정을 알기 때문이었을 것이다. 아주 오래전, 브릿마리가 어머니를 묻고 난 뒤 어느 날 그 집에서 다시 마주쳤을 때 켄트는 이미 이혼을 했다고 했지만 아이들은 그렇게 생각하지 않았다. 아이들은 원래 절대 그렇게 생각하지 않는다. 브릿마리가 아무리 여러 번 동화책을 읽어주고 아무리 여러 번 저녁을 차려주어도 다비드와 페르닐라에게 그녀는 내연의 여자였고 어쩌면 켄트도 그녀를 그렇게 간주했을지 모른다. 브릿마리는 아무리 많은 셔츠를 빨아도 본처가 된 듯한 기분을 느낀 적이 없었다.

그녀는 발코니에 앉아서 어기적어기적 다가오는 아침을 맞는다. 1월의 보르그에서는 아침이 그런 식으로 시작된다. 해가 뜨지 않아도 날이 밝는다. 그녀는 아직까지 스벤의 그림을 쥐고 있다.

그는 훌륭한 화가가 아니다. 전혀 아니다. 만약 그녀가 좀 더 비판적인 성향이었다면 그녀를 뭐로 보고 이렇게 윤곽선은 흐릿하고 실루엣은 들쭉날쭉하게 그렸느냐며 의구심을 품었을 것이다. 하지만 누가 뭐라건 그는 그녀를 보아주었다. 그런 사람에게 매몰차게 대하기란 어려운 법이다.

그녀는 휴대전화를 꺼내 고용 센터 아가씨에게 전화를 한다.

아가씨가 아주 명랑한 목소리로 전화를 받기에 브릿마리는 자동 응답기라는 걸 알아차린다. 그녀는 당연히 전화를 끊을 것이다. 병원에서 전화를 하거나 마약을 팔려는 게 아닌 이상 자동 응답기에 메시지를 남기는 건 부적절한 처사다. 그런데 웬일로 그녀는 전화를 끊지 않는다. 삐 소리가 들린 뒤에도 아무 말 없이 앉아 있다가 한참 만에 선포한다.

"브릿마리예요. 오늘 축구팀의 한 아이가 겨냥한 걸 제대로 맞혔어요. 아가씨도 들으면 좋아할 것 같아서 소식 남겨요."

그녀는 실없는 사람이 된 듯한 기분을 느끼며 전화를 끊는다. 그 아가씨는 당연히 그런 데 관심이 없을 것이다. 켄트가 옆에 있었다면 그녀를 비웃었을 게 분명하다.

1층으로 내려가보니 뱅크가 주방에서 수프를 먹고 있다. 개가 식탁 옆에 앉아서 기다리고 있다. 브릿마리는 현관에서 걸음을 멈추고 수프 접시를 쳐다본다. 냄비도 없고 전자레인지도 없는데 무슨 수로 수프를 만들었는지 의아해진다. 뱅크는 후루룩 소리를 내가며 수프를 들이켠다.

"뭐 할 말 있는 거예요, 아니면 장님이 수프 먹는 거 처음 봐요?" 그녀는 고개도 들지 않고 묻는다.

"시력이 아주 나쁘다고 그러지 않았나요?"

뱅크는 대답 대신 요란하게 후루룩거린다. 브릿마리는 치마에 손바닥을 대고 누른다.

"축구 좋아하죠?" 그녀가 벽에 걸린 사진들을 턱으로 가리키며 묻는다.

"아뇨." 뱅크가 대답한다.

브릿마리는 맞잡은 손을 배 위에 올려놓고 벽에 줄줄이 걸린 사진들을 쳐다본다. 사진마다 뱅크와 그녀의 아버지와 축구공이 적어도 한 개 이상 찍혀 있다.

"내가 그 팀의 코치 비슷한 역할을 맡게 됐어요."

"들었어요." 그녀는 다시 후루룩거리기 시작한다. 여전히 고개는 들지 않는다. 브릿마리는 현관의 이런저런 물건에 내려앉은 먼지를 손으로 턴다.

"하. 아무튼 내가 사진들도 봤겠다, 누가 봐도 분명한 당신의 풍부한 경험을 감안했을 때 이런 상황에서 당신에게 조언을 구하는 것도 적절하겠다 싶어서요."

"뭐에 대한 조언요?"

"축구에 대한 조언요." 뱅크가 실제로 눈을 부라리고 있는지는 알 수 없지만 그러는 것처럼 느껴진다. 개가 거실로 자리를 옮긴다. 뱅크가 지팡이로 벽을 짚어가며 뒤따라 걸어간다.

"얘기한 그 사진들이 어디 있어요?" 그녀가 묻는다.

"그보다 좀 더 위에요."

뱅크의 지팡이가 어느 액자의 유리에 닿는다. 지금보다 훨씬 어린 사진 속의 그녀가 운동복을 입고 서 있는데 하도 얼룩이 심해서 과탄산소다로도 어쩔 수 없을 지경이다. 뱅크는 코가 닿기 직전까지 사진 쪽으로 몸을 기울인다. 그러더니 위치를 기억하기라도 하려는 것처럼 한 바퀴 돌며 모든 사진을 체계적으로 건드린다.

브릿마리는 현관에 서서 기다리지만 어느 정도 시간이 지나자 모든 게 불편한 수준을 넘어 이상하게 느껴지기 시작한다. 그래서 외투를 입고 문을 연다. 문이 닫히기 직전에 뱅크가 뒤에서 툴툴거린다.

"충고를 듣고 싶다고요? 그 팀은 안 돼요. 무슨 수를 써도 달라지지 않을 거예요."

브릿마리는 "하" 하고 속삭이고 집을 나선다.

그녀는 레크리에이션 센터의 세탁실에 들어가 문을 잠근다. 트럭 사건으로 진흙이 묻은 그녀의 치마가 세탁기 안에서 돌아가는 동안 의자에 앉아서 잠자코 기다린다. 옷을 갈아입고 머리를 매만진 뒤에는 주방에 한참 동안 서서 날아온 돌에 맞아 망가진 커피 퍼컬레이터를 유심히 관찰한다.

브릿마리는 그날 이케아 가구를 조립해서 완성한다. 거의 혼자서 해낸다. 드라이버는 필요 없지만 종류가 세 가지나 돼서 족히 열 시간은 걸린다. 테이블 하나에 의자 두 개. 발코니용이다. 브릿마리는 그 가구들을 최대한 구석으로 밀어놓고 식탁보 대신 키친타월을 깔고 앉아서 미지의 인물이 만들어준 피자를 먹는다. 브릿마리의 역사상 획기적인 날이다. 보르그로 이사한 이래 한결같이 획기적인 날들이 이어졌지만 그중에서도 특별한 날이다.

스벤은 피자 가게의 다른 테이블에서 저녁을 먹지만 커피는 둘이서 같이 마신다. 서로 별말은 하지 않는다. 서로의 존재감에 익숙해지려고 노력할 뿐이다. 신체적인 접촉 없이 누군가의 존재감을 느껴본 지 오래된 사람들답게 그럴 뿐이다.

칼이 소포를 받으러 온다. 구석 자리에 앉아서 모자를 쓰고 수염을 기른 남자들과 같이 커피를 마신다. 그들은 아는 체하면 브릿마리가 사라지기라도 하는 것처럼 일부러 그녀를 못 본

척한다. 베가가 축구공을 겨드랑이에 끼고 들어오는데, 오빠의 차에서 피자 가게까지 그 얼마 안 되는 거리를 오는 동안 그 정도로 지저분해질 수 있는 것도 어린애니까 가능하지 싶다. 뒤따라 들어온 오마르는 브릿마리가 조립한 발코니 가구를 보더니 가구 광택제를 팔려고 한다.

연습 시간이 돼서 브릿마리가 밖으로 나가려고 하자 스벤도 경찰모를 들고 따라 일어선다. 하지만 그녀는 아무 말도 하지 않고 그가 아무 말 못 하도록 발걸음을 재촉한다.

벤의 어머니가 문 앞에 서 있다. 병원 유니폼을 입고 손에 뭔가를 들고 있다.

"안녕하세요, 브릿마리 씨. 뵌 적은 없지만 저는 벤의 엄—"

"누구신지 알아요." 브릿마리는 또다시 진흙을 튀기며 지나갈 트럭에 대비하는 사람처럼 조심스럽게 얘기한다.

"고맙다는 인사를 드리려고 왔어요. 음…… 벤을 돌봐주신 거 말이에요. 그런 어른들은 많지 않은데." 벤의 어머니는 이렇게 말하며 들고 있던 걸 내민다.

팩신이다. 브릿마리는 어안이 벙벙해서 할 말을 잊는다. 벤의 어머니가 어색하게 헛기침을 한다.

"어이없게 받아들이시진 않았으면 좋겠어요. 벤이 오마르한테 아주머니가 뭘 좋아하느냐고 물었더니 이걸 좋아하신다고 그랬대요. 오마르가 특별히 싸게 줬어요. 그래서…… 아무튼 벤하고 저, 저희 두 사람은 고맙다는 인사를 드리고 싶었어요. 이것저것 다요."

브릿마리는 떨어뜨릴까봐 겁이 나는 듯 팩신 병을 꽉 움켜쥔다. 벤의 어머니는 뒤로 한 걸음 물러서다 멈추고 이렇게 덧붙인다.

"하루 종일 피자 가게에 앉아서 술만 마시는 할아버지 몇 명이 보르그의 전부는 아니라는 걸 알려드리고 싶어요. 저희 같은 사람들도 있거든요. 아직 포기하지 않은 사람들요."

브릿마리가 뭐라고 대꾸할 틈도 없이 그녀는 그 말을 끝으로 몸을 돌려 조그만 차를 타고 사라진다. 연습이 시작되자 브릿마리는 출석을 부르고 명단에 체크 표시를 하고 아이들에게 '바보' 훈련을 시킨다. 브릿마리의 리스트에 '출석 체크' 다음으로 적힌 항목이 그거다.

아이들은 투덜거리지 않지만, 이 정도면 됐느냐고 했을 때 브릿마리가 그렇다고 하자 베가가 당장 씩씩거리며 코치가 이렇게 물렁해서 이 팀에 무슨 발전이 있겠느냐고 했을 때만은 예외다.

아이들은 이해할 수 없는 존재다. 그것만큼은 엄청나게 분명하다. 그래서 브릿마리는 리스트에 '바보를 좀 더 할 것'이라고 적고 아이들은 그 항목을 정확히 실행에 옮긴다. 훈련이 끝났을 때 브릿마리를 중심으로 동그랗게 모인 아이들이 한마디 기대하는 표정을 짓자 브릿마리는 까만 차의 보닛에 앉아 있는 새미에게 가서 어떤 말을 하면 되느냐고 묻는다.

"아, 아시잖아요. 실컷 달렸으니까 이제 경기를 하고 싶겠죠. 으쌰 으쌰하고 공을 던져주면 돼요."

"으쌰 으쌰?"

"격려해주라고요." 새미는 풀어서 설명한다.

브릿마리는 잠시 고민한 끝에 아이들을 돌아보며 있는 격려 없는 격려 다 끌어모아서 이렇게 얘기한다.

"너무 지저분해지지는 않도록 해."

새미가 폭소를 터뜨린다. 아이들은 영문을 전혀 모르겠다는 표정으로 연습 경기를 시작한다. 저쪽 팀 골키퍼인 토드는 어느 누구보다 많은 골을 허용한다. 하나, 또 하나, 이런 식으로 일곱 골인가 여덟 골이다. 그럴 때마다 시뻘게진 얼굴로 으르렁거린다. "자, 자! 이제 역전해보자!"

그럴 때마다 새미는 폭소를 터뜨린다. 브릿마리는 번번이 신경이 곤두서서 그에게 묻는다.

"쟤 왜 저러는 거니?"

"쟤 아빠가 리버풀을 응원하거든요." 새미의 설명은 이것으로 끝이다.

그는 차 뒷자리에서 캔을 두 개 꺼내 하나를 브릿마리에게 건넨다. "리버풀을 응원하는 아빠 밑에서 자라면 언제든 역전할 수 있다고 생각하게 돼요. 아시잖아요! 그 챔피언스 리그 결승전 이후로 말이에요."

브릿마리는 캔에 담긴 탄산음료를 홀짝이며 이로써 모든 체면과 품위의 한계선을 넘었다는 생각을 한다. 그래서 이왕 이렇게 된 바에 속내를 털어놓기로 결심한다.

"새미, 상당히 흠잡을 데 없이 커트러리 서랍을 정리하는 너한테 기분 나쁜 소리는 하고 싶지는 않은데 네가 하는 말은 대체로 못 알아듣겠어!"

새미는 깔깔대고 웃는다.

"저도 마찬가지예요, 브릿마리 아주머니. 아주머니 말도 그래요."

그러고 나서 그는 거의 10년 전, 베가와 오마르가 기저귀를 떼나 마나 한 나이였는데도 불구하고 그와 사이코와 함께 피자 가게에 앉아서 보았던 축구 경기에 대해 이야기한다. 리버풀이 밀란을 상대로 치른 챔피언스 리그 결승전이었다. 브릿마리가 대회 같은 거냐고 묻자 새미는 무슨 컵, 그런 거라고 하고 브릿마리가 컵이 뭐냐고 묻자 새미는 일종의 대회라고 한다. 그 말에 브릿마리는 처음부터 그렇게 대답할 것이지 왜 잘난 척했느냐고 짚고 넘어간다.

새미가 숨을 길게 내뱉지만 한숨은 절대 아니다.

그는 설명을 계속한다. 전반전이 끝났을 때 밀란이 3 대 0으로 앞서고 있었고 자기가 기억하기로 역대 결승전 역사상 그 경기의 리버풀처럼 전력이 노출되고 심하게 밀리는 팀을 본 적은 없었다고 한다. 그런데 탈의실에서 리버풀의 한 선수가 일어나 다른 선수들에게 실성한 사람처럼 고함을 질렀다. 세상에 바꿀 수 없는 일도 있다는 말에 동의하지 않아서였다. 후반전에 그 선수는 첫 골을 넣어 3 대 1로 만든 다음 미친 듯이 팔을 흔들며 달려서 자기 진영으로 돌아갔다. 그의 팀이 다시 한 골을 기록해 3 대 2가 되자 하늘을 날 듯했다. 산사태가 시작돼 그들을 막을 방법이 없다는 걸 그뿐 아니라 모든 사람이 알 수 있을 정도였다. 성벽을 쌓고 해자를 파고 만 마리의 야생마를 동원한들 그들을 저지할 순 없었다.

그들은 3 대 3 동점을 만들고 연장전까지 버틴 다음 승부차기에서 이겼다.

그 뒤로 리버풀을 응원하는 아버지를 둔 아이에겐 세상에 역전할 수 없는 일도 있다고 말할 수 없게 되었다.

그가 베가와 오마르를 보며 미소를 짓는다.

"리버풀을 응원하는 오빠나 형을 둔 아이한테도요. 그런 아이한테도 그런 소리를 하면 안 되죠."

브릿마리는 골대를 홀짝인다. "네 이야기 들으니까 한 편의 시 같다."

새미는 씩 웃는다.

"축구가 저한테는 시예요. 제가 1994년 여름, 월드컵이 한창일 때 태어났거든요."

브릿마리는 그게 무슨 소린지 전혀 알 길이 없지만, 아무리 한 편의 시 같아도 에피소드엔 선을 그어야 한다고 생각하기에 묻지 않는다.

"토드의 아빠는 여기 와서 저 아이가 경기하는 거 본 적 있니?" 그녀가 묻는다.

"저기 서 있잖아요." 새미는 피자 가게를 가리킨다.

칼이 문 앞에 서서 커피를 마시고 있다. 빨간 모자를 쓰고 있다. 행복한 것처럼 보인다. 브릿마리에게는 오늘이 특별한 날이다. 특별한 경기다.

연습이 끝날 때까지 스벤이 피자 가게에서 그녀를 기다리고 있다. 그가 집까지 태워다주겠다고 하지만 그녀는 그럴 필요 없다고 고집을 부린다. 그러자 그가 그럼 발코니 가구를 옮겨주겠다고 하고 그녀는 하는 수 없이 알았다고 한다. 그가 가구를 옮겨 싣고 운전석에 올라타려고 할 때 그녀가 눈을 감고 남은 기운을 모두 쥐어짜서 불쑥 내뱉는다.

"나는 6시에 저녁을 먹어요."

"네?" 스벤이 경찰차 저편으로 고개를 내밀고 묻는다.

그녀는 발뒤꿈치로 진흙을 판다.

"꼭 흰색 식탁보가 깔려 있어야 하는 건 아니에요. 하지만 커트러리는 있어야 하고, 6시에 먹으면 좋겠어요."

"내일 어때요?" 그가 우렁찬 목소리로 묻는다.

그녀는 무뚝뚝하게 고개를 끄덕이고 리스트를 꺼낸다.

경찰차가 저 멀리 사라지자 베가, 오마르, 새미가 주차장 저편에서 그녀를 부른다. 새미는 함박웃음을 짓고 있다. 베가가 찬 공이 자갈과 진흙 위를 데굴데굴 굴러와 그녀의 1미터 앞에서 멈춘다. 브릿마리는 리스트를 핸드백에 넣고, 무언가가 시작되길 평생 기다려온 사람들이 그러듯 손마디가 하얘질 정도로 핸드백을 세게 움켜쥔다.

그런 다음 조그맣게 몇 걸음 걸어가서 있는 힘껏 공을 찬다.

이제는 공을 차지 않을 도리가 없기 때문이다.

20

오늘은 그다음 날이고 브릿마리 생애 최악의 날이다. 머리에 혹이 났고 손가락 두 개가 확실히 부러졌다. 벤의 어머니가 내린 진단상으로 그렇다는데 이러니저러니 해도 벤의 어머니는 간호사니 그런 문제에 대해 판단할 자격이 있다고 볼 수밖에 없다. 그들은 소도시 병원의 커튼 뒤 조그만 벤치에 앉아 있다. 브릿마리는 머리엔 반창고를, 손엔 붕대를 감았고 울지 않으려고 기를 쓰며 참고 있다. 벤의 어머니는 시큰거리는 그녀의 팔목에 손을 얹을 뿐, 어쩌다 이렇게 됐느냐고 묻지 않는다. 아무도 몰랐으면 하기에 브릿마리로서는 고마운 일이다.

설명을 하자면 이렇다.

우선 브릿마리는 보르그로 이사 온 이래 처음으로 밤새 단

잠을 잤다. 어린애처럼 아무 고민 없이 자고 기운차게 일어났다. 이렇게 또 하루가 밝았다. 그 사실 하나만으로도 그녀는 당장 몸을 사렸어야 하는 거다. 그런 식으로 활기차게 일어난 게 좋은 징조일 수가 없지 않은가. 그녀는 침대를 박차고 나와서 당장 뱅크의 주방을 청소하기 시작했다. 청소할 필요가 있었다기보다 뱅크가 마침 집을 비웠고, 브릿마리가 1층으로 내려갔을 때 주방이 거기 있었을 뿐이다. 간단히 말해 그녀는 청소하고 싶은 욕구를 불러일으키지 않는 주방을 지금까지 본 적이 없다. 청소가 끝나자 그녀는 레크리에이션 센터까지 걸어갔다. 그런 다음 레크리에이션 센터를 이 끝에서 저 끝까지 청소했다. 축구공이 들어 있는 사진들까지 전부 신경 써서 비뚤어지지 않게 바로잡았다. 그 앞에 가만히 서서 액자 유리에 비친 자신의 모습을 감상했다.

그런 다음 넷째 손가락에 남은 하얀 자국을 문질렀다. 평생토록 결혼반지를 껴보지 않은 사람은 어떤 자국이 남는지 알지 못한다. 설거지를 하거나 그럴 때 가끔 반지를 빼는 사람들도 있지만 브릿마리는 한 번도 그런 적이 없었다. 그래서 결혼했을 당시엔 피부색이 지금과 다르기라도 했던 것처럼 영영 하얀 자국이 남았다. 그녀의 달라진 모습을 모두 벗겨내면 그 밑에 그게 남아 있기라도 한 것처럼.

브릿마리는 이런 생각을 하며 미지의 인물을 깨우러 피자 가게로 갔다. 두 사람은 커피를 마셨고 브릿마리는 엽서 이야기를 꺼내며 혹시 미지의 인물의 가게에 엽서가 있느냐고 다정하게 물었다. 미지의 인물은 있다고 했다. '보르그에 오신 것을 환영합니다'라고 적혀 있는 아주 오래된 엽서였다. 미지의 인물은 아무라도 그런 소리 하는 걸 들어본 지 한참 됐다며 그래서 그 엽서들이 얼마나 오래됐는지 알 수 있다고 했다.

브릿마리는 켄트에게 엽서를 썼다. 그녀의 메시지는 아주 짧았다. "안녕. 브릿마리야. 나 때문에 괴로웠다면 미안해. 잘 지내고 있었으면 좋겠다. 깨끗한 셔츠 입고 다녔으면 좋겠다. 전기면도기는 욕실 세 번째 서랍에 있어. 유리창 닦으러 발코니에 나갈 거면 손잡이를 당신 몸 쪽으로 잡아당기면서 돌리고 문을 살짝 밀어야 해. 청소 용품 넣는 벽장에 팩신 있어." 그가 얼마나 보고 싶은지 얘기하고 싶었지만 참았다. 더 이상 귀찮게 하기 싫었다.

"제일 가까운 우체통이 어디 있어요?" 그녀는 미지의 인물에게 물었다.

"여기요." 미지의 인물이 대답하며 자기 손바닥을 가리켰다.

브릿마리는 당장 미심쩍어하는 표정을 지었지만 그녀는 자신의 우편물 처리 속도야말로 "일대에서 가장 빠르다"고 장담했다.

이후에 두 여자는 피자 가게에 걸려 있는 노란 운동복에 대해 간단하게 의견을 교환했다. 브릿마리는 등에 '뱅크'라고 선명하게 새겨진 그 운동복으로 자꾸만 시선이 향했다. 어떤 수수께끼의 실마리라도 되는 것처럼 그랬다.

미지의 인물이 말하길 뱅크는 그 옷이 거기 걸려 있는 줄 모른다며, 만약 알게 되면 폭발해서 "궁둥이에 그 뭣이냐, 가시밭이 생긴 사람처럼" 굴 거라고 했다.

"왜요?"

"뱅크는 축구를 싫어하거든요! 그 뭣이냐, 어려운 시절이 찾아오면 행복했던 시절의 추억을 아무도 좋아하지 않잖아요."

"당신은 뱅크하고 친한 친구 사이인 줄 알았더니."

"맞아요! 그랬어요! 그 전에는 단짝 친구였죠. 눈이 그렇게 되기 전에는. 뱅크가 이사하기 전에는요."

"그런데 축구 얘기는 안 해요?"

미지의 인물이 건조한 웃음을 짓는다.

"예전엔 뱅크도 축구를 사랑했죠. 자기 목숨보다 더. 그러다 눈이 그렇게 됐어요. 눈이 그 친구한테서 축구를 빼앗아가서 이제는 축구를 싫어해요. 알겠어요? 인생이 그런 거죠. 사랑하거나 미워하거나 둘 중 하나. 그래서 떠났었어요. 아주 오랫동안. 뱅크의 아버지는 뱅크랑 전혀 달라서 축구가 없으면 그 뭣이냐, 이야깃거리가 전혀 없었죠! 그러다 아버지가 돌아가셨어요. 뱅크는 아버지를 묻고 집을 팔러 여기로 돌아왔어요. 뱅크하고 난 이제 그 뭣이냐, 술친구에 가까워요! 대화는 줄고 술은 늘었죠."

"하. 그녀가 보르그를 떠나서 어디로 갔었는지 물어봐도 될까요?"

"여기저기 다녔죠. 궁둥이에 가시가 돋으면 가만히 앉아 있기 싫을 거 아니에요, 안 그래요?" 미지의 인물이 웃는다.

브릿마리는 웃지 않는다. 미지의 인물이 헛기침을 한다.

"런던, 리스본, 파리에 갔어요. 엽서를 보냈더라고요. 여기 어디 있을 텐데, 흠. 개랑 둘이서 전 세계를 누볐죠. 어떨 땐 화가 나서 떠났나보다 싶을 때도 있어요. 또 어떨 땐 눈이 점점 나빠지니까 떠났나보다 싶고요. 눈이 완전히 멀기 전에 세상을 보고 싶은 거 아닌가 하는."

미지의 인물이 뱅크가 파리에서 보낸 엽서를 찾아냈다. 브릿마리는 엽서를 손에 쥐어보고 싶은 마음이 굴뚝같았지만 참았다. 그 대신 다른 데로 관심을 돌리려고 벽을 가리키며 물었다.

"그런데 왜 운동복이 노란색이에요? 보르그 축구팀 운동복은 흰색인 줄 알았는데."

"국가대표팀 운동복이에요."

"하. 그건 특별한 건가요?"

"국가대표라니까요?" 미지의 인물은 뭐 그런 이상한 질문이 다 있느냐는 식이다.

"거긴 들어가기 어려워요?"

"국가대표니까요." 미지의 인물은 어리둥절한 표정이다.

브릿마리는 그녀의 대답에 짜증이 나서 더 이상 아무것도 묻지 않았다. 그런데 갑자기 기겁할 만한 질문이 그녀의 입에서 튀어나왔다.

"어쩌다 그렇게 됐어요? 어쩌다 뱅크가 앞을 못 보게 된 건가요?"

브릿마리는 남의 일에 쓸데없이 참견하는 성격이 아니다. 절대 아니다. 하지만 그녀는 오늘 아침에 기운차게 일어났고 그런 날에는 무슨 일이 벌어질지 아무도 모르는 법이다. 그녀의 이성이 머릿속에서 고함을 지르고 있었지만 이미 엎질러진 물이었다.

"병 때문에요. 혈액 어쩌고였어요. 그 병이 그 뭣이냐, 슬금슬금 덮쳤어요. 몇 년에 걸쳐서. 경제 위기처럼⋯⋯."

미지의 인물의 눈꼬리가 점퍼 쪽으로 내려간다. "있잖아요, 브릿마리, 사람들은 눈이 그런데도 뱅크를 좋게 생각해요. 난 눈이 그렇기 때문에 뱅크를 좋게 생각하고요. 알겠어요? 어느 누구보다 열심히 싸워야 했을 거 아니에요. 그래서 최고가 됐죠. 그래서 그 뭣이냐, 자극을 주는 사람이 됐죠! 알겠어요?"

브릿마리는 알쏭달쏭했다. 내친김에 미지의 인물은 어쩌다 휠체어 신세를 지게 되었느냐고 묻고 싶었지만 이즈음엔 이성이 제동을 걸었고, 일반적인 관행에 비춰봐도 그런 질문을 하는 건 예의가 아니었다. 그래서 대화가 흐지부지 끊겼다. 미지의 인물이 휠체어를 뒤로 한 바퀴 돌렸다가 다시 앞으로 한 바퀴 돌렸다.

"난 보트에서 떨어졌어요. 어렸을 때. 혹시 궁금하신가 해서요."

"궁금해하지 않았어요!" 브릿마리는 발끈한다.

"알아요, 브릿. 알아요." 미지의 인물은 씩 웃는다.

"당신은 편견이 없잖아요. 날 인간으로 대하잖아요. 어쩌다보니 휠체어를 타고 다니는 인간. 어쩌다보니 인간을 태우게 된 휠체어로 대하지 않고." 그녀는 브릿마리의 팔을 토닥이며 덧붙인다. "그래서 내가 당신을 좋아하는 거예요, 브릿. 같은 인간이라서."

브릿마리는 자기도 미지의 인물을 좋아한다고 말하고 싶었지만 정신을 차렸다.

그래서 두 사람은 더 이상 아무 말도 하지 않았다. 브릿마리는 쥐에게 먹일 스니커즈를 사면서 미지의 인물에게 근처에 꽃을 파는 데가 있느냐고 물었다.

"꽃요? 누구 주려고요?"

"뱅크요. 그렇게 오랫동안 방을 빌리면서 꽃 한 송이 주지 않았다니 몰상식했다는 생각이 들어서요. 그럴 땐 일반적으로 꽃을 선물하잖아요."

"하지만 뱅크는 맥주를 좋아하는걸요! 대신 맥주를 주세요, 어때요?"

브릿마리는 맥주라니 교양인에게 썩 어울리지 않는다는 생각이 들었지만 맥주를 좋아하는 사람에게는 맥주가 꽃과 비슷할 수도 있다고 받아들이기로 했다. 그녀는 미지의 인물에게 셀로판지를 찾아달라고 했지만 미지의 인물은 찾지 못했다. 하지만 몇 분 뒤에 오마르가 들어와서 외쳤다. "셀로판지 필요하세요? 저한테 있어요! 친구니까 특별 할인가에 드릴게요!"

보르그에서는 그런 식이다.

브릿마리는 특별 할인가의 범주에 든다고 볼 수 없는 가격에 산 셀로판지로 맥주병을 예쁘게 포장하고 위에 조그만 리본을 달았다. 그런 다음 레크리에이션 센터로 가서 앞문을 열어놓고 스니커즈가 담긴 접시를 문지방에 올려놓았다. 접시 옆에 볼펜으로 깔끔하게 쓴 쪽지를 두었다. "데이트 간다. 아니 누구 만나러 간다. 요즘 뭐라고 하는지는 모르겠지만 아무튼. 다 먹고 접시 안 치워도 돼. 내가 치울게. 전혀 번거로울 것 없으니까." 그녀는 저녁을 같이 먹을 상대를 찾았으면 좋겠다는 말도 쓰고 싶었다. 쥐는 혼자 밥을 먹을 이유가 없다. 쥐나 사람이나 고독한 생활은 시간 낭비다. 하지만 쥐가 누굴 만나건 사생활에 관여하지 말라는 이성의 외침을 듣고 그쯤에서 접었다.

그녀는 불을 끄고 어스름이 내리길 기다렸다. 마침 1년 중에 이맘때는 저녁을 먹기 한참 전에 해가 졌다. 그녀는 보는 사람이 아무도 없다는 걸 확인하자마자 양방향으로 보르그를 빠져나갈 수 있는 버스 정류장으로 잽싸게 걸어가 그중 한 방향으로 가는 버스를 탔다. 무슨 모험 같았다. 자유 같았다. 하지만 좌석의 상태에 개의치 않을 만큼은 아니라서 흰색 냅킨 넉 장을 깔끔하게 깔고 그 위에 앉았다. 모험을 하러 나설 때도 선을 지켜야 하는 법이다.

하지만 그랬음에도 불구하고 혼자 버스를 타고 가다니 왠지 새로운 느낌이었다.

그녀는 가는 내내 넷째 손가락에 남은 하얀 자국을 문질렀다.

소도시의 현금 인출 코너 옆 태닝숍에는 아무도 없었다. 브릿마리는 기계에서 하라는 대로 동전을 넣었다. 화면에 불이 들어오더니 딱딱한 플라스틱 침대에 달린 대여섯 개의 큼지막한 형광등이 켜졌다.

브릿마리는 일광욕실에 관한 한 전문가라고 할 수 없기에 이 기계의 기본적인 기능에 그다지 익숙하지 않을 수 있었다. 그녀는 형광등이 켜진 침대 옆 의자에 앉아서 손을 넣고 살그머니 뚜껑을 덮을 작정이었다. 얼마나 앉아 있어야 하얀 자국이 안 보이게 손을 태울 수 있을지는 알 수 없었지만 오븐에 연어를 굽는 것보다 복잡할까 싶었다. 이따금 손을 꺼내서 잘돼가고 있는지 확인할 생각이었다.

최면 효과가 있는 웅웅거리는 기계음과 열기도 그렇고 가뜩이나 그녀는 하루 종일 열정적으로 돌아다녔다. 그래서 그랬을 것이다. 의자에서 깜빡 졸면 그러듯 고개가 앞으로 꺾이면서 이마가 태닝 기계 뚜껑에 세게 부딪쳤고, 뚜껑에 깔린 손이 끔찍하게 뒤틀렸다. 그녀는 바닥으로 굴러떨어지면서 정신을 잃었고 그 결과 이렇게 병원으로 옮겨졌다. 이마엔 혹을 달고 손가락은 부러진 채로.

벤의 어머니가 그녀의 옆에 앉아서 팔을 토닥인다.

청소하는 직원이 그녀를 찾아오자 브릿마리는 더욱 분개한다. 청소하는 직원들이 회의 시간에 얼마나 열심히 험담을 늘어놓는지 모르는 사람은 없지 않은가.

"심란해하지 마세요. 이런 일은 누구에게나 벌어질 수 있어요." 벤의 어머니가 기운 내라는 듯이 속삭인다.

"아니에요, 그렇지 않아요." 이렇게 말하는 브릿마리의 목소리가 갈라진다. 그녀는 벤치에서 일어선다. 벤의 어머니가 손을 내밀지만 브릿마리는 슬그머니 피한다. "보르그에는 이미 포기한 사람들이 많아요. 아주머니도 그런 사람이 되지는 말아주세요."

브릿마리는 뭐라고 반박하고 싶었는지는 몰라도 수치심과

이성에 떠밀려 밖으로 나온다. 축구팀 아이들이 대기실에 앉아 있다. 의기소침해진 브릿마리는 아이들의 시선을 피한다. 무언가를 갈망하다 바닥으로 주저앉아버린 듯한 이 기분은 낯설다. 브릿마리는 바라는 게 많지 않은 사람이었다.

그래서 그녀는 아이들 앞을 그대로 지나치며 아이들이 사라져주길 진심으로 바란다.

스벤이 모자를 손에 들고 기다리고 있다. 안에 바게트가 담긴 조그만 바구니를 들고 왔다.

"음, 저기, 아무래도…… 이런…… 일을 겪었는데 레스토랑에는 가고 싶지 않을 것 같아서 도시락을 준비했어요. 아무래도…… 하지만, 뭐, 그냥 집에 가고 싶을 수도 있겠죠. 그럼요." 브릿마리는 눈을 질끈 감고 붕대를 감은 손으로 허리를 받친다. 그가 바구니를 내려다본다.

"바게트는 산 거지만 바구니는 내가 직접 만든 거예요."

브릿마리는 뺨을 쪽 집어넣고 안쪽 살을 씹는다. 그녀가 태닝숍에서 뭘 하고 있었는지 스벤과 아이들은 알 리 없지만 그래서 그녀는 자신이 더 한심하게 느껴진다. 그래서 조그맣게 속삭인다.

"부탁이에요, 스벤. 그냥 집에 가고 싶어요."

그래서 스벤이 그녀를 뱅크의 집까지 데려다주지만 사실 그녀가 원한 건 그게 아니다. 그에게 이런 모습을 보인 것도 싫다. 그녀는 대나무 가리개 밑으로 손을 숨긴다. 제대로 된 집, 진정한 일상으로 돌아가고 싶은 마음이 굴뚝같다. 거기서 내리고 싶다. 그녀에게 열정은 아직 어울리지 않는다.

차가 멈추었을 때 그가 무슨 말을 꺼내려고 하지만 그 전에 그녀가 내려버린다. 그녀는 모자를 손에 쥔 그를 경찰차 앞에 세워놓고 현관문을 닫는다. 그가 떠날 때까지 숨을 참고 문 앞에 가만히 서 있는다.

그녀는 뱅크의 집을 이 끝에서 저 끝까지 청소한다. 저녁으로 혼자 수프를 먹는다. 그런 다음 천천히 계단을 올라가서 수건을 들고 침대에 걸터앉는다.

21

거나하게 취한 뱅크가 자정과 새벽의 중간 언제쯤에 들어온다. 미지의 인물의 피자 가게에서 사 온 피자 상자를 들고 뱃사람이 들어도 얼굴을 붉힐 만큼 교양 없는 노래를 부른다. 브릿마리는 발코니에 앉아 있고, 뱅크가 욕을 하며 열쇠를 꽂느라 부스럭거리는 동안 개가 고개를 들고 그녀와 눈을 맞춘다. 개는 지쳐서 체념한 듯 금방이라도 어깨를 으쓱할 것 같다. 브릿마리는 그 심정이 이해가 된다.

1층에서 맨 처음 들린 쿵 소리는 뱅크의 지팡이에 맞은 사진 액자가 떨어지는 소리다. 두 번째로 들린 쿵 소리와 와장창 하는 소리는 액자가 바닥에 부딪치자 축구를 하는 여자아이와 그녀의 아버지 사진이 담긴 액자가 깨져서 유리 조각이 온 사방으로 흩어지는 소리다. 이 소리가 한 시간 가까이 체계적으로 이어진다. 뱅크는 1층의 여기, 저기, 다시 여기를 거닐며 화를 내지도 난폭하지도 않게, 그저 상심한 마음을 반영하듯 단순하고 체계적인 방식으로 모든 추억을 박살낸다. 사진들이 하나씩 부서지고 빈 벽과 박힌 못들만 남는다. 브릿마리는 발코니에 꼼짝 않고 앉아서 경찰을 불렀으면 좋겠다는 생각을 한다. 하지만 그녀는 스벤의 전화번호를 모른다.

마침내 소음이 멎는다. 브릿마리는 뱅크가 그만 접고 자러 들어갔다는 사실을 깨달을 때까지 발코니를 지킨다. 잠시 후에 계단을 올라오는 나지막한 발소리에 이어 그녀의 방문이 끼이익 하고 열리는 소리가 들리고, 무언가가 손끝에 닿는다. 개의 코다. 녀석은 거슬리지 않을 만큼 멀찍이, 하지만 움직이면 서로의 존재를 느낄 수 있을 만큼 가까이에 드러눕는다. 그 이후로 사방이 잠잠한 가운데 보르그의 아침이 밝는다. 보르그가 허락하는 한도 내에서 최대한 환하게 밝는다.

급기야 용기를 낸 브릿마리와 개가 1층으로 내려가보니 뱅크는 벽에 기대어 현관 앞 복도 바닥에 앉아 있다. 술 냄새가 난다. 자는지 아닌지 알 수가 없지만 선글라스를 올려서 확인할 엄두가 나지 않기에 브릿마리는 그냥 빗자루를 가져와 유리 조각을 쓸기 시작한다. 사진을 전부 한데 모아서 깔끔하게 쌓는다. 액자는 한쪽 구석에 포개어놓는다. 개에게 아침을 준다.

브릿마리가 외투를 입고 핸드백에 리스트를 챙겼는지 확인할 때까지 뱅크는 계속 꼼짝도 않지만, 그래도 브릿마리는 마음을 가다듬고 뱅크의 옆에 맥주를 놓으며 얘기한다.

"이거 선물이에요. 그런데 어제 많이 마셨으니까 오늘은 마시지 않는 게 좋겠어요. 그리고 다시 교양인다운 냄새를 풍기고 싶으면 과탄산소다와 바닐라 에센스로 목욕하면 좋은데, 당신 일에 참견하려는 거라고 생각하진 말아줘요."

뱅크가 하도 꼼짝 않기에 브릿마리는 허리를 숙이고 뱅크가 숨을 쉬고 있는지 확인한다. 뱅크가 내뱉는 콧김에 브릿마리의 망막이 화끈거릴 지경인 걸 보면 제대로 쉬고 있는 거다. 브릿마리가 눈을 깜빡이고 허리를 펴는 순간 갑자기 그녀의 입에서 이런 말이 튀어나온다.

"당신 아버지는 리버풀을 응원하지 않았던 모양이네요. 리버풀을 응원하는 아버지를 둔 사람은 절대 포기하지 않는다고 들었거든요. 아니면 그런 오빠를 둔 경우도 그렇다고. 리버풀을 응원하는 오빠를 둔 경우에도 똑같이 해당된다고요."

브릿마리가 밖으로 나가서 등 뒤로 문을 거의 닫았을 때 어두컴컴한 안에서 뱅크가 중얼거리는 소리가 들린다.

"우리 아버지는 토트넘 팬이었어요."

미지의 인물은 피자 가게 주방에 앉아서 뱅크와 비슷한 냄새를 풍기고 있지만 심기는 훨씬 양호하다. 브릿마리의 손에 붕대가 감긴 걸 알아차렸는지는 몰라도 아무 소리 하지 않는다. 브릿마리에게 "소도시에서 어떤 사람이" 들고 왔다는 편지를 건넨다.

"축구팀 코치랑 관계있는 건가봐요. '코치님께'라고 되어 있잖아요."

브릿마리는 "하"라고 내뱉는다. 편지를 읽지만 제대로 이해는 하지 못한다. 무슨 "등록"을 해야 하며 "자격증"이 있어야 된다고 한다.

그녀는 너무 바빠서 한심한 편지에 연연할 시간이 없기에 편지를 핸드백 안에 쑤셔 넣고, 수염을 기르고 모자를 쓰고 고개를 신문에 파묻은 남자들에게 커피를 내갈 준비를 한다. 그녀는 부록으로 나오는 십자말 퀴즈를 달라고 하지 않고 그들도 풀겠느냐고 하지 않는다. 칼이 와서 소포를 챙기고 커피를 마신다. 그는 커피를 다 마시자 잔을 카운터로 들고 와서 시선을 피한 채 브릿마리에게 고개를 끄덕이며 중얼거린다. "잘 마셨어요. 맛있네요."

브릿마리는 무슨 소포를 그렇게 날마다 받느냐고 묻고 싶지만 이성을 총동원해서 참는데 어쩌면 잘하는 일일지 모른다. 소포 안에 뭐가 들었을지는 아무도 모른다. 그가 폭탄을 만들고 있을 수도 있다. 신문에도 그런 기사가 실리지 않는가. 물론 칼은 무뚝뚝하고 남과 잘 어울리지 않으며 남들을 귀찮게 괴롭히지 않는 성격인 것 같지만, 폭탄 제조범이 잡힐 때마다 이웃 사람들은 범인이 정확히 그런 성격이었다고 하지 않는가.

십자말 퀴즈를 만드는 사람들이 폭탄을 좋아하기 때문에 브릿마리도 폭탄에 대해서라면 모르는 게 없다.

점심시간이 지났을 때 새미와 사이코가 들어온다. 사이코는 잃어버린 물건을 찾는지 문 앞에서 서성이며 애절한 눈빛으로 가게 안을 훑어본다. 브릿마리가 그걸 보고 불안해하는 게 눈에 띄었는지, 새미가 진정하라는 듯이 그녀를 쳐다보다 사이코를 돌아본다.

"가서 내가 차에다 전화기 두고 내렸는지 봐줄래?"

"왜?"

"염병, 내가 부탁하면 그냥 들어주면 안 되냐?"

사이코는 없는 침을 뱉으려는 사람처럼 입술을 움직인다. 그의 등 뒤에서 명랑한 종소리와 함께 문이 닫힌다. 새미가 브릿마리를 돌아본다.

"이겼어요?"

브릿마리는 어리둥절한 표정으로 그를 쳐다본다. 그는 의미심장하게 씩 웃으며 붕대를 감은 그녀의 손가락을 가리킨다.

"보아하니 싸운 것 같아서요. 상대를 어떤 지경으로 만드셨어요?"

"사고를 당한 거야." 브릿마리는 발끈하며 자세한 정황을 설명할 일이 없길 바란다.

"알았어요, 코치님. 알았어요." 새미는 웃으며 허공에 대고 연속으로 주먹을 날린다. 그가 가방을 꺼내 그 안에 들어 있던 축구복 세 벌을 카운터에 올려놓는다. "베가, 오마르, 다이노의 유니폼이에요. 몇 번이나 빨았는데 무슨 수를 써도 어떤 얼룩은 지워지지 않네요."

"과탄산소다 써봤니?"

"그러면 효과가 있을까요?"

브릿마리는 흥분을 감추려고 금전출납기를 붙잡는다.

"음…… 저기 그러면…… 내가 한번 빨아볼게. 전혀 번거로울 것 없거든!"

새미는 고맙다는 듯이 꾸벅 고개를 숙인다.

"고맙습니다, 코치님. 진작 여쭤볼걸 그랬네요. 얘들 옷에 묻은 얼룩을 보면 우라질 숲속에서 사는 줄 알겠다니까요."

브릿마리는 그가 사이코와 함께 떠날 때까지 기다렸다가 레크리에이션 센터로 건너간다. 과탄산소다로 빨면 얼룩이 지워질 것이다. 피자 가게에서 쓰는 행주와 앞치마도 빤다. 미지의 인물은 그럴 필요 없다고 했지만, 브릿마리가 빨아주는 게 싫어서 그렇다기보다 진심으로 빨 필요가 없다고 생각하는 쪽에 더 가깝다. 그들은 이 문제를 놓고 잠깐 옥신각신한다. 미지의 인물이 다시 브릿마리를 "메리 포핀스"라고 부르자 브릿마리는 그녀를 가리켜 "더러운 돼지"라고 하며 반박한다. 이 소리를 듣고 미지의 인물이 웃음을 터뜨리자 옥신각신은 그 길로 시들해진다.

브릿마리는 쥐에게 먹일 스니커즈를 내놓는다. 데이트가 어떻게 됐는지 설명하고 싶지 않아서 쥐가 올 때까지 기다리지 않는다. 쥐가 관심 있어 할지 어쩐지도 모르겠지만 아무튼 그녀 쪽에서 아직은 얘기할 마음의 준비가 되지 않았다. 그녀는 나중에 피자 가게로 다시 돌아가 미지의 인물과 저녁을 같이 먹는다. 미지의 인물은 브릿마리에게 신경을 아주 안 쓰는 건지 아주 많이 쓰는 건지 모르겠지만 아무튼 아무것도 묻지 않아서 좋다.

스벤은 그날 저녁에 피자 가게에 들르지 않지만 브릿마리는 문에서 종소리가 날 때마다 의자에서 벌떡 일어나고 심장이 두근거린다. 저녁을 먹는 도중에 그가 등장했다 해도 그녀는 짜증이 나지 않았을 것이다. 하지만 스벤은 코빼기도 내밀지 않는다. 아이들만 한 명씩 집합하는데 집에서 관리해주는 사람이 있는지 다들 빳빳하고 깨끗한 축구복을 입고 있다.

그걸 보고 브릿마리는 보르그에 새로운 희망이 있음을 느낀다. 새로 빤 축구복의 중요성을 이해하는 사람들이 아직 남아 있다는 거다.

아이들이 나가서 연습을 시작하려는 찰나, 예의 그 남자아이가 문 앞에 등장한다. 오늘도 '하키'라고 적힌 운동복 윗도리를 입고 있지만 아빠는 보이지 않는다.

"네가 여긴 웬일이냐?" 베가가 따지고 든다.

아이는 주머니 깊숙이 손을 넣으며 베가가 들고 있는 축구공을 턱으로 가리킨다.

"나도 같이 뛰고 싶어서. 해도 돼?"

"너네 동네 가서 뛰면 되잖아!" 베가가 나지막이 쏘아붙인다.

아이는 턱을 쇄골에 묻지만 물러서진 않는다.

"우리 동네 축구팀은 6시에 연습을 하거든. 하키팀도 그때 연습을 하고. 그런데 너희는 늦게 연습을 하길래……."

브릿마리는 늦게 연습하는 이유를 변호해야겠다는 투철한 사명감을 느낀다.

"저녁을 먹다 말고 연습할 수는 없잖니!"

"하키 연습을 하다 말고 연습할 수도 없잖아요." 아이가 말한다.

"여긴 네가 있을 곳이 아니야, 부잣집 도련님." 베가는 아이를 팔꿈치로 밀치며 비웃는다. "어차피 우린 너네 동네 팀만큼 잘하지도 않으니까 축구를 하고 싶으면 너네 동네에 가서 해!"

그래도 아이는 물러서지 않는다. 베가가 걸음을 멈춘다. 아이가 턱을 든다.

"너희들이 잘하건 못하건 상관없어. 난 그냥 같이 뛰고 싶은 거야. 팀은 원래 그런 거잖아."

베가는 브릿마리가 듣기에 교양과는 전혀 거리가 먼 단어들을 내뱉으며 나가버리지만 오마르는 아이의 등을 살짝 떠밀며 이렇게 말한다.

"누나한테서 공을 빼앗으면 끼워줄게. 그럴 만한 용기가 있을지 모르겠지만."

아이는 그 말이 채 끝나기도 전에 주차장으로 달려 나간다. 베가가 팔꿈치로 아이의 얼굴을 찍는다. 아이는 코피를 흘리며 비틀비틀 무릎을 꿇지만 그와 동시에 발을 뻗어서 긴 포물선을 그리며 공을 낚아챈다. 베가는 넘어지면서 온몸이 자갈밭에 쓸리자 어디 한번 붙어보자는 표정을 짓는다. 오마르가 피자 가게 문 앞에 서 있는 브릿마리를 쿡쿡 찌르고 그 애들을 가리키며 흥분한 목소리로 외친다. "잘 보세요. 이제 베가가 아주 심하게 슬라이딩 태클을 걸 테니까!"

"그게 무슨 소리니?" 브릿마리가 묻지만 잠시 후에 베가가 축구장을 돌진하더니 몇 미터 뒤에서 두 다리를 벌리고 공중으로 몸을 날려 자갈밭 위로 슬라이딩을 한 끝에 아이의 발을 잡고 거의 공중제비를 돌게 만들자 무슨 뜻인지 알아차린다.

이로써 브릿마리는 보르그의 아이들이 입는 청바지마다 허

벽지가 너덜너덜한 이유를 깨닫는다. 베가는 일어나서 주인이 라기보다 황제에 어울릴 법한 표정을 지으며 공에 발을 얹는 다. 아이는 과탄산소다가 몹시 필요해 보이는 몸을 털고 얼굴 에 박힌 뾰족한 돌멩이들을 털어낸다. 베가가 브릿마리를 쳐다 보며 어깨를 으쓱하고 콧방귀를 뀐다.

"쟤 괜찮네요."

브릿마리는 핸드백에서 명단을 꺼낸다.

"이름을 물어봐도 될까?" 그녀가 묻는다.

"맥스예요." 아이가 대답한다.

오마르가 아주 심각한 표정으로 베가와 맥스를 차례대로 가 리킨다.

"우리 연습 경기할 때 둘이 한 팀 하면 안 돼!"

아이들은 바보 훈련을 한다. 연습 경기를 한다. 그 아이들은 한 팀이다. 오늘은 새미가 전조등으로 축구장을 밝혀주지 못했 지만 다른 차가 전조등을 켜고 같은 자리에 서 있다. 양옆이 어 찌나 녹슬었는지 트럭이 발명된 지 그렇게 오래됐을까 싶은 인 상을 풍기는 칼의 트럭이다.

22

어떤 여자와 남자를 태운 빨간 차가 주차장 저편에 멈춰 섰을 때 브릿마리도 아이들도 처음엔 아무 반응을 보이지 않는다. 보르그 축구팀 연습 시간에 새로운 선수와 구경꾼들이 등장하는 게 이 세상에서 가장 자연스러운 일이라도 되는 양 익숙해졌기 때문이다. 맥스가 그들을 가리키며 "소도시에서 온 사람들 아니에요? 저 여자는 우리 지역 축구 협회장인데. 우리 아빠도 아는 사람이에요" 하고 난 다음에야 경기를 멈추고, 선수들과 코치 모두 미심쩍어하는 표정을 지으며 낯선 사람들의 출두를 기다린다.

"브릿마리 씨 되시나요?" 여자가 다가오며 묻는다.

옷차림이 단정한데 남자도 마찬가지다. 빨간 차도 엄청나게 깨끗한 걸 보고 브릿마리는 처음엔 예전 습관대로 좋게 생각하지만 보르그에서 깔끔하고 깨끗한 걸 대하면서 쌓인 본능적인 의구심이 이내 고개를 든다. "그런데요." 브릿마리가 대답한다.

"오늘 서류를 하나 갖다드렸는데 읽어보셨나요?" 여자가 피자 가게 쪽을 가리키며 묻는다.

"하. 하. 아뇨, 아뇨, 아직 못 읽었어요. 다른 일들이 많아서."

"1월에 열리는 대회 규칙에 관련된 내용인데요. 이…… 팀이…… 참가하는 대회 말이에요."

그녀는 '팀'을 운운하면서, 브릿마리가 플라스틱 컵을 받고 그걸 가리키며 '잔'이라고 했을 때와 비슷한 말투를 쓴다.

"하." 브릿마리는 이렇게 말하며 무장을 하듯 수첩과 볼펜을 꺼낸다.

"참가 신청서의 코치 칸에 브릿마리 씨의 이름이 적혀 있던데요. 자격증이 있으신가요?"

"뭐라고요?" 브릿마리는 수첩에 '자격증'이라고 적으며 되묻는다.

"자-격-증요." 여자는 똑같은 말을 반복하며 이 사람을 모르느냐는 듯한 태도로 옆에 서 있는 남자를 가리킨다. "우리 지역 축구 협회와 시의회에서는 1월에 열리는 대회에 우리 지역에서 발급한 자격증이 있는 코치를 둔 팀의 참가 신청만 받고 있어요."

브릿마리는 수첩에 '이 지역에서 발급한 자격증'이라 적는다.

"하. 그럼 어떻게 하면 그런 자격증을 받을 수 있는지 가르쳐주시겠어요? 그럼 고용 센터와 맺은 계약서에 반영이 되도록 당장 조치를—"

"맙소사, 그냥 발급받으면 되는 게 아니에요! 교육을 받아야 한다고요!" 여자 옆에 서 있던 남자가 살짝 히스테릭한 말투로 외친다.

그는 화난 사람처럼 주차장을 향해 손을 내두른다. "이건 제대로 된 팀이라고 볼 수가 없어요! 연습할 축구장도 없잖아요!"

이 시점에 이르자 참을성이라고는 약에 쓰려고 해도 없는 게 분명한 베가가 넌더리를 내며 나지막이 쏘아붙인다.

"이보세요, 한심한 늙다리 아저씨. 우리가 지금 여기서 축구를 하고 있어요, 안 하고 있어요?"

"뭐라고?" 늙다리가 되묻는다.

"귀먹었어요? 우리가 지금 여기서 우라질 축구를 하고 있느냐, 안 하고 있느냐고요?"

"글쎄다?" 늙다리는 비웃는 표정으로 팔을 으쓱한다.

"우리가 여기서 축구를 하고 있으면 여기가 우라질 축구장 아닌가요?" 베가가 딱 잘라서 말한다.

늙다리는 충격을 받은 표정으로, 한마디 해야 하는 것 아니냐고 묻듯 브릿마리를 쳐다본다. 브릿마리는 어휘 선택은 그렇다 쳐도 이번만큼은 베가의 말이 맞는다고 생각하기에 그럴 필요성을 못 느낀다. 그래서 아무 말도 하지 않는다. 늙다리 옆에서 여자가 헛기침을 한다.

"소도시에 아주 훌륭한 축구팀이 있는데—"

"여기에도 아주 훌륭한 축구팀이 있어요!" 베가가 말허리를 자른다.

여자는 콧구멍으로 발작적인 호흡을 한다.

"규칙과 규정을 갖추고 1월의 대회를 치러야죠. 안 그러면 아무나 참가하겠다고 할 수 있으니까요. 그러면 얼마나 혼란스럽겠어요. 아쉽지만 인가받은 코치가 없으면 참가를 허락할 수 없어요. 내년에 재신청하면 심사 과정을 거쳐서—"

빨간 차와 칼의 트럭 사이 어두컴컴한 곳에서 누군가가 말을 꺼내는데 술에 취한 목소리이고 반박을 허락하지 않는 말투다.

"나한테 자격증 있어요. 그게 그렇게 우라지게 중요한 거면 신청서에 내 이름을 올려요."

여자가 뱅크를 빤히 쳐다본다. 다른 사람들도 마찬가지다. 모든 편견을 떠나서 뱅크가 어딜 쳐다보는지는 불분명하다. 하지만 적어도 개만큼은 브릿마리를 쳐다보고 있다. 브릿마리는 공범이라도 된 것처럼 찔리는 구석이 있는 눈빛으로 녀석을 빤히 쳐다본다.

"맙소사, 저 여자가 보르그로 돌아온 건가?" 뱅크의 정체를 확인하자마자 늙은 영감태기가 옆에 있는 여자에게 나지막이 쏘아붙인다.

"쉬이잇!" 여자가 입단속을 한다.

뱅크는 어둠 속에서 걸어나와 여자와 늙은 영감태기를 향해 지팡이를 흔들다 실수로 늙은 영감태기의 허벅지를 친다. 두 번 친다.

"이런." 뱅크는 미안하다는 듯이 이렇게 중얼거리고 지팡이로 여자를 가리킨다.

"내 이름을 써요. 내 이름 기억하죠?" 뱅크는 이렇게 말하면서 본의 아니게 늙은 영감태기의 팔을 세 번 아니면 네 번 아주 세게 친다.

"보르그로 돌아온 줄 몰랐는데." 여자가 싸늘한 미소를 지으며 말한다.

"이제 알았잖아요."

"그게…… 그러니까…… 대회 규정상……." 여자가 무슨 말을 하려고 한다.

뱅크는 술에 취한 목소리로 우렁차게 신음 소리를 낸다.

"그 입 좀 다물어줄래요, 아니카? 제발 그 입 좀 다물어줘요. 이 애들은 그냥 축구를 하고 싶을 뿐이에요. 예전에도 우리는 그냥 축구를 하고 싶었을 뿐인데 이런 영감태기들이 훼방을 놓으려고 한 적이 있었죠."

뱅크는 마지막 부분을 이야기하면서 늙다리를 향해 지팡이를 불쑥 내밀지만 이번엔 그가 잽싸게 피한다. 여자는 잠깐 그 자리에 서서 여러 방안을 두고 고민하는 눈치를 보인다. 시간이 지날수록 결정하기가 점점 어려워지는 모양이다. 그녀가 입을 벌렸다가 다시 다문다. 그러더니 결국엔 포기한 듯 뱅크의 이름을 서류에 적는다. 늙다리는 빨간 차에 오르는 동안 계속 침을 튀겨가며 씩씩거리고 그렇게 두 사람은 뱅크를 남겨두고 다시 소도시로 돌아간다.

뱅크는 형식적인 절차에 시간을 낭비하지 않는다. 술에 취하면 참을성이 베가 수준으로 바닥을 치는지 아이들을 향해 위협적으로 지팡이를 휘두르며 중얼거린다.

"너희들이 장님이 아닌 이상 지금쯤은 내가 장님이라는 걸 알아차렸겠지. 하지만 난 너희가 뛰는 걸 보지 않아도 실력이 형편없다는 걸 알 수 있어. 그 바보 같은 대회까지 며칠 안 남았으니까 너희들 실력이 최대한 덜 형편없어지도록 그 시간을 잘 활용해야 할 거다."

그녀는 자기가 한 말에 대해 잠깐 생각해보더니 이렇게 덧붙인다.

"너무 많은 기대는 하지 않는 게 좋겠고."

아이들의 기운을 북돋워주는 훌륭한 연설이라고는 할 수 없다. 전혀 아니다. 브릿마리는 뱅크가 거의 말을 하지 않던 시절이 더 나았던 것 같다는 생각이 든다. 오마르가 제일 먼저 용감하게 쌍지팡이를 짚고 나선 건 모든 팀원의 생각을 대변할 수 있을 만큼 대담하기 때문이기도 하지만 그만큼 눈치가 없기 때문이기도 하다.

"젠장! 앞 못 보는 코치 밑에서 퍽이나 그럴 수 있겠네요!"

브릿마리가 손을 맞잡는다.

"그런 식으로 말하면 쓰니, 오마르. 너무 교양 없는 행동이야."

"앞도 못 보는데 축구에 대해서 뭘 알겠어요?"

"사실 앞이 안 보인다기보다 시력이 아주 나쁜 거야." 브릿마리는 분명하게 짚고 넘어가면서 조금 화가 난 목소리로 덧붙인다. "비만하고는 전혀 상관없고."

오마르는 욕을 한다. 뱅크는 차분하게 고개를 끄덕이고 그만이다. 그녀가 지팡이로 축구공을 정확하게 가리키자 심지어 오마르마저 살짝 당황스러워한다.

"그 공 이리 줘봐라." 그녀는 이렇게 말하면서 동시에 개를 향해 휘파람을 분다. 녀석은 발을 질질 끌며 당장 오마르의 뒤로 가서 선다.

오마르는 자기 뒤에 있는 개와 앞에 있는 뱅크를 불안한 눈빛으로 번갈아 쳐다본다.

"저기…… 잠깐만요…… 그런 뜻으로 한 얘기가 아니라……."

뱅크가 엄청난 속도로 돌진해 공을 차지한다. 바로 그 순간 개가 오마르의 뒤에서 다리를 벌리고 오줌을 누기 시작한다. 자갈밭 위에 깔끔한 원 모양의 웅덩이가 생긴다. 뱅크는 가죽 공을 발로 만지작거리다 느닷없이 오마르의 머리를 향해 세게 날리려는 동작을 취한다. 오마르는 놀라서 고개를 움츠리며 뒷걸음질을 치다 개한테 발이 걸리면서 오줌 웅덩이를 직통으로 밟는다.

뱅크가 공에 발을 얹은 채 갑작스럽게 동작을 멈춘다. 지팡이로 오마르를 겨누며 중얼거린다.

"난 적어도 페인트 모션이 뭔지는 알아. 그리고 내 비록 앞을 거의 못 볼지 몰라도 네가 지금 오줌 웅덩이를 밟고 서 있다는 데 제법 많은 돈을 걸 수 있다. 그러니까 내가 너보단 축구에 대해서 더 많이 안다고 볼 수 있겠지?"

베가는 넋을 잃은 표정으로 오줌 웅덩이 가장자리에 서 있다.

"개한테 무슨 수로 그걸 가르쳤어요?"

뱅크가 개를 향해 휘파람을 분다. 코를 긁는다. 재킷 주머니를 벌려서 안에 든 걸 개에게 준다.

"이 개는 재주가 아주 많아. 눈이 멀기 전에 가르친 거지. 내가 제대로 가르치는 법을 알거든."

브릿마리는 과탄산소다를 가져오려고 레크리에이션 센터로 이미 출발한 참이다.

주차장으로 다시 돌아가보니 아이들이 소리가 들리는 축구를 하고 있다. 소리가 안 들리는 축구와 들리는 축구의 차이점은 직접 경험한 사람만 알 수 있다. 브릿마리는 어둠 속에 서서 귀를 기울인다. 한 아이가 공을 잡으면 다른 팀원들이 고함을 지른다. "이쪽이야! 나 여기 있어!"

"소리가 들리면 존재하는 거라고 볼 수 있죠." 술에 취한 뱅크가 관자놀이를 문지르며 중얼거린다.

아이들이 축구를 한다. 서로 외친다. 자기들이 어디 있는지 설명한다. 브릿마리는 움푹 들어갈 정도로 세게 과탄산소다 용기를 누른다.

"나 여기 있어요." 그녀는 속삭이며 스벤이 곁에 있어서 그녀의 속삭임을 들어주었으면 좋겠다는 생각을 한다.

경이로운 축구팀이다. 경이로운 경기다.

연습이 끝나자 그들은 뿔뿔이 흩어진다. 토드는 아빠와 함께 트럭에 오르고 새미가 베가, 오마르, 다이노를 태우고 간다. 맥스는 대로를 따라서 혼자 집으로 걸어간다. 벤은 어머니가 데리러 왔다. 그녀가 손을 흔들자 브릿마리도 손을 흔들어준다. 뱅크는 집으로 가는 내내 한마디도 하지 않고, 브릿마리는 운명에 대항하는 건 부적절한 처사라고 믿는다. 특히 오늘 저녁에 진흙 구덩이와 최소한 한 명이 넘는 사람의 입속을 드나들었던 지팡이에 대항하는 건 적절한 처사라고 볼 수 없다. 따라서 그녀도 침묵으로 일관한다.

집에 도착하자 뱅크는 셀로판 포장지를 벗겨서 맥주를 병째 마신다. 브릿마리가 유리잔과 받침 접시를 들고 온다.

"더 이상은 못 봐주겠네요." 그녀가 뱅크에게 딱 잘라서 말한다.

"아주머니는 지긋지긋한 잔소리꾼이에요. 지금까지 아무한테도 그런 소리 못 들었어요?"

"숱하게 들었죠." 브릿마리는 이렇게 대답하는데, 보기에 따라서는 그녀가 오늘 밤에 진정한 친구를 두 명째 사귀었다고 말할 수도 있겠다.

그녀는 계단을 올라가다 말고 생각이 바뀌자 고개를 돌리고 묻는다.

"당신 아버지는 토트넘 팬이라고 했죠? 괜찮으면 그게 무슨 뜻인지 설명해줄래요?"

뱅크는 유리잔에 따른 맥주를 마신다. 의자에 털썩 주저앉는다. 개가 뱅크의 무릎에 고개를 묻는다.

"토트넘 팬이면 받는 사랑보다 주는 사랑이 더 많게 되어 있어요." 뱅크가 말한다.

브릿마리는 멀쩡한 쪽 손으로 붕대를 감은 쪽 손을 감싼다.

축구 사랑엔 불필요하게 얽혀 있는 사항들이 어마어마하게

277

많아 보인다.

"그럼 그 팀은 나쁜 팀이라는 뜻이네요."

뱅크의 입꼬리가 올라간다.

"토트넘은 나쁜 팀 중에서도 제일 나쁜 팀이에요. 왜냐하면 거의 잘하는 팀에 가깝거든요. 토트넘은 늘 환상적인 경기를 보여주겠다고 약속해요. 그런 식으로 희망을 심어줘요. 그래서 계속 사랑할 수밖에 없는데, 점점 더 기발한 방법으로 팬들을 실망시키죠."

브릿마리는 말이 된다는 듯이 고개를 끄덕인다. 뱅크는 일어나서 얘기한다.

"그런 의미에서 그의 딸은 그가 좋아했던 팀과 늘 똑같았죠."

뱅크는 빈 병을 싱크대에 올려놓더니 지팡이를 짚지 않고 브릿마리를 지나서 거실로 나간다.

"맥주 잘 마셨어요. 고마워요."

그날 저녁 브릿마리는 침대에 몇 시간 동안 걸터앉아 있는다. 발코니에 서서 경찰차를 기다린다. 그러다 다시 침대로 돌아온다. 그녀는 울지 않고 낙담하지 않는다. 사실 정반대에 가깝다. 열의가 넘친다고 볼 수 있다. 뭘 어쩌면 좋을지 모를 따름이다. 안절부절못한다고나 할까. 창문도 다 닦았고 바닥도 청소했고 발코니 가구도 걸레질을 했다. 화분과 매트리스에 과탄산소다도 뿌렸다. 그녀는 다치지 않은 쪽 손으로 결혼반지가 남긴 하얀 자국을 덮은 붕대를 쓰다듬는다. 어떻게 보면 그녀가 생각한 대로 되지 않았을 뿐, 태닝숍을 찾은 소기의 목적은 달성한 셈이다. 보르그로 이사 온 이래 그녀의 생각대로 된 건 하나도 없었다.

그녀는 여기 도착한 이래 처음으로 그게 전적으로 나쁜 일은 아닐지 모른다고 인정한다.

현관문을 두드리는 소리가 들리자 그녀는 하도 오랫동안 바랐던 순간이라 상상의 잔상인 게 분명하다고 생각한다. 그런데 문을 두드리는 소리가 다시 한 번 들리자 그녀는 침대에서 벌떡 일어나 미친 사람처럼 계단을 비틀비틀 내려간다. 모든 면에서 전혀 점잖지 못한, 그녀답지 않은 행동이다. 10대 이후로 이렇게 발보다 심장이 먼저 계단을 달려 내려간 적은 없었다. 그녀는 잠깐 걸음을 멈추고 남은 이성을 모두 동원해 머리를 매만지고 보이지 않는 치마 주름을 편다.

"스벤! 내가……." 그녀는 문손잡이를 붙잡고 말문을 연다.

그러다 그 자리에 그냥 서 버린다. 숨을 쉬려고 하지만 쉬어지지가 않는다. 다리에서 힘이 풀리는 게 느껴진다.

"안녕, 여보." 켄트가 인사를 건넨다.

23

"바람둥이들은 예쁜 여자한테 키스하면 안 돼." 브릿마리의 어머니는 가끔 이렇게 말했다. 하지만 사실 어머니가 하고 싶었던 말은 바람둥이를 만나면 그럴듯한 결과를 장담할 수 없으니 예쁜 여자는 바람둥이에게 키스하면 안 된다는 것이었다.

"우리는 브릿마리가 자기를 먹여 살려줄 남자를 만나길 기도해야 해. 안 그러면 쟤는 아무짝에도 쓸모가 없어서 길바닥에서 살아야 할 거거든." 브릿마리의 어머니는 전화기에 대고 이렇게 얘기하곤 했다. "내가 죄가 많아서 그런 애를 낳았지." 어머니는 술에 취하면 전화기에 대고, 셰리주를 진탕 마시면 브릿마리에게 대놓고 말했다.

어느 모로 보나 자기보다 나았던 언니를 앞세운 부모를 만족시키기란 불가능한 일이다. 그래도 브릿마리는 노력했다. 하지만 점점 더 퇴근을 늦게 하다 결국엔 아예 집에 들어오지 않는 아버지 밑에서는 선택의 여지가 많지 않았다. 브릿마리는 어떤 기대도 하지 않는 법, 자신의 앞날을 회의적으로 바라보는 어머니의 시선을 참고 견디는 법을 터득했다.

알프와 켄트는 그녀와 같은 층에 살았고 형제답게 늘 툭탁거렸다. 그리고 얼마 안 있어 한 여자에게 욕심을 내게 되었다. 그들이 정말로 브릿마리에게 욕심을 냈는지 아니면 형제끼리는 늘 남의 떡이 커 보여서 그랬던 건지는 알 수 없다. 만약 잉그리드가 살아 있었다면 그들은 그녀의 환심을 사려고 했을 것이다. 브릿마리는 그 점에 관한 한 환상이 전혀 없었다. 다른 사람의 그늘 속에서 사는 데 이골이 난 사람이라면 그럴 수밖에 없다. 하지만 두 남자는 서로 다른 방식으로 끈질기게 그녀의 관심을 얻으려고 경쟁했다.

그녀가 보기에 형제 중에서 자기가 얼마나 돈을 많이 버는지 쉴 새 없이 떠벌리는 쪽은 너무 둔감했고 나머지 한쪽은 너무 다정했다. 브릿마리는 어머니를 실망시키고 싶지 않았기에 알프를 선택하고 켄트를 버렸다.

켄트는 꽃다발을 들고 층계참에 서 있다가 그녀가 자기 형과 사라지자 눈을 감았다. 그녀가 다시 돌아왔을 무렵 그는 떠나고 없었다.

그녀와 알프가 만난 기간은 짧았다. 그녀가 기억하기로 그는 피곤해했다. 진작부터 따분해했다. 아드레날린이 식은 승자 같았다. 그러더니 어느 날 아침에 그녀를 두고 몇 개월 동안 군복무를 하러 떠났다.

그가 돌아오기로 한 날 아침에 브릿마리는 난생처음 거울 앞에서 몇 시간 동안 단장을 하고 새 원피스를 입었다. 어머니는 그녀를 쳐다보며 이렇게 말했다.

"이제 보니 싸구려 같아 보이기로 작정한 모양이로구나? 뭐, 목적 달성이네." 브릿마리는 그게 신식 스타일이라고 설명하려고 했다. 어머니는 그녀에게 언성을 높이지 말라고, 그러면 목소리가 아주 평범하게 들린다고 했다. 브릿마리가 기차역에서 알프를 놀라게 해주고 싶다고 목소리를 낮춰 설명하자 어머니는 코웃음을 쳤다. "그래, 깜짝 놀라겠다." 어머니의 짐작은 맞았다.

브릿마리는 원래 입던 원피스로 갈아입고 땀에 젖은 손과 자갈길에 부딪치는 말발굽처럼 요란하게 쿵쾅거리는 심장을 달래며 마중을 나갔다. 그녀는 군인들이 마을마다 여자를 심어놓는다는 이야기를 들었지만 알프도 그럴 줄은 몰랐다. 적어도 한 마을에 두 여자를 심어놓을 줄은 꿈에도 몰랐다.

그녀가 밤새도록 주방에 앉아서 수건에 대고 울자 급기야 자고 있던 어머니가 일어나 너무 시끄럽다고 야단을 쳤다. 브릿마리는 알프가 다른 여자와 같이 있더라고 털어놓았다. "하, 그런 남자를 골라놓고 뭘 바랐니?" 어머니는 나지막이 쏘아붙이고 다시 방으로 들어갔다. 그녀는 다음 날 평소보다 늦게 일어났다. 그러다 결국엔 아예 일어나지 않았다. 브릿마리는 공부를 중단하고 웨이트리스로 취직해 집안을 건사했다. 저녁을 방으로 들고 들어가면 입을 닫아버린 어머니가 가끔 일어나 앉아서 이렇게 말했다. "하, 웨이트리스로 일한다? 우리가 너한테 해준 게 그렇게 많은데 이제는 부모한테 진 빚이 얼마 남지 않은 것 같아서 좋겠네. 너는 공부시켜봐야 소용없을 줄 알았지. 집에 들어앉아서 내가 모아놓은 돈이나 까먹을 생각인가 보구나?"

그들의 아파트는 점점 고요해졌다. 그러다 결국엔 완벽한 정적에 휩싸였다. 브릿마리는 유리창을 닦으며 뭔가 새로운 일이 벌어지길 기다렸다.

어느 날 켄트가 층계참에 서 있었다. 어머니의 장례를 치른 다음 날이었다. 그는 이혼과 아이들을 운운했다.

브릿마리는 하도 오랫동안 바랐던 순간이라 상상의 잔상인 게 분명하다고 생각했지만 그가 미소를 짓자 햇살이 그녀의 살갗에 내리쬐는 듯한 기분이 느껴졌다. 그녀는 그의 꿈을 자신의 꿈으로 여겼다. 그의 인생이 그녀의 인생이 되었다. 그녀는 그런 데 재주가 있었고 사람들은 자기가 잘하는 일을 하고 싶어

하는 법이다. 누구라도 자기 존재를 알아주길 바라는 법이다.

이제 켄트가 꽃다발을 들고 보르그에 있는 그녀의 집 문 앞에 서 있다. 미소를 짓고 있다. 그녀의 살갗에 햇살이 내리쬔다. 다시 시작하는 게 얼마나 어려운지 깨닫고 나면 평범한 일상으로 돌아가고 싶은 마음이 생기지 않을 수가 없다.

"다른 사람 기다리고 있었어?" 켄트가 불안해하는 목소리로 묻자 층계참에 서 있던 그 시절의 그 모습으로 되돌아간다.

브릿마리는 충격에 고개를 젓는다. 그는 미소를 짓는다.

"엽서 받았어. 그리고…… 저기…… 회계사가 당신이 어디서 현금을 인출했는지 알아냈고." 그는 어색한 표정을 지으며 소도시로 가는 길을 가리킨다.

브릿마리가 할 말을 잃고 어쩔 줄 몰라 하자 켄트가 말을 잇는다.

"피자 가게에 가서 당신에 대해 물었지. 휠체어에 앉은 여자는 당신이 어디 사는지 안 가르쳐주려고 했지만 커피를 마시던 노인네들은 아주 열심히 알려주던데. 당신 아는 사람들이야?"

"아니." 브릿마리는 그가 지어낸 말인지 아닌지 알 수가 없어서 나지막이 속삭인다.

켄트가 꽃다발을 내민다.

"여보…… 내가…… 젠장, 미안해! 그 여자하고는 절대 심각한 사이 아니었어. 끝났어. 내가 사랑하는 사람은 당신이야. 젠장. 여보!"

브릿마리는 그가 짚고 있는 지팡이를 걱정스러운 눈빛으로 쳐다본다.

"도대체 어떻게 된 거야?"

그는 별일 아니라는 듯이 손사래를 친다.

"아, 호들갑 떨 것 없어. 병원에서 심장마비 이후에 당분간 짚고 다니라고 해서. 겨울이 절반이나 지나도록 차고에 넣어뒀더니 차체에 살짝 녹이 슬었어!" 그는 씩 웃으며 자기 다리를 턱으로 가리킨다.

그녀는 그의 손을 잡고 싶어진다.

그를 집 안으로 들이자니 어색했다. 그들은 10대 시절에도 그랬다. 어머니와 함께 살았을 땐 방으로 남자를 데리고 들어갈 수 없었기에 브릿마리가 맨 처음 방에 들인 남자가 켄트였다. 그것도 어머니가 돌아가신 뒤였다. 그 남자가 거기 눌러앉았다. 그녀의 집을 자기 집으로 만들고 자신의 인생을 그녀의 인생으로 만들었다. 그래서 지금은 그의 BMW를 타고 보르그 주변을 드라이브하는 게 가장 자연스러운 선택인 것처럼 느껴진다. 그들은 차를 타고 있었을 때, 그는 운전석에, 그녀는 조수석에 앉아 있었을 때 여러모로 가장 분위기가 화기애애했다. 이제는 그냥 지나가는 척 보르그를 떠날 수 있다. 엽서를 보내는 곳에서는 원래 그런 식으로 떠나는 거다.

그들은 차를 타고 소도시를 왕복한다. 켄트가 기어에 계속 손을 올려놓고 있어서 브릿마리는 다치지 않은 쪽 손을 조심스럽게 뻗어서 손끝을 그의 손등에 얹을 수 있다. 둘이 같은 방향으로 가고 있는 기분을 느낄 수 있다. 그의 셔츠는 쭈글쭈글하고 배에 커피 얼룩이 남아 있다. 브릿마리는 숲속에서 사는 것처럼 보이는 아이들이 있다고 한 새미의 말을 떠올린다. 켄트는 나무에서 자다가 온 나뭇가지에 부딪쳐가며 바닥으로 떨어진 사람 같다. 그는 미안하다는 듯이 미소를 짓는다.

"그 빌어먹을 다리미를 찾을 수가 있어야 말이지. 당신이 없으니까 집이 온통 엉망진창이야. 당신도 알겠지만."

브릿마리는 아무 대꾸도 하지 않는다. 사람들이 뭐라고 생각할지 걱정스럽다. 그가 지팡이를 짚고 다니는데 아내가 그런 남편을 두고 떠났다고 할까? 넷째 손가락이 서늘하게 느껴지고, 붕대로 감아서 켄트가 그 손가락을 볼 수 없다는 사실이 무한정 고맙게 느껴진다. 그가 그녀를 저버렸다는 걸 알지만 그녀도 그를 저버린 듯한 기분을 지울 수가 없다. 상대가 날 가장 필요로 할 때 떠나버리면 사랑이 다 무슨 소용일까?

도로가 뻥 뚫려 있는데도 켄트는 기침을 하며 액셀러레이터에서 발을 뗀다.

브릿마리는 그가 아무 이유 없이 속도를 늦추는 걸 지금까지 본 적이 없다.

"병원에서 그러는데 내가 몸이 별로 안 좋았대. 한참 동안. 내가 내가 아니었던 거야. 항우울제라나 뭐라나 그런 빌어먹을 약을 처방받았어."

그는 기정사실인 양 자기가 세운 계획을 이야기할 때와 똑같은 말투로 그런 말을 꺼낸다.

밤늦게 피자 냄새를 풍기며 집으로 왔던 게 쉽게 고칠 수 있는 생산과정의 오류에 불과했다는 식이다. 이제는 모든 게 아무 문제 없다는 식이다.

그녀는 휴대전화를 갖고 있는데 왜 한 번도 전화를 걸지 않았느냐고 묻고 싶어진다. 그러다 그는 그녀가 전원도 켤 줄 모른다고 생각할 거라는 사실을 깨닫는다. 그래서 그녀는 묻지 않는다. 그는 보르그로 다시 돌아가는 길에 창밖을 빤히 쳐다본다.

"당신의 종착역으로 삼기엔 엄청 이상한 곳인데? 당신 어머니가 이런 시골을 뭐라고 불렀더라? '순수하게 평범한 곳'이라고 했던가? 당신 어머니 엄청 재밌었는데. 당신의 종착역이 이런 시골이라니 좀 아이러니한 것 같지 않아? 당신으로 말할 것 같으면 40년 동안 우리 아파트 밖으로 거의 나가본 적이 없는 사람이잖아!"

그가 농담처럼 얘기한다. 그녀는 맞장구칠 기분이 아니다.

하지만 뱅크의 집 앞에서 차를 세웠을 때 그가 어찌나 숨을 가쁘게 몰아쉬는지, 고생의 강도를 소리로 느낄 수 있을 정도다. 그녀는 그의 눈에 맺힌 눈물을 처음으로 본다. 심지어 자기 어머니를 묻었을 때도 브릿마리의 손을 잡고 눈물을 참았던 사람인데.

"끝났어. 그녀하고는. 그 여자하고는. 절대 심각한 사이 아니었어. 당신하고는 달랐어, 브릿마리."

그는 그녀의 멀쩡한 쪽 손가락을 잡고 부드럽게 쓰다듬으며 나지막이 얘기한다.

"당신이 집에 있어줘야 해. 당신이 거기 있어줘야 해. 내가 바보 같은 실수 한 번 저질렀다고 우리 둘이 함께 살아온 세월을 통째로 내팽개치지는 말아줘!"

브릿마리는 치맛자락에 묻은 보이지 않는 부스러기들을 털어낸다. 그녀의 품에 안겨 있는 꽃다발의 향기를 들이마신다.

"내 방에 남자를 들일 수는 없어. 예전에도 그랬고 지금도 마찬가지야." 그녀는 나지막이 속삭인다.

그는 껄껄대고 웃는다. 그녀는 얼굴이 화끈거린다.

"내일 어때?" 그가 차에서 내리는 그녀의 뒤통수에 대고 묻는다.

그녀는 고개를 끄덕인다.

인생은 자기가 신고 있는 신발, 그 이상이다. 나라는 인간,

그 이상이다. 그 모든 것의 총합이다. 다른 무언가에 깃든 나의 조각들이다. 추억과 벽과 찬장과, 커트러리 통이 들어 있어서 뭐가 어디에 있는지 전부 알 수 있는 서랍이다.

두 인격체에 기반을 둔 유선형 존재라는 완벽한 구조를 향한 적응의 시간이다. 평범한 모든 걸 공유한 시간이다. 시멘트와 돌, 리모컨과 십자말 퀴즈, 셔츠와 과탄산소다, 욕실 수납장과 세 번째 서랍에 든 전기면도기. 그 모든 것 때문에 그에게는 그녀가 필요하다. 그녀가 없으면 모든 게 어긋난다.

그녀는 자기 방으로 올라간다. 서랍을 연다. 수건을 갠다.

휴대전화가 울리고 화면에 고용 센터 아가씨의 번호가 뜨지만 브릿마리는 수신을 거부한다. 밤새도록 발코니에 혼자 앉아 있는다. 싸놓은 짐을 옆에 두고서.

24

"평가하는 듯한 눈빛으로 나를 보고 있네? 분명하게 밝히지만 나는 그런 눈빛이 전혀 달갑지 않아." 브릿마리는 딱 잘라서 말한다. 상대가 아무 대꾸도 하지 않자 이번엔 좀 더 살갑게 말을 잇는다.

"평가하는 듯한 눈빛으로 나를 쳐다볼 생각은 아니겠지만 그렇게 느껴진다고."

그래도 상대가 아무 대꾸도 하지 않자 그녀는 의자에 앉아서 맞잡은 손을 무릎 위에 올려놓고 이렇게 지적한다.

"한 가지 짚고 넘어가자면 발 닦으라고 수건을 거기에 둔 거야. 장식으로 둔 게 아니라."

쥐는 스니커즈를 조금 먹는다. 아무 말도 하지 않는다. 하지만 브릿마리는 평가받는 듯한 기분이 든다. 그녀는 방어적으로 코웃음을 친다.

"모든 인간에게 사랑이 불꽃놀이고 교향악단일 필요는 없어. 그런 식으로 생각할 수도 있겠지만, 어떤 사람한테는 사랑이 다른 것일 수도 있어. 합리적인 게 될 수도 있다고!"

쥐는 스니커즈를 먹는다. 수건으로 와락 달려든다. 다시 스니커즈로 돌아간다.

"켄트는 내 남편이야. 나는 그이의 아내고. 나는 여기 앉아서 쥐한테 설교를 들을 생각은 없어." 브릿마리는 분명히 한다. 그러곤 생각을 좀 정리한 다음 손의 위아래를 바꾸고 덧붙인다.

"물론 그게 뭐가 잘못됐다는 건 아니야. 쥐로 사는 거 말이야. 그것도 분명 상당히 훌륭하지."

쥐는 쥐가 아닌 다른 것으로 살려는 일말의 시도조차 하지 않는다. 브릿마리는 긴 숨을 토하며 다음 말을 잇는다.

"너도 이해해줬으면 좋겠는데 내가 한참 동안 멜랑콜리하게 지내서 이래."

쥐는 스니커즈를 먹는다. 아이들은 레크리에이션 센터 앞 주차장에서 축구를 한다. 켄트의 BMW가 문 밖으로 보인다. 그는 아이들과 함께 축구를 하고 있다. 아이들은 그를 좋아한다. 누구든 처음 만났을 땐 켄트를 좋아한다. 몇 년이 지나야 그의 단점을 알아차린다. 브릿마리의 경우엔 반대다.

사실 그녀는 '멜랑콜리하다'는 게 맞는 단어인지도 알 수 없어진다. 그녀는 십자말 퀴즈를 풀 때처럼 더 괜찮은 표현이 없는지 생각해본다. 세로: '실의에 빠진 사람', '행복하지 않은 사람이 느끼는 기분'. 또는 '속 쓰림과 함께 분비되는 검은 쓸개즙을 뜻하는 그리스어'.

"어쩌면 '마음이 무겁다'는 게 더 알맞은 표현일지 모르겠다." 그녀는 쥐에게 털어놓는다.

그녀는 오래전부터 마음이 무거웠다.

"어처구니없게 들릴지 몰라도 보르그에 있으니까 집에 있었을 때보다 마음이 무거워질 만한 시간이 없더라. 누가 나더러 그렇게 살라고 강요한 건 아니야. 나도 달라질 수 있었어. 취직할 수 있었어." 브릿마리는 자기가 한 이야기를 되짚어보고 사실상 자기 자신보다 켄트를 변호하고 있다는 사실을 깨닫는다.

하지만 어떻게 보면 맞는 말이기도 하다. 그녀는 일자리를 찾을 수 있었다. 켄트가 그녀에게 1, 2년 정도만 좀 기다려달라고 했을 뿐이다. 그녀가 없으면 누가 집안의 모든 일을 건사하겠느냐는 거였는데 말투를 들어보니 자기는 집안일을 나서서 챙길 뜻이 없는 게 분명했다.

그래서 브릿마리는 그녀의 어머니와 함께 지내며 몇 년 동안 기다리고 나서 다음엔 켄트의 아이들과 함께 지내며 몇 년 동안 기다렸고, 그러다 켄트의 어머니가 병에 걸리자 그녀와 함께 지내며 몇 년 더 기다렸다. 켄트는 그가 세운 계획이 모두 자리를 잡을 때까지 당분간은 그게 최선이라고 믿었고, 두말하면 잔소리였지만 독일인들이 같이 저녁 식사를 하고 싶어 할 경우에 대비해 브릿마리가 오후엔 집을 지키는 편이 온 가족을 위해 최선이기도 했다. 그가 말하는 '온 가족'은 브릿마리를 제외한 모든 가족을 뜻했다. "접대비는 세금 공제가 되거든." 켄트는 늘 이렇게 설명했지만 그게 누구한테 좋은 건지는 한 번도 설명한 적이 없었다.

1년이 몇 년이 되고 몇 년이 평생이 되었다. 어느 날 아침에 눈을 떠보니 남은 세월보다 지난 세월이 더 많은데 어쩌다 이렇게 됐는지는 알 수가 없었다.

"나는 취직할 수도 있었어. 내가 집에 있겠다고 선택한 거야. 나는 희생양이 아니야." 브릿마리는 짚고 넘어갔다.

취업의 문턱에 얼마나 가까웠었는지는 얘기하지 않았다. 그녀는 면접을 봤다. 몇 군데나 봤다. 켄트에게 얘기하면 월급이 얼마냐고 묻고, 얼마라고 얘기하면 웃으며 "내가 그만큼 줄 테니까 그냥 집에 있는 게 낫지 않겠어?"라고 할 게 뻔했으니 그에게는 비밀로 했다. 그는 농담 삼아 한 말이겠지만 그녀는 농담으로 받아들일 수가 없어서 절대 아무 말도 하지 않았다. 그녀가 항상 늦지 않게 면접 시간에 맞춰 가면 대기실에서는 항상 누가 기다리고 있었다. 거의 대부분 젊은 여자였다. 한번은 브릿마리처럼 나이가 많은 사람이 같은 입사 지원자라는 사실이 믿기지 않았는지, 한 여자가 그녀에게 말을 건 적이 있었다. 그 여자는 아이가 셋이고 남편에게 버림을 받았다고 했다. 세 아이 중 한 명은 병이 있었다. 그 여자가 면접을 보러 들어갔을 때 브릿마리는 자리에서 일어나 집으로 돌아갔다. 브릿마리에 대해서 이러니저러니 할 수 있을지 몰라도 그녀는 자기보다 더 절박한 사람의 일자리를 빼앗는 그런 사람은 아니었다.

물론 그녀는 자신을 무슨 순교자처럼 포장하고 싶은 생각이 없기에 이 이야기를 쥐에겐 하지 않는다. 게다가 쥐도 지금까지 어떤 일들을 겪었는지 아무도 모를 일이다.

예컨대 테러리스트에게 습격을 당해서 온 가족을 잃었을 수도 있다. 신문에 보면 그런 기사들이 실리지 않는가.

"너도 이해해줬으면 좋겠는데 켄트는 스트레스가 많거든."
그녀가 설명한다.

사실 그렇다. 온 가족을 먹여 살리는 건 시간이 많이 들고 존경받아 마땅한 일이다.

"어떤 사람에 대해서 파악하려면 오랜 시간을 들여야 해."
브릿마리는 쥐에게 이렇게 얘기하는데 끝으로 갈수록 목소리가 점점 더 작아진다.

켄트는 발뒤꿈치로 걷는다. 이런 걸 모두가 알아차리는 건 아니지만 아무튼 그렇다. 그는 그녀가 아무리 담요를 여러 장 조심스럽게 덮어줘도 추운 사람처럼 웅크리고 잔다. 높은 곳을 무서워한다.

"그리고 특히 세계 지리에 대해서라면 상식이 어마어마해!" 그녀는 짚고 넘어간다.

세계 지리는 한 소파에 나란히 앉아서 십자말 퀴즈를 풀 때 아주 유용한 기술이다. 쉽게 습득할 수 있는 것도 아니다. 모든 인간에게 사랑이 불꽃놀이일 필요는 없다. 다섯 글자짜리 수도를 찾는 문제거나 구두 굽을 갈아야 할 때가 언제인지를 정확하게 아는 것일 수도 있다.

"그이도 달라질 수 있을 거야." 브릿마리는 또렷한 목소리로 크게 외치고 싶지만 속삭임이 된다.

하지만 그는 분명 달라질 수 있을지 모른다. 전혀 다른 사람이 될 필요도 없이 바람을 피우기 전으로 돌아가기만 해도 충분하다.

어쨌거나 약을 먹고 있다 하고 요즘은 약이 엄청난 효과를 발휘하기도 하니까.

"상상도 못 했는데 몇 년 전에는 양을 복제했잖아!" 브릿마리는 쥐에게 얘기한다.

그 시점에서 쥐가 이제 그만 사라지기로 마음을 먹는다.

그녀는 접시를 치운다. 설거지를 한다. 청소를 한다. 창을 닦고 오마르, 다이노와 함께 축구를 하는 켄트를 내다본다. 그녀도 달라질 수 있다. 그것만큼은 장담할 수 있다. 꼭 이렇게 지루한 인물로 살아야 하는 건 아니다. 켄트와 함께 집으로 돌아가면 인생이 극적으로 달라지진 않을지 몰라도 적어도 평범한 일상으로 돌아갈 순 있다.

"난 특이하게 살 마음의 준비가 되지 않았어." 브릿마리는 쥐에게 얘기하다 쥐가 가버렸다는 사실을 떠올린다.

어떤 사람에 대해서 파악하려면 오랜 시간을 들여야 한다. 그녀는 새로운 사람에 대해 알아나갈 마음의 준비가 되지 않았다. 브릿마리는 자신의 본모습 그대로 살아가는 법을 터득하기로 마음을 먹었다.

그녀는 문 앞에 서서 켄트가 골을 넣는 걸 구경한다. 그는 지팡이를 짚고 허공으로 솟구쳐 피루엣(발레에서 한쪽 발끝으로 서서 빠르게 도는 것—옮긴이)을 춘다. 심장마비 환자에게 의사들이 추천할 만한 동작은 아니겠지만 워낙 즐거워 보이기에 브릿마리는 그를 나무라지 않기로 한다. 심장마비를 일으킨 이후에 즐겁게 지내면 건강 면에서도 좋을 것이다.

오마르는 "완전 짱일 것 같다"는 논리를 펼치며 BMW에 태워달라고 계속 조르는데 브릿마리는 이것도 좋은 일일 거라는 생각에 나무라지 않기로 한다. 켄트가 아이들에게 그 차가 얼마짜리인지 밝히자 다들 엄청 놀라워한다. 세 바퀴째에 오마르에게 운전대를 맡기자 아이는 용을 타도 좋다는 허락을 받은 것 같은 표정을 짓는다.

스벤이 피자 가게에서 나오는데 사복을 입고 있어서 브릿마리는 몇 미터로 거리가 좁혀진 다음에서야 그를 알아본다. 그는 BMW를 쳐다보고 그녀를 쳐다보더니 헛기침을 한다.

"안녕하세요, 브릿마리." 그가 말한다.

"안녕하세요." 그녀는 놀란 목소리로 대답한다.

그녀는 핸드백을 으스러져라 잡는다. 그는 10대처럼 주머니 깊숙이 손을 찔러 넣는다. 셔츠를 입었고 머리는 물을 발라서 빗었는데, 그녀에게 잘 보이려고 그런 거라고 하지는 않는다. 엉뚱한 소리를 할 겨를도 없이 그녀의 이성에 발동이 걸리면서 불쑥 이런 말이 튀어나온다.

"저이가 제 남편이에요!"

그녀는 BMW를 가리킨다. 스벤은 재킷 주머니에 더 깊숙이 손을 찔러 넣는다.

켄트는 그들이 보이자 차를 세우고 한 손으로 자신만만하게 지팡이를 돌리며 내린다. 그가 스벤에게 손을 내미는데 악수가 필요 이상으로 길고 세다.

"켄트라고 합니다!" 켄트가 박력 있게 외친다.

"스벤이라고 합니다." 스벤이 중얼거린다.

"제 남편이에요." 브릿마리가 그에게 일깨운다.

스벤은 다시 재킷 주머니에 손을 찔러 넣는다. 옷이 불편하게 서로 쏠리는 것처럼 보인다.

브릿마리는 손가락과 어쩌면 몸의 다른 부분들까지 아플 정도로 핸드백을 점점 더 세게 쥔다. 켄트는 의기양양하게 씩 웃는다.

"아이들이 착하네! 저기 저 곱슬머리는 사업가가 되고 싶대. 당신한테 그런 얘기 했어?"

그는 오마르 쪽을 보며 웃는다. 브릿마리는 땅바닥을 내려다본다. 스벤이 정색을 하고 켄트를 쳐다본다.

"저기에 주차하면 안 되는데요." 그는 주머니에 손을 넣은 채 팔꿈치로 BMW를 가리킨다.

"아, 그렇군요." 켄트는 피곤하다는 듯이 스벤 쪽으로 손을 흔들며 무시하는 투로 말한다.

"저기에 주차하면 안 되고, 우리 동네에서는 아이들에게 운전대를 맡기지 않아요. 무책임한 행동이니까요!" 스벤은 순순히 물러나지 않는다. 그에게 이렇게 사나운 면모가 있었는지 브릿마리는 처음 알았다.

"진정하세요, 네?" 켄트는 잘난 척 씩 웃는다.

스벤이 온몸을 부들부들 떤다. 그는 재킷 안감에 가려진 양쪽 집게손가락으로 가리킨다.

"저기에 주차하면 안 되고, 미성년자에게 운전대를 맡기는 건 불법이에요. 그건 지켜야죠, 어디에서 왔는진 몰라도……."

맨 마지막 말은 훨씬 작은 목소리로 얘기한다. 꺼내는 순간 이미 후회하기 시작했다는 투다. 켄트는 지팡이에 몸을 기댄 채 살짝 당황하며 헛기침을 한다.

그는 브릿마리를 쳐다보지만 그녀가 시선을 피하자 대신 스벤을 빤히 들여다본다.

"왜 그러세요? 뭐예요, 경찰이에요?"

"그렇습니다!" 스벤이 말한다.

"이런, 망했네." 켄트는 웃음을 터뜨렸다가 당장 정색하며 허리를 펴고 냉소적으로 거수경례를 한다.

스벤은 얼굴을 붉히며 재킷 지퍼에 시선을 고정한다. 브릿마리는 점점 빨라지는 호흡을 달래며 둘 사이를 몸으로 막을 것처럼 앞으로 발을 내디딘다. 하지만 결국엔 자갈밭 위로 발을 세게 구르며 이렇게 얘기하고 만다.

"왜 그래, 여보. 차 다른 데로 옮겨. 사실 거기는 축구장 한복판이란 말이야."

켄트는 한숨을 쉬고 장난스럽게 그녀를 향해 고개를 끄덕이더니 누군가에게 협박이라도 당하는 것처럼 두 손을 든다.

"그럼, 그럼, 그럼, 보안관님께서 그러라고 하시는데. 당연하지. 쏘지만 말아주세요!"

그는 보란 듯이 몇 걸음 앞으로 다가와 브릿마리 쪽으로 허리를 숙인다. 그가 그녀의 뺨에 마지막으로 입을 맞춘 게 언제였는지 그녀는 기억조차 나지 않는다.

"소도시에 있는 호텔에 체크인했어. 쥐구멍 같긴 해, 당신도 이런 데 호텔이 어떤지 알잖아. 그래도 맞은편에 레스토랑이 하나 있더라. 주변 환경을 감안했을 때 괜찮아 보였어." 스벤더러 들으라고 하는 말이다. 그는 "주변 환경"을 운운하며 잘난 척 피자 가게와 레크리에이션 센터와 도로를 가리킨다. 차를 옮기면서 필요 이상으로 속도를 높인다. 차를 옮긴 뒤에는 오마르에게 명함을 준다. 사람들에게 자기 소지품이 얼마인지 얘기하는 것 못지않게 명함 나눠주는 걸 좋아하기 때문이다. 아이는 몹시 감동을 받는다. 브릿마리는 어느 시점에서 스벤이 떠났는지 알지 못한다. 정신을 차려보니 그가 가고 없다.

그녀는 피자 가게 앞에 혼자 서 있다. 그녀의 안에서 뭔가가 부서지고 산산조각이 났더라도 전부 자신의 잘못이라고 속으로 중얼거린다. 그녀가 느끼는 이 감정은 애초부터 풀려나면 안 되는 거였다. 새로운 인생을 시작하기엔 너무 늦었다.

그녀는 소도시의 레스토랑에서 켄트와 저녁을 먹는다. 그곳은 식탁보가 하얗고 메뉴에는 사진이 없고 커트러리를 대하는 태도가 진지해 보인다. 최소한 커트러리를 장난처럼 다루지는 않는다. 켄트는 그녀가 없으니 외롭다고 한다. "길을 잃은 듯하다"는 표현을 쓴다. 그는 그녀를 진지하게 대하는 눈치다. 적어도 장난처럼 다루지는 않는다. 이제 보니 낡아서 찢어진 허리띠를 매고 있다. 평소에 하고 다니던 걸 그녀가 고쳐놓고 떠났는데 찾지 못한 모양이다. 그녀는 깔끔하게 돌돌 말아서 침실 옷장 두 번째 서랍에 넣었다고 알려주고 싶어진다. 그들의 침실 옷장 서랍에 넣었다고 알려주고 싶어진다. 그가 그녀의 이름을 큰 소리로 외쳐주었으면 좋겠다는 생각을 한다.

하지만 그는 까끌까끌한 수염을 긁으며 애써 무심한 투로 이렇게 물을 따름이다.

"그런데 그 경찰 말이야…… 그 사람 혹시…… 어쩌다 둘이…… 친구가 됐어?"

브릿마리는 최대한 똑같이 무심한 투로 대답한다.

"그냥 경찰이야, 여보."

켄트는 고개를 끄덕이며 힘껏 눈을 껌뻑인다.

"내가 실수를 저질렀다는 거 안다고 한 거, 진심이야. 이제 다 끝났어. 그 여자하고는 다시 연락할 일 없을 거야. 내가 딱 한 번 잘못한 걸 가지고 평생 응징하려는 건 아니지?" 그는 이렇게 말하며 테이블 너머로 손을 뻗어 붕대를 감은 그녀의 손을 살짝 잡는다.

그는 결혼반지를 끼고 있다. 그녀는 손가락에 남은 하얀 자국이 화끈거리며 그녀를 비난하는 게 느껴진다. 그는 붕대를 토닥이지만 어쩌다 그게 거기 감겨 있는지는 궁금하지도 않은 모양이다.

"이제 가자, 여보. 당신 뜻 전달했잖아. 크고 분명하게! 나도 알아들었어!"

그녀는 고개를 끄덕인다. 맞는 말이다. 그녀는 그가 잘못했다는 걸 알아주길 바랐을 뿐, 그를 괴롭힐 생각은 눈곱만큼도 없었다.

"당신은 내가 그 축구팀이랑 그렇게 된 거 어처구니가 없다고 생각하지?" 그녀는 조그맣게 묻는다.

"지금 장난해? 엄청나게 멋지다고 생각하는데?"

그는 음식이 나오자마자 손을 놓는다. 그녀는 당장 그의 손길이 그리워진다. 생각지 않게 머리를 많이 자르고 미용실을 나설 때의 느낌이다.

그녀는 냅킨을 깔끔하게 펴서 무릎에 얹고 냅킨이 잠이라도 든 것처럼 토닥이며 조그맣게 속삭인다.

"나도 그래. 나도 멋지다고 생각해."

켄트는 얼굴을 환히 빛낸다. 몸을 숙인다. 그녀의 눈을 그윽하게 바라본다.

"여보, 이러면 어떨까? 당신은 곱슬머리 아이가 오늘 계속 떠벌린 그 대회가 끝날 때까지 여기 있어. 그런 다음 같이 집으로 돌아가자. 우리 일상으로. 어때?"

브릿마리가 숨을 하도 깊게 들이쉬는 바람에 중간 지점에서

부터 호흡이 떨리기 시작한다.

"그래주면 고맙겠어." 그녀는 조그맣게 속삭인다.

"뭐든 말만 해." 켄트는 고개를 끄덕이고, 아직 음식 맛을 보지도 않았으면서 웨이트리스를 불러 페퍼 밀을 가져다달라고 한다.

평범한 음식이긴 하지만 브릿마리는 켄트에게 타코를 먹어봤다고 얘기할까 잠깐 고민한다. 요즘 들어 그녀의 일상에 많은 일이 벌어졌다고 그에게 알리고 싶다. 하지만 참기로 한다. 어쩌면 지금은 그게 별로 중요한 문제가 아닐 수도 있고 켄트는 항상 독일과의 업무가 어떻게 돼가고 있는지 이야기하는 걸 좋아하니까.

브릿마리는 프렌치프라이를 같이 주문한다. 그녀는 프렌치프라이를 좋아하지 않고 먹지도 않지만 켄트와 함께 외식을 할 때마다 항상 주문한다. 켄트의 음식이 모자라서 양에 차지 않을까봐 늘 불안하기 때문이다.

그가 손을 뻗어서 프렌치프라이를 집어 먹는 동안 브릿마리는 창밖을 내다보고, 순간 길가에 경찰차가 서 있는 것 같은 기분을 느낀다. 하지만 상상의 잔상에 불과할 것이다. 그녀는 부끄러워져서 냅킨을 쳐다본다. 나이도 많은 여자가 비상 차량이 출동하는 상상을 하다니. 사람들이 뭐라고 생각하겠는가.

켄트는 축구 연습장으로 그녀를 데려다주고 끝날 때까지

BMW에서 기다린다. 뱅크도 나와 있어서 브릿마리는 그녀에게 훈련을 맡기고 명단을 쥔 채로 서서 지켜보기만 한다. 연습이 끝났을 때 브릿마리는 아이들이 무엇을 했는지, 그녀가 아이들에게 말을 걸거나 작별 인사는 했는지 거의 기억을 하지 못한다.

켄트가 그녀와 뱅크와 개를 태우고 뱅크의 집까지 태워다준다. 뱅크와 개가 차의 가격을 묻지 않고 폴짝 뛰어내리자 켄트는 몹시 마음이 상한 눈치다. 뱅크는 본의 아니게 지팡이로 도장한 부분을 두드리는데 처음 두 번은 일부러 그런 게 아닌 것이 거의 확실하다. 켄트는 휴대전화를 만지작거리고 브릿마리는 그의 옆에 앉아서 기다린다. 그녀는 원래 앉아서 기다리는 걸 아주 잘한다. 마침내 그가 말문을 연다.

"이제 그만 가서 내일 회계사를 만나야 해. 독일하고 큰 건을 진행 중이거든. 엄청난 계획이야."

그는 얼마나 엄청난 계획인지 표현하느라 계속 고개를 끄덕인다.

브릿마리는 응원하는 뜻에서 미소를 지어 보인다. 문을 여는 순간 퍼뜩 그 생각이 떠오르는 바람에 그녀는 심사숙고할 겨를도 없이 묻고 만다.

"당신은 어느 축구팀을 응원해?"

"맨체스터 유나이티드." 그는 휴대전화를 들여다보다 고개를 들고 놀란 얼굴로 대답한다.

그녀는 고개를 끄덕이고 차에서 내린다.

"저녁 아주 맛있었어, 여보. 고마워."

그는 옆 좌석으로 몸을 내밀고 그녀를 올려다본다.

"당신이 집으로 돌아오면 둘이서 연극 보러 가자. 알았지, 여보? 약속할게!"

그녀는 그가 멀어질 때까지 문을 열어놓고 현관에 서 있는다. 그러다 맞은편 정원에서 보행 보조기에 몸을 기대고 그녀를 뚫어져라 쳐다보고 있는 할머니들과 눈이 마주친다. 그녀는 황급히 안으로 들어간다.

뱅크가 주방에서 베이컨을 먹고 있다.

"우리 남편은 맨체스터 유나이티드를 응원한대요." 브릿마리는 그녀에게 알려준다.

"그럴 줄 알았어요." 뱅크가 말한다.

브릿마리는 그게 무슨 뜻인지 전혀 알 수가 없다.

25

브릿마리는 다음 날 오전 내내 발코니 가구를 청소한다. 이 것들이 그리울 것이다. 도로 저편에서 보행 보조기를 짚은 할 머니들이 우체통에 배달된 신문을 꺼내러 나온다. 브릿마리는 갑작스럽게 붙임성 있는 사람이 되고 싶은 마음이 들어 손을 흔들지만 그들은 그녀를 노려보며 문을 쾅 닫는다.

1층으로 내려가보니 뱅크가 베이컨을 굽고 있는데 환풍기를 틀지 않은 모양이다. 브릿마리는 돼지고기 탄내나 이웃 사람들 의 평가에 신경 쓰지 않아도 된다니 뱅크는 좋겠다는 생각을 한다.

그녀는 머뭇머뭇 현관 앞 복도를 지나 주방 문 앞에 선다. 뱅 크가 그녀의 존재를 알아차리지 못한 눈치기에 헛기침을 두 번

한다. 이러니저러니 해도 집주인에게 설명을 해야 할 것 같기 때문이다.

"내 남편과 관련해서 어떻게 된 건지 설명을 듣고 싶을 것 같아서요." 그녀는 말문을 연다.

"아닌데요." 뱅크는 딱 잘라서 말한다.

"아." 브릿마리는 실망한 목소리다.

"베이컨 먹을래요?" 뱅크가 뚱한 목소리로 물으며 맥주 몇 방울을 프라이팬에 붓는다.

"아뇨, 괜찮아요." 브릿마리는 그 광경에 전혀 넌더리를 내지 않고 말을 잇는다.

"그이는 내 남편이에요. 우리가 실제로 이혼을 한 건 아니에요. 내가 잠시 집을 떠나 있었던 거예요. 휴가 비슷하게. 그런데 이제 집으로 돌아가려고요. 당신은 이런 걸 이해 못 할지 몰라도 그이는 내 남편이에요. 내 나이에 남편 곁을 떠나는 건 바람직한 일이라고 볼 수 없겠죠."

뱅크는 브릿마리와 켄트의 관계에 대해 더 이상 얘기하고 싶지 않다는 표정이다.

"베이컨 정말 안 먹을 거예요?" 그녀가 중얼거린다.

브릿마리는 고개를 끄덕인다.

"네, 됐어요. 하지만 그이가 나쁜 사람은 아니라는 건 알아줬으면 해요. 실수를 저지르긴 했지만 누구나 실수를 저지를 수 있잖아요. 그이는 지금까지 기회가 많았을 텐데 한 번도 실수를 저지른 적이 없어요. 딱 한 번 실수를 저질렀다고 인간을 매장하면 안 되는 거잖아요."

"맛있는 베이컨인데." 뱅크가 말한다.

"세상에는 의무라는 게 있어요. 결혼 생활에 따르는 의무. 그걸 그냥 내동댕이칠 수는 없죠." 브릿마리가 설명한다.

"달걀이 있으면 달걀 먹겠느냐고 했을 텐데 개가 먹어버렸어요. 그러니까 베이컨으로 만족해야 해요."

"평생을 같이 살았는데 그냥 떠나버릴 수는 없는 거잖아요."

"그러니까 베이컨 좀 먹겠다는 거예요?" 뱅크는 따져 물으며 환풍기를 켠다.

이걸 보면 그녀가 베이컨 냄새보다 브릿마리의 목소리를 더 성가셔한다는 걸 알 수 있다. 그래서 브릿마리는 발을 구른다.

"나는 베이컨 먹지 않아요! 콜레스테롤 수치에 안 좋아서. 남편도 베이컨을 줄였어요. 가을에 의사한테 진찰을 받았거든요. 아주 유능한 의사예요. 독일에서 이민을 왔고!"

뱅크가 환풍기를 강풍으로 돌리자 브릿마리는 언성을 높일 수밖에 없고, 그러다 보니 거의 고함을 지르다시피 자기 생각을 강조하게 된다.

"심장마비를 일으켰던 남편을 두고 떠나는 건 사실 모범적인 행동이 못 되잖아요! 나는 그런 여자가 아니에요!"

접시가 그녀의 앞 식탁 위로 내동댕이쳐지자 사방으로 기름이 튄다.

"베이컨 드세요." 뱅크가 말한다.

브릿마리는 베이컨을 개에게 준다. 하지만 켄트에 대해서는 더 이상 아무 말도 하지 않는다. 적어도 그러려고 애를 쓴다. 대신 이렇게 묻는다.

"어떤 사람이 맨체스터 유나이티드인가 뭔가를 응원한다는 건 무슨 뜻이에요?"

뱅크는 입안 가득 베이컨을 담고서 대답한다.

"그 팀은 늘 이겨요. 그래서 자기들은 그럴 만한 팀이라고 생각하기 시작해요."

"하."

뱅크는 더 이상 아무 말도 하지 않는다. 브릿마리는 일어나서 자기 접시를 씻는다. 닦는다. 뱅크가 덧붙일 말이 있을까 싶어 그 자리에 서서 기다리지만 뱅크가 그녀라는 존재를 잊어버린 사람처럼 행동하기 시작하자 헛기침을 하고 아주 힘을 줘서 강조한다.

"우리 남편은 나쁜 사람 아니에요. 늘 이기지도 않고요."

개가 미안하지도 않냐고 묻는 듯한 표정으로 뱅크를 쳐다본다. 뱅크도 그 표정에 담긴 뜻을 알아차렸는지 평소보다 더 뚱하게 말없이 먹기만 한다. 브릿마리가 이미 주방을 나서 외투를 입고 핸드백에 리스트를 깔끔하게 챙겼을 때 개가 으르렁거리자 뱅크가 대답 대신 요란하게 신음 소리를 내더니 마침내 큰 소리로 외친다.

"태워다줄까요?"

"뭐라고요?" 브릿마리가 묻는다.

"내 차로 레크리에이션 센터까지 태워다주느냐고요?" 뱅크가 묻는다.

브릿마리는 주방 문 앞으로 가서 그녀를 빤히 쳐다보다 하마터면 핸드백을 떨어뜨릴 뻔한다.

"태워다준다고요? 무슨 수로…… 나는…… 아니, 괜찮아요…… 고마워요. 나는…… 글쎄요…… 함부로 평가하는 건 아니지만 그래도 무슨 수로……."

그녀는 만족스러운 듯이 씩 웃고 있는 뱅크의 표정을 보고 하던 말을 멈춘다.

"나는 앞을 거의 보지 못해요. 운전 못 해요. 농담한 거였어요, 브릿마리."

개가 잘했다는 신호를 보낸다. 브릿마리는 머리를 매만진다.

"하. 아주…… 그럴듯했네요."

"너무 걱정하지 마요, 브릿마리!" 뱅크가 뒤에서 외치는데 브릿마리는 그런 황당한 소리에 뭐라고 대꾸하면 좋을지 전혀 알 수가 없다.

그녀는 레크리에이션 센터까지 걸어간다. 청소를 한다. 창문을 닦고 밖을 내다본다. 이제는 맨 처음 보르그에 왔을 때보다 보이는 게 많다. 팩신이 그런 역할을 한다.

그녀는 스니커즈를 문가에 놓아둔다. 예전에는 그냥 주차장이라고 생각했던 축구장을 가로지른다. 스벤의 차가 피자 가게 앞에 서 있다. 브릿마리는 숨을 깊게 들이쉬고 가게 안으로 들어간다.

"안녕하세요." 그녀가 말한다.

"브릿! 어서 와요!" 미지의 인물이 외치며 커피 주전자를 들고 주방에서 나온다.

스벤이 제복 차림으로 금전출납기 옆에 서 있다. 그는 얼른 경찰모를 벗어서 손에 든다.

"안녕하세요, 브릿마리." 그가 인사를 건네며 미소를 짓는데 키가 몇 센티미터는 더 커진 것처럼 보인다.

창가에서 또 다른 사람의 목소리가 들린다.

"여보, 굿모닝!"

켄트가 한 테이블에서 커피를 마시고 있다. 신발을 벗고 한쪽 발을 의자 위에 올려놓았다. 그게 그의 가장 도드라진 능력 가운데 하나다. 그는 어딜 가든 자기 집 거실인 양 편안하게 앉아서 커피를 마실 수 있다. 누구의 허락도 없이 어딜 가든 집처럼 편안하게 있을 수 있는 능력 면에선 타의 추종을 불허한다.

스벤이 다시 쪼그라든다. 바람이라도 빠진 것 같다. 브릿마리는 심장이 두 번 철렁한 티를 내지 않으려고 애를 쓴다.

"회계사 만나러 간다더니." 그녀가 가까스로 말을 건넨다.

"조만간 출발할 거야. 오마르라는 애가 나한테 몇 가지 보여줄 게 있다고 해서." 켄트는 시간이 차고 넘치는 사람처럼 미소를 짓더니 스벤에게 장난스럽게 윙크를 하며 큰 소리로 외친다.

"걱정 마세요, 보안관님. 오늘은 불법 주차를 하지 않았어요. 길 건너편에 세웠어요."

스벤은 바지에 손바닥을 닦고 바닥을 쳐다보며 대꾸한다.

"거기에다가도 주차하면 안 되는데요."

켄트는 가짜로 심각한 표정을 지으며 고개를 끄덕인다.

"그럼 벌금을 내라고 하실 건가요? 현금도 받으시나요?"

그는 고무줄로 감아야 바지 뒷주머니에 넣을 수 있을 만큼 두툼한 지갑을 꺼내 테이블 위에 올려놓는다. 그러더니 농담이라는 듯이 웃음을 터뜨린다. 켄트는 그런 데 재주가 있다. 만사를 농담으로 포장하는 데 재주가 있다. 그렇게 포장해야 아무도 기분 나빠할 수 없고 그가 "아니 왜 이러시나. 유머 감각도 없어요?"라고 말할 수 있다. 이 세상에서는 유머 감각이 부족한 사람이 늘 지게 되어 있다.

스벤은 바닥을 쳐다본다.

"나는 딱지 끊지 않아요. 교통경찰이 아니라서."

"알았어요, 보안관님! 알았어요! 하지만 보안관님은 아무 데나 내키는 대로 주차를 하는 모양이죠." 켄트는 씩 웃으며 창문 너머로 보이는 경찰차를 턱으로 가리킨다.

스벤이 뭐라고 대꾸할 틈도 없이 켄트가 미지의 인물에게 고함을 지른다.

"보안관님 커피는 걱정하지 마요, 내가 계산할 테니까! 우리가 낸 세금으로 보안관님의 월급을 충당하니까 커피도 우리가 사야죠!"

스벤은 아무 대꾸도 하지 않는다. 카운터에 돈을 올려놓으며 미지의 인물에게 나지막이 얘기할 따름이다.

"커피 정도는 내가 사서 마실 수 있어."

그러더니 브릿마리를 흘끗 쳐다보며 중얼거린다.

"괜찮으면 들고 나가서 마실게요."

그녀는 뭐라고 말을 건네고 싶다. 하지만 그럴 틈이 없다.

"이것 좀 봐, 여보! 내가 오마르 주려고 인쇄해 왔어!" 켄트가 고함을 지르며 명함을 한 움큼 쥐고 흔든다.

피자 가게에 있는 어느 누구도 당장 그의 테이블로 달려가지 않자 켄트는 아주 공을 들여서 몸을 일으키며 어째 유머 감각이 있는 사람이 아무도 없느냐는 듯이 한숨을 쉰다. 그는 브릿마리가 속으로 비명을 지르거나 말거나 양말만 신은 채 카운터로 걸어와서 스벤에게 명함을 건넨다.

"여기요, 보안관님! 명함 받으세요!"

그러더니 브릿마리에게 명함을 보여주는데 이렇게 적혀 있다. '오마르-사업가.'

"그 소도시에 인쇄소가 있더라고. 오늘 아침에 이걸 번갯불에 콩 구워 먹듯이 만들어주면서 좋아 죽으려고 하더군. 딱하게도 손님이 없나봐!" 켄트는 명랑한 목소리로 늘어놓으며 "소도시"라고 할 때 강조하는 뜻에서 허공에 따옴표를 그린다.

스벤은 그 자리에 서서 침을 꿀꺽 삼킨다. 그는 미지의 인물이 종이컵에 커피를 따라주자마자 받아 들고 곧장 문 쪽으로 걸어간다.

브릿마리 옆을 지나갈 때 그는 속도를 늦추고 그녀와 잠깐 시선을 맞춘다.

"좋은…… 하루 보내세요." 그가 중얼거린다.

"당신도…… 당신도요." 브릿마리는 뺨을 쏙 집어넣으며 말한다.

"살펴가세요, 보안관님!" 켄트가 미국식 억양으로 외친다.

스벤은 바닥에 시선을 고정한 채 걸음을 멈춘다. 그가 손마디가 하얘질 정도로 주먹을 세게 쥐더니 짐승을 부대 자루에 넣듯 바지 주머니 속으로 쑤셔 넣는 모습이 브릿마리의 눈에 들어온다. 명랑한 종소리와 함께 그의 뒤에서 문이 닫힌다.

브릿마리는 어쩔 줄 몰라 하며 금전출납기 앞에 서 있는다.

켄트에게 신기한 구석이 있다면 브릿마리는 당장 불편해 어쩔 줄 모르는 상황에서 그는 너무나 편안해한다는 것이다. 그가 그녀의 등을 툭 치더니 명함을 흔든다.

"여보, 왜 이래. 신발만이라도 신으면 안 되겠어?" 그녀가 나지막이 속삭인다.

켄트는 놀란 눈빛으로 자기 양말을 쳐다본다. 한쪽 양말에 난 구멍 밖으로 엄지발가락을 꼼지락거린다.

"그래, 그래, 여보. 당연하지. 어차피 이제 가봐야 해. 그 아이가 오면 이거 전해줘!"

그는 시계가 덜거덕거리도록 손목을 요란하게 흔든다. 브릿마리도 알고, 주유소에서 켄트와 같이 줄을 서본 사람이라면 누구나 알다시피 아주 비싼 시계다. 그는 명함을 그녀의 손에 쥐어주고 뺨에 입을 맞춘다.

"저녁에 다시 올게!" 이렇게 외치며 나간 켄트는 눈 깜짝할 새 사라진다.

브릿마리는 그 어느 때보다 어쩔 줄 몰라 하며 그 자리에 서 있는다. 뭘 어쩌면 좋을지 알 수가 없기에 늘 하던 대로 한다. 청소를 한다.

미지의 인물은 그녀가 청소를 하게 내버려둔다. 그녀에게 신경을 아주 안 쓰거나 아주 많이 쓰거나, 둘 중 하나라서 그렇다.

점심 때 오마르가 찾아온다. 오마르는 지구상에 두 사람만 남았는데 브릿마리가 마지막 감자칩 봉지를 들고 있기라도 한 것처럼 대뜸 그녀를 졸졸 따라다니기 시작한다.

"켄트 아저씨 있어요? 온대요? 지금 여기 있어요?" 아이는 그녀의 팔을 잡아당기며 큰 소리로 묻는다.

"켄트는 회계사 만나러 갔어. 오늘 저녁 때 다시 온대."

"엄청 근사한 BMW 타이어 휠 구해놨는데! 짱 멋져요! 한번 보실래요? 특별 할인가로 드릴 거거든요!"

브릿마리는 그게 무슨 소리냐고 묻지 않는다. 예정에 없이 보르그에 정차한 트럭이나 아니면 다른 차가 좀 더 가벼워진 몸으로 이 동네를 빠져나갔나보다고 미루어 짐작할 따름이다.

브릿마리가 명함을 주자 아이는 갑자기 아무 말도 하지 않는다. 귀한 비단으로 만든 거라도 되는 것처럼 명함을 꼭 끌어안는다. 명랑한 종소리와 함께 베가가 들어온다. 베가는 브릿마리 쪽은 쳐다보지도 않는다.

"안녕, 베가." 브릿마리가 인사를 건넨다.

베가는 그녀를 무시한다.

"안녕, 베가." 브릿마리는 같은 말을 반복한다.

"이 궁극의 명함 좀 봐, 완전 짱이야! 켄트 아저씨가 줬어!" 오마르는 눈을 반짝이며 소리친다.

베가는 이 사실에 무관심으로 대응하며 발소리도 요란하게 주방으로 들어간다. 이내 베가가 설거지하는 소리가 들린다. 싱크대에 기어 다니는 뭔가를 때려죽이기라도 하려는 것 같다. 미지의 인물이 주방에서 나와 미안하다는 듯이 브릿마리에게 어깨를 으쓱한다.

"베가가 엄청 화났어요."

"그걸 어떻게 알아요?" 브릿마리가 묻는다.

"10대잖아요. 시키지 않아도 설거지를 하는 걸 보면 알 수 있죠. 우라지게 화가 났을 때 그러지 않겠어요?"

브릿마리도 상당히 일리가 있는 추측이라고 인정할 수밖에 없다.

"왜 그렇게 화가 났어요?"

오마르가 냉큼 대답한다.

"켄트 아저씨가 왔다 갔다는 걸 아니까 아줌마가 떠날 거라고 생각하는 거예요!"

오마르는 별로 심란해하지 않는 목소리다. 축구팀 코치와 타이어 휠 구매자를 맞바꾸는 게 오마르에겐 만족스러운 거래이기 때문이다.

"나는 시합이 끝날 때까지 보르그에 남아 있을 건데." 브릿마리가 중얼거리는데 남들에게 하는 말이기도 하고 혼잣말이기도 하다.

아이는 귀담아듣지 않는 눈치다. 심지어 시합이 아니라 대회라고 지적하지도 않는다. 수염을 기르고 모자를 쓴 남자들이 들어와서 브릿마리를 알은체도 하지 않고 커피를 마시고 신문을 읽지만, 조만간 그녀가 안 보이는 척 연극할 필요가 없다는 걸 아는 사람들처럼 오늘따라 편안해 보인다.

베가는 때려 부술 게 다 떨어졌는지 주방에서 나와 씩씩대며 출입문 쪽으로 걸어간다.

"하. 이제 가는 거니?" 브릿마리가 좋은 뜻에서 묻는다.

"뭔 상관인데요?" 베가가 나지막이 쏘아붙인다.

"이따 연습 때 시간 맞춰서 올 거지?"

"남이야 그러거나 말거나."

"재킷 좀 입고 다니면 안 되니? 밖에 추운데—"

"꺼져, 이 늙은 할망구야! 그 재수 없는 인간이랑 같이 쓰레기처럼 살던 때로 돌아가라고!"

베가가 문을 쾅 하고 닫자 명랑한 종소리가 울린다. 오마르는 명함을 주워 들고 뒤따라 달려 나간다. 브릿마리가 오마르를 부르지만 아이는 듣지 못했거나 아니면 관심 밖인 듯하다.

그 뒤로 브릿마리는 암울한 침묵 속에서 피자 가게 이쪽 끝에서 저쪽 끝까지 청소한다. 아무도 그녀를 말리려 하지 않는다.

청소가 끝나자 그녀는 주방 의자에 주저앉는다. 미지의 인물이 옆에 앉아서 맥주를 마시며 그녀를 예의 주시한다.

"맥주 줄까요, 브릿마리? 마실래요?"

브릿마리는 그녀를 보며 눈을 깜빡인다.

"좋아요. 아주 좋아요. 지금 맥주 한잔 하면 아주 좋겠어요."

이렇게 해서 그들은 아무 말 없이 맥주를 마신다. 브릿마리가 두 모금인가 세 모금 마셨을 때 다시 문에서 종소리가 들린다.

젊은 남자가 들어오는 건 봤지만 남자가 까만 복면을 쓰고 있는 이유를 한눈에 알아차리지 못한 건 아마 브릿마리가 오후 이 무렵에 혈관 속으로 그렇게 엄청난 양의 알코올이 유입된 상황에 익숙하지 않았기 때문일 것이다.

하지만 미지의 인물은 알아차린다. 맥주를 내려놓는다. 브릿마리의 뒤로 다가가서 그녀의 재킷 소매를 잡아당긴다.

"브릿마리. 바닥에 엎드려요. 얼른!"

그때 브릿마리의 눈에 권총이 보인다.

26

총구를 뚫어져라 쳐다보면 기분이 아주 이상해진다. 총구가 나를 감싼다. 그 안으로 빨려 들어간다.

몇 시간 뒤에 소도시에서 파견된 경찰들이 피자 가게로 찾아와 브릿마리에게 젊은 남자의 생김새를 설명할 수 있겠느냐며 어떤 옷을 입었는지, 키가 작았는지 컸는지, 사투리를 쓰거나 억양이 특이했는지 묻는다. 그녀가 할 수 있는 말은 "총을 들고 있었어요"뿐이다. 한 경찰이 강도가 노리는 건 오로지 돈뿐이라며 이런 일로 "너무 상처받지 마시"라고 한다.

경찰이야 그런 소리를 쉽게 할 수 있을지 몰라도 총구가 자기를 겨누고 있는데 상처받지 않기란 아주 힘든 일이다. 적어도 브릿마리가 생각하기엔 그렇다.

"금전출납기 열어, 씨발!" 강도가 그녀를 향해 나지막이 쏘아붙인다.

그녀는 인간이 아니라 기구 취급을 당했다는 걸 나중에서야 기억하게 될 것이다. 미지의 인물이 금전출납기 쪽으로 건너가려고 하지만 브릿마리가 중간을 막고 그 자리에 얼어붙은 듯이 서 있다.

"열라고!" 강도가 고함을 지르자 미지의 인물과 모자를 쓴 남자들이 그러면 도움이라도 되는 듯 손으로 얼굴을 가린다.

하지만 브릿마리는 꼼짝하지 않는다. 그녀는 공포로 온몸이 마비돼서 심지어 두려움조차 느끼지 못한다. 그런 반응이 나타나는 이유는 알 수 없지만, 우리는 자기 얼굴에 대고 총구가 겨누어지면 그동안 자기 자신에 대해 알지 못했던 것들이 얼마나 많았는지 문득 깨닫게 된다. 그래서 이 순간 자신의 입에서 튀어나온 말을 듣고 브릿마리는 깜짝 놀라고 미지의 인물과 모자를 쓴 남자들은 경악한다.

"먼저 뭐라도 사야죠."

"열라고오오오!" 강도가 고함을 지른다.

하지만 브릿마리는 꼼짝하지 않는다. 붕대를 감은 쪽 손을 다른 쪽 손 위에 얹는다. 양손 다 부들부들 떨고 있다. 브릿마리는 모든 일에는 분명 선이 있는데, 최종적으로 분석해보면 그날은 선을 넘은 날인 것 같다는 생각이 얼핏 든다. 그래서 아주 친절하게 대꾸한다.

"돈을 넣고 금전출납기를 열어야죠. 그러지 않으면 영수증이 안 맞아요."

강도가 손에 쥔 권총을 위아래로 흔든다. 분노와 놀라움이 반씩 섞인 몸짓이다.

"그럼 아무거나 넣어!"

브릿마리는 손의 위아래를 바꾼다. 땀으로 손가락이 축축하다. 하지만 그녀의 안에서 뭔지 모를 것이 합리적으로 반기를 드는 이성을 누르고 지금이야말로 자기 입장을 관철해야 할 때라고 결단을 내린다.

"아무거나 넣을 수 없다니까요. 그러면 영수증이 안 맞아요."

"우라질 영수증에는 씨발, 관심 없다니까, 이 할망구……!"
강도가 괴성을 지른다.

"언성 높일 필요 없어요." 브릿마리가 단호하게 말허리를 자르고 침착하게 말을 잇는다.

"그런 단어를 쓸 이유도 분명 없고요."

전속력으로 돌진한 미지의 인물의 휠체어가 브릿마리의 허벅지에 부딪치자, 미지의 인물과 휠체어와 브릿마리가 바닥으로 쓰러진다. 천장을 겨냥한 총성이 귀에 박혀서 웅웅거리자 브릿마리는 방향감각을 잃는다. 형광등 유리 조각들이 쏟아지고, 그녀는 자기가 똑바로 누워 있는지 엎드리고 누워 있는지,

벽은 어디 있고 바닥은 어디 있는지 알지 못하고 헤맨다. 미지의 인물의 묵직한 숨소리가 귓가에 들리고 저 멀리서 무언가가 종소리를 내는 듯하다.

그리고 나서 잠시 후에 베가와 오마르의 목소리가 들린다.

"이게 무슨…….." 베가가 더듬더듬 말문을 열자, 귀는 여전히 웅웅거리고 이성은 정신 차리고 교양인답게 바닥에 계속 누워 있으라고 하지만 브릿마리는 본능적으로 일어선다.

누군가와 하나가 되어보지 않으면 그 사람의 많은 부분을 알 수가 없다. 그녀에게 어떤 능력이 있는지. 얼마나 용감한지. 강도가 두건에 뚫린 구멍으로 충격에 젖은 눈빛을 뿜어내며 베가와 오마르를 돌아본다.

"너희들 여기서 뭐 하는 거야?"

"사이코?" 오마르가 속삭인다.

"씨발, 여기서 뭐 하는 거냐고! 너희들이 갈 때까지 기다렸는데! 그런데 씨발, 여기서 뭐 하는 거냐고, 이 염병할 꼬맹이들아!"

"재킷을 깜빡해서." 베가가 더듬더듬 대답한다.

사이코는 베가를 향해 미친 듯이 권총을 흔들지만 브릿마리가 이미 권총과 아이들 사이에 서 있다. 자기 몸으로 두 아이를 막을 수 있도록 팔을 뒤로 펼쳐서 뻗고 꼼짝도 하지 않는다. 평생토록 펼쳐보지 못한 큰 꿈으로 그 자리에서 얼어붙었다.

"이제 그만 좀 하시지!" 브릿마리는 협박조로 나지막이 쏘아붙인다.

그녀는 평생 누굴 협박해본 기억이 없다.

그 뒤로 살짝 애매하다고 표현할 수밖에 없는 분위기가 피자 가게를 감싼다. 사이코는 권총으로 뭘 어떻게 하면 좋을지 모르는 눈치고, 그가 결정을 내리기 전에는 피자 가게의 어느 누구도 어쩔 도리가 없다. 브릿마리가 짜증난 눈빛으로 그의 신발을 처다본다.

"방금 전에 바닥 닦았는데."

"입 다물어, 이 잡년아!"

"어림없는 소리!"

두건 구멍 안으로 사이코가 땀을 뚝뚝 흘린다. 그가 눈높이로 권총을 들고 피자 가게를 두 바퀴 돌자 모자를 쓴 남자들이 다시 바닥에 엎드린다. 그는 증오에 찬 눈빛으로 브릿마리를 마지막으로 한 번 처다보고 도망친다.

기다렸다는 듯이 명랑한 종소리가 울리고, 베가와 오마르가 부들부들 떨리는 팔로 부축하려고 아무리 애를 써도 브릿마리의 몸은 바닥으로 무너져내린다. 외투가 눈물투성이인데 그녀의 눈물인지 아이들의 눈물인지, 아이들이 그녀를 끌어안고 있다가 어느 시점에 그녀가 아이들을 끌어안는 쪽으로 바뀌었는지 알 수가 없다. 아이들이 쓰러지려는 기미를 보이자 그녀는 온 힘을 끌어모아 일어선다. 브릿마리 같은 여자들이 그렇다. 남을 위해 해야 하는 일이 있으면 어떻게든 힘을 낸다.

"죄송해요 죄송해요 죄송해요 죄송해요 죄송해요." 베가가 숨을 헐떡인다.

"쉬이잇." 브릿마리는 속삭이며 베가와 오마르를 끌어안고 부드럽게 달랜다.

"늙은 할망구라고 불러서 죄송해요." 베가가 흐느껴 운다.

"나는 지금까지 별의별 소리를 다 들었어." 브릿마리는 아이를 달래려고 이렇게 얘기한다.

그녀는 두 아이를 조심스럽게 의자에 앉힌다. 담요로 둘둘 감싸고 진짜 코코아 가루로 핫초콜릿을 끓여준다. 켄트의 아이들이 어렸을 때 악몽을 꾸고 한밤중에 깨면 마시고 싶어 했던 거다. 미지의 인물이 "거의 코코아에 가까워요! 아시아에서 수입된 거예요!"라고 떠벌려 질이 살짝 의심스럽긴 하지만 아이들은 너무 충격을 받아서 그런 데 신경 쓸 겨를이 없다.

오마르는 새미를 찾아야 한다고 계속 더듬거리고 베가는 그의 번호로 계속 전화를 건다. 브릿마리가 새미는 이 강도 사건과 아무 연관이 없을 거라며 아이들을 진정시키려고 하자 아이들은 입을 떡 벌리고 그녀를 쳐다본다. 오마르가 속삭인다.

"그게 문제가 아니에요. 사이코가 우리한테 총을 겨눴다는 걸 알면 형이 사이코를 찾아내서 죽여버릴 거예요. 형을 말려야 해요!"

하지만 새미는 전화를 받지 않는다. 아이들은 점점 더 겁에
질린다. 브릿마리는 아이들을 담요로 좀 더 단단히 감싸고 핫
초콜릿을 계속 먹인다. 그런 다음 그녀가 할 수 있는 일을 한
다. 그녀가 아는 일을 한다. 빗자루와 막대 걸레와 과탄산소다
를 들고 나와서 깨진 유리를 쓸고 바닥을 닦는다.

청소를 끝낸 뒤에는 금전출납기 뒤에 서서 기절하지 않으려
고 기를 쓰고 버틴다. 미지의 인물이 두통약과 맥주를 가져다
준다. 모자를 쓰고 수염을 기른 남자들이 자리에서 일어나 커
피 잔을 들고 카운터로 걸어와서 브릿마리 앞에 조용히 잔을
내려놓는다. 그런 다음 모자를 벗고 신문을 내려다보며 뒤적이
더니 찾던 게 나오자 정식으로 브릿마리에게 넘긴다.

십자말 퀴즈가 실린 부록이다.

27

켄트와 스벤, 둘 중 누구의 목소리가 먼저 들렸는지 브릿마리는 알지 못한다.

스벤이 온 이유는 베가의 전화를 받았기 때문이고, 켄트가 온 이유는 오마르의 전화를 받았기 때문이다.

경찰차와 BMW가 둘 다 주차장으로 들이닥친다. 두 남자는 하얗게 질린 얼굴로 휘청거리며 들어와 의기소침한 표정으로 출입문 안쪽에 서서 산산조각이 난 천장의 형광등을 쳐다본다. 그런 다음 브릿마리를 쳐다본다. 걱정하는 그들의 마음이 느껴진다. 그녀를 지켜주지 못했다는 양심의 가책으로 얼마나 심란해하는지 느껴진다. 그녀의 영웅이 될 뻔한 기회를 놓쳤다는 것에 얼마나 괴로워하는지 느껴진다. 그들은 침을 꿀꺽 삼키고, 어느 쪽 발을 딛고 서 있으면 좋을지 몰라 하는 표정을 짓는다. 그러다 본능적으로, 그런 상황에서 거의 모든 남자가 보일 법한 반응을 보인다.

누구 잘못인지 옥신각신하기 시작한 것이다.

"다들 괜찮으신가요?" 스벤이 이것부터 확인하고 나서지만, 켄트가 말허리를 자르고 팔을 뻗어 명령을 내린다.

"경찰이 올 때까지 다들 진정하세요!"

스벤은 상처받은 마네킹처럼 몸을 빙그르르 돌린다.

"내가 지금 무슨 옷을 입고 있는 것처럼 보입니까, 빌어먹을 여피족 양반? 이게 축제 의상이겠어요?"

"내 말은 강도를 막을 수 있는 진짜 경찰이 올 때까지 기다리자는 거죠!" 켄트는 식식거린다.

스벤은 발끈하며 두 걸음 앞으로 다가가 턱을 든다. "암요, 암요, 댁이 이 자리에 있었더라면 지갑으로 강도를 막을 수 있었을 텐데 말이죠!"

하얗게 질렸던 두 사람의 얼굴이 당장 벌게진다. 브릿마리는 스벤이 이런 식으로 화를 내는 걸 본 적이 없는데 베가, 오마르, 미지의 인물의 표정으로 짐작건대 그들도 본 적이 없는 모양이다. 켄트는 자신의 리더십이 위기에 처했음을 직감하고 언성을 한층 높여 분위기를 장악하려고 한다.

"얘들아, 괜찮니?" 그가 오마르와 베가에게 묻는다.

"괜찮냐고 묻지 마요! 이 애들을 알지도 못하면서!" 스벤이 그의 말허리를 자르고 아이들에게로 향한 켄트의 손을 식식대며 옆으로 치우더니 고개를 돌리고 아이들 쪽으로 팔을 들며 묻는다. "애들아, 괜찮니?"

아이들은 어리둥절한 표정으로 고개를 끄덕인다. 미지의 인물이 뭐라고 말하려 하지만 그럴 겨를이 없다. 켄트가 스벤의 앞을 가로막고 나서서 손바닥을 흔들며 이렇게 말한 것이다.

"경찰에 연락할 테니 다들 진정하세요."

"경찰이 여기 이렇게 있다니까요!"

브릿마리는 귀가 계속 웅웅거린다. 그녀는 헛기침을 하고 말을 꺼낸다.

"켄트. 스벤. 제발 부탁인데 진정들 하고—"

하지만 두 남자는 그녀가 리모컨으로 꺼버릴 수 있는 물건이라도 되는 것처럼 그녀의 말은 듣지도 않고 계속 손짓을 섞어가며 옥신각신한다.

켄트가 스벤은 "장갑 낀 손 하나 지켜주지 못할" 인물이라며 코웃음을 치자 스벤이 켄트는 "문이 잠긴 BMW 안에서나 아주 용감하게 나설" 인물이라며 코웃음을 친다. 켄트가 "다 쓰러져가는 마을 순경 주제에" 뭘 알겠느냐고 고함을 지르자 스벤은 "명함이나 뭐 그런 개수작으로 사람들의 환심을 살 수 있을 거라고" 착각하지 말라며 고함을 지른다. 그 말을 들은 켄트가 "사업가가 되고 싶다는 아이가 있지 않느냐"고 고함을 지르자 스벤은 "사업가는 직업이 아니"라고 고함을 지른다. 그 말을 듣고 켄트가 "그래서 그 아이가 경찰이 됐으면 좋겠소? 응? 경찰 월급이 얼마나 되는데?" 하고 몰아붙이자 스벤은 노발대발하며 "해마다 2.5퍼센트씩 인상이 되고 연금 펀드 수익률도 좋아요! 내가 수업을 들었단 말이오!"라고 한다.

브릿마리가 중재하려 하지만 두 사람은 그녀가 옆에 있는 줄도 모른다.

"수어어어업을 들었단 말이지요?" 켄트는 업신여기며 상대가 한 말을 따라 한다.

"이봐요! 경찰 제복을 잡아당기는 건 범법 행위요!" 스벤이 으르렁거리며 켄트의 셔츠를 움켜쥔다.

"조심해! 이게 얼마짜린지 알고나 그러는 거요!?"

"허세에 쩐 기둥서방 같으니라고. 그러니 브릿마리한테 버림을 받았지!"

"버림을 받았다고!? 그러면 브릿마리가 여기 남아서 당신이랑 같이 지낼 줄 아는 모양이지, 잘나신 경비 양반!?"

브릿마리는 그들의 시선을 끌 생각에 그들의 앞에 대고 있는 힘껏 팔을 흔든다.

"켄트! 스벤! 당장 그만둬요! 방금 전에 바닥을 닦았단 말이에요!"

하지만 그런 보람도 없이 두 남자는 각자 오른팔로 상대방에게 헤드록을 걸고 허리를 숙여서 욕을 하고 헐떡거리며 비틀비틀 춤을 추기 시작한다. 몇 초 뒤에 두 남자가 술에 취한 곰처럼 쓰러지자, 요란한 소리와 함께 나무로 된 피자 가게 출입문이 산산조각 난다. 두 사람이 보기 흉한 몰골로 자갈밭 위에 쓰러지자 신체적인 허점들이 한결 두드러진다.

브릿마리는 달려 나가서 그들을 빤히 쳐다본다. 그들은 무슨 잘못을 저질렀는지 퍼뜩 깨닫고 잠자코 그녀를 올려다본다.

켄트가 먼저 주춤주춤 일어선다.

"여보, 당신도 봤지? 이 작자, 완전 머저리야!"

"저자가 먼저 시작했어요!" 스벤도 켄트를 따라서 꾸물꾸물 일어서며 곧장 발끈한다.

이 시점에서 브릿마리는 한계에 다다른다. 모든 게 지겨워진다. 고함을 듣고 떠밀리고 권총으로 협박당한 것으로도 모자라 피자 가게를 뒤덮은 나뭇조각들 때문에 바닥을 다시 한 번 닦아야 하게 생겼다. 더 이상은 참을 수가 없다.

그녀가 한 번, 두 번, 세 번을 얘기해도 그들은 듣지 않는다. 그녀는 숨을 한껏 들이마시고 최대한 단호하게 얘기한다.

"두 사람 다 이제 그만 나가줘요."

그래도 그들이 듣지 않자 그녀는 20년 전 발코니 화분 하나가 바람에 날려간 이래 한 번도 한 적 없는 짓을 저지른다. 고함을 지른 것이다.

"나가요! 두 사람 다!"

피자 가게는 권총을 든 강도가 또 한 명 들어왔다 한들 그럴까 싶을 만큼 고요해진다. 켄트와 스벤이 입을 떡 벌리고 서서 뭐라고 중얼거리는데 계속 입을 벌리고서 벙긋거리니 뭐라는지 알아들을 수가 없다. 브릿마리는 바닥을 디딘 발뒤꿈치에 더욱 힘을 실으며 부서진 문을 가리킨다.

"나가요. 당장."

"하지만 여보—" 켄트가 말문을 열지만 브릿마리가 새로운 형식의 무술이라고 불릴 만한 동작을 선보이며 붕대를 감은 손으로 허공을 가르자 당장 입을 다문다.

"어쩌다 손을 다쳤느냐고 물어봐주지 그랬어, 켄트. 물어봐줬더라면 당신이 정말로 나한테 관심이 있다고 믿었을지 모르는데."

"왜 그래, 여보. 나는, 나는 당신이 식기세척기나 뭐 그런 데 손이 낀 줄 알았지…… 알잖아, 뭘 말하는 건지. 심각한 문제는 아닐 거라고 생각해서—"

"물어보지 않았으니까 그렇게 생각했겠지!"

"하지만…… 여보…… 그런 일로 화를 내지는—" 켄트가 말을 더듬는다.

스벤이 그를 향해 가슴을 내민다.

"옳소! 옳소! 당장 나가주시지, 빌어먹을 여피족 양반. 브릿마리는 당신이 여기 있는 게 싫다잖아! 그렇게 얘기했는데도 못 알아듣고ㅡ" 그는 자신만만하게 포문을 연다.

하지만 브릿마리의 손이 그의 앞 허공을 가르며 찬바람을 일으키자 비틀비틀 뒷걸음질을 친다.

"그리고 스벤, 당신도요! 내 기분이 어떤지 대변할 생각 마요! 나를 알지도 못하잖아요! 이게 평소에 하던 행동이 아니라 나도 날 잘 모르겠는 판국에!"

피자 가게 안 어딘가에서 미지의 인물이 웃음을 참는 소리가 들린다. 베가와 오마르는 세세한 부분 하나 놓치지 않게 받아 적었으면 좋겠다는 표정을 짓고 있다. 브릿마리는 정신을 차리고 머리를 매만지고 치맛자락에 묻은 나뭇조각들을 털어낸 다음 붕대를 감은 손을 다른 손과 맞잡고 선의를 담아서 친절하게 자신의 뜻을 전한다.

"나는 이제 여길 청소할 거예요. 둘 다 좋은 오후 보내요."

켄트와 스벤의 뒤에서 애절한 종소리가 성의 없게 울린다. 두 사람은 한참 동안 밖에서 "당신이 지금 무슨 짓을 했는지 아느냐?"며 서로 소리를 지른다. 그러다 온 사방이 고요해진다.

브릿마리는 청소를 시작한다.

미지의 인물과 아이들은 청소가 끝날 때까지 주방에 숨는다. 그들은 감히 웃음을 터뜨릴 엄두조차 내지 못한다.

28

솔직히 두 경찰관의 잘못은 아니다. 정말 아니다.

그들은 소도시에서 보르그로 파견돼 나왔고 최대한 성실하게 임무를 수행하려 하고 있을 따름이다.

그런데 브릿마리가 살짝 신경질적이다. 권총으로 협박을 당하고 나면 그렇게 될 수밖에 없다.

"충격을 받으신 건 알겠지만 그래도 질문에 대답은 해주셔야 하는데요." 한 경찰관이 애써 협조를 구하려고 한다.

"흙이 묻은 신발로 깨끗하게 닦은 바닥을 막 밟고 다닌 건 전혀 신경을 안 쓰시는군요? 아주 맘 편하게 살아서 좋겠어요."

"죄송하다고 이미 말씀드렸잖습니까. 정말 죄송합니다. 그런데 몇 번이나 설명드렸던 것처럼 현장을 목격한 증인을 모두 신문해야 해서요." 다른 경찰관이 말한다.

"내 리스트가 못 쓰게 됐어요."

"그게 무슨 말씀이시죠?"

"증언해달라면서요. 내 리스트가 못 쓰게 됐어요. 오늘 아침에 집을 나섰을 때 이 가운데 어떤 일도 리스트에 적혀 있지 않았으니 이젠 내 리스트가 통째로 엉망진창이 됐어요."

"그런 뜻에서 드린 말씀이 아닌데요." 첫 번째 경찰관이 말한다.

"아하. 이제는 내 증언마저 틀렸다는 건가요?"

"저희가 알고 싶은 건 범인을 자세히 보셨는지 여부입니다." 다른 경찰관이 방향을 바꿔 시도한다.

"이 자리에서 분명히 밝히지만 나는 시력이 아주 좋아요. 안경점 검안사가 그랬어요. 얼마나 훌륭한 검안사라고요. 가정교육도 잘 받았고. 그 사람은 흙 묻은 신발을 신고 실내를 돌아다니고 그러지 않아요."

두 경찰관이 동시에 한숨을 쉰다. 브릿마리도 비난조로 숨을 토한다.

"범인의 생김새를 설명해주시면 여러모로 도움이 되겠습니다만." 한 경찰관이 말한다.

"그거야 얼마든지 가능하죠." 브릿마리가 나지막이 쏘아붙인다.

"생김새가 어떻던가요?"

"권총을 들고 있었어요!"

"다른 건 기억이 안 나십니까? 남다른 특징이랄지, 그런 건 요?"

"권총 정도면 남다른 특징 아닌가요?" 그녀는 의아해한다.

이 시점에서 경찰관들은 소도시로 돌아가기로 결정한다.

브릿마리는 바닥을 다시 닦는다. 어찌나 벅벅 닦는지 미지의 인물이 말려야 할 정도다.

"걸레 살살 써요, 브릿마리. 비싼 걸레라고요!" 그녀는 씩 웃는다.

브릿마리가 보기에 그날은 휠체어를 타고 돌아다니며 이 사람, 저 사람에게 웃어 보이기에 좋은 날이 아니다. 그런데도 미지의 인물은 맥주를 마시고 피자까지 챙겨 먹고는 브릿마리에게 자동차 열쇠를 내민다.

"차 수리 아직 안 끝난 거 아니었어요?" 브릿마리는 버럭 외친다.

미지의 인물은 면목 없어하며 어깨를 으쓱한다.

"아, 그게 말이죠. 오래전에 끝났는데…… 그게 말이죠."

"나는 전혀 그런 줄 몰랐는데요."

미지의 인물은 찔리는 듯한 표정으로 양손을 무릎에 대고 문지른다.

"오래전에 끝났어요. 그런데 브릿마리한테 차가 없으면 쌩
하니 보르그를 떠날 수 없지 않겠어요?"

"그래서 눈 가리고 아웅 한 거예요? 내 면전에 대고 거짓말
을 한 거예요?" 브릿마리는 상처받았다는 투로 묻는다.

"네." 미지의 인물은 솔직하게 인정한다.

"왜 그랬는지 물어도 돼요?"

미지의 인물이 어깨를 으쓱한다. "당신이 좋거든요. 당신은
그 뭣이냐, 청량제 같아요! 브릿이 없으면 보르그가 지루하지
않겠어요?"

브릿마리는 이 말에 뭐라고 대답하면 좋을지 솔직히 생각나
지 않는다. 미지의 인물은 맥주를 하나 더 가지러 나가면서 지
나가는 투로 묻는다.

"그런데 브릿, 내가 뭐 하나만 물을게요. 파란 차에 대해서
어떻게 생각해요?"

"그게 무슨 소리예요?" 브릿마리는 헉 소리를 낸다.

이후로 그들은 상당히 오랜 시간 동안 축구장에서 이 문제
를 두고 옥신각신하는데, 미지의 인물이 새로 단 파란색 문짝
에 맞춰서 브릿마리의 차를 다시 칠하는 데 아무 문제가 없다
고 계속 고집을 부려서다. 미지의 인물은 자기가 예전에 언젠
가 관계 당국에 도장업 등록을 한 게 거의 백 퍼센트 확실하다

고 한다.

결국 화가 머리끝까지 난 브릿마리는 수첩을 꺼내 그날의 할 일을 적어놓은 리스트를 뜯어내고 완전히 다시 쓰기 시작한다. 평생 한 번도 그런 적이 없지만 비상사태에는 비상조치를 동원해야 하는 법이다.

브릿마리는 베가, 오마르와 함께 집까지 걸어간다. 맥주를 반 캔이나 마신 상황에서 운전대를 잡는 건 상상조차 할 수 없는 일이기 때문이다. 더더군다나 파란 문이 달린 차는 안 될 말씀이다. 사람들이 뭐라고 생각하겠는가. 오마르는 집에 도착할 때까지 한마디도 하지 않는다. 오마르가 브릿마리를 만난 이래 이렇게 긴 시간 동안 침묵을 지킨 건 이번이 처음이다.

베가는 계속 새미에게 전화를 걸지만 응답이 없다. 브릿마리는 새미가 강도 사건에 대해서 못 들었을지 모른다며 달래보려 하지만 베가가 여긴 보르그라고 대꾸한다. 보르그 사람들은 서로에 대해 모르는 게 없다. 그러니까 새미도 알고 있을 테고, 전화를 받지 않는 건 사이코를 죽이려고 찾아다니느라 정신이 없기 때문이라는 것이다.

상황이 이렇다보니 차마 아이들만 집에 둘 수가 없어서 브릿마리는 같이 아파트로 올라가 저녁을 짓기 시작한다. 그들은 정각 6시에 저녁을 먹는다. 베가와 오마르는 최악의 결과를 예상하는 법을 터득한 아이들답게 접시만 처다본다. 브릿마리의 전화벨이 울리자 아이들은 자리에서 벌떡 일어나지만 켄트의 번호인 걸 확인하고 브릿마리는 받지 않는다. 잠시 후에 스벤이 전화해도 받지 않고, 고용 센터 아가씨가 연속으로 세 번 전화하자 전원을 꺼버린다.

베가는 다시 새미에게 연락한다. 여전히 응답이 없다. 시킨 사람이 아무도 없는데도 베가가 설거지를 하기 시작하자 브릿마리는 사태의 심각성을 깨닫는다.

"뭔가 심각한 일이 벌어지진 않았을 거야." 브릿마리는 이렇게 말한다.

"아줌마가 어떻게 알아요?" 베가가 묻는다.

오마르가 식탁에서 중얼거린다.

"형은 저녁 먹는 시간에 늦은 적이 없어요. 저녁 식탁의 나치였는데."

그러더니 접시를 식기세척기에 넣는다. 자발적으로 넣는다. 이 시점에 이르자 브릿마리는 극단적으로 과감한 조치를 취해야 한다는 사실을 깨닫고 정신을 바짝 차리고서 대여섯 번 심호흡을 한 다음 아이들을 으스러져라 끌어안는다. 아이들이 울음을 터뜨리자 그녀도 덩달아 울음을 터뜨린다.

마침내 초인종이 울리자 그들은 우당탕탕 달려 나간다. 새미였다면 그냥 열쇠로 문을 열고 들어왔을 거라는 생각을 어느 누구도 하지 못했기에 문고리를 당겼을 때 문 앞에 서 있는 흰 개를 보고 오마르는 실망하고, 베가는 화를 내고, 브릿마리는 불안해한다. 이 세 가지야말로 일상의 가장 기본적인 감정이기 때문이다.

"지저분한 발로 들어오면 안 돼." 브릿마리가 개에게 이른다.

개는 자기 발을 쳐다보더니 자신감을 잃고 당황한 표정을 짓는다.

그 옆에 뱅크가 서 있고 그 옆에 맥스, 벤, 다이노, 토드가 서 있다.

뱅크가 지팡이를 들어서 브릿마리의 배를 살짝 찌른다.

"안녕하세요, 람보 씨!"

"무슨 그런 말을!" 브릿마리는 본능적으로 발끈한다.

"강도를 쫓아냈잖아요." 토드가 설명한다. "람보처럼. 그러니까 완전 멋진 또라이라고 볼 수 있죠!"

브릿마리는 침착하게 붕대 감은 손과 다른 손을 맞잡고 벤에게로 시선을 돌린다. 벤은 미소를 지으며 잘했다는 듯 고개를 끄덕인다.

"저기, 잘하셨어요."

브릿마리는 들은 이야기들을 머릿속에 담고 다시 뱅크에게로 시선을 돌린다.

"하. 그렇게 생각해주니 고맙네요."

"별말씀을요." 뱅크는 조바심이 난 말투로 대답하고, 시계를 차고 있기라도 한 것처럼 그녀의 손목을 가리킨다.

"연습은요?"

"연습이라뇨?" 브릿마리가 묻는다.

"연습요!" 국가대표 하키팀 운동복을 입은 맥스가 화장실이 급한 아이처럼 위아래로 깡충깡충 뛰면서 대답한다.

브릿마리는 발뒤꿈치에서 발가락으로 체중을 옮기며 어색하게 몸을 앞뒤로 흔든다.

"누가 봐도 당연하게 취소된 줄 알았는데. 상황을 감안했을 때."

"무슨 상황요?"

"강도 사건 말이야."

맥스는 서로 별개인 문제가 현실적으로 무슨 상관관계가 있는지 알아내려고 열심히 머리를 굴리는 눈치다. 그러더니 논리적으로 유일하게 앞뒤가 맞는 결론을 도출한다. "강도가 공을 훔쳐갔어요?"

"뭐라고?"

"강도가 공을 훔쳐간 게 아니면 계속 연습할 수 있는 거 아니에요?"

층계참에 모인 그들 일당은 맥스가 내린 결론을 두고 고민에 잠기고, 어느 누구도 그럴듯한 반론을 생각해내지 못하자

딱히 할 일이 없어진다.

그래서 그들은 연습을 한다. 아파트 단지 앞마당, 쓰레기 하치장과 자전거 거치대 사이에서 장갑 세 개와 개 한 마리를 골대 삼아 연습을 한다.

막 골을 넣으려는 순간 맥스에게 태클을 당하자 베가는 두 주먹을 휘두른다. 맥스는 뒷걸음질을 친다. 베가가 으르렁거린다. "나 건드리지 마, 부잣집 도련님!" 아이들은 모두 몸을 사린다. 오마르는 겁이 나는 물건이라도 되는 것처럼 공을 피한다.

토드가 날린 공에 코를 세 번째로 맞은 어느 골대가 더 이상 동참하길 거부한 순간 까만 차가 길가에 멈춰 선다. 오마르는 새미의 품으로 달려가 안기고 베가는 등을 돌리더니 아무말 없이 집으로 들어가버린다.

새미는 주머니에 넣어 온 간식을 골대에게 먹이며 귀 뒤를 긁어주고 있는 뱅크에게 다가간다.

"안녕하세요, 뱅크." 그가 인사를 건넨다.

"찾았어?" 뱅크가 묻는다.

"아뇨." 새미가 대답한다.

"사이코가 운이 좋았네!" 토드는 흥분한 목소리로 외치며 엄지손가락과 집게손가락을 권총처럼 흔들다, 자기가 받침 접시를 쓰지 않겠다고 거부하기라도 한 것 같은 표정으로 브릿마리가 노려보자 얼른 멈춘다.

뱅크는 지팡이로 새미의 배를 찌른다.

"사이코가 운이 좋았네. 하지만 새미, 네가 더 운이 좋았다."

뱅크는 맥스, 다이노, 토드, 벤을 데리고 집으로 향한다. 모퉁이를 돌다 말고 브릿마리에게 큰 소리로 묻는다.

"내일 올 거죠?"

"어딜?" 브릿마리가 묻자 아이들은 제정신이냐고 묻는 듯한 표정으로 일제히 그녀를 쳐다본다.

"대회요! 내일 대회가 열리잖아요!" 맥스가 고함을 지른다.

브릿마리는 눈을 감고 뺨을 쏙 집어넣은 얼굴을 감추려고 치맛자락을 턴다.

"하. 하. 당연하지. 당연히 가야지."

그녀는 내일이 그녀가 보르그에서 보내는 마지막 날이 될 거라고 얘기하지 않는다. 아이들도 거기에 대해서 아무 말도 하지 않는다.

브릿마리는 새미가 베가와 오마르의 방에서 나올 때까지 주방에 앉아서 기다린다.

"이제 자요." 그는 억지로 미소를 지으며 말한다.

브릿마리는 일어나서 흥분을 가라앉히고 침착하게 말을 꺼낸다.

"나는 남의 일에 참견하고 그런 사람이 아니라서 참견하고 싶진 않다만, 만약 네가 오늘 저녁에 사이코를 처치해서 베가와 오마르의 복수를 하려고 했던 게 사실이라면 누군가를 해치우겠답시고 이리저리 돌아다니는 건 신사답지 않은 행동이라고 이 자리에서 분명히 얘기하고 싶다."

그는 눈썹을 추켜세운다. 그녀는 핸드백을 움켜쥔다.

"저는 신사가 아닌데요." 그가 웃으며 말한다.

"아니지. 하지만 신사가 될 수도 있잖아!"

그가 웃음을 터뜨린다. 그녀는 웃지 않는다. 그래서 그는 웃음을 거둔다.

"아, 그러지 마세요. 저는 그 녀석을 죽이지 않았을 거예요. 단짝 친구인걸요. 걔가 요즘 제정신이 아니에요, 무슨 소린지 아시죠? 사람들한테 돈을 빌렸거든요. 질이 안 좋은 사람들한테. 그래서 벼랑 끝에 몰렸어요. 베가하고 오마르가 거기 있을 줄도 몰랐을 거고요."

"그랬겠지." 브릿마리는 말한다.

"아주머니는 무시해도 되는 존재라는 뜻은 아니에요!" 그는 오해의 소지를 바로잡는다.

"죄송해요. 담배 한 대 피워야겠어요." 새미가 한숨을 쉬며 말하자 브릿마리는 그제야 그가 손을 부들부들 떨고 있다는 사실을 알아차린다.

그녀는 그와 함께 발코니로 나가서 전혀 티를 내지 않고 어정쩡하게 기침을 한다. 그가 반대쪽으로 연기를 날리며 사과한다.

"죄송해요. 연기 때문에 괴로우세요?"

"담배 한 대 더 있느냐고 묻고 싶은데." 브릿마리는 눈도 깜빡하지 않고 이렇게 말한다.

그는 웃음을 터뜨린다.

"담배 피우시는 줄 몰랐어요."

"당연히 안 피우지." 그녀는 변명조로 얘기한다. "그냥 힘든 하루를 보내서 그런 거야."

"알았어요, 알았어요." 그는 히죽거리며 그녀에게 담배를 건네고 불을 붙여준다.

그녀는 조금씩 얕게 뻐끔거린다. 눈을 감는다.

"제멋대로 대책 없이 살고 싶은 본능이 꿈틀거리는 사람이 세상에 너 혼자뿐인 줄 아니? 나도 젊었을 때는 담배깨나 피웠어."

그가 폭소를 터뜨린다. 그녀는 비웃음이라기보다 자기가 한 말이 재밌어서 웃는 거라는 생각이 들자 좀 더 구체적으로 설명한다.

"내가 젊었을 때 한동안 웨이트리스로 일을 했거든!"

그녀는 지어낸 이야기가 아니라는 걸 강조하기 위해 고개를 끄덕인다. 새미는 감탄하는 표정을 지으며 뒤집어놓은 술 상자에 앉으라고 손짓한다.

"위스키 한잔 드릴까요?"

브릿마리의 이성이 어느 방 안에 갇혀버렸는지 이렇게 대답하는 그녀의 목소리가 문득 귓가에 전해진다.

"그래, 좋지. 그거 아니, 새미? 나 지금 위스키 진짜 마시고 싶어!"

그래서 그들은 위스키를 마시고 담배를 피운다. 브릿마리는 담배 연기로 도넛을 만들어보려고 한다. 웨이트리스 시절에 그걸 만들어보는 게 소원이었다. 주방장들은 만들 줄 알았다. 전혀 어렵지 않아 보였다.

"아빠가 떠난 게 아니라 우리가 내쫓은 거였어요. 저하고 마그누스가요." 새미가 밑도 끝도 없이 불쑥 말을 꺼낸다.

"마그누스가 누군데?"

"그 자식은 '사이코'라는 이름을 더 좋아하죠. '마그누스'라고 하면 무섭지 않으니까." 새미는 씩 웃는다.

"하." 브릿마리는 이렇게 말하지만 "하"보다 "하?"에 가깝다.

"아버지는 술만 마셨다 하면 엄마를 때렸어요. 아무도 그런 줄 몰랐는데 우리 둘이 어렸을 때 마그누스가 축구 연습을 하러 가자고 저를 부르러 왔다가 처음으로 그 광경을 보게 된 거예요. 걔네 집은 제대로 된 핵가족이었거든요. 아버지는 보험회사 직원에 오펠 차를 몰고 다니고, 뭐 그런. 제가 엄마하고 아버지 사이에 끼어들었다가 아버지한테 평소처럼 얻어맞는 걸 보고는 마그누스가 어디에선가 튀어나와서 아버지의 목에 대고 칼을 겨누며 소리를 질렀어요. 저는 그제야 우리처럼 살지 않는 아이들도 있다는 사실을 깨달았던 것 같아요. 오마르가 울음을 터뜨렸죠. 베가도 울어버렸고요. 그래서…… 그 순간 이제는 더 이상 못 참겠다는 생각이 들었어요. 무슨 뜻인지 아시죠?"

브릿마리는 콧구멍으로 담배 연기를 뿜으며 기침을 한다. 새미가 그녀의 등을 토닥이다 물을 가져다준다. 그러고는 발코니 난간에 서서 땅바닥과의 거리를 가늠이라도 하듯 난간 너머를 내려다본다.

"마그누스가 아버지를 내쫓을 수 있게 도와줬어요. 그런 친구는 아무 데서나 찾을 수 없는 거잖아요."

"어머니는 어디 계시니, 새미?"

"잠깐 어디 가셨어요. 금방 돌아오실 거예요." 새미는 어물쩍 넘기려고 한다.

브릿마리는 흥분을 가라앉히고 협박하듯이 담배로 그를 겨눈다.

"새미, 내가 이런 사람이기도 하고 저런 사람이기도 하지만 바보는 아니다."

새미는 잔을 비운다. 머리를 긁적인다.

"돌아가셨어요." 그가 마침내 실토한다.

브릿마리는 자신이 전말을 확실히 파악하기까지 정확히 어느 정도 시간이 걸렸는지 알지 못한다. 보르그 위로 어둠이 내렸고 눈이 오는지도 모르겠다는 생각이 들었다. 새미, 베가, 오마르의 아버지가 떠나자 그들의 어머니는 트럭 회사에서 받는 일을 점점 늘렸다. 날이면 날마다 그랬다. 트럭 회사에서 모든 기사를 해고하자 어떻게든 외국 회사를 찾아서 일감을 받았다. 어머니들이 그렇듯 날이면 날마다 그랬다. 어느 날 저녁, 차가 막혀서 배달이 지연되는 바람에 보너스를 받기 어려울 지경에 놓였다. 그래서 그녀는 너무 오래된 트럭을 몰고 악천후에 밤길을 달렸다. 동이 틀 무렵, 맞은편에서 달려오던 차량의 운전자가 휴대전화를 집느라 정신이 팔린 사이 차가 엉뚱한 쪽으로 휘청거렸다. 그녀가 핸들을 틀자 빗길에 타이어가 접지력을 잃었고 트럭이 뒤집히고 말았다. 3천 킬로미터 멀리서 세 아이가 열쇠로 현관문을 열고 들어오는 소리가 들리길 기다리던 그때, 도로 위로 피와 깨진 유리 조각들이 홍수처럼 쏟아졌다.

"엄마는 엄청 훌륭한 분이었어요. 전사였죠." 새미가 나지막이 속삭인다.

브릿마리는 잔을 다시 채운 다음에서야 더듬더듬 말을 꺼낼 수 있다.

"정말, 정말 가슴이 아프다, 새미."

보잘것없는 위로처럼 들릴지 모른다. 하지만 그녀의 능력이 거기까지다.

새미는 그녀가 그를 위로하는 게 아니라 그 반대인 것처럼 이해한다는 듯이 그녀의 팔을 토닥인다.

"베가는 대개 화가 난 것처럼 보이지만 사실은 불안해하는 거예요. 오마르는 불안해하는 것처럼 보였을지 몰라도 화가 나 있고요."

"너는 어떠니?"

"저는 어떤 감정도 느낄 겨를이 없어요. 동생들을 돌봐야 하니까요."

"하지만…… 어떻게…… 내 말은…… 관계 당국은 어쩌고." 그녀는 단편적인 생각들이 밀물처럼 밀려들자 말문을 연다.

새미가 담배에 불을 붙여서 브릿마리에게 주고 자기 담배에도 불을 붙인다.

"아버지가 도망갔다는 걸 아무한테도 알리지 않았거든요. 외국 어딘가에 있을 텐데 주소지는 지금도 여기로 되어 있어요. 예전 운전면허증도 여기 있어서 오마르가 주유소에서 만난 트럭 기사를 매수해 우리 아빠인 척 소도시 경찰서에 가서 몇 가지 서류에 서명을 하게 했죠. 그렇게 해서 엄마 보험금으로 2, 3천을 챙겼어요. 지금까지 그 부분에 대해서 물어본 사람은 아무도 없었고요."

"하지만 그냥 그렇게…… 맙소사, 새미, 이게 무슨 『삐삐 롱

스타킹』도 아니잖니! 아이들은 누가 챙길 것이며—"

"제가요. 제가 챙길 거예요." 그가 말허리를 자르며 딱 잘라 얘기한다.

"언제……까지?"

"할 수 있을 때까지요. 금세 들통날 거 알아요, 저도 바보는 아니니까. 시간이 조금 필요할 따름이에요. 아주 조금요. 저한 테 계획이 있어요. 제가 동생들을 경제적으로 책임질 수 있다 는 걸 보여줘야 하잖아요. 안 그러면 베가와 오마르를 데려다 우라질 고아원에 넣지 않겠어요? 그럴 순 없어요. 저는 그냥 포기하고 떠나버리는 그런 사람이 아니에요."

"너한테 동생들을 맡길 수도 있잖아. 있는 그대로 설명하면 관계 당국에서—"

"저를 보세요, 아주머니. 전과자에 실업자에 사이코 같은 친 구들이랑 어울려 다니잖아요. 아주머니라면 저한테 두 아이를 맡기겠어요?"

"그 사람들한테 커트러리 서랍을 보여주면 되잖아! 너도 신 사가 될 가능성이 있다고 설명하면 되잖아!"

"고맙습니다." 그는 그녀의 어깨에 손을 얹는다.

그녀는 그에게로 몸을 기울인다.

"스벤은 전부 아는 거지?"

새미는 진정하라는 뜻에서 그녀의 머리칼을 쓰다듬는다.

"트럭을 발견한 외국 경찰의 전화를 받은 사람이 스벤이에요. 스벤이 찾아와서 우리에게 그 소식을 전했어요. 우리처럼 엉엉 울었고요. 엄마가 트럭을 몰면 군대에 있는 거나 다름없어요. 제복을 입은 사람이 찾아오면 무슨 일로 왔는지 단박에 알아차리죠."

"그럼…… 스벤은……."

"전부 알아요."

브릿마리는 그의 셔츠를 빤히 쳐다보며 열심히 눈을 깜빡인다. 희한한 일이다. 나이 많은 여자가 한밤중에 이런 식으로 젊은 남자와 함께 발코니에 있다니. 사람들이 도대체 뭐라고 생각하겠는가.

"규칙과 규정을 믿는 사람들이 경찰관이 되는 줄 알았더니."

"스벤이 경찰관이 된 이유는 정의를 믿기 때문인 것 같아요."

브릿마리는 허리를 편다. 얼굴을 쓸어내린다.

"위스키를 좀 더 마셔야겠다. 그리고 너무 번거롭지 않으면 유리 세정제도 한 병 갖다줘."

그녀는 상당한 시간 동안 심사숙고한 끝에 덧붙인다.

"상황이 상황인 만큼 아무 브랜드나 써야겠다."

29

브릿마리가 눈을 뜨자 어마어마한 강도의 두통이 그녀를 맞이한다. 그녀는 뱅크의 집, 그녀의 침대에 누워 있다. 옆집에서 드릴로 벽을 뚫는 것 같다. 자리에서 일어나자 방이 통째로 휘청거린다. 진땀이 나고 온몸이 욱신거리며 입안은 칼로 벤 듯이 쓰리다. 브릿마리는 인생 경험이 어느 정도 있는 여자이기에 이게 무슨 증상인지 단박에 알아차린다. 지난 40년 동안 마신 양을 합한 것보다 더 많은 양의 술을 어제 새미의 집에서 마셨으니 합당한 결론은 한 가지일 수밖에 없다.

"나 독감 걸렸나봐요!" 그녀는 주방으로 내려가 다 안다는 듯이 설명한다.

뱅크는 베이컨과 달걀을 굽고 있다. 개는 킁킁거리며 냄새를 맡더니 브릿마리에게서 살짝 떨어진다.

"술 냄새가 나는데요?" 뱅크는 재미있어하는 표정을 지으며 이렇게 묻는다.

"맞아요. 그래서 내가 오늘 몸이 이런 거예요." 브릿마리가 고개를 끄덕이며 말한다.

"아까는 독감에 걸렸다면서요." 뱅크가 말한다.

브릿마리는 서글서글하게 고개를 끄덕인다.

"그러니까요, 내 말이 그 말이에요! 그게 결론일 수밖에 없어요. 술을 마시면 면역 체계가 무너지잖아요. 그래서 내가 독감에 걸린 거예요."

"독감 맞네요." 뱅크는 중얼거리며 브릿마리 몫의 달걀을 식탁에 내려놓는다.

브릿마리는 눈을 감고 구역질을 참으며 달걀을 개에게 준다. 뱅크가 이번엔 찬물 한 잔을 그녀 앞에 놓는다. 브릿마리는 물을 마신다. 독감에 걸리면 탈수 현상이 일어난다. 그녀도 어디에선가 읽은 적이 있다.

"우리 아이들은 노상 아팠어요. 늘 이 병 아니면 저 병으로. 하지만 나는 한 번도 아픈 적이 없어요. '브릿마리, 당신은 견과류 열매처럼 튼튼하네요!' 내 주치의는 항상 그렇게 얘기해요, 진짜예요!"

뱅크도 개도 아무 대꾸를 하지 않자 브릿마리는 숨을 깊게 들이마시고 쓸쓸하게 눈을 깜빡인다. 좀 전에 자기가 했던 말에서 틀린 부분을 바로잡는데 단어에서 산소가 빠져나간 느낌이다.

"남편의 아이들 말이에요."

그녀는 말없이 물을 마신다. 개와 뱅크는 달걀을 먹는다. 브릿마리는 독감에 걸렸다고 할 일을 빼먹는 그런 사람이 아니기에 그들과 함께 가서 축구팀을 만나기로 한다. 개가 집 앞 화단 주변을 시위하듯 서성인다. 간밤에 누가 거기다 토악질이라도 해놓은 것처럼 냄새가 지독해서 그렇다.

그들이 도착해보니 미지의 인물이 부서진 피자 가게 문 안쪽에 앉아서 커피를 마시고 있다. 브릿마리가 가까이 다가가자 그녀는 얼굴을 찡그리고, 브릿마리는 그보다 한층 더 우거지상을 쓴다.

"냄새가 고약하네. 안에서 담배 피웠어요?" 브릿마리가 거의 비난조로 묻는다.

미지의 인물이 콧잔등을 찡그린다.

"당신은요, 브릿마리? 그 뭣이냐, 몸에 불이 나서 위스키로 끄려고 했어요?"

"나는 독감에 걸렸다고요." 브릿마리가 코웃음을 친다.

뱅크가 지팡이로 미지의 인물의 휠체어를 찌른다.

"구시렁구시렁 그만하고 블러디 메리나 만들어드려."

"그게 뭔데요?" 브릿마리는 최대한 밝은 목소리로 묻는다.

"어…… 독감에 좋은 거예요." 뱅크가 중얼거린다.

미지의 인물은 주방으로 사라졌다가 토마토주스가 가득 담긴 것처럼 보이는 잔을 들고 나온다. 브릿마리는 의심스러워하며 한 모금 마셨다가 개의 면전에 대고 뱉는다. 개는 전혀 좋아하지 않는다.

"후-추-맛이 나잖아요!" 브릿마리는 캑캑거린다.

개는 자갈밭으로 나가서 조심스럽게 맞바람을 맞는 방향으로 앉는다. 뱅크는 지팡이를 팔 길이만큼 뻗어 침이 튀는 사정권에서 벗어난다. 미지의 인물은 눈살을 찌푸리고 행주를 가져와 그들 사이에 놓인 테이블을 닦으며 중얼거린다.

"어떤 독감에 걸렸는지는 모르겠지만 내 부탁 하나만 들어줄래요, 브릿마리? 이를 닦기 전에는 당신 근처에서 성냥불 켜지 마요, 네? 피자 가게에 화재보험 안 들어놨단 말이에요."

브릿마리는 그게 무슨 소린지 전혀 알 길이 없다. 그래도 미지의 인물과 뱅크에게 정중하게 사과하고 레크리에이션 센터에서 할 일이 있으므로 오전 내내 여기서 노닥거리고 있을 시간이 없다고 설명한다. 그녀는 씩씩하게 주차장을 가로지르고 절제된 태도를 유지하며 레크리에이션 센터 화장실 안으로 들어가 문을 잠근다.

밖으로 나와보니 스벤이 피자 가게 문 옆에 쪼그리고 앉아서 경첩을 다시 달고 있다. 그녀가 보이자 그는 비틀거리며 일어나 경찰모를 벗는다. 발치에 공구 상자가 놓여 있다. 그는 애써 미소를 짓는다.

"내가, 저기, 문을 고칠 수도 있지 않을까 싶어서요. 내가……."

브릿마리는 "하"라고 중얼거리고 그의 발치에 흩뿌려진 나뭇조각들을 쳐다본다.

"그래요, 그러니까 내가 여기 다 청소할게요. 그게…… 저, 미안해요!"

그는 사과하는 게 나뭇조각들보다 훨씬 중요하다는 투다. 그가 옆으로 비켜서자 그녀는 살그머니 지나간다. 이를 닦았지만 그래도 숨을 참는다.

"저기, 어제는 정말 미안했어요." 그가 그녀의 등에 대고 궁상맞게 얘기한다.

그녀는 걸음을 멈추지만 뒤를 돌아보지는 않는다. 그가 헛기침을 한다.

"당신에게…… 그런 기분을 느끼게 할 생각은 없었어요. 당신에게…… 그런 기분을 느끼게 하는 사람은 절대 되고 싶지 않았는데."

그녀는 눈을 감고 고개를 끄덕인다. 그의 손길을 느끼고 싶은 마음을 이성이 잠재워줄 때까지 기다린다.

"청소기 들고 올게요." 그 마음이 잠재워지자 그녀는 나지막이 속삭인다. 그녀는 멀어져가는 자신의 모습을 그가 바라보고 있다는 걸 안다. 발을 밟지 않고 걷는 법을 잊어버리기라도 한 것처럼 그녀의 걸음걸이가 어색해진다. 그녀는 그가 하는 말들을 들으면, 어느 호텔에 들어가 새롭고 궁금한 마음으로 조심스럽게 벽에 달린 스위치를 하나씩 눌러보지만 계속 원치 않는 곳의 불이 켜질 때와 비슷한 기분이 든다.

주방의 청소 도구용 벽장 문을 열고 피자 가게의 청소기를 꺼내는데 미지의 인물이 따라 들어온다.

"이거요. 당신 앞으로 배달됐어요."

브릿마리는 미지의 인물의 손에 들린 꽃다발을 빤히 쳐다본다. 튤립이다. 자주색이다. 브릿마리는 자주색 튤립을 사랑한다. 볼썽사납게 감정을 분출하지 않는 한도 안에서 사랑할 수 있을 만큼 사랑한다. 그녀는 가만가만 꽃다발을 들고 몸을 떨지 않으려고 기를 쓰고 참는다. "사랑해." 카드에 그렇게 적혀 있다. 켄트가 보낸 거다.

한 인간을 파악하려면 오랜 시간이 걸린다. 평생이 걸린다. 집이 진정한 집이 되는 데 걸리는 시간도 그만큼이다.

호텔에서 나는 손님에 불과하다. 호텔은 내가 가장 좋아하는 꽃이 무엇인지 알지 못한다.

그녀는 튤립으로 허파를 채운다. 길게 한 번 향을 들이마시자 그녀의 식기 건조대와 청소 도구용 벽장과 그녀가 직접 깔았기에 위치를 다 아는 깔개들이 있는 곳으로 돌아간다. 흰색 셔츠와 까만색 신발과 욕실 바닥에 떨어져 있는 축축한 수건. 모두 켄트가 쓰는 물건들이다. 모두 켄트의 물건들이다. 그런 건 다시 쌓아나갈 수 없는 법이다. 살다보면 아침에 눈을 떴을 때 호텔에 머무르기엔 내 나이가 너무 많다는 사실을 깨닫는 날이 찾아온다.

그녀는 다시 주방 밖으로 나왔을 때 스벤과 눈을 맞추지 않는다. 입 밖으로 내면 안 되는 모든 말을 청소기의 소음이 잠재워주니 고마울 따름이다.

잠시 후 정확하게 시간에 맞춰서 베가, 오마르, 벤, 토드, 다이노가 등장하자 브릿마리는 아이들에게 새로 빤 축구복을 열심히 입힌다. 베가는 브릿마리의 안색을 살피더니 숙취에 시달리는 사람 같다며 술이 덜 깼느냐고 묻는다. 브릿마리는 절대 아니라고, 독감에 걸려서 기운이 없는 거라고 모든 수단을 동원해 못을 박는다.

"아. 그 독감요? 형도 오늘 아침에 그거 걸렸던데." 오마르가 웃음을 터뜨린다.

스벤이 고쳐 단 다정한 종이 처음으로 딸랑딸랑 울리자, 수염을 기르고 모자를 쓴 남자들이 커피를 마시고 신문을 읽으러 들어온다. 그런데 한 남자가 첫 경기가 언제 시작하느냐고 묻는다. 오마르가 알려주자 각자 손목시계를 확인한다. 백만 년 만에 처음으로 챙겨야 하는 스케줄이 생긴 사람들 같다.

문 위에 달린 종이 두 번째로 울리고, 할머니 둘이 보행 보조기에 몸을 싣고 문지방을 넘는다.

그중 한 명이 브릿마리를 똑바로 쳐다보며 그녀를 손으로 가리킨다.

"아네가 우이 팅 오인가?"

브릿마리로서는 이게 말인지 잡음인지 알 길이 없다. 베가가 그녀 쪽으로 몸을 기울이고 속삭인다.

"아주머니가 우리 코치냐고 물으세요."

브릿마리는 거기서 총알이라도 발사될 것처럼 할머니의 손 끝을 뚫어져라 쳐다보며 고개를 끄덕인다. 그러자 할머니는 보행 보조기 손잡이 밑에 달린 조그만 시렁에서 봉지를 꺼내 브릿마리의 팔에 쑤셔 넣는다.

"우이 팅 아애들 가일!"

"우리 팀 사내아이들 먹일 과일이래요." 베가가 싹싹하게 통역을 한다.

"하. 그런데 우리 팀엔 여자아이도 있는데요." 브릿마리가 알려준다.

할머니는 그녀를 노려본다. 그러더니 베가와 아이가 입고 있는 축구복을 노려본다. 다른 할머니가 앞으로 밀고 나와서 뭔

지 모를 말을 첫 번째 할머니에게 끙끙거리자 첫 번째 할머니
가 베가를 가리키며 브릿마리를 노려본다.

"애안는 가일 더죠!"

"저한테는 과일을 더 많이 먹이래요." 베가는 그 소리를 듣
고 좋아하며 브릿마리 팔에 들려 있던 봉지를 낚아채 안을 들
여다본다.

"하." 브릿마리는 이렇게 외치고 그녀가 아는 모든 방식을
동원해 치맛자락을 미친 듯이 매만진다.

그녀가 다시 고개를 들어보니 두 할머니가 어찌나 바짝 다
가와 서 있는지 그들 사이에 A4 종이 한 장 넣지 못할 정도다.
할머니들이 브릿마리와 뱅크를 가리킨다.

"아네 엄은이드이 아이드으 오오시오 에어아서 보르그 우이
아아따 오이오! 우이 어이어 우이 아아따고! 그 아거들아네 오
이오, 아아드어지?"

"아주머니랑 뱅크가 우리를 소도시로 데려가서 그 잡것들한
테 보르그가 죽지 않았다는 걸 보여주래요." 한입 가득 사과를
베어 문 베가가 얘기한다.

브릿마리의 이쪽 옆에 서 있던 뱅크가 씩 웃는다.

"저 할머니가 브릿마리, 당신을 '젊은이'라고 불렀어요."

젊었을 때도 '젊은이'라고 불린 적이 없었던 브릿마리는 뭐
라고 대꾸하면 좋을지 생각이 나지 않는다. 그래서 살짝 어쩔

줄 몰라 하며 보행 보조기에 몸을 기댄 한 할머니를 토닥이는 동시에 이렇게 말한다.

"하. 고맙습니다. 진심으로 고맙습니다."

할머니들은 끙끙거리며 다시 보행 보조기에 몸을 싣고 나간다. 미지의 인물이 파란 문이 달린 하얀 차 열쇠를 가져오고, 베가는 사과를 씹으면서 가는 길에 맥스를 태워야 한다고 말한다.

"하. 너는 개를 안 좋아하는 줄 알았는데." 브릿마리가 놀라워하며 말한다.

"아줌마까지 지금 이러기예요?" 베가가 버럭 고함을 지르자 뿜어져 나온 사과 조각이 둘 사이를 스치고 날아간다.

오마르가 큰 소리로 비웃자 베가는 사과와 망고가 든 봉지를 오마르의 뒤통수에 대고 휘두르며 오마르를 쫓아 주차장으로 달려 나간다.

브릿마리는 눈을 감고 두통이 사라질 때까지 눈꺼풀에 질끈 힘을 준다. 그런 다음 자동차 열쇠를 신경질적으로 만지작거리다 조용히 기침을 하고 시선을 피한 채 스벤 쪽으로 내민다.

"독감에 걸려서…… 운전을 하면 안 될 것 같아서요."

스벤은 차에 올라타 모자를 벗는다. 모자를 벗은 이유는 두 말하면 잔소리지만 그녀의 심정에 공감하기 때문이다. 경찰이 모는 차를 타고, 그것도 파란 문이 달린 하얀 차를 타고 축구 대회장으로 가면 사람들이 어떻게 생각하겠느냐고 브릿마리가 걱정하는 걸 원치 않기 때문이다.

탑승한 승객과 개의 숫자가 법적인 측면이나 위생적인 측면에서 허용 한도를 훌쩍 넘은 데다가 자리가 모자라 개와 토드는 트렁크에 앉았지만 그래도 스벤은 아무 소리 하지 않는다. 막판에 그가 기름을 넣어야겠다고 쭈뼛쭈뼛 말한다. 그러면서 자기가 넣어도 되겠느냐고 묻는다. 그녀는 그럴 필요 없다고, 자기가 할 수 있다고 한다. 파란 문이 달렸건 아니건 그녀의 차이지 않은가.

그녀가 손을 맞잡고 주유기 앞에 서 있은 지 10분이 지났을 때 뒷문이 열리면서 서로 뒤엉킨 팔과 다리와 축구화와 개 머리를 헤치고 베가가 기어 나와서 스벤의 시야를 가릴 수 있도록 조심스럽게 위치를 잡는다.

"가운데 있는 거예요." 베가는 주유기를 향해 손을 내밀지 않고 브릿마리에게 나지막이 속삭인다.

브릿마리는 당황스러워하며 베가를 쳐다본다.

"아무 생각 없이 차에서 내렸지 뭐니. 그런데 네가 무슨 수로……."

브릿마리의 목소리가 갈라진다. 베가는 스벤이 차창 너머로 아무것도 볼 수 없게 최대한 가슴을 편다. 그러고는 손을 내밀어 브릿마리의 손을 잡는다.

"그게 무슨 상관이겠어요, 코치님."

브릿마리는 희미하게 미소를 지으며 베가의 운동복 어깨에 붙은 머리카락을 다정하게 떼어낸다.

"늘 남편이 기름을 넣었거든. 늘 그이가 했어…… 그이가 했지."

베가가 가운데 주유기를 가리킨다. 브릿마리는 살아 있을까 봐 걱정되는 듯한 표정으로 주유 밸브를 잡는다. 베가가 허리를 숙여서 주유구 뚜껑을 연다.

"너는 이런 걸 누구한테 배웠니?" 브릿마리가 묻는다.

"엄마한테요." 베가가 대답한다.

그러더니 누가 봐도 새미의 여동생이라고 할 만한 표정으로 함박웃음을 짓는다.

"태어난 그날부터 리버풀을 응원할 필요는 없어요, 코치님. 어른이 된 다음에 그래도 돼요."

그날은 축구 대회가 열리는 날이자 작별의 날이자 브릿마리가 차에 기름을 직접 넣은 날이다. 이제 그녀는 누가 그러자고 하면 산을 오르고 바다를 건널 수도 있을 것이다.

30

정확히 어느 시점에 잿빛으로 영원히 우중충할 것 같던 1월의 하늘을 뚫고 해가 비쳤는지 모르겠지만 새로운 계절을 미리 예견한 듯한 분위기다. 오늘은 보르그가 왠지 모르게 달라 보인다. 그들은 밖에 온실이 있는 토드의 집을 지난다. 임신부가 안에서 왔다 갔다 하고 있다. 그 뒤로 정원과 사람들이 그들 옆으로 계속 지나간다. 보르그의 단 하나뿐인 도로는 늘 인적이 없는데 아주 이상한 일이다. 어떤 사람들은 젊고, 어떤 사람들은 아이가 있으며, 어떤 사람들은 그들의 차를 보고 손을 흔든다. 모자를 쓴 어떤 남자는 손에 팻말을 들고 서 있다.

"'매물' 팻말을 내걸고 있는 건가요?" 브릿마리가 묻는다.

스벤은 속도를 늦추고 남자에게 손을 흔든다.

"걸었던 팻말을 내리는 거예요."

"왜요?"

"분위기가 달라졌거든요. 다들 축구 경기를 보러 갈 거예요. 이제는 다른 곳으로 떠나지 않고 여기 남아서 앞으로 어떤 일들이 벌어질지 보고 싶어 해요. 보르그에서 앞으로 어떤 일들이 벌어질지 궁금해하는 사람이 생기다니 정말 오랜만이에요."

파란 문이 달린 하얀 차가 보르그를 관통하고, 브릿마리는 보르그의 경계선을 알리는 표지판을 지난 다음에서야 다른 차량들이 그들을 뒤따라오고 있다는 걸 알아차린다. 역사는 보르그 사상 처음으로 길이 막힌 날로 이날을 기억할 것이다.

맥스는 보르그 경계선을 지나면 나오는 한적한 길거리의 큼지막한 주택에 사는데 창문이 어찌나 큰지 내다보는 것보다 들여다보는 기능이 훨씬 중요하다고 생각하는 사람의 작품일 수밖에 없겠다는 생각이 들 정도다. 스벤이 설명하길 이 동네 주민들은 보르그가 아니라 소도시의 관할로 옮겨달라고 지방 의회와 몇 년째 싸우는 중이라 반감만 점점 쌓여가고 있다고 한다. 설명이 끝나기가 무섭게 그 길 끝에서 BMW 한 대가 좌우를 살피지도 않고 차고에서 후진하는 바람에 그는 브레이크를 으스러져라 밟는다. 선글라스를 쓴 프레드릭은 바퀴가 그의 명령에 반항하기라도 하는 것처럼 요란하게 공회전을 한다. 스벤이 손을 흔들지만 BMW는 굉음과 함께 쌩하니 지나간다. 그들을 뚫고 지나갈 듯한 기세다.

"궁둥이에 가시가 돋친 인간 같으니라고." 베가가 중얼거리며 뒷자리에서 내린다.

브릿마리도 뒤따라 내린다. 그들이 초인종을 누르기도 전에 맥스가 문을 열고 스트레스가 쌓인 얼굴로 느릿느릿 나와서 등 뒤로 문을 닫는다. 가슴팍에 '하키'라고 적힌 운동복을 입고 있지만 겨드랑이엔 축구공을 끼고 있다.

"공 들고 갈 필요 없어. 베가가 이미 차에 챙겼거든." 브릿마리가 알려준다.

맥스는 무슨 말인지 모르겠다는 듯이 눈을 깜빡인다.

"공이 여러 개 필요한 건 아니겠지?" 브릿마리는 재차 확인한다.

맥스는 공을 쳐다본다. 브릿마리를 쳐다본다.

"필요하냐고요?"

그게 축구공이랑 무슨 상관이냐는 식이다.

"저기, 너희 집 화장실 좀 써야겠다." 베가가 끙끙대며 못 참겠다는 듯이 문 쪽으로 걸음을 옮긴다. 맥스가 손으로 베가의 어깨를 잡는다. 베가는 당장 맥스의 손을 쳐서 떼어낸다.

"안 돼!" 맥스가 불안한 표정으로 말한다. "미안!"

베가는 의심스러워하는 눈빛으로 맥스를 빤히 쳐다본다.

"너희 집이 얼마나 오버의 극치인지 들통날까봐 불안한 거야? 네가 백만장자거나 말거나 내가 신경이나 쓸 줄 알고?"

맥스가 베가를 옆으로 밀치려고 하지만 베가가 훨씬 빠르다. 맥스의 팔 밑으로 빠져나가서 안으로 들어가버린다. 맥스가 허둥지둥 따라 들어가지만 둘 다 못이 박히듯 그 자리에 정지한다. 베가는 입을 떡 벌렸고 맥스는 눈을 꽉 감았다.

"이런…… 맙소사…… 살림살이들 다 어디 갔어?"

"다 팔았어." 쳐다보지도 않고 방문을 닫으며 맥스가 중얼거린다.

베가가 맥스를 빤히 쳐다본다.

"너희 집 부자 아니야?"

"보르그에 부자가 어디 있어?" 맥스는 이렇게 말하며 현관문을 열고 나와 차가 서 있는 쪽으로 걸어간다.

"그럼 너희 아빠가 그 우라질 BMW를 팔지 않는 건 뭔데?" 베가가 뒤에서 외친다.

"그걸 팔면 우리 아빠가 포기했다는 걸 다들 알게 되잖아." 맥스는 한숨을 쉬며 대답하고 뒷자리에 올라탄다.

"하지만…… 맙소사……." 베가가 맥스를 따라 올라타며 뭔가 말을 꺼내려 하지만 오마르가 베가를 팔꿈치로 세게 찌른다.

"그만해, 누나. 누나가 뭔데? 경찰이야? 가만 내버려둬."

"난 그냥―" 베가가 항변하지만 오마르가 다시 찌른다.

"그만하라니까! 말은 저쪽 애들처럼 해도 축구는 우리처럼 하잖아. 안 그래? 가만 내버려두라고."

맥스는 소도시로 가는 내내 한마디도 하지 않는다. 스포츠 센터 앞에서 차가 멈추자 축구공을 겨드랑이에 끼고 뒷자리에서 내리더니 공을 아스팔트 위로 떨어뜨려놓고 벽을 향해 힘껏 찬다. 브릿마리는 지금까지 그렇게 세게 날아가는 공을 본 적이 없다. 브릿마리는 개와 토드를 트렁크에서 꺼내준다. 뱅크가 그들을 따라서 안으로 들어간다. 다이노, 오마르, 베가가 그 뒤를 따른다. 스벤이 맨 마지막이다. 브릿마리가 몇 번씩 반복해서 세며 누가 없어졌는지 열심히 고민하는 찰나, 뒷자리 저쪽 구석 어딘가에서 다소 애처로운 벤의 목소리가 들린다.

"죄송해요, 아줌마. 저도 모르게 이렇게 됐어요."

그녀가 소리가 들리는 곳을 당장 찾지 못하자 벤이 우물쭈물 말을 잇는다.

"이렇게 큰 대회에 참가한 적이 없어서요. 너무…… 긴장이 됐어요. 아까 주유소에서는 아무 말도 하고 싶지 않았어요."

브릿마리는 벤이 무슨 소리를 하는지 도무지 알아들을 수가 없기에 차 안으로 고개를 들이민다. 벤의 바지와 벤이 앉은 자리에 남은 얼룩을 쳐다본다.

"죄송해요." 아이는 눈을 질끈 감는다.

"아…… 내가…… 미안하다. 걱정 마! 과탄산소다를 쓰면 깨끗하게 지워질 거야!" 브릿마리는 더듬더듬 대답하고 여벌 옷을 꺼내러 트렁크 쪽으로 간다.

그녀는 보르그에서 그런 사람이 되었다. 여벌 옷을 트렁크에 챙기고 축구 경기장에 가는 그런 사람이.

그녀는 벤이 안에서 옷을 갈아입는 동안 대나무 가리개로 창문을 가려준다. 그런 다음 좌석에 과탄산소다를 뿌린다. 벤의 바지를 스포츠 센터로 들고 가 탈의실에 있는 세면대에서 물로 헹군다.

아이는 당황스러운 듯 입술을 내밀고 그녀의 옆에 서 있지만 눈빛만큼은 초롱초롱하다. 빨래가 끝나자 벤이 불쑥 말을 꺼낸다.

"엄마가 오늘 경기를 보러 오세요. 하루 휴가를 내셨대요!"

누가 들으면 이 스포츠 센터가 초콜릿으로 만든 건물이라도 되는 줄 알겠다.

나머지 아이들은 바깥 복도에서 공 두 개를 굴리며 차고 있다. 브릿마리는 달려 나가 실내에서 공을 차는 게 얼마나 부적절한 행동인지 엄하게 나무라고 싶은 마음을 참느라 엄청난 자제력을 발휘한다. 사실 그녀가 보기엔 실내 경기장 자체가 부적절한 발상이지만 자기가 오히려 어이없는 생각을 하는 사람으로 보일 수 있기에 함구한다.

스포츠 홀에는 우뚝한 관람석이 있고 높이가 일정한 계단들이 직사각형 모양의 바닥으로 이어지는데, 그 안으로 이 끝에

서 저 끝까지 가득 그려져 있는 다채로운 선 안에서 축구 시합
이 열리는 모양이다. 실내에서 말이다.

뱅크가 계단 꼭대기에 아이들을 동그랗게 모아놓고 브릿마
리는 알아듣지 못하는 소리를 늘어놓는다. 다들 격려사라면 죽
고 못 사는가보다.

격려사가 끝나자 뱅크는 브릿마리가 서 있음직한 쪽으로 지
팡이를 흔들며 묻는다.

"경기 시작하기 전에 하실 말씀 있어요, 브릿마리?"

브릿마리는 이런 사태를 예상 못 하고 리스트에 적어놓지
않았기 때문에 핸드백을 움켜쥐고 1분간 고민한 끝에 말문을
연다.

"나는 좋은 첫인상을 남기려고 노력하는 게 중요한 일이라
고 생각해."

정확히 어떤 의도로 꺼낸 이야기인지는 그녀도 잘 모른다.
그저 브릿마리가 생각하기엔 그게 살아가는 데 도움이 되는 일
반적인 규칙일 따름이다. 아이들이 다양한 높이로 눈썹을 추켜
세우고 그녀를 쳐다본다. 베가는 봉지에 담긴 과일을 계속 먹
으며 뚱한 표정으로 관람석의 관객들을 턱으로 가리킨다.

"누구한테 좋은 인상을 남겨요? 저 사람들한테요? 저 사람
들은 우리 미워하는 거 몰라요?"

브릿마리도 인정하다시피 자기들 동네의 팀 이름이 적힌 셔

츠를 입고 스카프를 두르고 있는 대부분의 관람객들은 지하철에서 자기 면전에 대고 재채기를 한 낯선 사람을 대하는 눈빛으로 그들을 쳐다보고 있다.

며칠 전에 보르그로 찾아왔던 시의회 늙다리와 축구 협회 여자가 관람석 중간쯤에 서 있다. 여자는 걱정하는 표정이고 늙다리는 서류를 한 아름 들고 있는데 '진행'이라고 적힌 셔츠를 입은 아주 심각한 표정의 남자와, 한쪽에는 소도시의 팀 이름이, 다른 쪽에는 '코치'라는 단어가 적힌 운동복 윗도리를 입은 머리가 긴 남자가 옆에 서 있다. 그 남자는 보르그 팀을 가리키며 이건 "유치원 운동회가 아니라 진짜 대회야!"라고 고래고래 소리를 지르고 있다.

브릿마리로서는 그게 무슨 소린지 알 길이 없지만 토드가 주머니에서 탄산음료 캔을 꺼내자 좋은 첫인상을 남기는 데 도움이 될 리 없다는 결론을 내리고 뚜껑을 따지 못하도록 막는다. 토드는 혈당이 떨어졌다고 주장하지만 베가가 끼어들어서 토드의 어깨를 밀치며 나지막이 쏘아붙인다.

"너 귀머거리야 뭐야? 뚜껑 따지 말라고!"

안타깝게도 그 바람에 토드는 중심을 잃고 하릴없이 뒤로 넘어진다. 토드는 한 칸 떨어질 때마다 비명을 질러가며 계단 중간까지 구르다 축구 협회 여자와 시의회 늙다리와 진행 요원과 코치라는 사람의 다리에 부딪친다.

"뚜껑 따지 말라고!" 베가가 고함을 지른다.

그 소리에 토드는 뚜껑을 따기로 결심한다.

어느 면으로 보나 최고의 첫인상을 심어주었다고는 말할 수 없는 상황이다.

토드가 멈춘 지점에 브릿마리와 뱅크가 도착했을 무렵, 코치라는 사람은 위에서 말한 이유로 더욱 노발대발하며 고함을 지르고 있다. 늙다리와 여자와 서류는 그칠 줄 모르는 레모네이드 세례에 우왕좌왕한다. 캔 속의 레모네이드 일부가 물리학의 법칙을 우회했는지 코치라는 사람의 머리와 얼굴과 옷이 레모네이드 범벅이다. 이 지경에 이르자 코치라는 사람이 화가 머리끝까지 나서 뱅크와 브릿마리를 양손으로 가리키는데 멀리서 보면 누굴 손가락질하는 건지, 오소리의 대략적인 크기를 설명하는 건지 구분이 잘 되지 않는다.

"당신들이 이 팀의 코치요?"

그는 "코치"와 "팀"이라는 단어를 내뱉으며 허공에 정신없이 따옴표를 그린다. 뱅크의 지팡이가 이 코치라는 사람을 찌른 게 처음엔 실수였을지 몰라도 그 뒤로 다섯 번은 고의였을 가능성이 조금 더 높다. 여자는 걱정스러워하는 표정을 짓는다. 서류를 든 늙다리는 경험으로 단련되어 있기에 한 손으로 입을 가리며 그녀의 뒤로 피한다.

"코치 맞는데요." 뱅크가 그렇다고 한다.

코치라는 남자는 씩 웃으며 동시에 화난 표정을 짓는다.

"노파와 장님이 코치라니 장난하는 거요? 이 대회가 무슨 장난인 줄 아시나? 어?"

진행 요원은 근엄하게 고개를 젓는다. 여자는 그 어느 때보다 근심스러워하는 표정으로 뱅크를 쳐다본다.

"당신 팀의 패트릭 이바르스라는 선수가……."

"제가 왜요?" 토드가 바닥에서 불안해하는 투로 묻는다.

"걔가 왜요?" 뱅크는 으르렁거린다.

"네, 패트릭이 왜요?" 제3의 목소리가 묻는다.

토드의 아버지가 브릿마리의 뒤에 서 있다. 머리를 깔끔하게 빗고 단정하게 차려입었다. 재킷 옷깃에 빨간색 튤립을 꽂았다. 켄트가 쭈글쭈글한 셔츠 차림으로 토드의 옆에 서 있다. 토드가 브릿마리를 보며 미소를 짓자 그녀는 당장 아이의 손을 잡고 싶어진다.

"패트릭이 다른 선수들보다 두 살 어리네요. 예외 적용을 받지 않는 한 너무 어려서 참가가 안 되겠는데요." 여자는 바닥에 대고 기침을 하며 말한다.

"그럼 예외 적용을 하면 되겠네요!" 뱅크가 코웃음을 친다.

"규칙은 지켜야죠!"

"그래요? 그래요? 이리 와보시지, 이 쥐새……." 뱅크가 고함을 지르며 코치라는 사람 쪽으로 사납게 지팡이를 휘두르자 코치라는 사람이 넘어지지 않으려고 지팡이를 잡으면서 동시에 뱅크를 자기 쪽으로 잡아당기는 바람에 둘 다 휘청거리며 가로대를 넘어가려고 한다. 그 찰나, 큼지막한 손 하나가 코치의 팔을 단숨에 수갑처럼 휘어잡아 두 사람의 추락을 막는다.

코치라는 사람은 허리를 뒤로 꺾고서 휘둥그레 뜬 눈으로 켄트를 쳐다보며 버둥거리고, 켄트는 그의 팔을 단단히 잡고 몸을 앞으로 숙여 사람들에게 그가 독일을 상대로 사업을 한다고 설명할 때 동원하는 특유의 분명하고 직설적인 말투로 선언한다.

"앞 못 보는 여자를 계단 밑으로 밀어뜨리려고 하면 법원에 고소해서 당신 가족이 앞으로 열 세대 동안 빚더미 속에서 허우적거리게 해줄 테니 그렇게 아시지."

코치라는 사람은 켄트를 빤히 쳐다본다. 뱅크는 지팡이로 코치라는 사람의 배를 두 번 혹은 세 번 찌르는 것으로 다시 균형을 찾는다.

"그리고 당신 팀의 '비가'라는 아이에 대해서도 상대팀의 항의가 있었는데요, 신분증 번호를 보면……."

"내 이름은 베가예요!" 베가가 위에서 으르렁거린다.

여자는 겸연쩍게 귓불을 긁는다. 그러고는 국소 마취제를 바른 사람처럼 미소를 짓는다. 모인 사람들 가운데 유일하게 말이 통할 것 같은 브릿마리를 돌아본다.

"예외 적용을 받아야 여학생과 어린 선수들이 대회에 참가할 수 있어요."

"그러니까 이 소도시 팀이 여학생과 두 살 어린 아이가 무서워서 패트릭과 베가의 참가를 막겠다는 거로군??"

"겁을 먹었군그래!" 뱅크가 고함을 지르다 지팡이로 코치라는 사람의 운동복 윗도리와 서류를 든 늙다리를 실수로 살짝 찌른다.

"우리가 설마 그럴 리가……." 코치라는 사람이 중얼거린다.

이렇게 해서 베가와 패트릭은 예외 적용을 받아 대회에 참가할 수 있게 된다. 패트릭은 자신의 어깨를 팔로 감싸 안은 아빠와 함께 경기장으로 내려가는데 어찌나 행복해 보이는지 날개가 돋지 않을까 싶을 정도다.

나머지 아이들도 경기장으로 달려 내려가서 준비운동 삼아 슛을 날려보는데 솔직히 골대를 제외한 다른 모든 곳으로 공을 날리는 연습을 하는 것처럼 보인다.

브릿마리와 켄트, 단둘이 계단에 남는다. 그녀는 그의 셔츠 어깨에 붙은 머리카락을 떼어내고 그를 한 번도 건드려본 적 없는 사람처럼 그의 팔에 잡힌 주름을 살그머니 바로잡는다.

"어떻게 무서워서 그러느냐는 그런 소리를 할 생각을 했어?" 그녀가 묻는다.

켄트가 웃음을 터뜨리자 브릿마리 안에서도 웃음이 터진다.

"나는 형이 있잖아. 그 수법이 나한테는 늘 효과가 있었거든. 내가 발코니에서 뛰어내리는 바람에 다리가 부러졌던 거 기억나? 내가 저질렀던 바보 같은 짓들은 전부 형한테 무서워서 못 하겠느냐는 소리를 들은 게 발단이었지!"

"잘했어. 그리고 튤립 보내준 것도 고마웠고." 그녀는 자기도 그가 저지른 바보 같은 짓들에 해당하느냐고 묻진 않고 이렇게만 속삭인다.

켄트가 다시 웃는다.

"토드라는 아이의 아빠한테서 샀지. 정원 온실에서 기르고 있더라고. 정신병자 아니야? 빨간색 튤립이 더 '낫다'면서 그걸 사라고 어찌나 못살게 굴던지. 하지만 당신은 자주색 튤립을 좋아한다고 그랬지."

그녀는 그의 가슴에서 보이지 않는 먼지를 털어낸다. 감정을 자제한다.

한 손으로 다른 손을 맞잡는 이성적인 판단을 내린다.

"이제 그만 가봐야겠다. 경기 시작할 때가 돼서."

"행운을 빌게!" 켄트가 이렇게 말하면서 허리를 숙여 그녀의 뺨에 따뜻하게 입을 맞추자 그녀는 계단을 구르지 않도록 쇠 난간을 잡아야 한다.

그가 원정팀 응원석의 마지막 남은 한 자리에 가서 앉자 그녀는 켄트가 자기를 위해 어딘가에 있어준 게 이번이 처음이라는 사실을 깨닫는다. 둘이 함께 지낸 이래 처음으로 그가 그녀의 동행으로 참석한 것이다.

그의 옆자리에 스벤이 앉는다. 그는 시선을 바닥에서 떼지 않는다.

브릿마리는 걸음을 내디딜 때마다 심호흡을 한다. 뱅크와 개가 경기장 옆 벤치에서 그녀를 기다리고 있다. 미지의 인물도 유난히 뿌듯해하는 표정으로 그녀를 기다리고 있다.

"여긴 어떻게 왔어요?" 브릿마리가 묻는다.

"차를 몰고 왔죠." 미지의 인물이 태평하게 대답한다.

"피자 가게 겸 구멍가게 겸 우체국은 어쩌고요? 지금 영업시간 아니에요?"

미지의 인물은 어깨를 으쓱한다.

"누가 거기에 뭘 사러 오겠어요, 브릿? 보르그 사람들이 전부— 여기 있는데!"

브릿마리는 불씨라도 지필 듯한 속도로 치맛자락의 보이지 않는 주름을 바로잡는다. 미지의 인물은 침착하게 그녀를 토닥인다.

"불안하죠? 괜찮아요, 브릿. 내가 그 진행 요원한테 얘기했어요. 브릿이랑 같이 사이드라인에 앉아 있겠다고. 내가 브릿한테 그 뭣이냐, 진정 효과가 있다고. 그랬더니 진행 요원이 어림없는 소리 말라길래 내가 이랬어요. '여긴 장애인 구역이 안 보이네요. 불법 아니에요?' 또 '당신네를 고소할 수도 있어요' 라고 했고요. 그래서 여기 이렇게 앉아 있을 수 있게 됐어요. 가장 좋은 자리에."

브릿마리는 핑계를 대고 사이드라인을 떠나서 복도를 따라 화장실로 들어가 토한다. 다시 벤치로 돌아가보니 미지의 인물이 손가락으로 아무거나 닥치는 대로 두드려가며 계속 이야기를 하고 있다. 개가 브릿마리가 있는 쪽을 킁킁거린다. 뱅크는 껌을 한 통 건넨다.

"정상적인 현상이에요. 중요한 경기를 앞두면 식중독에 자주 걸려요."

브릿마리는 손으로 입을 막고 껌을 씹는다. 사람들이 그녀가 문신이나 그 비슷한 것을 했을지 모른다는 결론을 내릴 수도 있기 때문이다. 잠시 후 관중석에서 박수갈채가 터지고 심판이 경기장으로 들어서고 전용 축구장도 없는 보르그 팀이 경기를 시작한다.

온 동네 사람들의 응원의 함성과 함께 경기가 시작된다. 그 동네는 모든 게 문을 닫기 직전이지만 아직 완전히 닫은 건 아니다.

맨 먼저 다이노가 머리를 정신없게 자른 덩치 큰 남자애에게 태클을, 좀 더 정확히 말하면 팔꿈치로 가격을 당한다. 그가 다음번에 공을 잡았을 때도 똑같은 사태가 벌어지는데 이번엔 강도가 더 세다. 브릿마리의 몇 미터 옆에서 코치라는 사람이 축축한 운동복 차림으로 깡충깡충 뛰며 잘했다고 고함을 지른다.

"바아로 그거야! 본때를 보여줘어어!"

브릿마리가 뱅크에게 심장마비에 걸릴 것 같다고 얘기하자 뱅크는 "축구를 볼 땐 원래 그래요"라고 한다. 그럼 세상에 어떤 사람이 축구를 보고 싶어 할까, 브릿마리는 그런 생각을 한다. 다이노가 세 번째로 공을 잡자 덩치 큰 아이가 축구장 저쪽에서 팔꿈치를 들고 전속력으로 달려온다. 그러다 다음 순간 뒤로 넘어진다. 맥스가 가슴을 내밀고 팔을 꼿꼿이 편 채 그 아이의 위에 서 있다. 맥스는 심판에게 퇴장 명령을 듣기 전에 이미 벤치로 걸어가고 있다.

"맥스! 허! 너 정말, 그 뭣이냐?" 미지의 인물은 기뻐서 어쩔 줄 몰라 한다.

뱅크는 지팡이로 맥스의 신발을 톡톡 친다.

"말은 저쪽 애들처럼 해도 축구는 우리처럼 하네."

맥스가 웃으며 뭐라고 하지만 브릿마리에겐 들리지 않는다.

경기가 속개되고 정신을 차리고 보니 놀랍게도 브릿마리가 서 있다. 입도 떡 벌리고 있는데 어쩌다 그렇게 됐는지 모를 일이다. 경기장에선 선수들 셋이 충돌하고 공이 통통 튀며 터치라인 쪽으로 무작정 굴러오다 벤의 발치에서 멈춰 서자 벤에게 완벽한 기회가 찾아온다. 벤이 공을 빤히 쳐다본다. 스포츠 센터의 모든 관중이 벤을 빤히 쳐다본다.

"날려." 브릿마리가 속삭인다.

"날려!" 관중석에서 누군가가 외친다.

새미다. 그의 옆에 얼굴이 벌게진 여자가 서 있다. 브릿마리는 간호사 유니폼을 벗은 그녀의 모습을 처음 본다.

"날려어어어어어어어어!!!" 뱅크가 지팡이를 앞뒤로 흔들며 소리친다.

그래서 벤은 공을 날린다. 브릿마리는 손바닥에 얼굴을 묻고, 뱅크는 고함을 지르느라 미지의 인물의 휠체어를 넘어뜨릴 뻔한다.

"어떻게 됐어? 어떻게 됐는지 얘기해봐!"

어쩌다 이렇게 됐는지 아무도 믿지 못하겠다는 듯이 관중석에 정적이 흐른다. 벤은 울음을 터뜨릴 것 같은 표정을 짓다가 숨을 곳을 찾는 표정을 짓는다. 하지만 이내 비명을 지르는 팔과 다리와 흰색 운동복에 깔려버린다. 보르그가 1대 0으로 앞서나간다. 새미가 비행기처럼 팔을 벌리고 관중석을 이리저리 돌진한다. 켄트와 스벤은 자리에서 벌떡 일어나 뜻하지 않게 서로 끌어안는다.

얼굴이 벌게진 여자가 난장판을 빠져나와 계단을 달려 내려온다. 그녀가 경기장 안으로 들어가려는 걸 보고 진행 요원 두어 명이 저지하려고 하지만 실패한다. 그들이 총을 들고 있었다 해도 그녀를 막진 못했을 것이다. 벤은 아무도 이 기쁨을 앗아갈 수 없다는 듯이 엄마와 함께 춤을 춘다.

보르그는 14 대 1로 패한다. 결국 달라진 건 없다. 그래도 그들은 이로써 세상의 모든 것이 달라지기라도 하는 것처럼 경기를 한다.

그리고 정말 세상의 모든 것이 달라진다.

31

어느 나이쯤 되면 인간의 자문은 하나로 귀결된다. 남은 인생을 어떻게 살 것인가.

눈을 한참 동안 질끈 감고 있으면 행복했던 추억들을 하나도 남김없이 상당히 생생하게 떠올릴 수 있다. 다섯 살 때 맡았던 엄마의 살냄새, 갑자기 쏟아진 폭우를 피하느라 깔깔대며 현관으로 달려갔던 날. 그녀의 뺨에 닿았던 아버지의 서늘한 코끝. 절대 빨지 못하게 했던 봉제 인형의 까슬까슬한 발에서 느낄 수 있던 포근함. 바닷가에서 마지막으로 보낸 휴가 때 바위를 살금살금 덮치던 파도 소리. 극장에서 들은 박수갈채. 그 뒤로 함께 길을 걸을 때 산들바람에 아무렇게나 날리던 언니의 머리칼.

그것 말고는? 또 언제 그녀가 행복했을까? 몇몇 순간들이 더 있다. 문 앞에서 짤랑거리던 열쇠 소리. 잠든 동안 그녀의 손바닥을 두드리던 켄트의 심장. 아이들의 웃음소리. 발코니에서 느껴지던 바람. 향긋한 튤립. 진정한 사랑.

첫 키스.

몇 개의 순간들. 인간이라면 누구나 시간의 흐름을 놓아버리고 그 속으로 빠져들어 그 순간에 머물 찰나의 기회를 몇 번 누릴 수 있다. 그리고 누군가를 격렬하게 사랑할 기회를, 열정으로 폭발할 기회를 누릴 수 있다.

어쩌면 허락된 사람들은 어린 시절에 몇 번 그런 기회를 누릴지 모른다. 하지만 그 이후에는 자신의 한계 너머에서 몇 번이나 숨을 쉴 수 있을까? 얼마나 많은 순수한 감정으로 거리낌 없이 우렁차게 환호성을 지를 수 있을까? 얼마나 여러 번 기억 상실이라는 축복을 누릴 수 있을까?

모든 열정은 어린애 같다. 진부하고 순수하다. 후천적으로 터득하는 게 아니라 본능적인 것이기에 우리를 압도한다. 우리를 뒤집어놓는다. 우리를 휩쓸고 간다. 다른 모든 감정은 이 땅의 소산이지만 열정은 우주에 거한다.

열정이 의미 있는 이유는 그 때문이다. 그게 우리에게 무엇을 주느냐가 아니라 무엇을 요구하느냐, 그것이 관건이다. 인간으로서의 품위. 곤혹스러워하는 사람들의 표정과 잘난 척 고개를 젓는 그들의 반응.

벤이 골을 넣자 브릿마리는 고함을 지른다. 그녀의 발바닥이 스포츠 센터 바닥에서 솟구친다. 1월에 그런 축복을 누리는 사람은 많지 않다. 이 우주에서 그런 축복을 누리는 사람은 많지 않다.

그것만으로도 축구를 사랑할 수밖에 없다.

밤늦은 시각이고 대회는 몇 시간 전에 끝났지만 브릿마리는 병원에 있다. 하얀 운동복에 묻은 핏자국을 세면대에서 씻어내는데 베가는 그 옆 변기에 앉아서 행복이 넘치는 목소리로 조잘거린다. 가만히 앉아 있을 수 없는 사람처럼 그런다. 수직으로 달릴 수 있을 것처럼 그런다.

브릿마리는 아직까지 심장이 미친 듯이 두근거려서 이런 식으로 살 수 있을 만큼 기운이 팔팔한 사람이 있다는 게 믿기지 않을 지경이다. 아이들 말에 따르면 매주 경기를 치르는 축구팀도 있다지 않은가. 세상에 어떤 사람이 매주 자기 몸에 이런 짓을 기꺼이 저지를까.

"도대체 왜 그런 짓을 저지를 생각을 했는지 나는 도무지 이해가 안 된다." 브릿마리는 너덜너덜해질 지경으로 소리를 질러서 목이 완전히 쉬었기에 간신히 이렇게 속삭인다.

"안 그랬으면 걔들이 골을 넣었을 거잖아요!" 베가는 천 번째 똑같은 설명을 한다.

"공 바로 앞으로 몸을 던지다니." 브릿마리는 운동복에 남은 핏자국을 빨다 말고 손짓으로 나무라며 나지막이 쏘아붙인다.

베가는 눈을 깜빡인다. 찢어진 눈썹에서 충혈된 눈, 콧구멍에 피가 엉겨 붙은 코, 말벌이라도 삼키려고 했던 것처럼 아래가 심하게 갈라진 입술에 이르기까지 얼굴 절반이 포도주색으로 퉁퉁 부어서 눈을 깜빡일 때마다 아파한다.

"내가 슛을 막았잖아요." 베가가 주장한다.

"그래, 얼굴로 막았지. 세상에 슛을 얼굴로 막는 사람이 어딨니?" 그러면서도 브릿마리는 베가의 얼굴에 묻은 피와 운동복에 묻은 피, 둘 중에 뭐 때문에 더 화가 나는지 잘 모르겠다.

"안 그랬으면 걔들이 골을 넣었을 거잖아요." 베가는 어깨를 으쓱한다.

"그런 식으로 목숨을 버릴 각오를 하면서까지 축구를 사랑하는 이유가 뭔지 도무지 모르겠다." 브릿마리는 운동복에 과탄산소다를 뿌리고 맹렬하게 문지르며 나지막이 쏘아붙인다.

베가는 생각에 잠긴 표정을 짓는다. 그러다 머뭇거린다.

"아줌마는 그런 식으로 사랑해본 게 하나도 없어요?"

"하. 없지. 나는…… 하. 글쎄다. 잘 모르겠네."

"축구를 할 땐 아무 고통도 느껴지지 않아요." 베가가 세면대에 담긴 운동복의 등 번호를 빤히 쳐다보며 말한다.

"어떤 고통?"

"모든 고통요."

브릿마리는 부끄러워져서 입을 다문다. 뜨거운 물을 튼다. 눈을 감는다. 베가는 고개를 뒤로 젖히고 화장실 천장을 물끄러미 쳐다본다.

"저는 잘 때 축구 꿈을 꿔요." 베가는 아주 당연한 행동이라도 되는 양 말하며, 어떻게 다른 꿈을 꿀 수 있는지 이해할 수 없는 사람처럼 순수한 호기심에 묻는다.

"아줌마는 무슨 꿈 꿔요?"

브릿마리의 입에서 대답이 본능적으로 흘러나온다.

"나는 가끔 파리 꿈을 꿔."

베가가 알 만하다는 듯이 고개를 끄덕인다.

"그럼 나한테 축구가 아줌마한테는 파리네요. 파리 여러 번 가봤어요?"

"한 번도 못 가봤어."

"왜요?"

"그냥…… 어쩌다보니까 못 갔어. 이리 와서 얼굴 좀 씻자ㅡ"

"왜요?"

브릿마리는 너무 뜨겁지 않게 물 온도를 조절한다.

아직까지도 심장이 쿵쾅거려서 맥박 수를 셀 수 있을 정도다. 그녀는 베가를 쳐다보며 이마에 들러붙은 머리카락 몇 올을 떼어내고 베가보다 그녀가 더 아프기라도 한 것처럼 퉁퉁 부은 눈가를 조심스럽게 더듬는다. 그런 다음 속삭인다.

"내가 어렸을 때 가족들이랑 같이 바닷가에 간 적이 있었거든. 우리 언니는 늘 제일 높은 바위를 찾아가서 물속으로 뛰어내렸는데, 수면 위로 올라올 때까지 내가 계속 그 바위 위에 서 있으면 나한테 이렇게 외치곤 했어. '뛰어내려, 브릿마리! 그냥 뛰어내리면 돼!' 거기 서서 쳐다보고 있으면 딱 1초 만에 뛰어내릴 마음의 준비가 돼. 마음의 준비가 되면 뛰어내릴 용기가 생기는 거야. 하지만 계속 기다리면 절대 뛰어내릴 수가 없지."

"아줌마는 뛰어내렸어요?"

"나는 뛰어내리고 그러는 성격이 아니야."

"아줌마네 언니는 그런 사람이었고요?"

"언니는 너랑 비슷했어. 겁이 없었지."

그녀가 이번엔 화장지를 접으며 속삭인다.

"하지만 아무리 우리 언니라도 미친 여자처럼 축구공 앞으로 얼굴을 들이밀지는 않았을 거다!"

베가는 일어나서 찢어진 곳을 살짝 두드릴 수 있도록 브릿마리에게 얼굴을 맡긴다.

"그래서 아줌마는 지금 파리에 가지 않는 거예요? 뛰어내리고 그러는 성격이 아니라서?" 아이가 묻는다.

"파리에 가기에는 내 나이가 너무 많지."

"파리는 몇 살인데요?"

그 질문에 브릿마리는 적당히 대답할 말을 찾지 못한다. 하지만 십자말 퀴즈 힌트로는 아주 훌륭해 보인다. 그녀는 거울 속에 비친 자신의 모습을 흘끗 쳐다본다. 누가 봐도 모두 어처구니없는 일이다. 나이도 많은 그녀가 며칠 새 두 번이나 병원을 찾았다. 한 아이는 피칠갑한 얼굴을 하고 여기 변기에 앉아 있고 다른 아이는 다리가 부러져서 복도 맨 끝의 병실에 누워 있다.

둘 다 슛을 막으려다 그렇게 됐다. 세상에 그런 식으로 살고 싶을 사람이 어디 또 있을까?

거울 속의 그녀와 눈이 마주치자 깔깔대고 웃는 바람에 베가의 입술에서 흘러나온 피가 이 사이로 흘러든다. 그걸 보고 아이는 정신병자처럼 더 깔깔대고 웃는다.

"아줌마는 뛰어내리고 그러는 성격이 아니라면서 어쩌다 빌어먹을 보르그에 오게 된 거예요, 그럼?"

브릿마리는 화장지로 아이의 입술을 누르며 부적절한 단어를 쓰지 말라고 나지막이 쏘아붙인다. 베가가 성난 목소리로 화장지 사이로 뭐라고 중얼거리자 브릿마리는 화장지를 더 세게 누른다. 그런 다음 아이가 다른 소리를 하기 전에 대기실로 끌고 나간다.

그런데 심사숙고 끝에 내린 판단이 아니었던 게, 프레드릭이 거기 있다. 그가 화장실 문 앞을 왔다 갔다 하고 있다. 토드,

다이노, 벤, 오마르는 한쪽 구석에 놓인 벤치에서 잠이 들었다. 프레드릭은 곧장 으르렁거리며 브릿마리에게 삿대질한다.

"맥스 다리가 부러져서 엘리트 훈련 캠프에 참가하지 못하게 되면 내가 당신을 이 근처엔 얼씬도 못 하도록……."

그는 말끝을 흐리며 눈을 감고 흥분을 가라앉히려고 한다. 베가가 브릿마리를 밀치고 나서서 그의 손가락을 찰싹 때린다.

"그만해요! 다리는 나을 거예요! 맥스가 슛을 막으려다 그렇게 된 거잖아요!"

프레드릭은 주먹을 쥐고, 절망감에 무슨 일을 저지를지 두려워하는 사람처럼 뒷걸음질을 친다.

"내가 엘리트 훈련 캠프 이전에는 축구를 하지 못하게 했단 말이다. 지금 다치면 선수 생활을 영영 망칠 수 있으니까. 그래서—"

"무슨 얼어 죽을 선수 생활 타령이에요? 아직 중학생밖에 안 된 애한테!" 베가가 말허리를 자른다.

프레드릭은 다시 브릿마리에게 삿대질한다. 누가 위에서 그를 떨어뜨리기라도 한 것처럼 벤치에 털썩 주저앉는다.

"아이스하키 선수한테 엘리트 훈련 캠프가 어떤 의미인지 알고서나 하는 소리냐? 그 애가 이번 기회를 잡을 수 있게 하려고 우리가 얼마나 희생했는지 알아?"

"맥스한테 가고 싶은지 물어보기는 했어요?"

"너 저능아야, 뭐야? 엘리트 캠프라니까? 당연히 걔도 가고 싶겠지!" 프레드릭이 고함을 지른다.

"축구할 땐 야단치지 않아도 잘만 하던데요!" 베가도 덩달아 고함을 지른다.

"너도 야단쳐주는 사람이 있어야겠구나!"

"그러는 아저씨는 살림살이가 좀 있어야겠고요!"

그들은 이마를 맞대고 기진맥진한 얼굴로 씩씩대며 서 있다. 둘 다 눈에 눈물이 고였다. 두 사람 모두 그날의 경기를 잊지 못할 것이다. 보르그의 어느 누구도 잊지 못할 것이다.

두 번째 경기는 5 대 0으로 졌다. 토드가 페널티킥을 얻자 비행기처럼 팔을 벌리고 경기장을 뛰어다니는 바람에 중간에 경기가 몇 분 동안 중단되는 해프닝이 있었다. 관중들은 보르그가 월드컵에서 우승이라도 한 것처럼 함성을 질렀고, 브릿마리는 똑같은 설명을 여러 번 반복해서 들은 끝에 이런 성향의 사람들에게 특별히 중요한 축구 대회가 바로 월드컵이라는 사실을 터득했다.

세 번째이자 마지막 경기에서는 스포츠 센터가 어찌나 시끄러웠던지 브릿마리의 귀에 들리는 거라곤 끊임없이 이어지는 함성뿐이었고, 심장이 하도 두근거려서 촉각을 잃은 데다, 팔이 제멋대로 흔들거렸다. 초반에는 상대팀이 2 대 0으로 앞서

나갔지만 몇 분 뒤에 베가가 온몸을 날려서 보르그에 한 골을 바쳤다. 그 직후에 맥스가 못마땅한 눈빛으로 지켜보는 아버지 앞에서, 상대팀 진영을 드리블로 돌파해 골을 넣었다. 같은 팀 선수들의 팔과 다리 사이로 아들이 고개를 내밀자 프레드릭은 실망한 표정으로 고개를 돌리고는 밖으로 나가버렸다. 맥스는 경기 속개를 알리는 주심의 호루라기 소리가 들려도 꿈쩍 않고 사이드라인 옆에 서 있었다. 맥스가 관중들의 함성 소리에 정신을 차렸을 무렵 상대팀은 골대를 한 번, 크로스바를 한 번 맞혔고 나머지 선수들은 베가만 빼고 모두 여기저기 쓰러져 있었다. 그때 상대팀 선수 하나가 기운을 추스르고 아무도 없는 골문을 향해 공을 날리자 베가가 공 앞으로 몸을 던져서 얼굴로 슛을 막았다. 튕겨져 나온 공이 그 선수에게로 다시 돌아갔을 땐 피가 묻어 있었다.

발 옆면으로 공을 살짝 건드리기만 했어도 경기를 승리로 장식할 수 있었을 텐데 그 선수는 힘껏 차서 넣으려고 발을 뺐었다. 맥스가 뒤엉켜서 나뒹구는 선수들 사이를 뚫고 몸을 앞으로 날리며 다리를 뻗었다. 맥스의 발이 공에 닿는 순간, 상대 선수가 다리를 걸어찼다. 맥스가 어찌나 큰 소리로 비명을 질렀던지 브릿마리는 자기 다리가 부러진 듯한 심정이었다.

경기는 2 대 2로 끝이 났다. 보르그 팀이 경기에서 지지 않은 건 아주, 아주 오랜만에 처음이었다. 베가는 병원으로 가는 동안 맥스의 곁을 지키고 앉아서 처음부터 끝까지 아주 부적절한 노래를 불렀다.

벤의 어머니가 문 앞에 서 있다. 그녀는 베가를, 그다음에는 브릿마리를 쳐다보더니 오랜 근무 시간이 끝났을 때 사람들이 그러듯 고개를 끄덕인다.

"맥스가 두 분을 만나고 싶대요. 두 분만요."

프레드릭이 요란하게 욕을 해대지만 벤의 어머니는 꿈쩍도 하지 않는다.

"두 분만요."

"오늘 저녁 근무 아니지 않았어요?" 베가가 묻는다.

"맞아. 하지만 보르그의 축구 경기가 열리면 병원에 일손이 달리거든." 그녀는 심각한 투로 얘기하지만 누가 봐도 애써 웃음을 참고 있는 티가 난다.

그녀는 벤치에 누워 있는 벤에게 담요를 덮어주고 뺨에 입을 맞춘다. 그런 다음 저마다 다른 벤치를 차지하고 잠들어 있는 다이노, 토드, 오마르에게도 똑같이 한다.

브릿마리는 베가와 함께 그녀를 따라 복도를 걸어간다. 등 뒤로 꽂히는 프레드릭의 증오에 찬 시선이 느껴지기에 그의 시선이 아이에게는 닿지 않도록 속도를 늦춰 베가의 뒤에서 걷는다. 맥스는 천장에 다리를 매달고 침대에 누워 있다. 베가가 들어서자 퉁퉁 부은 얼굴을 보고 씩 웃는다.

"얼굴 보기 좋다! 예전 얼굴에 비하면 엄청난 발전인데?"

베가는 코웃음을 치고 맥스의 다리를 턱으로 가리킨다.

"의사 선생님들이 이참에 네 다리를 똑바로 고쳐서 공을 제대로 찰 수 있게 해주신대?"

맥스가 킬킬거린다. 베가도 마찬가지다.

"우리 아빠 화났어?" 맥스가 묻는다.

"차라리 곰들이 숲속에서 똥을 싸느냐고 물어라." 베가가 대꾸한다.

"베가! 병원에서 꼭 그런 식으로 말을 해야겠니? 응?"

베가는 웃음을 터뜨린다. 맥스도 마찬가지다. 브릿마리는 자제심을 동원해 심호흡을 하고 두 아이와 듣기 싫은 단어들을 병실에 남겨둔 채 밖으로 나간다.

프레드릭이 계속 대기실에 서 있다. 그녀는 어찌할 바를 모르고 걸음을 멈춘다. 서로 이마를 맞대고 고함을 질렀을 때 그의 팔뚝에 떨어진 베가의 머리카락을 떼어내고 싶지만 참는다.

"하." 브릿마리는 나지막이 속삭인다.

그는 아무 대꾸도 하지 않는다. 바닥만 노려볼 따름이다. 그래서 그녀는 안 나오는 목소리를 억지로 쥐어짜서 묻는다.

"이 아이들처럼 뭔가를 이 정도로 사랑해본 적 있나요, 프레드릭?"

393

그는 고개를 들고 그녀의 눈을 뚫어져라 쳐다본다.

"친자식이 있나요, 브릿마리?"

그녀는 침을 꿀꺽 삼키고 고개를 젓는다. 그는 다시 바닥을 쳐다본다.

"그럼 사랑을 아느냐고 묻지 마세요."

그들은 벤의 어머니가 다시 나올 때까지 더 이상 아무 말 없이 의자에 앉아 있다. 그녀가 나오자 브릿마리는 자리에서 일어나지만, 맥스의 아버지는 기운이 없는지 계속 앉아 있다. 벤의 어머니가 위로하듯 그의 어깨에 손을 얹고 말한다.

"맥스가 6개월 안으로 다시 아이스하키를 시작할 수 있을 거라고 전해달래요. 다리는 멀쩡하게 나을 거예요. 선수 생활엔 아무 문제 없을 거예요."

맥스의 아버지는 꼼짝하지 않는다. 턱을 목에 대고 세게 누른다. 벤의 어머니는 브릿마리에게 고개를 끄덕인다. 브릿마리는 뺨을 쏙 집어넣는다. 벤의 어머니가 문 쪽으로 걸어가자 맥스의 아버지가 마침내 손으로 눈가를 두 번 얼른 훔치는데 손가락 사이로 흘러내린 눈물이 수염으로 떨어진다. 그에겐 수건이 없다. 바닥에 눈물 자국이 남는다.

"그럼 축구는요? 축구는 언제 다시 시작할 수 있대요?"

어느 나이쯤 되면 인간의 자문은 하나로 귀결된다. 남은 인생을 어떻게 살 것인가.

브릿마리는 응급실 앞 인도에 놓인 벤치에 혼자 앉아 있다. 튤립 꽃다발을 품에 안고 머리칼을 스치는 바람을 느끼며 파리에 대해 생각하고 있다. 한 장소가 인간에게 이렇게 엄청난 영향력을 발휘할 수 있다니 신기한 일이다. 한 번도 가본 적 없는 곳이지만 그래도 눈을 감으면 발밑으로 자갈길이 느껴진다. 그 어느 때보다 지금 더 생생하게 느껴진다. 벤이 골을 넣는 걸 보고 허공으로 점프했을 때 다른 사람이 되어서 내려온 듯한 기분이다. 점프를 할 줄 아는 사람이 되어서 내려온 듯한 기분이다.

"옆에 앉아도 될까요?" 누군가가 묻는다.

웃음기가 느껴지는 목소리다. 그녀도 덩달아 미소를 지으며 감았던 눈을 뜬다.

"그러세요." 그녀는 나지막이 속삭인다.

"목이 쉬었네요." 스벤이 웃는 얼굴로 말한다.

그녀는 고개를 끄덕인다.

"독감 때문에요."

그가 껄껄대고 웃는다. 그녀는 속으로 웃는다. 그는 벤치에 앉아서 사기 꽃병을 내민다.

"음, 당신한테 선물하려고 만들었어요. 수업을 듣고 있거든요. 저기, 튤립을 꽂으면 좋겠다 싶어서요."

그녀는 꽃병을 쥐고 품에 꼭 끌어안는다. 절대 빨지 못하게 했던 봉제 인형처럼 표면이 살짝 까슬까슬하다.

"오늘 정말 대단했어요. 인정하지 않을 수가 없네요. 정말 근사했어요." 그녀는 더듬더듬 말을 꺼낸다.

"멋진 스포츠죠." 스벤이 말한다.

인생이 그렇게 단순한 거라는 식이다.

"다시 그런 열정을 느낄 수 있다니 꿈같았어요." 그녀는 나지막이 속삭인다.

그가 웃는 얼굴로 브릿마리에게 고개를 돌리며 무슨 이야기를 꺼내려는 기미를 보이자 그녀는 모든 이성을 숨이 막히도록 단숨에 동원해 그의 말문을 막고 나선다.

"괜찮으면 아이들을 집에 데려다줄 수 있나요?"

그녀는 그가 앉은 자리에서 시시각각으로 점점 더 작아지는 모습을 지켜본다. 그녀의 안에서 심장이 일그러진다. 그의 심장도 마찬가지다.

"그렇다면 그 말은 곧…… 그러니까 그 말은 곧 당신은 켄트의 차를 타고 집에 간다는 뜻이겠네요." 그가 더듬더듬 말을 꺼낸다.

"네." 그녀가 속삭인다.

그는 벤치 가장자리를 움켜쥐고 아무 말 없이 앉아 있다. 그녀도 똑같이 따라 한다. 그가 잡고 있는 걸 그녀도 잡고 있는 느낌이 좋기 때문이다. 그녀는 그를 빤히 쳐다보며 그가 뭘 잘못한 게 아니라고 얘기하고 싶어진다. 사랑에 빠지기엔 그녀의 나이가 너무 많을 따름이라고. 더 나은 사람을 만날 수 있을 거라고. 당신은 완벽한 여자를 만날 자격이 있다고. 하지만 그가 그녀도 완벽하다고 얘기할까 두려워 아무 말도 하지 않는다.

그녀는 차를 타고 소도시와 도로를 지나는 내내 꽃병을 으스러져라 쥐고 있다. 오랫동안 참아왔던 갈망으로 가슴이 저리다. 역시나 켄트는 가는 내내 쉴 새 없이 조잘거린다. 처음엔 축구와 아이들에 대해서 이야기하지만 오래지 않아 사업과 독일과 이런저런 계획들로 화제가 바뀐다. 그는 단둘이서 여행을 가고 싶다고 한다. 연극도 보러 가자고 한다. 바다에도 가자고 한다. 몇 가지 계획들이 일단 자리를 잡으면 금방 갈 수 있을 거라고 한다. 보르그에 들어서자 그는 동네가 워낙 작아서 양쪽 경계선의 표지판 위에 두 사람이 올라가서 서면 언성을 높이지 않아도 대화가 가능하겠다며 농담을 늘어놓는다.

"여기서 드러누우면 발이 옆 마을로 넘어가겠어!" 그는 요란하게 웃다가 그녀가 곧바로 따라 웃지 않는 걸 보고 같은 말을 다시 한 번 반복한다.

"좋아. 들어가서 짐 챙겨가지고 나와. 이제 가자!" 그가 뱅크의 집 앞에 BMW를 세우고 말한다.

"지금 당장?"

"응. 내일 회의가 있어. 차 막히기 전에 얼른 출발하자." 그는 초조해하며 손가락으로 계기판을 두드린다.

"한밤중에 떠날 순 없어." 브릿마리는 들릴락 말락 한 목소리로 반대한다.

"왜?"

"한밤중에 차를 타고 돌아다니는 건 범죄자들이나 하는 짓이잖아."

"으, 맙소사, 여보, 이제 정신 좀 차릴 때도 되지 않았나?" 그는 신음 소리를 낸다.

그녀의 손톱이 꽃병을 파고든다.

"아직 사표도 제출하지 않았어. 사표도 내지 않고 그냥 사라져버릴 순 없는 거잖아. 열쇠도 반납해야 하는데."

"여보, 왜 이래. 이건 정식 '일자리'라고 할 수도 없잖아."

브릿마리는 뺨을 쏙 집어넣는다.

"나한테는 정식 일자리야."

"그렇지, 그렇지, 그렇지, 그런 뜻에서 한 얘기 아니야, 여보. 화내지 마. 출발하고 나서 알리면 안 될까? 그렇게 중요한 일도 아니잖아, 안 그래? 제발, 나 내일 회의가 있다고!" 그는 대단한 양보라도 하는 것처럼 말한다. 그녀는 아무 대꾸도 하지 않는다.

"이 '일'을 하면서 월급을 받는 것도 아니잖아?"

브릿마리의 손톱이 무릎에 놓인 사기 꽃병을 파고들다가 꺾이면서 아파온다.

"나는 범죄자가 아니야. 한밤중에 차를 타고 돌아다니지는 않겠어. 그러지는 않겠어, 켄트." 그녀가 중얼거린다.

"그래, 그래, 그래, 알았어, 그럼." 켄트는 한숨을 쉰다. "그게 그렇게 중요한 일이면 내일 아침에 떠나기로 하지. 믿기지가 않네. 이 마을이 당신을 그렇게 신경 쓰이게 만들다니 믿기지가 않아. 당신은 축구를 좋아하지도 않는데!"

브릿마리의 손톱이 사기 꽃병에서 천천히 떨어져나온다. 그녀는 엄지손가락을 안으로 넣어 꽃병에 꽂은 튤립을 정리한다.

"얼마 전에 십자말 퀴즈를 받은 적이 있거든, 켄트. 거기에 매슬로우의 욕구 단계설에 관한 문제가 실렸더라."

켄트가 휴대전화를 만지작거리기 시작한 걸 보고 그녀는 목소리에 힘을 준다.

"사실 십자말 퀴즈에 자주 나오는 문제거든. 욕구 단계설 말이야. 그래서 내가 신문 기사를 챙겨서 읽었어. 1단계는 가장 기본적인 욕구야. 음식과 물."

"음." 켄트가 휴대전화 화면을 눌러대며 중얼거린다.

"물론 공기도 포함되겠지." 브릿마리는 스스로도 말을 하고 있긴 한 건지 확신이 가지 않을 만큼 작은 목소리로 얘기한다.

욕구 단계설의 2단계는 '안전'이고, 3단계는 '애정과 소속'이며, 4단계는 '존경'이다. 이 매슬로우라는 사람이 십자말 퀴즈에서 워낙 인기가 많기 때문에 그녀는 또렷하게 기억한다. "사다리의 맨 꼭대기는 자아실현이야. 이게 나한테는 그런 느낌이었어, 켄트. 자아를 실현하는 방법이었어."

그녀는 입술을 깨문다.

"당신은 물론 한심하다고 생각하겠지만."

그가 휴대전화를 보다 말고 고개를 든다. 그녀를 쳐다보며, 잠이 들고 코를 골기 직전에 그러듯 깊고 요란하게 숨을 쉰다.

"그래, 그래! 당연히 나도 전부 이해하지, 여보. 무슨 말인지 알겠어. 훌륭해, 정말 훌륭해! 자아실현. 우라지게 훌륭해. 이제 속 시원하게 다 해소한 거지? 그리고 내일이면 우리는 집으로 돌아갈 수 있는 거고!"

그녀는 입술을 깨물고 그의 손을 뿌리친다. 꽃병을 단단히 쥐고 힘겹게 차에서 내린다.

"제기랄, 여보! 또 짜증내지 마! 이 일이 언제 끝나는데? 언제까지 해주기로 한 건데?"

"3주." 그녀는 가까스로 대답한다.

"그다음에는? 그 3주가 지나서 당신 일이 끝나면? 그래도 실업자로 보르그에 계속 남아 있을 거야?"

그녀가 대답을 하지 않자 그가 한숨을 쉬며 차에서 내린다.

"여기가 당신 집이 아니라는 건 당신도 알잖아. 안 그래, 여보?"

그녀는 걸음을 옮기지만 그의 말이 맞는다는 걸 안다.

그가 달려와서 그녀를 붙잡는다. 튤립이 담긴 사기 꽃병을 받아서 집까지 옮겨준다. 그녀는 그의 뒤에서 천천히 걷는다.

"미안해, 여보." 그가 두 손으로 그녀의 얼굴을 부드럽게 감싸고, 그렇게 그들은 현관 앞 복도에 선다.

그녀는 눈을 감는다. 그는 눈꺼풀에 입을 맞춘다. 처음에, 그녀의 어머니가 돌아가신 직후에 그는 거기에 입을 맞추곤 했었다. 그녀는 세상에서 가장 외로운 사람으로 지내다 어느 날 아파트 층계참에서 그를 만났고 외로움을 떨칠 수 있었다. 그가 그녀를 필요로 했기 때문인데, 이 세상에 자기를 필요로 하는 사람이 있으면 외롭지 않은 법이다. 그래서 그녀는 그가 눈꺼풀에 입을 맞춰주는 게 좋다.

"내가 좀 스트레스를 받았어. 내일 회의 때문에. 하지만 모든 게 다 잘될 거야. 내가 약속할게."

그녀는 그의 말을 믿고 싶다. 그는 씩 웃으며 그녀의 뺨에 입을 맞추고 걱정하지 말라고 한다. 출근길 교통 체증에 걸리지 않게 내일 아침 6시에 데리러 오겠다고 한다.

그러고는 비웃음을 흘린다. "하지만 모를 일이지. 보르그에 있는 차 세 대가 동시에 나오면 길이 살짝 막힐지도!" 그녀는 재미있는 농담이라도 들은 것처럼 미소를 짓는다. 그가 멀어질 때까지 문을 닫고 현관에 서 있는다.

그런 다음 2층으로 올라가서 침대를 정리한다. 가방을 차례대로 싼다. 수건을 모두 갠다. 다시 1층으로 내려가서 밖으로 나가 보르그를 가로지른다. 아무도 살지 않는 것처럼, 축구 대회가 열리지도 않은 것처럼 어두컴컴하고 고요하다.

하지만 피자 가게에는 불이 켜져 있다. 안에서 뱅크와 미지의 인물이 웃는 소리가 들린다.

다른 목소리도 들린다. 잔들이 쨍그랑거린다. 뱅크가 축구에 얽힌 노래와 다른 노래들을 부르는데, 브릿마리가 듣기엔 두 번 다신 못 들어주겠는 가사들이다.

그녀는 레크리에이션 센터 문을 열고 주방 불을 켠다. 의자에 앉아서 쥐가 나타나주길 바란다. 하지만 쥐는 오지 않는다. 그녀는 휴대전화가 쏟아지는 액체라도 되는 것처럼 두 손을 컵

모양으로 오므려 감싼다. 한참을 기다린 다음에서야 정신을 차리고 전화를 건다.

고용 센터의 아가씨는 세 번째에서야 전화를 받는다.

"브릿마리 씨?" 그녀가 졸린 목소리로 더듬더듬 묻는다.

"사표를 내야겠어요." 브릿마리는 나지막이 속삭인다.

아가씨의 발이 어딘가에 걸려서 무언가를 쓰러뜨리는 소리가 난다. 스탠드가 아닐까 싶다.

"아냐, 아냐, 엄마 그냥 전화 통화하는 거야. 다시 자. 우리 애기……."

"뭐라고요?"

"죄송해요. 딸한테 얘기한 거예요. 소파에서 같이 잠이 들었거든요."

"딸이 있는 줄 몰랐어요."

"둘이에요." 아가씨가 이렇게 대답하는데 주방으로 들어가서 불을 켜고 커피를 끓이려는 듯한 소리가 들린다. "지금 몇 시예요?"

"커피 마실 시간은 아니에요." 브릿마리가 대답한다.

"어쩐 일이세요, 브릿마리 씨?"

"사표를 내려고요. 집으로…… 돌아가야 해서요." 브릿마리는 나지막이 속삭인다.

"대회는 어떻게 됐어요?" 아가씨는 한참 침묵한 끝에 이렇게 묻는다.

왠지 모르게 브릿마리는 그 질문에 화들짝 놀란다. 벤이 골을 넣은 이후에 그녀가 정말 다른 사람으로 변해서 내려온 걸까. 모를 일이다. 하지만 그녀는 숨을 깊이 들이쉬고 아가씨에게 처음부터 끝까지 모두 이야기한다.

대로변에 있고 쥐들과 실내에서도 모자를 쓰는 사람들이 사는 동네에 대해서. 남자아이들의 첫 데이트와 피자 가게 벽에 걸린 운동복에 대해서. 온갖 사연들이 그녀에게서 쏟아져 나온다. 팩신과 대나무 가리개, 셀로판지로 싸서 선물한 병맥주 그리고 이케아 가구. 권총과 십자말 퀴즈가 담긴 부록. 경찰과 사업가. 트럭 전조등 불빛 앞에서 하는 바보 훈련. 파란 문짝과 역사를 자랑하는 축구 경기. 자주색 튤립과 위스키와 담배와 세상을 떠난 어머니. 독감. 탄산음료 캔. 소도시 팀을 상대로 기록한 선취골. 얼굴로 슛을 막은 여자아이. 우주.

"이 모든 게 아가씨 귀에는…… 한심하게 들리겠죠." 브릿마리는 결론을 맺는다.

수화기 저편의 아가씨가 떨리는 목소리로 대답한다.

"내가 여기서 일하는 이유를 얘기한 적 있던가요, 브릿마리 씨? 브릿마리 씨는 알지 모르겠지만 고용 센터에서 일하다보면 믿을 수 없을 만큼 많은 양의 쓰레기를 건네받는 입장이 되거든요. 인간들이 얼마나 못됐는지 몰라요. 좀 전에 '쓰레기'라고 한 거 말이에요, 브릿마리 씨, 말 그대로 쓰레기라는 뜻이에요. 한번은 봉투에 똥을 담아서 보낸 사람도 있었어요. 경제 위기가 내 잘못이라도 되는 것처럼 말예요."

브릿마리가 기침을 한다.

"그걸 어떻게 봉투에 담았는지 물어봐도 될까요?"

"똥 말이에요?"

"조준하기가…… 정말 힘들었을 텐데."

아가씨는 몇 분 동안이나 깔깔대며 웃는다. 브릿마리는 목이 쉬어서 다행이라는 생각을 한다. 그녀도 웃고 있지만 아가씨의 귀에는 들리지 않을 것이기 때문이다. 우주는 아닐지 몰라도, 그 정도까지는 아닐지 몰라도 기분이 좋아서 그녀의 몸이 의자 위로 살짝 들린다.

"이렇게 쓰레기 천지인데 내가 여기서 일하는 이유가 뭔지 아세요, 브릿마리 씨?"

"뭔데요?"

"우리 어머니가 평생 사회복지 쪽에서 일을 하셨거든요. 그 쓰레기들 한복판에서, 그게 가장 두툼하게 쌓인 곳에서 눈부신 이야기가 탄생된다고 입버릇처럼 말씀하셨어요. 그래서 모든 게 보람을 갖게 된다고요." 그녀는 미소와 함께 그다음 문장을 전한다.

"브릿마리 씨가 저의 눈부신 이야기예요."

브릿마리는 침을 삼킨다.

"한밤중에 전화 통화는 부적절한 행동이죠. 내일 다시 연락할게요."

"안녕히 주무세요, 브릿마리 씨." 아가씨가 가만히 얘기한다.

"아가씨도요."

브릿마리는 컵처럼 오므린 손바닥으로 전화기를 감싸고 의자에 앉아 있다.

쥐가 찾아와주면 좋겠다고 미친 듯이 소원을 빌고 있을 때 문을 두드리는 소리가 들리고 그녀는 드디어 쥐가 왔나보다고 생각한다. 그러다 정신을 차리고 쥐는 손마디가 없어서 문을 두드릴 수 없다는 사실을 깨닫는다. 적어도 그녀가 알기로 쥐에겐 손마디가 없다.

"안에 누구 있나요?" 새미가 문 밖에서 묻는다.

브릿마리는 의자에서 벌떡 일어선다.

"무슨 일 있었니? 사고라도 난 거야?"

그는 문기둥에 침착하게 기대서 있다.

"아뇨. 왜요?"

"한밤중이잖니, 새미. 무슨 일이 있지 않는 한 진공청소기 외판원처럼 불쑥 남의 집을 찾아올 리 없으니까!"

"여기서 사세요?" 새미가 씩 웃으며 묻는다.

"내 말뜻은—"

"진정하세요, 아주머니. 지나가다 불이 켜진 걸 봤어요. 담배 한 대 피우고 싶으실까 해서 들른 거예요. 아니면 술 한잔 드시고 싶으실까 해서." 그는 그녀를 놀리며 웃는다. 그녀로서는 전혀 고맙지가 않다.

"그럴 리가 있겠니." 그녀는 나지막이 쏘아붙인다.

"알았어요, 좋아요." 그는 웃는다.

그녀는 치마를 바로잡는다.

"하지만 그 대신 스니커즈라도 상관없다면 들어와도 돼."

그들은 창가의 의자를 하나씩 차지하고 앉는다. 보르그에서 가장 깨끗한 창문 너머로 별들을 바라본다.

"오늘 즐거웠어요." 새미가 말한다.

"그래. 즐거……웠지." 그녀는 미소를 짓는다.

그녀는 내일 날이 밝자마자 보르그를 떠나서 집으로 돌아가야 한다고 알려주고 싶지만 말문을 열 겨를도 없이 새미가 이야기를 꺼낸다.

"자, 저는 이제 소도시로 가봐야 해요. 친구를 도와주기로 했거든요."

"어떤 친구길래? 한밤중이잖아."

"마그누스요. 그쪽 사람들하고 문제가 생겼거든요. 그 사람들한테 돈을 빌리는 바람에."

브릿마리는 그를 빤히 쳐다본다. 그는 고개를 끄덕인다. 자기가 생각해도 얄궂다는 듯이 미소를 짓는다.

"무슨 생각 하시는지 알아요. 하지만 여긴 보르그잖아요. 보르그에서는 서로 용서해요. 선택의 여지가 없거든요. 서로 용서하지 않으면 화를 낼 친구도 남지 않을 거예요."

그녀는 자리에서 일어선다. 조용히 그의 접시를 치운다. 한참을 망설이다 붕대를 감은 손을 조심스럽게 그의 뺨 위에 얹는다.

"모든 일에 네가 관여할 필요는 없어, 새미."

"그게 제 역할인걸요."

그녀는 설거지를 한다. 그는 그녀의 옆에 서서 접시를 닦는다.

"만약 저한테 무슨 일이 생기면 오마르와 베가한테는 별일이 없도록 보살펴주겠다고 약속해주실 수 있어요? 괜찮은 사람을 찾아서 그 둘을 맡기겠다고 약속해주시겠어요?"

"너한테 무슨 일이 생긴다니?" 그녀가 창백해진 얼굴로 묻는다.

"아, 아무 일 없을 거예요. 저는 우라질 슈퍼맨이니까요. 하지만 만약에요. 만약에 무슨 일이 생기면요. 그 둘이 좋은 사람들과 살 수 있게 아주머니께서 확실하게 처리해주실래요?"

그녀는 손을 부들부들 떨고 있는 걸 들키지 않으려고 수건으로 꼼꼼하게 손을 닦는다.

"왜 나한테 그런 부탁을 해? 스벤이나 뱅크나 아니면……"

"아주머니는 포기하고 떠나버릴 분이 아니니까요."

"너도 그렇잖아!"

그는 문지방에 서서 담배에 불을 붙인다. 그녀는 그의 뒤편 한쪽 옆에 서서 담배 연기를 들이마신다.

아직은 해가 뜨지 않았다. 그녀는 그의 재킷 팔뚝에 붙은 머리카락을 떼어낸다. 머리카락을 손수건에 넣고 접는다.

"너희 어머니는 어느 축구팀을 응원하셨니?" 그녀는 작은 목소리로 묻는다.

그는 뻔하지 않느냐는 듯 씩 웃더니 어머니를 둔 아들들이 모두 그러듯 이렇게 대답한다.

"우리 팀요."

그는 뱅크의 집까지 그녀를 태워다준다. 그녀의 머리칼에 입을 맞춘다. 그녀는 챙겨놓은 가방들을 옆에 두고 발코니에 앉아서 소도시 쪽으로 멀어져가는 그를 바라본다. 그녀는 그의 억지에 못 이겨 그의 차가 돌아올 때까지 밤새도록 앉아서 기다리지 않겠다고 약속했다.

하지만 그녀는 앉아서 기다린다.

33

"너한테 미리 얘기하자면 내가 사표를 제출했어. 그래서 이제 집에 가야 해."

브릿마리는 넷째 손가락을 감싼 붕대를 만지작거린다.

"솔직히 네가 이해하지 못한다 해도 나는 완벽하게 이해해. 어쨌든 나는 켄트의 여자거든. 인간에게는 집이 있어야 하고. 물론 너도 집이 있어야 한다는 말은 아니야. 그 문제에 대해서는 왈가왈부하지 않을 거야. 너한테도 완벽하게 알맞은 집이 있을 테니까."

쥐는 바닥에 앉아서, 접시가 자기 꼬리를 밟고 쥐한테 바보 멍청이라고 부르기라도 한 것 같은 표정으로 자기 앞에 놓인 접시를 멀뚱히 보고 있다.

"스니커즈가 다 떨어져서." 브릿마리는 사과하는 투로 얘기한다.

쥐는 접시에 놓인 병들을 쳐다본다.

"그건 땅콩버터야. 그리고 이건 '누텔라'라는 거고." 그녀는 자랑스럽게 소개한다. "가게에 갔더니 스니커즈가 다 떨어졌다지 뭐니. 하지만 결정적인 부분에서는 이거나 그거나 같은 거라고 하더라."

아직 한밤중이다. 자다가 깬 미지의 인물은 전혀 달가워하지 않았지만 브릿마리는 가방들을 옆에 놓고 뱅크의 발코니에 도저히 혼자 앉아 있을 수 없었다. 감당할 수가 없었다. 그래서 작별 인사를 하러 돌아왔다. 쥐와 이 동네, 양쪽 모두에게 말이다.

브릿마리는 창가로 가서 선다. 조만간 날이 밝을 것이다. 미지의 인물은 피자 가게의 불을 *끄고*, 브릿마리가 땅콩버터와 초콜릿이 필요하다고 재차 문을 두드리지 않길 바라며 다시 자러 들어갔다. 파티는 오래전에 끝났다. 도로엔 인적이 끊겼다. 브릿마리는 과탄산소다를 바른 감자로 결혼반지를 문지른다. 결혼반지를 닦는 덴 그게 제일 좋은 방법이다. 그녀는 켄트의 결혼반지도 종종 그렇게 닦았다. 그가 반지를 종종 침대 옆 테이블에 놓고 갔기 때문이다. 켄트는 독일과의 회의를 앞두고 있을 때마다 종종 그렇게 정신이 없었다.

브릿마리는 다음 날 아침에 그가 자고 일어났을 때 못 보고 지나칠 수 없도록, 반지가 반짝반짝 빛날 정도로 닦았다.

그녀의 반지를 닦는 건 이번이 처음이다. 손가락에 끼고 있지 않은 게 처음이라 그렇다. 그녀는 쥐를 쳐다보지 않고 나지막이 속삭인다.

"켄트한테는 내가 필요해. 인간에게는 자기를 필요로 하는 사람이 있어야 하는 거야."

쥐들도 밤이면 자지 않고 주방에 앉아서 어떻게 살아갈지에 대해 고민하는지 궁금해진다. 아니면 누구와 함께 살아갈지에 대해 고민하는지.

"새미는 나더러 포기하고 떠나버리는 타입이 아니라고 하지만 난 바로 그런 사람이야. 어느 쪽을 선택하든 누군가를 두고 떠나야 하게 돼 있어. 그러니까 자기 자리를 지키는 게 유일하게 올바른 선택이 되겠지. 평범한 일상을 지키는 것 말이야."

브릿마리는 애써 자신만만한 말투로 이야기한다. 쥐는 앞발을 핥는다. 냅킨 위에서 조그맣게 반원을 그리며 움직인다. 그러더니 문밖으로 뛰쳐나간다.

그녀가 너무 말이 많다고 생각해서 그러는 건지, 브릿마리로서는 알 수가 없다. 여길 계속 찾아오는 이유도 알 수가 없다. 물론 스니커즈가 있기 때문이겠지만 그녀에게는 그게 다가 아니길 바라는 마음이 있다. 그녀는 접시를 치우고 남은 땅콩버터와 누텔라에 랩을 씌운 다음 습관적으로 모든 걸 냉장고에 넣는다. 그녀는 음식을 버리는 성격이 아니다. 그녀는 결혼반지를 조심스럽게 닦고 키친타월에 싸서 재킷 주머니에 넣는다. 붕대를 풀고 다시 반지를 끼면 기분이 좋을 것이다. 오랜 여행을 마치고 자신의 침대에 눕는 기분일 것이다.

평범한 일상— 그녀가 원하는 건 평범한 일상뿐이다. 그녀는 다른 것들을 선택할 수 있었지만 켄트를 선택했다. 인간이 환경을 선택할 순 없을지 몰라도 대응 방식을 선택할 순 있다고, 그녀는 속으로 주장한다. 새미 말이 맞았다. 그녀는 포기하고 떠나버리는 그런 사람이 아니다. 그러니까 그녀를 필요로 하는 집으로 돌아가야 한다.

그녀는 부엌 의자에 앉아서 벽을 쳐다보며 까만 차를 기다린다. 까만 차는 오지 않는다. 그녀는 그럴 만한 여유가 주어지면 새미도 어떻게 살아야 할 것인지에 대해 고민할지 궁금해한다. 인간이 환경을 선택할 수 없긴 하지만 새미의 인생은 사건보다 환경에 좌우된 부분이 더 많다. 그녀는 우리의 현재 모습을 결정하는 게 개개인의 선택인지 아니면 환경인지, 새미는 어쩌다 모든 일에 관여하는 성격이 되었는지 자문해본다. 뛰어내리는 성격으로 사는 것과 그렇지 않은 성격으로 사는 것, 둘 중 어느 쪽이 최대한 값진 삶이 될지 궁금해한다.

나이를 먹으면 인간의 정신세계 속에 변화의 여지가 얼마나 남을지 궁금해한다. 앞으로 그녀는 어떤 사람들을 만나야 할

413

까? 그들은 그녀에게서 어떤 면모를 볼 것이며, 그들을 통해 그녀는 자기 자신의 어떤 면모를 느낄 수 있을까?

새미는 그런 대접을 받을 만한 자격이 없는 친구를 지키러 소도시로 갔고 브릿마리는 똑같은 이유로 집에 돌아갈 준비를 하고 있다. 사랑하는 사람을 용서하지 않으면 뭐가 남을까? 그런 대접을 받을 자격이 없는 연인마저 사랑하는 게 진정한 사랑이지 않을까?

물살을 가르는 팔처럼 어둠 속에서 서서히 뻗어 나온 전조등 불빛이 문득 희미하게 번쩍거리며 '보르그에 오신 것을 환영합니다'라고 적힌 표지판을 지난다.

전조등은 버스 정류장을 지나면서 속도를 늦춘다. 자갈이 깔린 주차장 쪽으로 방향을 꺾는다. 브릿마리는 벌써 문 앞에 서 있다.

나중에 사람들의 증언을 들어보면 젊은 남자 몇이 새벽에 술집 앞에 서 있는 마그누스를 찾아왔다고 할 것이다. 그중 한 명은 칼을 들고 있었다. 다른 청년이 그들 사이에 끼어들었다. 그렇게 모든 일에 관여하기 좋아하는 성격의 청년이었다.

차가 자갈밭 위에서 조심스럽게 멈춘다. 시동이 꺼지자 조그맣게 따뜻한 한숨을 내뱉는다. 전조등이 꺼지는 순간 피자 가게에 불이 켜진다. 어떤 동네 사람들은 아직 날이 밝지도 않았는데 차가 자기 집 앞에 멈춰 서면 그게 무슨 의미인지 단박에 알아차린다. 그게 좋은 징조일 리 없다는 걸 안다. 미지의 인물이 현관 앞으로 나온다. 경찰복을 보자마자 휠체어가 멈춘다.

스벤이 경찰모를 양손으로 쥐고 서 있는데 감정을 자제하느라 아랫입술이 온통 깨문 자국투성이다. 그의 뺨을 타고 흘러내려 빨간 자국을 남긴 절망의 흔적을 보면 얼마나 부질없는 노력이었는지 알 수 있다.

브릿마리는 비명을 지른다. 땅바닥에 쓰러진다. 더 이상 존재하지 않는 사람의 무게에 눌린 채 그대로 일어나지 못한다.

34

이 세상에 느린 비통함은 없다. 그것은 부인이나 분노, 타협이나 억압, 또는 수용의 맨 마지막에 찾아오지 않는다. 모든 것을 태우는 불길처럼 그녀의 안에서 화르륵 치솟아 모든 산소를 앗아가고 땅바닥에 쓰러진 그녀로 하여금 자갈을 채찍질하며 숨을 헐떡이게 만든다. 척추가 사라지기라도 한 것처럼, 안에서 타오르는 불길을 잠재우려고 필사적으로 애쓰기라도 하는 것처럼 그녀의 몸이 뒤틀리며 움츠러든다.

무력감의 궁극은 죽음이다. 궁극의 절망은 무력감이다.

브릿마리는 그녀가 무슨 수로 몸을 일으켰는지 알지 못한다. 스벤이 무슨 수로 그녀를 차에 태웠는지도 알지 못한다. 그가 그녀를 안아서 옮겼을 것이다. 베가는 아파트와 레크리에이션 센터 사이 자갈길에 쓰러져 있다. 머리칼이 얼굴에 들러붙었고 허파에 눈물이 가득 찬 아이처럼 헐떡거리며 더듬더듬 말을 늘어놓는다. 그 안에 빠져 죽을 것만 같다.

"오마르. 오마르를 찾아야 해요. 걔가 그 사람들을 죽이려고 할 거예요."

뒷자리에 앉아 있는 브릿마리는 자신이 베가를 으스러져라 끌어안고 있는지 아니면 그 반대인지 알 수가 없다.

사랑하는 연인의 귀에 대고 숨결을 불어넣는 사람처럼, 그들 주변에서 새벽이 가만가만 보르그를 깨운다. 햇빛과 희망으로 보르그를 깨운다. 간질간질한 햇살이 갓 볶은 원두와 토스트 냄새처럼 따뜻한 이불 위로 쏟아진다. 이러면 안 되는 거다. 이런 날에 이렇게 화창하면 안 되는 거다. 하지만 새벽은 아랑곳하지 않는다.

아침이 열린 처음 몇 분 동안 도로 위엔 쌩하니 달리는 경찰차 한 대뿐이다. 스벤은 아플 정도로 운전대를 세게 움켜쥐고 있다. 고통을 어딘가에 담아둬야 하는 사람처럼 그러고 있다. 다른 차가 보이자 그는 속도를 높인다. 이렇게 이른 시각에 보르그를 떠날 이유가 있는 차는 그 차 한 대뿐이기 때문이다. 베가에게 남은 유일한 형제가 그 차에 타고 있기 때문이다.

모든 죽음은 부당하다. 상을 당한 사람들은 누구나 원망할 사람을 찾는다. 우리의 분노는 십중팔구 죽음에 책임질 사람이 아무도 없다는 잔인한 깨달음에 직면한다. 하지만 원인 제공자가 있다면 어쩔 것인가? 내가 사랑하는 사람을 누가 낚아채갔는지 알 수 있다면? 그럼 여러분은 어떻게 할 것인가? 손에 뭘 들고 어떤 차에 앉아 있을 것인가?

경찰차가 굉음을 내며 다른 차를 앞지르고 막아선다. 남들은 휘청이는 몸을 아직 추스르지도 못했을 때 스벤의 발이 아스팔트를 딛는다. 그는 빨간 줄로 얼룩진 얼굴과 깨문 자국투성이인 입술을 꾹 다물고 도로에 한참 동안 혼자 서 있다. 마침내 차 문이 열리고 오마르가 밖으로 나온다. 몸은 어린아이인데 어른의 눈빛을 하고 있다. 유년기는 이렇게 끝이 나는 걸까?

어떤 인간에게 그날 밤은 돌이킬 수가 없다.

"뭐예요, 스벤? 무슨 소릴 하려고요? 이러면 내가 잃을 게 너무 많아진다고요? 나한테 남은 게 뭔데요?"

스벤은 손바닥을 내민다. 오마르가 손에 쥐고 있는 물건에 그의 시선이 잠깐 머문다. 그는 들릴락 말락 한 목소리로 이야기한다.

"이 일의 끝은 어디일까, 오마르? 네가 그들을 죽이고 그들 손에 네가 죽고 나면. 그러고 나면 어디에서 끝이 날까?"

오마르는 그 역시 고통을 어딘가로 몰아넣어야 하는 사람처럼 말없이 서 있다. 뒷자리에 타고 있던 청년 둘이 차 문을 열지만 내리지는 않고 오마르의 결정을 기다린다. 브릿마리도 아는 아이들이다. 까만 차 전조등을 켜놓고 새미와 마그누스와 함께 축구를 했던 청년들이다. 마지막으로 다 같이 공을 찬 게 언제였을까? 며칠 전? 몇 주 전? 한평생 전에 있었던 일이다. 그들이 소년에 가까웠을 때의 일이다.

죽음은 무력감이다. 무력감은 절망이다. 절박한 사람들은 절박한 조치를 택한다. 경찰차 문이 열리고 베가가 밖으로 나서자 브릿마리의 머리칼이 바람에 흩날린다. 베가는 남동생을 쳐다본다. 오마르는 이제 무릎을 꿇고 앉아 있다. 베가는 남동생의 머리를 자기 목에 꼭 끌어안고 속삭인다.

"오빠가 어디 서 있을 것 같아?"

오마르가 곧바로 대답하지 않자 베가가 다시 묻는다.

"오빠가. 어디. 서 있을 것. 같아?"

"우리 둘 사이에." 오마르는 숨을 헐떡인다.

두 청년은 마지막으로 스벤을 쳐다본다. 다른 때 같았으면 그들을 막을 수 있었을지 모른다. 언젠가는 그들을 다시 막을 수 있을지 모른다. 하지만 오늘 밤은 아니다.

그 차는 브릿마리와 스벤, 그리고 두 아이를 두고 떠난다.

그들의 머리 위로 날이 밝는다.

보르그를 천천히 관통한 경찰차는 반대편으로 보르그를 빠져나가 자갈길을 계속 달린다. 잠이 들었는지 아니면 몸이 마비가 됐는지 브릿마리가 알 수 없어질 때까지 계속 달린다. 그러다 호숫가에서 멈춰 선다.

브릿마리는 핸드백 안에 든 손수건을 총동원해 권총을 감싼다. 정확한 이유는 모르겠지만 아마 아이의 손이 더럽혀지지 않길 바라서다. 베가는 자기가 하겠다고 고집을 부린다. 아이는 차에서 내려 손수건으로 감싼 권총을 있는 힘껏 호수에 던진다.

브릿마리는 어떻게 하루하루 시간이 흐르고 며칠이 지났는지 알지 못한다. 밤이면 새미의 침대에서 아이들을 양옆에 두고 잔다. 손으로 아이들의 심장박동을 느낀다. 그 집에 며칠 동안 머문다. 그녀가 계획한 것도, 딱히 결정을 내린 것도 아닌데 그냥 그렇게 머문다. 날마다 새벽이 땅거미와 한데 뭉뚱그려지는 느낌이다. 돌이켜보면 켄트에게 전화한 기억이 희미하게 나지만 뭐라고 말했는지는 생각나지 않는다. 아마 사무적인 부분들을 챙겨달라고, 몇 군데 전화를 돌려달라고 했을 것이다. 그는 그런 일을 잘한다. 다들 켄트는 그런 일을 잘한다고 한다.

언제인지는 모르겠지만 어느 날 오후, 스벤이 아파트로 찾아온다. 사회복지과에서 나왔다는 젊은 여자를 데리고 온다. 그녀는 따뜻하고 상냥하다. 스벤은 머릿속에 담긴 온갖 생각들을 더 이상 감당하기 어려운 사람처럼 고개를 숙이고 있다. 여자는 그들과 함께 식탁에 앉아서 다정한 목소리로 천천히 이야기하지만 아무도 집중하지 못한다. 브릿마리는 시선이 계속 창밖으로 향하고 한 아이는 천장을 쳐다보고 한 아이는 바닥을 내려다본다.

그날 밤, 브릿마리는 쾅 하고 문이 닫히는 소리에 잠에서 깬다. 그녀는 자리에서 일어나 더듬더듬 전등 스위치를 찾는다. 발코니 문을 통해 바람이 들이닥치고 있다. 베가가 주방을 정신없이 왔다 갔다 하고 있다. 정리를 하고 있다. 뭐든 손에 잡히는 대로 씻고 있다. 식기 건조대와 프라이팬을 미친 듯이 문지르고 있다.

그걸 몇 번씩 반복하고 있다. 그게 모든 걸 되돌려줄 요술 램프라도 되는 것처럼. 브릿마리의 손이 떨리는 아이의 어깨 뒤에서 멈칫거린다.

그녀는 아이의 어깨를 건드리지 않고 그저 손만 오므릴 뿐이다.

"정말 가슴이 아프다. 네가 어떤 기분일지 나도 알—"

"저는 아무 기분도 느낄 시간이 없어요. 오마르를 보살펴야 하니까요." 아이는 멍하니 그녀의 말허리를 자른다.

브릿마리는 보듬어주고 싶지만 아이가 멀찌감치 피하자 가방을 들고 온다. 안에서 과탄산소다를 꺼낸다. 아이가 그녀의 눈을 쳐다보고 그녀의 슬픔은 더 이상 할 말을 잃는다. 말로는 할 수 있는 게 아무것도 없다.

그래서 그들은 다시 날이 밝을 때까지 계속 청소를 한다. 하지만 과탄산소다조차도 이번엔 도움이 되지 못한다.

1월의 일요일이다. 천 킬로미터 멀리서 리버풀이 스토크를 상대로 경기를 하고 있을 때 새미는 빨간 꽃을 카펫처럼 덮고 어머니 곁에서 가만히 잠이 든다. 두 동생이 그의 죽음을 슬퍼하고, 온 동네 사람들이 그를 그리워한다. 오마르는 묘지에 목도리를 두고 떠난다.

브릿마리는 피자 가게에서 커피 시중을 들고 모든 조문객에게 받침 접시가 돌아가도록 챙긴다. 보르그의 모든 주민이 그 자리에 모였다. 촛불이 주차장 가장자리를 장식하고 있다. 주차장 옆 널빤지 울타리에는 하얀 운동복들이 깔끔하게 걸려 있다. 새 운동복도 있고, 하도 오래돼서 회색빛으로 칙칙해진 운동복도 있다. 하지만 그들은 모두 기억하고 있다.

베가는 새로 다림질한 원피스를 입고 단정하게 빗은 머리를 하고 문 앞에 서 있다. 자기보다 그들에게 더 슬퍼할 권리가 있다는 듯한 태도로 조문객을 맞이하고 있다. 기계적으로 악수를 한다. 누가 몸속에서 스위치를 꺼버리기라도 한 것처럼 눈빛이 공허하다. 누군가가 주차장에서 쿵쿵 소리를 내지만 아무도 귀담아듣지 않는다. 브릿마리는 베가에게 뭐라도 먹여보려고 하지만 베가는 옆에서 누가 말을 걸어도 대꾸를 하지 않는다. 잡아끄는 대로 가서 테이블 의자에 앉지만 잠든 사람처럼 반응한다. 모든 신체적인 접촉을 피하고 싶은 사람처럼 몸을 돌려서 벽을 마주 본다. 쿵쿵거리는 소리가 점점 더 요란해진다.

브릿마리는 절망이 점점 깊어진다. 무력감과 상실감을 느끼는 방식은 저마다 다르겠지만 브릿마리는 누군가에게 아무것도 먹이지 못할 때 그런 기분을 가장 절실히 느낀다.

붐비는 피자 가게의 웅성거림이 그녀의 귓속에서 허리케인처럼 커지고, 체념한 그녀의 손이 낭떠러지 너머를 짚듯 베가의 어깨를 더듬거린다. 하지만 그 어깨는 그녀의 손을 뿌리친다. 벽 쪽으로 미끄러지듯 움직인다. 눈은 안으로 숨는다. 접시는 건드려지지 않은 채 방치된다.

주차장에서 들리는 쿵쿵 소리가 뭐라도 증명하려는 것처럼 더 시끄러워지자 브릿마리는 양손을 으스러져라 맞잡은 채 화를 내며 문 쪽으로 몸을 돌리고, 그 바람에 손가락에 감겨 있던 붕대가 풀린다. 그녀가 막 비명을 지르려는 찰나, 아이가 그녀를 지나 사람들을 헤치고 나간다.

맥스가 목발을 짚고 밖에 서 있다. 맥스가 겨드랑이에 온 체중을 싣고 몸을 허공에 대롱대롱 매단 채 성한 쪽 다리를 들어서 좁은 각도로 축구공을 차자 공이 레크리에이션 센터 벽과 흰색 운동복들이 걸려 있는 나무 울타리를 차례로 맞히고 다시 돌아온다. 두-둥-둥, 이런 소리가 난다. 두-둥-둥. 두-둥-둥.

두-둥-둥.

꼭 심장이 뛰는 소리 같다.

베가가 가까이 다가오자 맥스는 뒤돌아보지 않은 채 공이 자기 옆을 지나가도록 놔둔다. 데굴데굴 굴러간 공이 베가의 발치에서 멈춘다. 신발을 사이에 두고 아이의 발가락이 공에 닿는다. 아이는 허리를 숙이고 가죽의 바늘땀을 손끝으로 더듬는다.

그러고는 펑펑 눈물을 흘린다.

천 킬로미터 멀리서 리버풀이 5 대 3으로 승리를 거둔다.

35

맨 처음 베가의 공놀이에 동참한 아이는 오마르와 다이노다. 처음에 아이들은 모든 동작에 슬픔이 깃든 것처럼 조심스러워하지만 이내 평범한 어느 날 저녁처럼 뛰기 시작한다. 다른 방법을 알지 못하기에 기억이 사라진 것처럼 뛰기 시작한다. 토드와 벤을 기점으로 다른 아이들까지 이내 합류한다. 브릿마리가 모르는 아이들도 있는데 다들 허벅지가 너덜너덜한 청바지를 입고 있다. 다들 보르그에 사는 아이들처럼 뛰고 있다.

"브릿마리?" 스벤이 격식을 갖춘 낯선 말투로 그녀의 이름을 부른다.

그는 아주 키가 큰 남자와 함께 그녀의 옆에 서 있다. 정말이지 놀라우리만치 키가 큰 남자다. 그런 사람이 사는 집을 무슨

425

수로 조명을 하나도 깨뜨리지 않고 유지할 수 있는지 궁금할 정도다.

"하?" 그녀가 말한다.

스벤이 스웨덴 억양이 심하게 섞인 영어로 다이노의 삼촌을 소개하지만 브릿마리는 트집을 잡지 않는다. 그녀는 트집을 잡는 그런 사람이 아니다.

"안녕하세요." 브릿마리는 인사를 건넨다. 그녀의 입장에서는 이게 대화의 간추린 핵심이다.

브릿마리가 영어를 못하는 건 아니다. 완전 바보가 된 듯한 기분을 느끼지 않으면서 영어로 말하는 법을 모를 뿐이다. 그녀는 심지어 '완전 바보'가 영어로 뭔지도 모른다. 바로 그 점이 그녀의 논지를 제대로 대변한다고도 볼 수 있겠다.

말도 안 되게 키가 큰 남자는 다이노를 가리키며 그들은 세 나라와 일곱 개의 도시를 거친 끝에 보르그로 건너왔다고 설명한다. 스벤이 싹싹하게 통역을 해준다. 브릿마리는 영어를 완벽하게 이해하지만 그 사실이 밝혀졌다가는 한마디 해야 할까 봐 두려운 마음에 스벤에게 통역을 맡긴다. 키가 큰 남자는 입을 위아래로 요란하게 움직이며 어린애들은 기억을 잘 못한다고, 그게 어린애들에게 주어지는 축복이라고 애수에 젖은 분위기로 이야기한다. 하지만 다이노는 보고 듣고 기억할 만한 나이였다. 그들이 무엇을 피해 달아나야만 했는지 전부 기억하고 있다.

"이분 말로는 다이노가 여전히 말을 거의 하지 않는대요. 저 애들하고 있을 때만……." 스벤이 설명하며 창밖을 가리킨다.

브릿마리는 양손을 맞잡는다. 키가 큰 남자도 똑같이 한다.

"새미." 소리의 모든 뉘앙스를 살리기라도 한 것처럼 그가 발음한 그 이름이 무슨 음악처럼 들린다. 그의 눈썹이 한데 모아진다.

"이분 말로는 새미가 혼자 걸어가고 있던 다이노를 봤대요. 베가와 다른 아이들이 같이 놀겠느냐고 물었는데 그 아이는 무슨 소리인지 알아듣지 못했고요. 그래서 새미가 그쪽으로 공을 굴렸더니 아이가 그 공을 찼다는군요." 스벤이 말한다.

브릿마리는 키 큰 남자를 쳐다보며, 예전에 켄트와 함께 어느 호텔에 묵었을 때 어떤 손님이 외국 신문을 두고 갔길래 그녀가 영어로 된 십자말 퀴즈를 혼자서 거의 다 푼 적이 있었다는 얘기를 하고 싶지만 이성을 동원해서 참는다.

"고맙습니다." 키 큰 남자가 말한다.

"그 팀의 코치를 맡아줘서 고맙대요. 많은 도움이 되었─"

브릿마리는 알아들었기에 말허리를 자른다.

"고맙다고 인사해야 할 쪽은 저예요."

스벤이 통역을 하려고 하지만 키 큰 남자도 알아들었기에 됐다고 한다. 그는 브릿마리의 손을 꼭 잡는다.

그녀는 스벤을 뒤에 매달고 피자 가게로 다시 들어가서 잔과 접시를 치우는 미지의 인물을 거든다.

"근사한 장례식이었어요." 스벤이 말한다. 원래 그런 식으로 말해야 하기 때문이다.

"아주 근사했죠." 브릿마리가 말한다. 이것 역시 원래 그런 식으로 대꾸를 해야 하기 때문이다.

그가 주머니에서 뭔가를 꺼내 그녀에게 건넨다. 그녀의 차 열쇠다. 그의 시선이 흔들린다. 주차장으로 들어서는 켄트의 BMW가 창문 너머로 보인다.

"이제 두 분이서 집으로 돌아가겠네요." 스벤이 먼 곳을 쳐다보며 말한다.

"그러는 게 가장 좋겠죠." 브릿마리는 뺨을 쏙 집어넣으며 대꾸하지만 그랬음에도 불구하고 몇 마디가 더 그녀의 입에서 흘러나오고 만다. "물론 제가 여기에 필요한 사람이라면 이야기가 달라지겠지만…… 베가와 오마르한테요……."

스벤은 그가 아니라 아이들에게 그녀가 필요한지 묻고 있다는 사실을 금세 깨닫고 구겨진 표정으로 시선을 든다.

"내가…… 내가, 그럼요, 그럼요, 내가 사회복지과에 연락했어요. 그쪽에서 아가씨 한 명을 보르그로 보냈어요." 그는 며칠 전에 그 아가씨를 데리고 아이들을 찾아왔던 걸 벌써 잊어버리기라도 한 것처럼 심각한 표정으로 얘기한다.

"그랬죠." 그녀가 대답한다.

"그 아가씨는…… 당신도 그 아가씨를 좋아하게 될 거예요. 예전에 여러 번 같이 일한 적이 있거든요. 좋은 사람이에요. 아이들에게 뭐가 최선일지 고민해요. 흔히들 상상하는…… 사회복지사하고는 달라요."

브릿마리는 손수건으로 이마의 땀을 닦는 척하면서 그가 알아차리지 못하게 눈까지 훔친다.

"아이들을 잘 챙기겠다고 새미한테 약속했어요. 그렇게 약속했고…… 나는…… 그 아이들도 살아가면서 눈부신 이야기를 경험하는…… 그런 기회를 누려야 한다고 생각해요. 언젠가는 말이에요." 그녀는 결국 더듬더듬 자기 생각을 늘어놓는다.

"최선을 다할게요. 능력이 닿는 한도 안에서 수단과 방법을 가리지 않을게요."

"그럼요, 그러시겠죠." 그녀는 신발을 내려다보며 맞장구를 친다.

스벤은 손에 쥔 경찰모를 만지작거린다.

"시의회에서 파견된 그 아가씨가 아이들과 며칠 동안 함께 지낼 거예요. 정리가 될 때까지. 아주 생각이 깊은 아가씨니까 그 부분에 대해서는 걱정하지 않아도 돼요. 나더러, 음, 오늘 저녁에 아이들을 집까지 데려다달라고 하더군요."

브릿마리는 몇 초가 지난 다음에서야 그가 한 말에 담긴 뜻을 알아차린다. 그녀가 더 이상 여기에 있을 필요가 없다는 깨달음이 그녀를 강타한다.

"그렇죠, 그렇죠. 그러는 게 가장 좋겠죠." 그녀는 속삭인다.

켄트가 축구장에 BMW를 세우고 내린다. 그는 창문 너머로 브릿마리와 스벤을 보더니 호주머니에 손을 넣고, 길을 잃었지만 그걸 절대 인정하기 싫어서 길모퉁이에 서 있는 사람처럼 살짝 어쩔 줄 몰라 하는 표정을 짓는다. 브릿마리도 알다시피 켄트는 죽음에 대해서 이야기하는 데 서툰 사람이다. 사무적인 부분들을 모조리 챙기고, 전화를 돌리고, 눈꺼풀에 입을 맞추는 건 할 수 있다. 하지만 감정을 느끼는 덴 서툴다.

그의 눈빛은 피자 가게 안으로 들어갈까 고민하는 눈치지만 발이 반대 방향으로 그를 데려간다. BMW로 돌아가려는 듯 몇 발짝 움직였을 때 데굴데굴 굴러온 공이 그의 발치에 멈춘다. 오마르가 몇 미터 멀리에 서 있다. 켄트는 신발 밑창으로 공을 딛고 아이를 바라본다. 공을 차서 준다. 오마르가 공을 비스듬히 맞히자 다시 켄트에게로 굴러간다.

30초 뒤에 켄트는 쭈글쭈글한 셔츠를 허리띠 밖으로 늘어뜨리고 머리를 헝클어뜨린 채 아이들 틈바구니 속으로 끼어든다. 당장 행복해진다. 공이 무릎 높이로 날아오자 정신을 바짝 차리고 있는 힘껏 다리를 뻗지만 공 대신 신발 한 짝이 레크리에이션 센터 옆쪽 울타리 너머로 날아가버린다.

"맙소사." 창가에서 브릿마리가 중얼거린다. 아이들은 날아가는 신발을 구경한다. 켄트 쪽으로 고개를 돌린다. 그는 아이들을 돌아보며 웃음을 터뜨린다. 아이들도 웃음을 터뜨린다. 그는 신발을 한 짝만 신고서 나머지 경기를 소화하다가 골을 넣자 오마르를 등에 업고 축구장을 달린다.

오마르가 켄트를 조금 세게 끌어안는다. 조금 길게 끌어안는다. 10대 아이들은 축구장에서가 아니면 그럴 기회가 거의 없다. 켄트도 아이를 끌어안는다. 축구가 있기에 그도 그럴 수 있다.

스벤은 창밖을 쳐다보다 고개를 돌리며 중얼거린다.

"사회복지사한테 왜 진작 연락하지 않았느냐고 날 원망하지는 말아줘요, 브릿마리. 새미에게 상황을 정리할 기회를 주고 싶었을 뿐이니까. 나는…… 나는…… 나는…… 그 아이에게 기회를 주고 싶었을 뿐이에요. 날 원망하지는 말아줘요."

그녀는 그를 건드리지 않는 한도 내에서 가장 가까운 공간을 손끝으로 훑고 지나간다.

"오히려 그 반대예요, 스벤. 오히려 그 반대죠."

그가 뭐라고 이야기를 꺼내려는 기미를 보이자 그녀가 얼른 말허리를 자른다.

"전보다 아이들이 많아졌네요. 다들 어디서 온 거예요?"

스벤은 다시 경찰모를 쓴다. 모자가 살짝 비딱하게 얹힌다.

"대회 이후로 매일 저녁마다 오고 있어요. 날마다 숫자가 점점 더 많아지고 있고요. 계속 이런 식이면 조만간 보르그는 팀이 아니라 구단이 되겠어요."

브릿마리는 그게 무슨 소린지 알 수 없지만 멋지게 들린다. 새미도 들었더라면 좋아했겠다는 생각이 든다.

"다들 정말 행복해 보이네요. 이런 와중에도 공을 찰 때는 저렇게 행복해 보일 수가 있네요." 그녀는 부러움이 담겼나 싶은 투로 얘기한다.

스벤은 까칠까칠하게 난 수염에 손등을 문지른다. 피곤해 보인다. 그녀는 피곤해하는 그의 모습을 처음 본다. 하지만 그는 결국 입가를 살짝 비틀고 그녀를 향해 눈을 반짝이며 이렇게 얘기한다.

"축구는 인생을 끌고 가는 힘이 있죠. 늘 새로운 경기가 있으니까요. 새로운 시즌이 시작되니까요. 모든 게 더 좋아질 거라는 꿈도 있고요. 경이로운 스포츠예요."

브릿마리는 나비처럼 살포시 손을 얹어서 다리는 말고 치맛자락만 건드리며 주름을 편다.

"내가 아주 개인적인 질문을 하나 하고 싶은데 괜찮을까요, 스벤?"

"그럼요."

"어느 축구팀을 응원하세요?"

놀라움으로 얼굴의 긴장이 풀리면서 그의 표정이 달라진다.

"나는 어느 팀을 응원해본 적이 없어요. 축구를 너무 사랑해서 그런가봐요. 특정 팀을 향한 열정이 축구라는 스포츠를 사랑하는 마음에 걸림돌이 될 때도 있거든요."

열정보다 사랑을 더 믿는다니 스벤 같은 남자에게 잘 어울리는 선택처럼 보인다. 그는 법보다 정의를 믿는 경찰관이다. 잘 어울린다고, 그녀는 혼자서 생각한다. 하지만 그에게 그렇다고 얘기하진 않는다.

"한 편의 시 같네요." 대신 이렇게 말한다.

"그렇죠?" 그가 미소로 화답한다.

그녀는 하고 싶은 말이 한두 가지가 아니다. 그도 마찬가지일 것이다. 하지만 결국 그가 우물쭈물 꺼낸 건 이 몇 마디뿐이다. "이것만은 알아줬으면 좋겠는데요, 브릿마리, 우리 집 현관문을 두드리는 소리가 들릴 때마다 나는 당신이길 기대해요."

그는 뭔가 더 근사한 말을 덧붙일 생각이었을지 몰라도 자제하고 발걸음을 옮긴다. 그녀는 그의 이름을 부르고 싶지만 이미 늦어버렸다.

문이란 원래 적절한 타이밍인지 아닌지 제대로 파악을 하지 못하는지, 그의 등 뒤에서 명랑한 종소리가 울린다.

브릿마리는 아무도 모르게 눈가를 훔치려고 손수건으로 뺨을 두드린다. 그런 다음 단호하게 피자 가게를 가로질러 미지의 인물에게 다가간다. 아직까지 여기저기 사람들이 남아 있다. 벤의 어머니와 다이노의 삼촌과 토드의 부모뿐 아니라 브릿마리가 축구 대회에서 어렴풋하게 본 기억이 나는 게 전부인 다른 사람들도 많다. 그들이 청소를 하며 의자를 제자리에 돌려놓고 있는데, 브릿마리는 의자를 제대로 다시 정리하고 싶은 욕구를 가까스로 참는다.

"정말이지 그 뭣이냐, 근사한 장례식이었죠?" 미지의 인물이 조금 걸걸한 목소리로 묻는다.

"그러게요." 브릿마리는 맞장구를 치고 지갑을 꺼내며 말을 잇는다. "자동차 문 수리비로 얼마를 드리면 되나요?"

미지의 인물은 휠체어 모서리를 손가락으로 두드린다.

"음. 내가 생각해봤는데 말이죠, 브릿마리. 여긴 솜씨 좋은 정비공이 없잖아요, 안 그래요? 그래서 잘못 고쳐졌을 수도 있지 않겠어요? 그러니까 먼저 별 이상 없는지부터 확인해요. 그런 다음 다시 와서, 돈을 내요."

"그게 무슨 말이에요?"

미지의 인물은 아무도 모르게 눈가를 훔치려고 뺨을 긁는다.

"브릿마리는 아주 정직한 사람이잖아요. 아무것도 훔치지 않고요. 그러니까 나는 브릿마리가 보르그로 돌아올 거라는 걸 알아요. 돈을 내러."

"당연하죠." 그녀는 대답하고 고개를 돌린다. "당연하죠."

그녀는 정신없이 청소에 전념하고 싶지만, 피자 가게 안에 있던 누군지 잘 모르는 사람들이 이미 해버렸다는 잔인한 현실을 깨닫는다. 미지의 인물이 그들에게 뭘 하면 되는지 이미 지시를 내린 것이다. 그래서 남은 게 아무것도 없다.

브릿마리는 여기서 더 이상 쓸모가 없다.

그녀는 아이들이 공놀이를 멈출 때까지 문 앞에 혼자 서 있는다. 아이들이 하나둘씩 집으로 돌아간다. 멀찍이서 스벤이 베가와 오마르를 끈기 있게 기다리고 있다. 아이들을 재촉하지 않고 충분한 여유를 주면서. 베가는 곧장 뒷자리에 올라타 문을 닫지만 오마르는 울타리를 따라 어슬렁거리며 흰색 운동복들을 만지작거린다. 땅바닥에 놓인 촛불 위로 허리를 숙이고 불이 꺼진 양초를 조심스럽게 집어서 다른 양초에 대고 불을 붙인 다음 내려놓는다. 허리를 편 순간 오마르가 문 앞에 서 있는 브릿마리를 본다. 엉덩이 옆에서 손을 보일락 말락 하게 흔든다. 어린아이가 손을 흔들어주는 것과 청년이 손을 흔들어주는 것에는 큰 차이가 있다. 그녀는 우는 모습을 들키지 않는 선에서 최대한 열심히 손을 흔들어준다.

도로로 진입한 경찰차가 아이들의 집 쪽으로 방향을 틀자 그녀는 주차장으로 내려간다. 켄트가 땀범벅인 채로 그녀를 기다리고 있는데 쭈글쭈글한 셔츠는 풀어헤쳐졌고, 머리칼은 위로 솟아서 커다란 머리가 한쪽으로 쏠렸고, 아직도 신발을 한 짝만 신고 있다. 정말로, 정말로 정신없어 보인다. 그녀는 어렸을 때 그의 모습을 떠올린다. 그 당시에 그는 다른 사람들이 자기를 보며 고개를 절레절레 흔들어도 신경 쓰지 않았다. 바보 같은 짓을 두려워하지 않았다. 그녀가 좋다고 하면 그걸로 끝이었다.

그가 손을 잡자 그녀는 그의 입술에 대고 눈꺼풀을 감는다. 그러고는 숨을 헐떡이듯 속삭인다.

"베가는 대개 화가 난 것처럼 보이지만 사실은 불안해하고 있어. 오마르는 대개 불안해하는 것처럼 보이지만 화가 나 있고."

"모두 다 잘될 거야." 켄트가 그녀의 머리칼에 대고 말한다.

"아이들을 챙기겠다고 새미한테 약속했는데." 브릿마리는 흐느낀다.

"잘 지낼 거야. 전문가들에게 맡겨야지." 그는 차분하게 얘기한다.

"알아. 그거야 나도 당연히 알지."

"당신 아이들이 아니잖아."

그녀는 아무 대꾸도 하지 않는다. 그녀도 알기 때문이다. 당연히 알고 있다. 그녀는 대꾸 대신 허리를 펴고, 화장지로 눈가를 훔치고, 그녀의 치맛자락과 켄트의 셔츠에 잡힌 주름을 편다. 마음을 가라앉히고 맞잡은 손을 배에 얹으며 묻는다.

"마지막으로 처리하고 싶은 일이 있어. 내일. 소도시에서. 당신만 괜찮다면."

"나도 같이 갈게."

"나를 계속 따라다니지 않아도 돼, 켄트."

"따라다닐 거야."

그가 미소를 짓는다. 그녀도 미소를 지어보려고 한다.

하지만 그가 BMW 쪽으로 걸어가기 시작했을 때 그녀는 인내심의 한계를 넘은 사람들이 그러듯 자갈밭을 디딘 발뒤꿈치에 더욱 힘을 실으며 그 자리에서 꼼짝하지 않는다.

"안 돼, 켄트, 절대 안 돼! 신발부터 양쪽 다 신지 않으면 당신이랑 같이 가지 않겠어."

36

대로변에 건설된 동네의 놀라운 점이 한 가지 있다면 그곳을 떠날 이유도 많지만 눌러앉을 핑계도 그 못지않게 많다는 것이다. 세상에는 이 사람 아니면 저 사람에게 끊임없이 헌신하며 살아가는 사람들도 있다.

결국 브릿마리는 장례식을 치른 지 일주일이 다 돼서야 파란 문이 달린 그녀의 하얀 차를 타고 보르그를 떠나는 길을 따라 달린다. 솔직히 전적으로 시청 소속 시의회 직원들의 잘못은 아니다. 어쩌면 그들은 소임을 다하려고 했을 뿐일지 모른다. 브릿마리가 얼마나 꼼꼼하게 리스트의 항목을 체크하는지 제대로 파악하지 못한 걸 그들의 잘못이라고 볼 수는 없다.

그래서 월요일인 첫날, 시청 안내실에서 임시직으로 근무하던 직원은 브릿마리가 장난을 치는가보다고 여기는 표정을 짓는다. 안내실 문을 여는 시각이 8시 정각이기에 브릿마리와 켄트는 융통성 없는 사람처럼 보이지 않도록 8시 2분에 찾아갔다.

"보르그요?" 안내실 임시직원은 동화에 등장하는 야수의 이름을 부를 때 씁쓸한 말투로 이렇게 되묻는다.

"아니, 시의회에서 일하면서 보르그도 행정구역상 여기 의회에 포함된다는 걸 모르는 건 아니겠죠?" 브릿마리가 반문한다.

"저는 여기 직원이 아니에요. 임시직이에요."

"하. 그러니까 모든 걸 알 필요는 없다, 이 뜻인가요?"

하지만 켄트가 그녀의 옆구리를 찌르며 좀 더 서글서글하게 나가야 된다고 하자 그녀는 흥분을 가라앉히고 이해심을 담아 젊은 남자를 향해 미소를 지어 보이며 이렇게 얘기한다.

"그 넥타이를 매다니 진짜 용감하네요. 정말이지 가당치도 않거든요."

이 뒤로 두 사람은 '서글서글하다'고 볼 수 없는 의견을 주고받는다. 결국 켄트가 끼어들어서 양쪽 싸움꾼을 진정시키자 젊은 남자는 경비를 부르지 않겠노라고 약속하고, 브릿마리는 두 번 다시 핸드백으로 때리지 않겠노라고 약속한다.

대로변에 건설된 동네의 신기한 점이 한 가지 있다면 거기서 산 기간이 길지 않아도 그런 동네가 있다는 걸 모르는, 그런 동네의 존재 자체를 모르는 젊은 남자를 만났을 때 개인적으로 아주 기분이 나빠질 수 있다는 것이다.

"내가 여기 찾아온 이유는 보르그에 축구장을 건설해야 한다고 주장하기 위해서예요." 브릿마리는 여신과도 같은 수준의 인내심을 발휘하며 설명한다.

그녀는 자신의 리스트를 가리킨다. 젊은 남자는 서류를 뒤적인다. 대놓고 켄트 쪽을 쳐다보며 '위원회'가 현재 회의 중이라고 말한다.

"얼마나 걸리는데요?"

젊은 남자는 계속 서류를 뒤적인다.

"조찬 회의예요. 그러니까 10시는 되어야 끝날 거예요."

이에 그녀와 켄트는 시청에서 나올 수밖에 없게 된다. 전과 다르게 공격적으로 변한 브릿마리가 10시까지 아침을 먹는다는 사실에 노발대발하는 바람에 젊은 남자가 경비를 부르지 않겠다는 약속을 깨뜨렸기 때문이다. 그들은 10시에 다시 찾아가지만 회의가 점심 이후까지 계속 이어진다는 얘기만 듣는다. 점심 이후에 찾아갔을 땐 회의가 하루 종일 계속된다는 말을 듣는다. 브릿마리는 젊은 남자에게 그녀의 용건을 명확하게 밝힌다. 그 용건을 처리하는 데 꼬박 하루가 걸릴 이유가 없다고 생각하기 때문이다. 젊은 남자의 호출을 받고 달려온 경비원은 그녀가 용건을 너무 명확하게 밝혔다고 생각한다. 그래서 켄트에게 브릿마리가 한 번 더 그런 식으로 나오면 핸드백을 빼앗을 수밖에 없다고 말한다. 켄트는 히죽히죽 웃으며 그렇게 할 수 있다면 자신보다 경비원이 더 용감한 사람인 거라고 대꾸한다. 브릿마리는 그 말에 모욕감을 느껴야 할지 자랑스러워해야 할지 알 수가 없다.

"내일 다시 오면 되잖아, 여보. 걱정할 필요 없어." 밖으로 나가면서 켄트가 달래듯 얘기한다.

"당신 회의가 있잖아. 집으로 가야 한다는 건 알아, 당연히 알지. 난 그냥……."

그녀가 어찌나 깊게 숨을 들이쉬는지 핸드백 밑바닥에서 끄집어낸 것처럼 느껴질 정도다.

"베가가 그러는데 축구를 할 때는 아무 고통도 느껴지지 않는대."

"어떤 고통?"

"모든 고통."

켄트는 고개를 숙이고 잠깐 생각에 잠긴다.

"상관없어, 여보. 내일 다시 오면 되지."

브릿마리는 손에 감은 붕대를 바로잡는다.

"아이들한테 내가 필요 없다는 거, 나도 알아. 당연히 나도 알지. 난 그냥 아이들한테 뭔가를 선물하고 싶을 뿐이야. 축구장 정도는 선물할 수 있는 거잖아."

"내일 다시 오면 되지." 켄트는 같은 말을 반복하며 그녀를 위해 차 문을 열어준다.

"그래, 그래, 당신은 회의가 있지. 당신은 회의가 있고 우리는 집으로 가야 한다는 거 나도 알아." 그녀는 한숨을 쉬며 말한다.

켄트는 딴생각에 잠긴 얼굴로 머리를 긁는다. 조그맣게 기침을 한다. 유리와 차체 사이에 박힌 고무 패킹에 시선을 고정하고서 이렇게 대답한다.

"사실 여보, 회의는 하나뿐이야. 자동차 매매업자하고 만나는 거."

"하. 당신이 새 차를 살 생각인 줄 몰랐는데."

"사는 거 아니야. 이 차를 팔려고." 켄트는 그녀가 막 올라탄 BMW를 턱으로 가리킨다.

그의 얼굴은 당연히 그래야 한다는 걸 안다는 듯이 기가 죽은 표정을 짓고 있다. 하지만 어린아이처럼 으쓱하는 그의 어깨는 무거운 짐을 내려놓기라도 한 것처럼 가볍고 느긋해 보인다.

"회사가 문을 닫았어, 여보. 어떻게든 살려보려고 했지만…… 그게. 경제 위기 때문에."

브릿마리가 그를 빤히 쳐다본다.

"하지만…… 하지만 당신은 경제 위기가 끝났다고 했잖아."

그는 잠깐 생각하는 눈치더니 이렇게 대답하고는 끝이다. "내가 잘못 생각했어, 여보. 엄청나게 잘못 생각했지."

"이제 어떻게 할 거야?"

그는 아무 걱정 없는 젊은이처럼 미소를 짓는다.

"다시 시작해야지. 원래 그러는 거 아냐? 옛날에는 나도 빈털터리였잖아, 기억 안 나?"

그녀도 기억한다. 그녀의 손이 그의 손을 찾는다. 그들은 나이를 먹었을지 몰라도 그는 웃고 있다.

"내가 인생 자체를 바꿨잖아! 인생 자체를! 다시 시작하면 돼."

그는 그녀의 손을 잡고 눈을 들여다보며 약속한다.

"다시 그때의 그 남자로 돌아가면 돼, 여보."

소도시와 보르그의 중간 지점에 도착했을 때 브릿마리가 그를 돌아보며 맨체스터 유나이티드는 어떻게 됐느냐고 묻는다. 그는 껄껄대고 웃는다. 웃음소리가 정말이지 듣기 좋다.

"아, 망했어. 이렇게 엉망인 시즌은 20년을 통틀어서 처음이야. 조만간 단장이 잘릴 거야."

"어쩌다?"

"성공 비결을 잊어버렸거든."

"그러면 어떻게 해야 해?"

"다시 시작해야지."

그는 그날 밤, 토드의 집에 방을 하나 빌린다. 켄트가 "앞 못 보는 그 늙은 박쥐를 보면 살짝 겁이 난다"고 실토했기 때문에 브릿마리는 뱅크의 집에서 지내지 않겠느냐고 묻지 않는다.

다음 날 그들은 시청을 다시 찾아간다. 그다음 날에도 간다. 시청에서 근무하는 일부 직원들은 브릿마리와 켄트가 조만간 포기할 거라고 생각할지 몰라도 볼펜으로 적은 리스트의 심오한 의미를 몰라서 그러는 거다. 나흘째 되던 날, 그들은 위원회 소속이라는 양복 입은 남자와의 면담을 허락받는다. 점심시간이 되자 그는 자신처럼 양복을 입고 있는 어떤 여자와 남자를 부른다. 그들이 관련 분야의 전문가이기 때문인지 아니면 양복을 입은 첫 번째 남자가, 브릿마리가 핸드백을 휘두를 경우 맞을 확률을 낮추고 싶어서 부른 건지는 확실치가 않다.

"보르그에 대해서 좋은 이야기를 많이 들었어요. 상당히 매력적인 곳 같더군요." 여자가 격려하듯 이야기하는데, 보르그가 자신의 사무실에서 20킬로미터만 가면 나오는 마을이 아니라 마법의 주문을 걸어야 갈 수 있는 외국의 어느 섬이라도 되는 듯한 말투다.

"제가 찾아온 이유는 축구장 때문이에요." 브릿마리가 말문을 연다.

"그럴 만한 예산이 없는데요." 양복을 입은 두 번째 남자가 말한다.

"제가 이미 말씀드렸다시피 말이죠." 첫 번째 남자가 짚고 넘어간다.

"그럼 예산 변경을 요청해야겠네요."

"그건 말도 안 되죠! 사람들이 어떻게 생각하겠어요? 모든 예산을 변경해야 하는데요!" 두 번째 남자가 경악한 얼굴로 외친다.

양복을 입은 여자는 미소를 지으며 브릿마리에게 커피를 마시겠느냐고 묻는다. 브릿마리는 됐다고 한다. 양복을 입은 여자의 미소가 한층 짙어진다.

"저희가 알기로 보르그에는 이미 축구장이 있는데요."

두 번째 남자가 잇새로 못마땅한 웅얼거림을 내뱉고 거의 고함을 지르다시피 한다.

"아니요! 아파트 부지로 매각됐어요! 다 예산에 있는 사업입니다!"

"그렇다면 그 부지를 다시 매입하시라고 해야겠네요."

이제는 양복 입은 남자의 잇새에서 웅얼거림과 더불어 침 폭탄까지 터진다. "사람들이 어떻게 생각하겠어요? 전부 자기 땅을 다시 팔고 싶어 할 거 아닙니까! 아무 데나 축구장을 짓고 그럴 순 없어요. 그랬다가는 축구장이 넘쳐나지 않겠어요?"

"자." 양복을 입은 첫 번째 남자가 지루해죽겠다는 표정으로 손목시계를 쳐다본다.

그 시점에 이르자 켄트가 브릿마리의 핸드백을 단단히 붙잡는다. 양복을 입은 여자는 방심한 상태로 허리를 숙이고, 마시겠다는 사람이 아무도 없는데도 일일이 커피를 따른다.

"보르그의 레크리에이션 센터에 취직하셨다고요?" 여자가 상냥하게 미소를 지으며 묻는다.

"네. 네, 맞아요. 하지만…… 하지만 사표를 제출했어요." 브릿마리는 뺨을 쏙 집어넣으며 대답한다.

여자는 더욱 상냥하게 미소를 지으며 커피 잔을 브릿마리 쪽으로 민다.

"원래는 그 자리에 누굴 뽑을 게 아니었어요, 브릿마리 씨. 크리스마스 이전에 레크리에이션 센터를 폐쇄할 계획이었거든요. 잘못해서 결원 공지가 뜬 거예요."

양복을 입은 두 번째 남자가 바깥쪽에 달린 엔진처럼 웅얼거린다.

"예산에 없는 일자리라. 사람들이 어떻게 생각하겠어요?"

양복을 입은 첫 번째 남자가 자리에서 일어선다.

"이제 그만 저희는 실례해야겠습니다. 중요한 회의가 있어서요."

이 말에 브릿마리는 시청을 나선다. 그녀가 보르그에 간 것 자체가 착오였다니. 그들의 말이 맞는다. 누가 봐도 그들의 말이 맞는다.

"내일 오자, 여보. 내일 다시 오면 되지." BMW에 앉으며 켄트가 다시 한 번 그녀를 달랜다. 그녀는 의기소침한 얼굴로 아무 말 없이 창문에 머리를 기대며 턱 밑에 화장지를 댄다. 그걸 본 켄트가 복수심에 불타는가 싶은 결연한 눈빛을 짓지만 그녀는 알아차리지 못한다.

시청을 다섯 번째로 찾은 날은 금요일이다. 다시 비가 내리고 있다.

켄트가 브릿마리를 억지로 끌고 간다. 그녀가 전부 부질없는 짓이라고 하자 그는 하는 수 없이 장난스럽고 아주 엉뚱한 항목들을 볼펜으로 리스트에 잔뜩 적겠다고 협박하는 수법을 동원한다. 그 소리에 그녀는 그가 발코니 밖으로 내던지겠다고 한 화분이라도 되는 것처럼 리스트를 낚아채고 마지못한 듯 BMW에 올라타 가는 내내 "깡패"라고 중얼거린다.

시청에 도착해보니 어떤 여자가 그들을 기다리고 있다. 브릿마리도 아는, 축구 협회 소속이라던 여자다.

"하. 우리를 막으러 온 모양이죠?" 브릿마리가 묻는다.

여자는 놀란 표정으로 켄트를 쳐다본다. 불안해하며 손을 맞잡고 비틀기 시작한다.

"아뇨. 여기 이 켄트 씨에게 전화를 받았거든요. 도와드리려고 온 거예요."

켄트가 브릿마리의 어깨를 토닥인다.

"내가 몇 군데 전화를 돌렸어. 실례를 무릅쓰고 실력 발휘

좀 했지."

브릿마리가 양복 입은 사람들이 있던 회의실로 들어가보니 그 안엔 양복 입은 사람들이 더 많다. 보아하니 보르그의 축구장이 한 위원회가 아니라 여러 위원회의 관심사가 된 모양이다.

"우리 행정구역 안에 더 많은 축구장이 건설되어야 한다고 강력하게 주장하는 이익 단체들이 있다는 제보가 접수됐는데요." 처음 보는 양복쟁이가 축구 협회 소속의 여자를 턱으로 가리키며 말문을 연다.

"그리고 지역 업체들도 언제든 일정 수준의 압박을 가할 준비가 되어 있다는 제보도 접수되었고요." 또 다른 양복쟁이가 말한다.

"사실상 상당히 불쾌한 압박이죠!" 세 번째 양복쟁이가 끼어들며 안에 다양한 서류가 든 비닐 폴더를 꺼내 브릿마리 앞쪽 테이블에 내려놓는다.

"그리고 올해는 선거가 있는 해라고 짚고 넘어가는 편지와 전화도 여러 통 받았고요." 앞서 소개한 양복쟁이가 말한다.

"사실상 상당히 거칠고 집요하게 짚고 넘어갔죠!" 세 번째 양복쟁이가 덧붙인다.

브릿마리는 허리를 숙인다. 서류 맨 꼭대기에 '보르그 개별 사업체 공식 협력 실무 협의단'이라고 적혀 있다. 보아하니 보르그의 피자 가게, 보르그의 구멍가게, 보르그의 우체국, 보르그의 자동차 정비소 업주들이 어느 날 밤 한자리에 모여 앉아서 축구장 건립을 요구하는 공동 성명서에 서명을 한 모양이다. 만전을 기하는 차원에서 최근에 창업한 '선&선 법률사무소', '미용과 그 밖의 모든 것', '보르그 좋은 와인 수입사' 업주들도 서명을 했다. 공교롭게도 모두 글씨체가 똑같다. 서류에 따르면 얼마 전에 꽃집을 열었다는 칼이라는 사람이 작성한 서류만 눈에 확 띄게 다르다.

나머지는 전부 켄트의 글씨체. 그는 주머니에 손을 넣고 존재감을 과시하고 싶지 않은 사람처럼 살짝 구부정한 자세로 브릿마리 뒤에 서 있다. 양복을 입은 여자가 커피를 나르며 열심히 고개를 끄덕인다.

"사실 저는 보르그에 이렇게 사업체가 많은 줄 몰랐어요! 정말 매력적인데요!"

브릿마리는 비행기처럼 양팔을 벌리고 회의실 안을 한 바퀴 돌고 싶지만 상당히 부절적한 행동이라는 걸 거의 백 퍼센트 장담할 수 있기에 모든 이성을 동원해서 참는다.

양복을 입은 첫 번째 남자가 몇 마디 더 하고 싶다는 뜻에서 헛기침을 한다.

"문제는 귀하의 주소지에 있는 고용 센터에서도 연락을 받았다는 겁니다."

"스물한 번. 스-물-한 번이나 연락을 받았죠." 다른 양복쟁이가 짚고 넘어간다.

브릿마리는 조언을 청하고 싶어서 고개를 돌리고 켄트를 쳐다보지만 그는 그녀만큼이나 충격을 받은 표정으로 입을 떡 벌리고 있다. 아무렇게나 선발된 게 분명해 보이는 양복쟁이가 또 다른 서류를 가리킨다.

"알고 보니 보르그의 레크리에이션 센터에 고용되셨더군요."

"착오로 그렇게 된 거죠!" 양복을 입은 여자가 상냥하게 웃으며 말한다.

"귀하의 주소지에 있는 고용 센터에서 이로 인해 야기되는 정치적인 책임에 대해 언급하더군요. 그뿐 아니라…… 음…… 올해가 선거가 있는 해인 만큼 신규 채용과 관련해 지역 의회에서 예산상의 융통성을 발휘할 수도 있지 않느냐고 했고요."

"스물한 번. 스물한 번이나 그랬단 말입니다!" 또 다른 양복쟁이가 성난 투로 끼어든다.

브릿마리는 말문이 막힌다. 결국 그녀는 말을 더듬다 헛기침을 하고 불쑥 이렇게 묻는다.

"도대체 이게 무슨 소린지 여쭤봐도 될까요?"

회의실 안의 모든 양복쟁이가 누가 봐도 빤하지 않냐며 나지막이 끙끙댄다. 단체로 양복 소매를 걷으며 점심 먹을 시간이 되지 않았는지 확인한다. 점심시간이다. 다들 무지 조바심을 낸다. 마침내 한 양복쟁이가 상황을 정리하겠다고 자청하고 나서서 지친 표정으로 브릿마리를 쳐다본다.

"그러니까 시의회 예산상 새 축구장과 귀하의 일자리, 둘 중 하나를 선택해야 한다는 뜻입니다. 양쪽 다 지원할 여력은 안 된다고요."

인간적으로 무리한 요구다.

대로변에 건설된 동네의 놀라운 점이 한 가지 있다면 그곳을 떠날 이유도 많지만 눌러앉을 핑계도 그 못지않게 많다는 것이다.

37

"인간적으로 무리한 요구 아니니?" 브릿마리가 묻는다.

상대방이 아무 대꾸도 하지 않자 그녀는 이런 식으로 설명을 시도한다.

"선택하기가 난감한 문제란 말이지. 이런 소리를 한다고 나를 한심하게 보지는 말아줬으면 좋겠다만."

상대방이 여전히 아무 대꾸도 하지 않자 그녀는 뺨을 쏙 집어넣고 치마를 매만진다.

"여기 참 깨끗하고 단정하다. 이제 와서 너한테 그게 무슨 상관이겠느냐고 할지 모르겠지만 그래도 상관있지 않을까? 여기, 참 깨끗하고 단정한 묘지야."

새미는 아무 대꾸도 하지 않지만 그녀는 그가 듣고 있으면 좋겠다는 바람을 실어서 이렇게 얘기한다.

"사랑스러운 친구야, 네가 알아주었으면 좋겠는데 나는 보르그에 온 걸 절대 후회하지 않을 거야."

토요일 오후다. 시의회에서 그녀에게 무리한 요구를 한 다음 날이자 보르그에서 천 킬로미터 멀리 떨어진 곳에서 리버풀이 애스턴 빌라를 상대로 경기를 하는 날이기도 하다. 그날 아침 일찍 브릿마리는 레크리에이션 센터로 갔다.

월요일에 불도저를 그 앞 자갈밭으로 보내겠다고 시의회에서 약속했다. 켄트가 약속을 하지 않으면 점심시간이 지나도록 내보내주지 않겠다고 해서 약속을 받아냈다. 그들은 그뿐 아니라 잔디를 깔고 네트가 달린 정식 골대도 세워주겠다고 맹세했다. 분필로 사이드라인도 제대로 그어주겠다고 했다. 인간적으로 무리한 요구였지만 브릿마리는 형제를 잃는 심정이 어떤 건지 기억했고, 인간이 어디까지 자기 자신을 잃을 수 있는지 기억했다. 그랬기에 이거야말로 길을 잃은 거나 다름없는 사람에게 줄 수 있는 최고의 선물인 것 같았다. 축구장이야말로 그런 선물인 것 같았다.

피자 가게의 열린 문 틈으로 사람들의 목소리가 들렸지만 그녀는 들어가지 않았다. 그러는 게 좋을 것 같아서였다. 레크리에이션 센터에는 아무도 없었지만 냉장고 문이 열려 있었다. 문의 고무 패킹에 쥐의 이빨 자국이 남은 걸 보면 어찌 된 영문인지 알 수 있었다. 접시에 씌웠던 랩을 물어뜯고 남아 있던 땅콩버터와 누텔라를 마지막 한 입까지 깨끗하게 핥아먹었다. 그러면서 나가는 길에 브릿마리의 과탄산소다 깡통을 쓰러뜨려서 식기 건조대 위에 쏟아놓았다. 그래서 하얀 발자국이 남았다. 두 쌍이다. 쥐가 여기서 시쳇말로 데이트인지 교제인지를 했던 것이다.

브릿마리는 무릎에 수건을 얹고 의자에 한참 동안 앉아 있었다. 그런 다음 얼굴을 닦고 주방을 청소했다. 씻고 소독하고 구석구석 티끌 하나 남지 않도록 했다. 예전에 날아온 돌에 맞아서 망가진 커피 퍼컬레이터를 토닥이고, 딱 알맞은 위치에 걸려서 빨간 점으로 그녀의 현재 위치를 정확하게 알려주는 액자를 손으로 훑었다.

이상하게도 그녀는 누가 문을 두드리는 소리를 듣고도 놀라지 않았다. 사회복지과에서 나온 젊은 아가씨가 문 앞에 서 있는데 정확히 있어야 할 데 있는 사람 같은 분위기를 풍겼다. 여기가 그녀의 자리인 듯했다.

"안녕하세요, 브릿마리 씨." 아가씨가 말했다. "제가 방해한 건 아닌지 모르겠네요. 불이 켜진 걸 보고 왔어요."

"방해라뇨, 그럴 리가요. 그냥 열쇠를 두러 온 거예요." 브릿마리는 누군가의 집에 찾아간 손님이 된 듯한 기분을 느끼며 나지막이 말했다.

그녀는 레크리에이션 센터 열쇠를 내밀었지만 아가씨는 받지 않았다. 안을 쳐다보며 따뜻하게 미소를 지을 따름이었다.

"여기 참 좋네요. 베가와 오마르에게 아주 소중한 공간이라는 걸 알게 되어서, 두 아이를 좀 더 잘 이해할 수 있게 어떤 곳인지 보고 싶었어요."

브릿마리는 열쇠를 만지작거렸다. 그녀의 안에서 차오르는 모든 것을 억지로 눌렀다. 소지품을 핸드백에 빠짐없이 챙겼는지, 화장실과 주방 불은 껐는지 여러 번 확인했다. 이성은 필사적으로 말리려고 했지만 그녀는 몇 번이나 스스로를 다그친 끝에 담아두고 있었던 말을 꺼냈다.

'아이들을 맡겠다는 사람이 있으면 상황이 달라질까요?' 그녀는 이렇게 묻고 싶었다. 가당치도 않은 질문이라는 건 당연히 알고 있었다. 물론 알고 있었다. 그래도 그녀는 말문을 열었다.

"저기, 이런 질문 해도 될지 모르겠지만, 가당치도 않은 질문이라는 거 알지만, 물론 알지만, 만의 하나 혹시나 해서 물어보는 거예요. 혹시 아이들을……."

채 말문을 맺지 못했을 때 문 앞에 서 있는 토드의 부모가 그녀의 시야에 들어왔다. 어머니는 아이를 품은 배 위에 양손을 얹었고, 아버지는 양손으로 모자를 쥐고 있었다.

"아가씨가 아이들을 챙기고 있소?" 칼이 따지듯 물었다.

토드의 어머니가 그의 옆구리를 살짝 찌르고는 스스럼없이 사회복지과 직원을 돌아본다.

"내 이름은 소냐예요. 이쪽은 칼이고요. 우리는 패트릭의 부모예요. 우리 아들이 벤가, 오마르와 같은 축구팀에서 뛰고 있어요."

사회복지과 직원이 뭐라고 대답하려 했을지 모르지만 칼이 그럴 만한 겨를을 주지 않았다.

"우리가 아이들을 돌보겠소. 우리 집으로 데려가서 같이 살면 되지. 그 아이들을 보르그가 아닌 다른 데로 데려가면 되겠소!"

소냐는 브릿마리를 쳐다봤다. 그러다 그녀의 손을 보았는지 가로질러 다가와 아무런 경고도 없이 그녀를 끌어안았다. 브릿마리가 손에 세정제가 묻었다고 중얼거려도 소냐는 포옹을 풀지 않았다. 문 앞에서 무언가가 덜거덕거렸다. 사회복지과 직원은 말문을 열려고 할 때마다 본능적으로 그런 충동을 느끼는지 살짝 웃음을 터뜨렸다.

"사실 벤의 어머니와, 이름이 맞는지 모르겠지만…… 다이노…… 의 삼촌께서도 똑같은 말씀을 하셨거든요."

문 앞에서 들리는 덜거덕거리는 소리가 점점 커지는가 싶더니 들으라는 듯이 헛기침하는 소리가 곁들여졌다.

"걔들! 나랑 같이 살면 안 되나요? 걔들은 그 뭣이냐, 내 애들이나 마찬가지거든요?" 미지의 인물은 레크리에이션 센터

안의 모든 이와 싸울 태세가 된 듯했다. 그녀는 축구장을 향해 손을 흔들었다. 울타리에 여전히 하얀 운동복들이 걸려 있었고 그날 아침에 세심하게 다시 촛불을 밝혀놓았다.

"한 아이를 키우려면 그 뭣이냐, 온 마을이 필요하다잖아요? 여기 우리 마을이 있어요!"

소냐는 손을 놓자마자 날아가버릴 걸 아는 풍선을 놓듯 마지못해 브릿마리를 놓았다.

칼은 쥐고 있던 모자를 비틀다 말고 엄격하면서도 두려움이 담긴 태도로 사회복지과 직원을 손으로 가리켰다. "아이들을 다른 데로 데려가면 안 되지! 어떤 사람하고 살게 될지 모르는데 첼시 팬이랑 같이 살게 될지 모르잖소!"

그즈음 브릿마리는 레크리에이션 센터 열쇠를 식기 건조대 위에 두고 그들 뒤로 살그머니 빠져나왔다. 그들은 알아차렸겠지만 아무 말 없이 그녀를 보냈다. 아무 말 없이 보낼 수 있을 만큼 그녀를 좋아했기 때문이다.

땅거미가 햇빛에서 석고 반죽을 떼어내듯 보르그의 오후가 금세, 인정사정없이 저녁으로 저문다. 브릿마리는 무릎을 꿇고 앉아서 새미의 비석에 이마를 댄다.

"사랑스러운 친구야, 나는 여기 온 걸 절대 후회하지 않을 거야."

월요일이 되면 불도저들이 보르그를 찾아올 것이다. 브릿마리는 자신이 독실한 신자라고 할 수 있을지는 모르겠지만 하느님이 보르그를 위해 세워놓은 계획이 있다는 걸 아는 것만으로도 충분하다는 생각을 한다.

그녀는 허벅지에 풀물이 든 채 마을을 관통하는 도로를 혼자 걸어간다. 하얀 운동복들이 여전히 울타리에 걸려 있다. 새 양초들이 그 밑에서 불을 밝히고 있다. 레크리에이션 센터에서는 텔레비전 불빛이 새어 나오고, 안에 있는 아이들의 머리통이 그림자로 보인다. 그 어느 때보다 아이들 숫자가 많다. 팀이라기보다는 구단에 더 가깝다. 그녀는 안에 들어가고 싶지만 부적절한 행동이라는 걸 안다. 이게 최선이라는 걸 안다.

레크리에이션 센터와 피자 가게 사이의 자갈이 깔린 주차장에, 전조등을 켜놓은 낡고 거대한 트럭이 두 대 서 있다. 수염을 기르고 모자를 쓴 남자들이 그 불빛 안에서 헉헉거리고 끙끙대며 서로 밀치고 있다. 브릿마리는 한참이 지난 다음에서야 그들이 축구를 하고 있다는 걸 알아차린다.

그들이 공놀이를 하고 있는 것이다.

그녀는 계속 길을 걷는다. 작고 소박한 정원이 있는 작고 소박한 집 앞에서 심장이 몇 번 뛰는 동안 서 있는다. 거기 있는 줄 모르면 그냥 쓱 지나갈 만한 집이라는 점에서 그 집은 주인과 닮은 구석이 많다. 앞에 경찰차가 서 있지 않고 창문은 컴컴하다. 스벤이 집에 없다는 게 확실해지자 브릿마리는 살금살금 앞으로 다가가 문을 두드린다. 죽기 전에 한번은 그래보고 싶었기 때문이다.

그런 다음 얼른 도망쳐서 어두운 곳만 골라가며 뱅크의 집까지 남은 길을 걷는다. 집 앞의 화단에서는 더 이상 악취가 나지 않는다. 잔디밭의 '매물' 팻말은 치워지고 없다. 브릿마리가 현관으로 들어서자 달걀 프라이 냄새가 난다. 개는 바닥에 엎드려 잠들었고 뱅크는 거실 안락의자에 앉아서 텔레비전에 코를 박고 있다. 브릿마리는 그러다 눈 나빠진다고 얘기하려다 다시 생각한 끝에 그러지 않는 편이 좋겠다는 깨달음을 얻는다.

"누구 경기인지 물어봐도 될까요?" 대신 이렇게 묻는다.

"애스턴 빌라하고 리버풀요! 애스턴 빌라가 2 대 0으로 이기고 있어요!" 뱅크가 아주 격앙된 목소리로 대답한다.

"하. 그럼 당신도 아이들처럼 리버풀을 응원한다고 봐도 되겠네요?"

"미쳤어요? 나는 애스턴 빌라를 응원하죠!" 뱅크는 나지막이 쏘아붙인다.

"이유를 물어도 될까요?" 생각해보니 뱅크가 텔레비전으로 중계되는 축구 경기에 관심을 보인 건 이번이 처음이다.

뱅크는 뭐 그런 가당치도 않은 질문이 다 있느냐는 듯한 표정을 짓는다. 잠깐 고민에 잠긴다. 그러더니 툴툴거리며 대답한다.

"애스턴 빌라를 응원하는 사람은 아무도 없으니까요…… 그리고 유니폼도 예쁘고."

브릿마리가 느끼기엔 두 번째 이유가 첫 번째 이유보다 아주 살짝 더 논리적이다. 뱅크는 고개를 들고 텔레비전 볼륨을 낮춘다. 맥주를 한 모금 마시고 헛기침을 한다.

"주방에 먹을 것 있어요. 배고프면 드세요."

브릿마리는 핸드백을 움켜쥐며 고개를 젓는다.

"조금 있으면 켄트가 올 거예요. 우리 이제 집으로 돌아가요. 그이는 그이 차를 몰고 나는 내 차를 몰고 가지만 당연히 그이가 앞장설 거예요. 나는 야간 운전을 싫어하거든요. 그이가 앞장서는 게 좋아요."

뱅크는 인간이 나이를 먹는 게 의자의 잘못이라도 되는 양, 안락의자를 향해 온갖 욕을 퍼부어가며 힘들게 일어난다.

"내가 왈가왈부할 문제는 아니지만 야간 운전은 배우는 게 좋겠네요."

"걱정해줘서 고마워요." 브릿마리는 핸드백에 대고 대꾸한다.

뱅크와 개가 2층에서 가방과 발코니 화분 상자 나르는 걸 도와준다. 브릿마리는 설거지를 하고 주방을 청소한다. 커트러리를 정리한다. 개의 귀 뒤편을 토닥여준다. 텔레비전에서 누군가가 고함을 지르기 시작한다. 뱅크가 거실로 사라졌다가 씩씩대며 다시 돌아온다.

"리버풀이 골을 넣었어요. 이제 2 대 1이에요." 그녀가 중얼거린다.

브릿마리는 마지막으로 집 안을 둘러본다. 러그와 커튼을 바로잡는다.

그런 다음 주방으로 들어가서 말한다.

"내가 참견할 문제는 아니지만 잔디밭에 내놨던 '매물' 표지판이 없어진 걸 모르려고 해야 모를 수가 있어야 말이죠. 집 팔린 거 축하해요."

뱅크는 쓸쓸하게 웃는다.

"지금 농담하세요? 누가 보르그에 있는 집을 사겠어요?"

브릿마리는 치마 매무새를 바로잡는다.

"표지판을 치운 걸 보고 그런 결론을 내린 게 터무니없는 반응은 아닐 텐데……."

"아, 보르그에 잠깐 더 있어볼까 생각했을 뿐이에요. 전부터 가서 아버지하고 얘기 좀 해볼까 하는 생각이 있었거든요. 이제는 여기서 지내기가 쉬워졌죠. 아버지가 돌아가셔서 일일이 간섭할 수 없게 됐으니까."

브릿마리는 그녀의 어깨를 토닥여주고 싶지만 그러지 않는 편이 낫다는 걸 안다. 뱅크의 지팡이 사정권 안에 있으니 더더욱 그렇다.

문을 두드리는 소리가 들린다. 뱅크는 복도로 나가지만 누군지 알기에 문을 열지 않고 그냥 거실로 건너간다.

브릿마리는 마지막으로 주방을 둘러본다. 벽을 느낄 수 있을 만큼 가깝지만 건드릴 정도로 가깝지는 않게 손가락으로 훑는다. 이러니저러니 해도 아주 지저분하기 때문이다. 그녀는 이것까지 해결할 여력이 없었다. 이것까지 처리하려면 보르그에 더 오랫동안 있어야 했을 것이다.

문을 열자 켄트가 안도의 미소를 짓는다.

"갈 준비 다 됐어?" 그는 아직도 그녀가 생각을 바꿀지 모른다는 두려움이 있는지, 불안해하는 목소리로 묻는다.

그녀는 고개를 끄덕이고 가방을 쥔다. 그때 텔레비전 해설자가 미친 사람처럼 고함을 지른다. 누구한테 얻어맞기라도 한 것처럼.

"이게 도대체 무슨 일이람?" 브릿마리는 큰 소리로 외친다.

"얼른 가자! 이러다 차 막힐 시간 되겠어!" 켄트가 붙잡아보지만 이미 늦었다. 브릿마리는 거실로 들어간다. 얼굴이 자주색으로 변하도록 고함을 지르며 질주하는 빨간 셔츠의 청년을 향해 뱅크가 욕을 하며 나지막이 쏘아붙이고 있다.

"2 대 2예요. 리버풀이 동점을 만들었어요. 2 대 2예요." 그녀는 안락의자의 탓인 양 의자를 발로 차며 중얼거린다.

브릿마리는 이미 반쯤 문밖으로 빠져나왔다.

켄트의 BMW가 길가에 서 있다. 그가 달려와서 손을 내밀지만 그녀는 뒷걸음질을 친다. 나이도 많은 여자가 경찰을 피해 달아나는 범죄자처럼 달리는 건 부적절한 행동이다. 그녀는 인도와 차도의 경계선에서 걸음을 멈추고 뜨거운 숨을 참으며 고개를 돌려 쏟아지는 눈물 사이로 켄트를 쳐다본다.

"왜 그래, 여보? 우리 이제 출발해야 해." 그는 이렇게 말하지만, 그녀가 왜 그러는지 알기에 목소리가 갈라진다.

치마에 주름이 잡혔지만 그녀는 매만지지 않는다. 머리칼은 브릿마리가 허용하는 한도 안에서 최대한 헝클어졌다. 결국엔 그녀의 이성이 패배를 인정하고, 목소리를 높여도 좋다고 허락한다.

"리버풀이 동점을 만들었대! 이기려나봐!"

켄트는 턱을 가슴에 묻는다. 그렇게 오그라든다.

"당신이 그 아이들의 엄마가 돼줄 순 없어. 돼줄 수 있다 하더라도 나중에 어떻게 되겠어? 아이들한테 더 이상 당신이 필요 없어지면? 그럼 어떻게 되겠어?"

그녀는 고개를 젓는다. 하지만 슬퍼서 기운 없이 젓는 게 아니라 도전적으로 반항하듯이 젓는다. 인도에 불과할지 몰라도 그 너머로 뛰어내리려고 작정한 사람처럼 젓는다.

"그야 나도 모르지, 켄트. 그럼 어떻게 될지 나도 모르지."

그가 눈을 감자 층계참에 서 있었던 그때 그 시절로 다시 돌아간다. 그가 나지막이 얘기한다.

"내가 기다려줄 수 있는 건 내일 아침이 한계야, 브릿마리. 토드네 집에 있을게. 내일 아침에 당신이 와서 문을 두드리지 않으면 나 혼자 돌아갈게."

그는 그녀를 이미 놓쳤다는 걸 알지만 자신만만한 투로 이야기하려고 한다.

그녀는 벌써 레크리에이션 센터로 반쯤 달려가고 없다.

오마르와 베가가 먼저 그녀를 본다. 그녀는 아이들을 지나친 다음에서야 아이들이 짜증난 목소리로 그녀를 부르는 소리를 듣는다.

"맙소사…… 리버풀이…… 어쩌다 그렇게 됐는지 정확하게는 모르겠지만 아무튼 이기려나봐, 이…… 이름이 뭐라더라? 빌라 어쩌고 하는 팀을 상대로 말이야!" 브릿마리는 숨을 헐떡이며 말을 하는데 너무 숨이 차서 별이 보이고, 길 한복판에서 무릎을 짚고 호흡을 가다듬어야 할 지경이다. 이웃 사람들이 보면 분명 마약을 시작한 게 아닌가 궁금해할 것이다.

"우리도 알아요!" 오마르가 열띤 목소리로 맞장구친다. "우리가 이길 거예요! 골을 넣었을 때 제라드(2015년까지 리버풀의 주장을 역임한 선수―옮긴이)의 눈빛을 보니까 우리가 이길 거라는 걸 알 수 있었어요!"

브릿마리가 고개를 드는데 숨을 하도 가쁘게 몰아쉬어서 편두통이 올 것 같다.

"그런데 너희들, 길 한복판에서 뭐하는 건지 물어도 될까?"

베가는 주머니에 손을 넣은 채 브릿마리를 마주 보며, 그녀의 머리가 생각보다 둔하다는 결론을 내린 것처럼 고개를 젓는다.

"경기가 역전될 때 아줌마랑 같이 경기를 보고 싶어서요."

리버풀은 역전하지 못한다. 최종 스코어는 2 대 2다. 결국 달라진 건 없지만 이로써 세상의 모든 것이 달라진다.

그들은 그날 밤, 뱅크의 주방에서 달걀과 베이컨을 먹는다. 베가와 오마르와 브릿마리와 뱅크와 개가 함께 먹는다. 오마르가 식탁에 팔꿈치를 올려놓자 베가가 치우라고 한다.

둘의 시선이 만나고 잠시 후, 오마르는 군소리 없이 베가가 시키는 대로 한다.

아이들이 재킷을 입는 동안 브릿마리는 현관 앞 복도에 서 있다. 신발 속에서 발가락을 오므리고, 손을 잡아 더 이상 못하게 막을 때까지 아이들의 팔을 문지른다.

사회복지과 직원이 잔디밭에서 그들을 기다리고 있다.

"저분 괜찮아요. 축구를 좋아하지는 않지만 그래도 괜찮아요." 베가가 브릿마리에게 말한다.

"우리가 가르쳐줄 거예요." 오마르가 걱정 말라는 듯이 덧붙인다.

브릿마리는 뺨을 쏙 집어넣고 고개를 끄덕인다.

"저기…… 나는 말이야…… 내가 하고 싶은 말은 뭔가 하면…… 너희들을…… 절대." 그녀가 말을 꺼낸다.

"알아요." 베가는 브릿마리의 재킷에 대고 속삭인다.

"괜찮아요." 오마르는 장담한다.

길가에 다다랐을 때 오마르가 뒤를 돌아본다. 브릿마리는 마지막 순간까지 아이들의 모습을 망막에 새기고 싶은 사람처럼 꼼짝도 하지 않는다. 그걸 보고 오마르가 묻는다.

"내일 뭐 하세요?"

브릿마리는 맞잡은 손을 배 위에 올려놓는다. 최대한 한참 동안 숨을 들이마신다.

"켄트는 내가 그 집 문을 두드려주길 기다리고 있을 거야."

베가가 주머니에 손을 쑤셔 넣는다. 눈썹을 추켜세운다.

"그럼 스벤은요?"

브릿마리는 숨을 들이마신다. 내뱉는다. 보르그가 그녀의 허파를 한 바퀴 돌아 나오게 한다.

"스벤이 그러는데 자기 집 현관문을 두드리는 소리가 들릴 때마다 나이길 기대한대."

가로등 불빛에 비친 아이들이 너무 작아 보인다. 하지만 베가가 허리를 펴고 기지개를 켜며 말한다.

"제가 부탁 하나만 해도 돼요?"

"뭐든." 그녀는 속삭인다.

"내일 어느 집 문도 두드리지 마세요. 그냥 차를 타고 떠나는 거예요!"

브릿마리는 아이들이 간 뒤에도 한참 동안 어둠 속에 혼자서 있는다. 그녀는 아무 말도 하지 않았고 아무 약속도 하지 않았다. 지키지 못할 약속이라는 걸 알기 때문이다.

그녀는 뱅크의 집 발코니에 서서 머리칼 사이로 부드럽게 날리는 보르그를 느낀다. 헤어스타일을 망칠 정도로 센 바람이 아니라 살랑거림을 느낄 수 있을 정도다. 아직 어두컴컴한데 신문 배달 차가 지나간다. 맞은편 집에서 보행 보조기를 짚은 할머니들이 천천히 우체통 쪽으로 걸어간다. 그중 한 명이 브릿마리에게 손을 흔들자 브릿마리도 손을 흔든다. 당연히 팔 전체로 흔드는 게 아니라 한 손을 엉덩이 높이에 두고 조심스럽게 움직인다. 상식이 있는 사람답게 그런다. 그녀는 할머니들이 다시 집 안으로 들어갈 때까지 기다린다. 그런 다음 살금살금 계단을 내려가 파란 문이 달린 하얀 차에 가방을 싣는다.

그녀는 날이 밝기도 전에 어느 집 앞에 서서 문을 두드린다.

38

　인간이라면 누구나 한참 동안 눈을 질끈 감고 있으면 지금
까지 살아오면서 자기 자신만을 위해 결단을 내린 순간들을 모
두 떠올릴 수 있다. 어쩌면 그런 적이 한 번도 없었음을 깨달을
지 모르지만, 아직 어두컴컴한 새벽에 파란 문이 달린 하얀 차
를 몰고 천천히 길을 달리며 창문을 열고 심호흡을 하면 그때
까지 사랑했던 남자들을 모두 떠올릴 수 있다.

　알프. 켄트. 스벤. 한 명은 그녀를 기만하고 떠났다. 또 한 명
은 그녀를 기만하고 그녀에게 버림받았다. 나머지 한 명은 그
녀가 한 번도 접하지 못한 여러 면모를 갖췄지만 어쩌면 그 가
운데 그녀가 간절히 바라던 면모는 하나도 없었을지 모른다.
그녀는 손에 감았던 붕대를 천천히, 천천히, 천천히 풀고 넷째

손가락에 남은 하얀 자국을 바라본다. 첫사랑과 다른 기회들을 그리며, 용서와 사랑의 무게를 서로 비교한다. 심장이 뛰는 숫자를 센다.

인간이라면 누구나 눈을 감으면 지금까지 살아오면서 내린 결정을 모두 떠올릴 수 있다. 그리고 그게 모두 남을 위한 결정이었음을 깨달을 수 있다.

보르그는 이른 아침이지만 여명은 미적대며 오지 않는다. 그녀에게 손을 들 시간을 주기라도 하려는 것처럼. 결정할 시간을 주기라도 하려는 것처럼.

그리고 뛰어내릴 시간을 주기라도 하려는 것처럼.

그녀는 문을 두드린다. 문이 열린다. 그녀는 느껴지는 모든 감정을, 지금까지 담아두었던 모든 걸 얘기하고 싶지만 그럴 기회가 없다. 다른 데가 아닌 그곳을 찾아온 이유를 제대로 설명하고 싶지만 가로막힌다. 상대가 그녀가 올 줄 알고 있었다는 데, 그녀가 그토록 예측 가능한 인물이라는 데 실망감이 밀려온다.

그녀는 난생처음 가슴을 열고 모든 걸 흘려보낸 기분이 어떤지 얘기하고 싶지만 기회가 주어지지 않는다. 그 대신 단단한 손에 붙들려 다시 길거리로 돌아간다. 인도에는 플라스틱 석유통이 점점이 흩뿌려져 있다. 대형 트럭 짐칸에서 굴러떨어지기라도 한 것처럼 그렇다.

"우리 팀 전원이 돈을 모았어요. 정확한 거리도 계산했고요." 남자아이가 말한다.

"계산은 숫자를 셀 줄 아는 애들이 했어요." 여자아이가 끼어든다.

"나도 숫자 셀 줄 알아!" 남자아이가 성난 목소리로 외친다.

"그래, 네가 숫자를 세는 실력은 공을 차는 실력이랑 비슷해서 한 3까지 셀 수 있지!" 여자아이가 씩 웃는다.

브릿마리는 허리를 숙이고 플라스틱 통을 만져본다. 냄새가 고약하다.

무언가가 그녀의 팔을 스치고 지나가는데 그녀는 한참이 지난 다음에서야 아이들이 그녀의 양손을 잡고 있다는 사실을 알아차린다.

"석유예요. 우리가 계산했어요. 그 정도면 파리까지 갈 수 있어요." 오마르가 속삭인다.

"갔다 올 수도 있어요." 베가가 덧붙인다.

브릿마리가 운전석에 오르는 동안 아이들은 그 자리에 서서 손을 흔든다. 어른들과 달리 온몸으로 손을 흔든다. 아침이 보르그에 찾아오지만 태양은 그녀에게 마지막으로 선택할 시간, 난생처음으로 그녀를 위한 길을 선택할 시간을 주고 싶기라도 한 것처럼 자제하며 지평선 위에서 공손하게 기다린다. 마침내 햇살이 지붕 위로 쏟아지자 파란 문이 달린 하얀 차가 움직이기 시작한다.

어쩌면 그녀는 멈출지 모른다. 어쩌면 다른 문을 한 번 더 두드릴지 모른다.

아니면 그냥 달릴지 모른다.

알다시피 브릿마리에게는 연료가 넉넉하지 않은가.

어디에서도 흔히 볼 수 없다기보다 어디에서나 흔히 볼 수 있는 지역의 1월이다. 다른 모든 곳과 닮았지만 또 전혀 다른 지역의 1월이다.

몇 달 있으면 천 킬로미터 멀리서 리버풀이 잉글리시 프리미어 리그의 우승을 목전에 둘 것이다. 그러다 마지막 경기에서 크리스탈 팰리스를 상대로 3 대 0으로 앞서나가다 8분이라는 악몽 같은 시간 동안 세 골을 내주고 우승을 놓칠 것이다. 리버풀의 어느 누구도 보르그를 모르겠지만, 그런 마을의 존재 자체를 모르겠지만, 창문을 내리고 이 길을 달리는 사람은 어느 누구도 경기가 어떻게 돼가고 있는지 모르려야 모를 수 없을 것이다.

맨체스터 유나이티드는 단장을 해임하고 다시 시작한다. 토트넘은 다음 시즌엔 더 나은 성적을 보여주겠다고 약속한다. 그리고 어딘가에는 애스턴 빌라를 응원하는 사람도 있다.

지금은 1월이지만 보르그에도 봄이 찾아올 것이다. 한 청년은 어머니의 옆 묘지에서 목도리를 담요처럼 덮고 영면을 취할 테고, 두 아이는 서로 질세라 천하에 쓸모없는 심판과 한심한 사이드 태클을 개탄할 것이다. 이곳은 그러지 않는 법을 모르는 동네이기에 공이 굴러오면 누군가가 찰 것이다. 여름이 되면 리버풀은 모든 걸 잃겠지만 가을이 찾아오면 그와 함께 새로운 시즌이 시작되고 모든 걸 거머쥘 수 있는 또 다른 기회가 열릴 것이다. 축구는 인생을 끌고 가는 힘이 있다는 점에서 굉장한 스포츠다.

보르그는 정확히 그 자리에 있다. 예전 그 자리에 있다. 보르그 옆에는 두 방향으로 난 도로가 있다. 하나는 집으로 가는 길이고 다른 하나는 파리로 가는 길이다.

보르그를 그냥 지나치는 사람의 눈에는 문을 닫은 곳들만 보이기 십상이다. 그 이면을 보려면 속도를 늦추어야 한다. 보르그에는 사람들이 있다. 쥐와 보행 보조기와 온실이 있다. 나무 울타리와 하얀 운동복과 촛불이 있다. 새로 깐 잔디와 눈부신 이야기들이 있다. 빨간 꽃만 파는 꽃집도 있다. 경기가 있을 때면 항상 텔레비전이 켜져 있고, 카드로 계산해도 부끄러워할 필요가 없는 구멍가게 겸 자동차 정비소 겸 우체국 겸 피자 가게도 있다. 레크리에이션 센터는 없어졌지만 아이들은 새로운 코치와 그녀의 개와 함께, 발코니가 딸린 집과 벽에 새 사진들이 걸린 거실에서 베이컨과 달걀을 먹는다. 도로를 따라 내걸린

'매물' 표지판이 오늘은 어제보다 아주 살짝 줄었다. 수염을 기르고 모자를 쓴 어른들이 낡은 트럭 불빛 속에서 축구를 한다.

축구장도 있다. 축구 구단도 있다.

그리고 무슨 일이 벌어지든.

그녀가 어디에 있든.

모두 브릿마리가 여기 있었다는 사실을 기억할 것이다.

감사의 말
· · · · · · ·

네다. 인생의 가장 큰 축복이 있다면 그 인생을 나보다 훨씬 똑똑한 사람과 함께 보낼 수 있다는 것이다. 네다, 당신은 그런 경험을 평생 누릴 일이 없을 것 같아 미안하지만 그건 정말이지 최고의 축복이야. 아쉬게탐.

요나스 악셀손. 내가 아직 초심자이며 따라서 그의 지상 과제는 내 필력 향상임을 절대 잊지 않는 내 발행인 겸 에이전트. 교정 원고와 놀라운 미적 감각으로 그와의 작업이 얼마나 큰 특권인지 날마다 실감하게 만드는 니클라스 나트 오크 다그. 한 자리에 모인 능력자들이 각자의 조그만 공간에서 이성과 감성을 같은 비율로 할애해 프로젝트를 진행하는 파트너스 인 스토리스의 셀린 해밀턴과 애그니스 카발린. 그대들이 없었다면 이 책은 만들어지지 못했을 거예요. 처음부터 설명이 필요 없었던 쿨트 PR의 카린 왈렌. 커트러리 서랍은 오랜 실망을 안길지 몰라도 문법의 정예군이자 타협을 모르는 탁월한 교열자이자 편집자이자 평론가인 반야 빈테르. 짜증내는 법 없이 섬세하게, 엄청난 애정을 담아서 지금까지 세 권의 책 표지를 디자인한 닐스 올손. 경험과 꼼꼼한 성격을 살려서 주요 부분의 편집을 맡았고 그 결과 이 책의 수준 향상에 기여한 안드레아 펠라우어.

처음부터 함께했던 내 블로그 독자들. 이 모든 건 대부분 그대들의 잘못이오.

오디오북 녹음에서 내가 불가능하리라 여겼던 수준으로 캐릭터에 생명을 부여한 트로스텐 발룬드, 안나 마리아 켈, 마르틴 발스트룀. 이제 그들은 나의 사람들이라기보다 여러분의 사람들이다. 해외 판권을 관리하는 줄리 라르케 뢰브그렌. 나를 이 자리에 있게 한 주디스 토스. 요나스가 자꾸만 들썩여도 배가 뒤집히지 않도록 단속한 파트너스 인 스토리스의 시리 린드그렌. 가장 먼저 들어가서 가장 나중에 나오는 요한 시틀렌.

포럼, 몬포케트, 보니에르 오디오와 보니에르 에이전시에서 내 작품을 위해 힘쓰는 전현직 실무진. 그중에서도 특히 그의 도움이 없었더라면 오늘날 내가 존재할 수 없었을 욘 헤그블롬. 『내 아들이 알아야 할 세상의 일들』의 편집자, 리셀로트 벤보르그. 나의 가능성을 알아준 아담 달린. 늘 무한한 인내심으로 나를 대하는 사라 린드그렌과 스테파니 테른크비스트.

항상 응원을 아끼지 않는 나투르 오크 쿨투르, 그중에서도 특히 한나 닐손과 욘 아우구스트손.

이 모든 것을 믿어준 포케트퓌를라예트와 나이스 노이즈.

서평, 블로그, 트위터, 페이스북, 인스타그램, 오프라인에서 내 책에 대해 이야기한 독자들. 특히 마음에 들지 않았던 이유를 합리적이고 유익하게 설명한 분들. 그 결과 더 나은 작가가 됐다고 장담할 수는 없지만 적어도 고민의 계기는 되었다. 그게 나쁜 일일 수는 없지 않을까.

내가 만난 중에서 최고의 축구 트레이너였던 간토프타의 레나르트 닐손.

그리고 무엇보다 내 책을 읽어준 모든 분들, 내 책을 읽는 데 소중한 시간을 할애한 모든 분들에게 감사 인사를 전한다.

프레드릭 배크만

옮긴이의 말

『오베라는 남자』와 『할머니가 미안하다고 전해달랬어요』(이하
『할.미.전』)로 연타석 홈런을 날린 프레드릭 배크만이 세 번째로
선보인 작품의 주인공이 브릿마리라는 소식을 접했을 때 나는 솔
직히 조금 놀랐다. 『할.미.전』에서 엘사와 같은 건물에 사는 이웃
중에서 가장 밥맛이었던 사람이 누구였느냐고 물으면 1위가 켄트,
2위가 바로 브릿마리였기 때문이다. 그녀로 말할 것 같으면 말로
는 아무 편견이 없다면서 사실은 온갖 편견으로 똘똘 뭉쳤고, 잔
소리꾼으로 낙인이 찍혔으며, 청소에 강박증을 보이는 인물이 아
니었던가! 아아…… 배크만은 어쩌자고 이렇게 매력은 약에 쓸래
도 없는 할머니를 주인공으로 전면에 내세웠단 말인가. 이 작품의
검토 의뢰가 들어왔을 때 나는 솔직히 이런 마음이었다. 도입부에
서도 고용 센터 직원을 어찌나 괴롭히는지 그 아가씨가 딱해서 내
가 다 화가 날 지경이었다. 그런데 브릿마리가 취직에 목숨을 거
는 이유를 설명하는 부분에서부터 성벽처럼 단단하게 브릿마리를
차단하고 있던 내 마음에 조금씩 금이 가기 시작했다. 그리고 그
녀가 자기 앞으로 굴러온 공을 힘껏 차는 장면에서 그 성벽이 마
침내 와르르 무너졌다.

사실 따지고 보면 배크만의 작품에서 아무 이유 없이 까칠한 사
람은 없었다. 오베가 그렇게 까칠했던 이유는 사별한 아내에 대한

477

그리움 때문이었고, 엘사가 그렇게 까칠했던 이유는 외로움 때문이었고, 브릿마리가 그렇게 까칠했던 이유는 존재를 인정받고 싶은 욕구 때문이었다. 어쩌면 배크만은 지금껏 나이가 너무 많아서 또는 너무 적어서 그것도 아니면 너무 특이해서 발언권 없이 함구하며 지낼 수밖에 없었던 이 세상의 주변인들에게 마이크를 쥐여주고 싶었던 것일지 모른다. 세상과의 소통에 서툴러서 온갖 오해에 시달리는 사람들을 대변하고 싶었던 것일지 모른다.

그런데 내가 배크만을 가장 높게 평가하고 싶은 부분은 자신이 전하고 싶은 메시지와 이야기를 기발한 유머로 제대로 버무릴 줄 안다는 것이다. 『브릿마리 여기 있다』에서도 미지의 인물(끝까지 이름이 공개되지 않고 '미지의 인물'로 남은 비운의 그녀!)과 브릿마리가 국가대표를 주제로 나눈 대화를 읽고 얼마나 큰 소리로 웃었는지 모른다. 요즘 어떤 작품을 번역하고 있느냐고 묻는 지인들에게 홍보용 에피소드로 들려주었을 때도 효과 만점이었다. 게다가 이 작품에서 가장 밉상인 남자의 이름을 '프레드릭'으로 설정한 센스란! 『오베라는 남자』가 뉴욕타임스 베스트셀러 목록에서 44주째 2위를, 『할.미.전』이 28주째 6위를 기록 중인 이유도 배크만 특유의 메시지와 전달 방식의 환상적인 조합에서 찾을 수 있을 것이다.

그런가 하면 배크만은 치밀한 작가이기도 하다. 『할.미.전』의 한 등장인물에서 차기작인 『브릿마리 여기 있다』가 잉태됐던 것처럼 다음 작품은 베어타운이라는 소도시의 하키 선수가 주인공이라고 하는데, 과연 그 작품에서는 어떤 식으로 독자들을 웃기고 울릴지 기대 만발이다. 페르시아어로 사랑한다고 속삭이는 작가(비록 나를 향한 속삭임은 아니지만)의 차기작을 어찌 기대하지 않을 수 있겠는가.

그나저나 환경에 관심이 많은 주부들 사이에서 산소계표백제 대용으로 과탄산소다가 인기 만점이라는 사실은 전부터 알고 있었지만 이 작품을 번역하면서 과탄산소다의 정체가 궁금해졌다. 그렇게 효과가 좋은 다목적 만능이라니 새하얀 빨래에 내려앉은 햇살을 보며 희열을 느끼는 사람으로서 브릿마리 흉내를 내보아야겠다.

2016년 11월
이은선

옮긴이 **이은선**

연세대학교에서 중어중문학을, 국제학대학원에서 동아시아학을 전공했다. 편집자, 저작권 담당자를 거쳐 전문 번역가로 활동 중이다. 옮긴 책으로는 『미스터 메르세데스』 『사라의 열쇠』 『셜록 홈즈:모리어티의 죽음』 『딸에게 보내는 편지』 『11/22/63』 『통역사』 『그대로 두기』 『누들 메이커』 『몬스터』 『리딩 프라미스』 『노 임팩트 맨』 등이 있다.

브릿마리 여기 있다

초판 1쇄 인쇄 2016년 12월 6일
초판 12쇄 발행 2024년 1월 1일

지은이 프레드릭 배크만
옮긴이 이은선
펴낸이 김선식

경영총괄 김은영
콘텐츠사업본부장 임보윤
콘텐츠사업2팀장 김보람 **콘텐츠사업2팀** 박하빈, 이상화, 채윤지, 윤신혜
편집관리팀 조세현, 백설희 **저작권팀** 한승빈, 이슬, 윤제희
마케팅본부장 권장규 **마케팅3팀** 권오권, 배한진
미디어홍보본부장 정명찬 **영상디자인파트** 박장미, 김은지, 이소영
브랜드관리팀 안지혜, 오수미, 문윤정, 이예주 **지식교양팀** 이수인, 염아라, 석찬미, 김혜원, 백지은
크리에이티브팀 임유나, 박지수, 변승주, 김화정, 장세진 **뉴미디어팀** 김민정, 이지은, 홍수경, 서가을
재무관리팀 하미선, 윤이경, 김재경, 이보람, 임혜정
인사총무팀 강미숙, 김혜진, 지석배, 황종원
제작관리팀 이소현, 최완규, 이지우, 김소영, 김진경, 박예찬
물류관리팀 김형기, 김선진, 한유현, 전태환, 전태연, 양문현, 최창우, 이민운

펴낸곳 다산북스 **출판등록** 2005년 12월 23일 제313-2005-00277호
주소 경기도 파주시 회동길 490
대표전화 02-704-1724 **팩스** 02-703-2219 **이메일** dasanbooks@dasanbooks.com
홈페이지 www.dasanbooks.com **블로그** blog.naver.com/dasan_books
종이·인쇄·제본 북토리
ISBN 979-11-306-1037-5 (03850)